FANTASY

Von Margaret Weis und Tracy Hickman
liegen im Goldmann Verlag bereits folgende Bände vor:

Die Chronik der DRACHENLANZE

1. Drachenzwielicht (24510)
2. Drachenjäger (24511)
3. Drachenwinter (24512)
4. Drachenzauber (24513)
5. Drachenkrieg (24516)
6. Drachendämmerung (24517)

Die Legenden der DRACHENLANZE

1. Die Brüder (24527)
2. Die Stadt der Göttin (24528)
3. Der Krieg der Brüder (24530)
4. Die Königin der Finsternis (24531)
5. Der Hammer der Götter (24533)
6. Caramons Rückkehr (24534)

Die Geschichte der DRACHENLANZE

1. Die Zitadelle des Magus (24538)
2. Der Magische Turm (24539)
3. Die Jagd des Toede (24540)
4. Der Zauber des Palin (24541)
5. Der edle Ritter (24542)
6. Raistlins Tochter (24543)

MARGARET WEIS · TRACY HICKMAN

Die Chronik der Drachenlanze 3

DRACHEN WINTER

Aus dem Amerikanischen übertragen
von Marita Böhm

DRAGONLANCE™

GOLDMANN VERLAG

Das Buch erschien in Amerika unter dem Titel
Dragons of Autumn Twilight bei TSR, Inc., Lake Geneva, WI, USA

Deutsche Erstausgabe

Der Goldmann Verlag
ist ein Unternehmen der Verlagsgruppe Bertelsmann

Made in Germany · 7. Auflage · 1/92

Published in the Federal Republic of Germany
by Wilhelm Goldmann Verlag GmbH, München

Umschlaggestaltung: Design Team München
Umschlagillustration: Larry Elmore
Innenillustrationen: Jeffrey Butler
Satz: IBV Satz- und Datentechnik GmbH, Berlin
Druck: Elsnerdruck, Berlin
Verlagsnummer: 24512
Redaktion: Gundel Ruschill/SN
Herstellung: Peter Papenbrok/SC
ISBN 3-442-24512-5

Abanasinia
KRYSTALMIRSEE
SOLACE
Que-kiri
Que-shu
XAK TSAROTH
Que-teh
TORWEG-PASS
DÜSTERWALD
HAVEN
QUALINOST
NEUHAFEN
QUALINESTI
Alte Straße
PAX THARKAS

Der Streitkolben

»Der Streitkolben von Kharas!«

Die triumphierende Ankündigung hallte in dem großen Empfangssaal des Königs der Bergzwerge wider. Stürmischer Applaus folgte. Die tiefen, dröhnenden Stimmen der Zwerge vermischten sich mit den etwas höheren der Menschen, als die riesigen Türen im hinteren Teil der Halle aufflogen und Elistan, Kleriker von Paladin, eintrat.

Die schalenförmige Halle, nach Zwergenmaßstäben riesig, war überfüllt. Fast alle achthundert Flüchtlinge aus Pax Tarkas standen an den Wänden aufgereiht, während die Zwerge dichtgedrängt auf Steinbänken saßen.

Elistan erschien am Fuße eines langen, in der Mitte verlaufenden Durchgangs, den riesigen Kriegskolben hielt er ehrfürchtig in beiden Händen. Beim Anblick des weißgekleideten Klerikers wurden die Rufe noch lauter, der Lärm dröhnte gegen die gewölbte Decke und hallte durch den Saal, bis der Boden von den Schwingungen zu erbeben schien.

Tanis zuckte zusammen, sein Kopf dröhnte. Er erstickte fast in der Menge. Ihm war unter der Erde sowieso nicht wohl. Und trotz der hohen Decke, deren Spitze sich über das flackernde Fackellicht erhob und im Schatten verschwand, fühlte sich der Halb-Elf eingesperrt und gefangen.

»Ich bin froh, wenn das vorbei ist«, murmelte er Sturm zu, der neben ihm stand.

Sturm wirkte noch melancholischer und trübsinniger als er ohnehin war. »Mir gefällt das nicht, Tanis«, murrte er und kreuzte seine Arme über dem glänzenden Metall seines alten Brustpanzers.

»Ich weiß«, entgegnete Tanis wütend. »Das habe ich jetzt

schon einige Male von dir gehört. Jetzt ist es zu spät. Es ist nicht mehr zu ändern, also mach das Beste daraus.«

Das Ende des Satzes verlor sich in erneutem schmetterndem Jubel, als Elistan den Streitkolben über seinen Kopf hob und der Menge zeigte, bevor er den Mittelgang entlangschritt. Tanis legte eine Hand an seine Stirn. Ihm wurde schwindelig, als sich die kühle unterirdische Höhle vom Brodem der Menschenmenge langsam erwärmte.

Nun ging Elistan den Mittelgang entlang. Auf einem Podest mitten in der Halle erhob sich Hornfell, Lehnsmann der Hylar-Zwerge, um ihn zu begrüßen. Hinter dem Zwerg befanden sich sieben verzierte Steinthrone, alle unbesetzt. Hornfell stand vor dem siebten Thron, es war der schönste von allen – der Thron für den König von Thorbardin. Er war lange leer gewesen, aber sobald Hornfell den Streitkolben von Kharas annehmen würde, würde er wieder besetzt sein. Die Rückkehr des uralten Relikts war ein großer Triumph für Hornfell. Der Besitz des begehrten Streitkolbens würde es ihm ermöglichen, die rivalisierenden Zwergen-Lehnsmänner unter seiner Führerschaft zu vereinen.

»*Wir* haben den Streitkolben erkämpft«, sagte Sturm leise, seine Augen waren auf die glänzende Waffe gerichtet. »Der legendäre Streitkolben von Kharas. Zum Schmieden der Drachenlanzen verwendet. Jahrhundertelang verloren geglaubt, wiedergefunden und wieder verloren. Und jetzt den Zwergen übergeben!« sagte er voller Abscheu.

»Er war schon einmal den Zwergen gegeben worden«, erinnerte Tanis ihn müde, der Schweiß lief an seiner Stirn herunter. »Laß dir von Flint die Geschichte erzählen, falls du sie vergessen hast. Auf jeden Fall gehört ihnen der Streitkolben jetzt rechtmäßig.«

Elistan war am Fuß des Steinpodests angelangt, wo der Lehnsmann, in schwere Roben gekleidet und mit den bei den Zwergen beliebten massiven Goldketten geschmückt, ihn erwartete. Elistan kniete vor dem Podest nieder, eine höfliche Geste, da sonst der große, kräftige Kleriker dem Zwerg von Angesicht zu Angesicht gegenübergestanden hätte, obwohl das Podest ungefähr zwei Meter hoch war. Die Zwerge jubelten stürmisch über diese Geste. Die Menschen wirkten, wie Tanis bemerkte, eher gedämpft, einige murrten, da es ihnen nicht behagte, ihren Führer in dieser unwürdigen Haltung zu sehen.

»Nimm dieses Geschenk unseres Volkes an...« Elistans Worte gingen in erneutem Jubelgeschrei der Zwerge unter.

»Geschenk!« schnaubte Sturm verächtlich. »Lösegeld wäre besser ausgedrückt.«

»Als Dank dafür, daß das Volk der Zwerge uns erlaubt, in seinem Königreich zu leben«, fuhr Elistan fort, als sich der Applaus gelegt hatte.

»Für das Recht, in einem Grab eingeschlossen zu sein...«, murrte Sturm.

»Und wir verpflichten uns, den Zwergen beizustehen, wenn der Krieg über uns kommen sollte!« rief Elistan.

Wieder rauschte der Jubel auf und wurde noch lauter, als Lehnsmann Hornfell sich vorbeugte, um den Streitkolben entgegenzunehmen. Die Zwerge stampften auf den Boden, pfiffen, kletterten auf die Steinbänke.

Tanis wurde übel. Er blickte sich um. Man würde sie nicht vermissen. Hornfell würde sprechen; dann kämen die anderen sechs Lehnsmänner an die Reihe, ganz zu schweigen von den Mitgliedern der Versammlung der Suchenden. Der Halb-Elf berührte Sturm am Arm und deutete dem Ritter an, ihm zu folgen. Die beiden verließen schweigend die Halle. Obwohl sie sich noch immer in der Zwergenstadt befanden, waren sie zumindest dem Lärm entronnen und draußen in der kühlen Abendluft.

»Geht es dir besser?« fragte Sturm, der Tanis' Blässe bemerkt hatte. Der Halb-Elf sog hastig die kühle Luft ein.

»Jetzt ja«, sagte Tanis und errötete wegen seiner Schwäche. »Es lag an der Hitze... und dem Krach.«

»Nun, wir werden hier bald verschwinden«, sagte Sturm. »Natürlich hängt es von der Entscheidung der Versammlung der Suchenden ab, ob sie uns nach Tarsis gehen lassen.«

»Oh, es besteht kein Zweifel, wie sie sich entscheiden werden«, antwortete Tanis schulterzuckend. »Elistan hat eindeutig das Sagen, schon deshalb, weil er die Leute in Sicherheit gebracht hat. Keiner der Sucherfürsten würde es wagen, sich ihm zu widersetzen. Nein, mein Freund, in vier Wochen vielleicht werden wir die Segel in einem der weißgeflügelten Boote von Tarsis, der Schönen, setzen.«

»*Ohne* den Streitkolben von Kharas«, fügte Sturm bitter hinzu. Leise begann er zu zitieren: *»Und so wurde berichtet, daß die Ritter den goldenen Streitkolben nahmen, den vom großen Gott Paladin gesegneten Streitkolben, der Demjenigen mit dem Silberarm übergeben wurde, damit er die Drachenlanze von Huma, dem Drachenbändiger, schmieden konnte; und der Streitkolben wurde gegeben dem Zwerg, genannt Kharas, oder der Ritter, für seinen großen Mut und seine Tapferkeit in der Schlacht. Und so erhielt er seinen Namen. Und der Streitkolben von Kharas ging in das Zwergenkönigreich mit dem Versprechen der Zwerge, daß er wieder ans Tageslicht gebracht würde, wenn es notwendig…«*

»Er *wurde* ans Tageslicht gebracht«, unterbrach Tanis ihn und versuchte, seinen aufsteigenden Zorn zu bekämpfen. Zu oft hatte er sich diese Worte schon anhören müssen.

»Er würde ans Tageslicht gebracht, und er wird verborgen bleiben! Wir hätten den Streitkolben nach Solamnia bringen können, um unsere eigenen Drachenlanzen zu schmieden…«

»Und du würdest dann ein zweiter Huma werden, in den Ruhm reitend, mit der Drachenlanze in der Hand!« Tanis konnte nicht mehr an sich halten. »In der Zwischenzeit läßt du achthundert Menschen sterben…«

»Nein, ich würde sie nicht sterben lassen!« schrie Sturm in rasender Wut. »Der erste Anhaltspunkt, den wir zu den Drachenlanzen haben, und *du* verkaufst ihn für…«

Beide Männer hörten abrupt zu streiten auf, als sie eine Gestalt bemerkten, die aus den dunklen Schatten kroch.

»Shirak«, flüsterte eine Stimme, und ein helles Licht erstrahlte, das von einer Kristallkugel ausging, die sich in der gol-

denen Drachenklaue auf der Spitze eines einfachen Holzstabes befand. Das Licht beleuchtete die rote Robe eines Magiers, sein skelettartiges Gesicht mit der glänzend goldmetallischen Haut. Der junge Magier ging auf die beiden zu. Seine Augen funkelten golden.

»Raistlin«, sagte Tanis mit angespannter Stimme. »Ist etwas?«

Raistlin schienen die wütenden Blicke der Männer nicht zu stören; er war es gewöhnt, daß sich nur wenige in seiner Gegenwart wohl fühlten oder ihn brauchten. Er streckte seine dünne Hand aus und sprach: *»Akular-alan suh Tagolann Jistrathar.«* Tanis und Sturm beobachteten erstaunt, wie das blasse Bild einer Waffe an Deutlichkeit gewann.

Es handelte sich um eine fast neun Meter lange Lanze. Die Spitze war aus purem Silber und mit einem Widerhaken versehen, der Schaft war aus poliertem Holz. Das untere Ende besaß eine Stahlkappe, um es in den Boden stoßen zu können.

»Sie ist wunderschön!« keuchte Tanis. »Was ist das?«

»Eine Drachenlanze«, antwortete Raistlin.

Der Magier hielt die Lanze in seiner Hand und trat zwischen die beiden, die zur Seite wichen, als ob sie nicht von ihm berührt werden wollten. Ihre Augen hingen an der Lanze. Dann drehte sich Raistlin zu Sturm und reichte ihm die Waffe.

»Es ist deine Drachenlanze, Ritter«, zischte Raistlin, »ohne Streitkolben und ohne Silberarm. Wenn du mit ihr in den Ruhm reiten willst, wirst du dann daran denken, daß für Huma mit dem Ruhm der Tod kam?«

Sturms Augen blitzten auf. Er hielt vor Ehrfurcht den Atem an, als er die Drachenlanze nehmen wollte. Zu seiner Verwunderung griff seine Hand durch die Waffe hindurch! Die Drachenlanze verschwand, noch während er sie zu berühren versuchte.

»Wieder einer deiner Tricks!« knurrte er. Er drehte sich auf dem Absatz um und ging vor Wut keuchend von dannen.

»Wenn das ein Scherz sein sollte, Raistlin«, sagte Tanis ruhig, »dann war es ein sehr schlechter.«

»Ein Scherz?« wisperte der Magier. Seine seltsamen goldenen Augen folgten dem Ritter, als Sturm in die dichte Schwärze der Zwergenstadt am Fuße des Gebirges schritt. »Du solltest mich besser kennen, Tanis.«

Der Magier lachte – ein unheimliches Lachen, das Tanis zuvor nur einmal gehört hatte. Dann verbeugte Raistlin sich sardonisch vor dem Halb-Elf und folgte dem Ritter in die Schatten.

Schiffe mit weißen Flügeln
Hoffnung hinter den Staubigen Ebenen

Tanis, der Halb-Elf, wohnte der Versammlung der Sucherfürsten bei und hörte stirnrunzelnd zu. Obwohl die falsche Religion der Sucher jetzt offiziell tot war, wurde die Gruppe, die die politische Führung über die achthundert Flüchtlinge von Pax Tharkas übernommen hatte, immer noch so bezeichnet.

»Es ist ja nicht so, daß wir den Zwergen nicht dankbar wären, bei ihnen Unterschlupf gefunden zu haben«, führte Hederick überschwenglich aus und fuchtelte mit seiner vernarbten Hand. »Wir alle sind dankbar, da bin ich mir sicher. So wie wir den

Helden dankbar sind, die den Streitkolben von Kharas wieder erkämpft haben und uns dadurch den Aufenthalt hier ermöglichten.« Hederick verbeugte sich in Tanis' Richtung, der die Verbeugung mit einem Kopfnicken erwiderte. »Aber wir sind keine Zwerge!«

Diese eindringlichen Worte riefen beifälliges Gemurmel hervor.

»Wir *Menschen* sind für das unterirdische Leben nicht geschaffen!« Laute bejahende Zurufe und Applaus.

»Wir sind Bauern. Wir können in einem Berg kein Gemüse anpflanzen! Wir wollen Land, so wie jenes, das wir zurücklassen mußten. Und diejenigen, die uns gezwungen haben, unsere Heimat zu verlassen, müssen uns neues Land geben!«

»Meint er die Drachenfürsten?« flüsterte Sturm Tanis sarkastisch zu. »Diesem Wunsch werden sie sicherlich mit Freuden nachkommen.«

»Diese Dummköpfe sollten dankbar sein, daß sie am Leben sind!« murrte Tanis. »Sieh sie dir an, wie sie Elistan zujubeln – als ob *er* sie befreit hätte!«

Der Kleriker von Paladin – und Führer der Flüchtlinge – erhob sich, um Hederick zu antworten.

»Weil wir eine neue Heimat brauchen«, sagte Elistan, »schlage ich vor, einige von uns in den Süden, nach Tarsis, der Schönen, zu schicken.«

Tanis kannte Elistans Plan bereits. Seine Gedanken wanderten zu der Zeit, als er und seine Gefährten von Derkins Grabmal mit dem heiligen Streitkolben zurückgekehrt waren.

Die Zwergenlehnsmänner, unter der Führerschaft von Hornfell jetzt gefestigt, bereiteten sich auf die Schlacht gegen das vom Norden kommende Böse vor. Die Zwerge fürchteten sich nicht besonders vor diesem Bösen. Ihr Gebirgskönigreich schien uneinnehmbar zu sein. Und sie hatten ihr Versprechen gegenüber Tanis als Gegenleistung für den Streitkolben gehalten: Die Flüchtlinge von Pax Tarkas konnten sich in Südtor niederlassen, dem südlichsten Teil des Gebirgskönigreiches von Thorbadin.

Elistan hatte die Flüchtlinge nach Thorbadin gebracht. Alle versuchten, sich ihr Leben irgendwie neu einzurichten, aber es gelang ihnen nicht so recht.

Natürlich befanden sie sich in Sicherheit, aber die Flüchtlinge, überwiegend Bauern, waren nicht glücklich über das unterirdische Leben in den riesigen Zwergenhöhlen. Im Frühling konnten sie zwar versuchen, Getreide an der Gebirgswand anzubauen, aber der felsige Boden würde nur einen kärglichen Ertrag liefern. Die Menschen wollten in der Sonne und an der frischen Luft leben. Und sie wollten nicht von den Zwergen abhängig sein.

Es war Elistan, der sich an die uralten Legenden über Tarsis, die Schöne, und ihre möwenförmigen Schiffe erinnerte. Aber es waren lediglich Legenden, wie Tanis ihn erinnert hatte, als Elistan zum ersten Mal seine Idee erwähnte. Niemand in diesem Teil von Ansalon hatte etwas über die Stadt Tarsis, die Schöne, seit der Umwälzung vor dreihundert Jahren gehört. Damals hatten die Zwerge das Bergkönigreich Thorbadin dichtgemacht und somit auch jegliche Kommunikation zwischen Süden und Norden blockiert, da der einzige Weg durch das Kharolisgebirge durch Thorbadin führte.

Tanis lauschte düster, als sich die Versammlung der Sucherfürsten einstimmig für Elistans Vorschlag entschied. Eine kleine Gruppe sollte nach Tarsis geschickt werden, um ausfindig zu machen, welche Schiffe in den Hafen einliefen, wohin sie fuhren und was eine Schiffsfahrt beziehungsweise ein Schiff kosten würde.

»Und wer soll die Gruppe anführen?« fragte sich Tanis, obwohl er die Antwort bereits kannte.

Alle Augen richteten sich auf ihn. Bevor Tanis etwas sagen konnte, ging Raistlin, der die ganze Zeit ohne Kommentar zugehört hatte, nach vorn und stellte sich vor die Versammlung. Er starrte die Mitglieder mit seinen seltsamen goldglitzernden Augen an.

»Ihr seid Dummköpfe«, begann er, seine flüsternde Stimme klang verächtlich, »und ihr lebt in einem närrischen Traum.

Wie oft muß ich mich wiederholen? Wie oft muß ich euch an das Omen der Sterne erinnern? Was denkt ihr euch dabei, wenn ihr im Abendhimmel die klaffenden schwarzen Löcher seht, dort, wo die zwei Konstellationen fehlen?«

Die Anwesenden rückten in ihren Sitzen, mehrere tauschten gelangweilte Blicke.

Raistlin bemerkte dies und fuhr fort, seine Stimme wurde immer verächtlicher. »Ja, einige von euch sagen, daß es nichts weiter als ein natürliches Phänomen ist – eine Sache, die eben passiert, so wie Blätter von den Bäumen fallen.«

Einige Versammlungsmitglieder murmelten sich nickend etwas zu. Raistlin beobachtete sie einen Moment schweigend, seine Lippen kräuselten sich vor Hohn. Dann hob er wieder an. »Ich wiederhole, ihr seid Dummköpfe. Die als die Königin der Finsternis bekannte Konstellation fehlt am Himmel, weil die Königin hier auf Krynn anwesend ist. Die Krieger-Konstellation, die den uralten Gott Paladin verkörpert, wie wir aus den Scheiben von Mishakal erfahren haben, ist, um sie zu bekämpfen, auch nach Krynn zurückgekehrt.«

Raistlin hielt inne. Elistan, der sich unter ihnen befand, war ein Prophet von Paladin, und viele der Anwesenden waren zu dieser neuen Religion übergetreten. Er konnte den wachsenden Zorn spüren über das, was einige als Gotteslästerung empfanden. Die Vorstellung, daß Götter persönlich in die Angelegenheiten der Menschen eingriffen, war schockierend. Aber es hatte Raistlin niemals gestört, als Gotteslästerer betrachtet zu werden.

»Achtet gut auf meine Worte! Mit der Königin der Finsternis sind ihre ›kreischenden Kriegsheere‹ gekommen, wie es im ›Hohelied‹ heißt. Und die kreischenden Kriegsheere sind Drachen!« Raistlin brachte das letzte Wort mit einem Zischen hervor, das »die Haut erzittern ließ«, wie Flint gesagt hatte.

»Das wissen wir alles«, schnappte Hederick ungeduldig. Sein abendlicher Glühwein war längst überfällig, und sein Durst verlieh ihm den Mut zu sprechen. Aber er bereute es sofort, denn Raistlins Stundenglasaugen schienen den Theokraten wie schwarze Pfeile zu durchbohren. »W...worauf willst du hinaus?«

»Daß es auf Krynn nirgendwo Frieden gibt«, flüsterte der Magier. »Findet Schiffe, reist wohin ihr wollt. Wo immer ihr auch hingeht – wann immer ihr in den Abendhimmel seht, werdet ihr diese schwarzen Löcher sehen. Wo immer ihr auch hingeht, werden auch Drachen sein!«

Raistlin hustete. Sein Körper krümmte sich unter dem Anfall, und er schien zu stürzen, aber sein Zwillingsbruder, Caramon, rannte zu ihm und fing ihn in seinen starken Armen auf.

Nachdem Caramon den Magier aus der Versammlung geführt hatte, schien sich eine dunkle Wolke gehoben zu haben. Die Versammlungsmitglieder schüttelten sich und lachten – wenn auch etwas benommen – über diese Kindergeschichten. Der Gedanke war einfach komisch, daß sich der Krieg auf ganz Krynn ausgebreitet hatte. Denn hier, in Ansalon, stand der Krieg bereits vor seinem Ende. Der Drachenfürst Verminaard war besiegt, und seine Drakonierarmeen waren zurückgetrieben worden.

Die Mitglieder erhoben sich und verließen den Saal, um ins Wirtshaus oder nach Hause zu gehen.

Niemand dachte daran, Tanis zu fragen, ob er die Gruppe nach Tarsis führen wollte. Sie gingen einfach davon aus, daß er es tun würde.

Tanis tauschte mit Sturm grimmige Blicke und verließ die Höhle. In dieser Nacht sollte er Wache halten. Obwohl sich die Zwerge in ihrer Bergfestung sicher fühlten, hatten Tanis und Sturm auf eine Wache an den Mauern von Südtor bestanden. Sie hatten allmählich die Drachenfürsten respektieren gelernt...

Tanis lehnte sich an die Mauer, sein Gesicht war nachdenklich und ernst. Vor ihm erstreckte sich eine Wiese, die mit weichem, pudrigem Schnee bedeckt war. Die Nacht war ruhig und still. Hinter ihr lag das Kharolisgebirge. Das Tor von Südtor wirkte wie ein riesiger Stopfen in der Gebirgswand – eine der Schutzmaßnahmen der Zwerge, die ihre Welt dreihundert

Jahre lang von der Umwälzung und zerstörerischen Zwergenkriegen ferngehalten hatte.

Das Tor wurde durch einen Mechanismus im Innern des Berges bewegt. Wie das nördliche Tor galt es auf Krynn als uneinnehmbar. Einmal geschlossen, konnte es nicht mehr von der Gebirgswand unterschieden werden; ein wahres Meisterwerk der alten Zwergensteinmetze.

Seit der Ankunft der Menschen in Südtor jedoch war das Tor geöffnet und mit Fackeln erleuchtet, was den Männern, Frauen und Kindern ermöglichte, an die frische Luft zu gehen – ein menschliches Bedürfnis, das für die unterirdischen Zwerge eine maßlose Schwäche darstellte.

Während Tanis dastand und lange auf die Wälder hinter der Wiese schaute, was ihm aber keinen Frieden brachte, traten Sturm, Elistan und Laurana zu ihm. Die drei hatten sich unterhalten – offensichtlich über ihn – und schwiegen nun unbehaglich.

»Wie ernst du bist«, sagte Laurana leise zu Tanis. Sie trat näher zu ihm und legte ihre Hand auf seinen Arm. »Du meinst, daß Raistlin recht hat, nicht wahr, Tanthal... Tanis?« Laurana errötete. Sein menschlicher Name kam ihr immer noch schwer über die Lippen, aber sie wußte inzwischen nur zu gut, daß sein Elfenname ihm nur Schmerz bereitete.

Tanis sah auf die kleine, schmale Hand auf seinem Arm und legte zärtlich seine Hand über sie. Nur wenige Monate zuvor hätte ihn diese Berührung geärgert, Verwirrung und Schuldgefühle verursacht, als er glaubte, das, was ihn mit Laurana verband, wäre nichts als eine kindliche Vernarrtheit gewesen und daß seine Liebe allein einer Menschenfrau gehörte. Aber jetzt erfüllte ihn Lauranas Berührung mit Wärme und Frieden, auch wenn es sein Blut erregte. Er dachte über diese neuen beunruhigenden Gefühle nach, während er ihre Frage beantwortete.

»Ich finde Raistlins Ratschläge seit langem vernünftig«, sagte er. Er wußte, daß diese Antwort die drei aufregen würde. Sturms Gesicht verdüsterte sich auch. Elistan runzelte die Stirn. »Und ich denke, daß er auch diesmal recht hat. Wir haben eine

Schlacht gewonnen, aber wir sind noch weit davon entfernt, den Krieg zu gewinnen. Wir wissen, daß er weit im Norden, in Solamnia, ausgetragen wird. Wir können also sicher davon ausgehen, daß es den Kräften der Dunkelheit nicht nur um die Eroberung von Abanasinia geht.«

»Aber das sind doch reine Vermutungen!« entgegnete Elistan. »Laß dich doch nicht von der Dunkelheit, die über dem jungen Magier hängt, anstecken. Er mag ja recht haben, aber das ist kein Grund, die Hoffnung aufzugeben und nicht doch einen Versuch zu wagen! Tarsis ist eine große Hafenstadt – zumindest nach dem, was wir wissen. Dort können wir herausbekommen, ob wirklich überall Krieg ist. Und wenn dem so ist, dann gibt es sicherlich Zufluchtsorte, wo wir Frieden finden können.«

»Hör auf Elistan, Tanis«, sagte Laurana. »Er ist weise. Als unser Volk Qualinesti verlassen hat, ist es nicht blindlings geflohen. Sie sind zu einem friedlichen Zufluchtsort gezogen. Mein Vater hatte einen Plan, obwohl er nicht wagte, ihn zu enthüllen...«

Laurana brach ab, über die Wirkung ihrer Rede bestürzt. Tanis hatte sich abrupt losgerissen und sich Elistan zugewandt, die Augen voller Zorn.

»Raistlin sagte einmal, Hoffnung ist die Leugnung der Wirklichkeit«, erklärte Tanis kalt. Dann sah er Elistans kummervolles Gesicht und lächelte müde. »Es tut mir leid, Elistan. Ich bin müde, das ist alles. Verzeih mir. Dein Vorschlag ist gut. Wir werden mit Hoffnung nach Tarsis reisen, auch wenn es das einzige ist, was wir haben.«

Elistan nickte und wandte sich zum Gehen. »Kommst du mit, Laurana? Ich weiß, du bist müde, meine Liebe, aber wir haben eine Menge zu tun, bevor ich die Führerschaft der Versammlung während meiner Abwesenheit übergeben kann.«

»Ich komme gleich nach, Elistan«, sagte Laurana. »Ich – ich möchte einen Moment mit Tanis sprechen.«

Elistan schenkte beiden einen verständnisvollen Blick, dann ging er mit Sturm durch das dunkle Tor. Tanis begann, die Fakkeln als Vorbereitung für die Schließung des Tores zu löschen. Laurana stand neben dem Eingang, ihre Miene wurde eisig, als ihr klarwurde, daß Tanis sie einfach übersah.

»Was ist mit dir los?« fragte sie schließlich. »Es klingt fast so, als ob du für den düsteren und merkwürdigen Magier und gegen Elistan Partei ergreifst, einen der besten und weisesten Menschen, den ich je kennengelernt habe!«

»Verurteile Raistlin nicht, Laurana«, sagte Tanis barsch und tauchte dabei eine Fackel in ein Wassergefäß. Das Licht erstarb mit einem Zischen. »Dinge sind nicht immer schwarz und weiß, wie ihr Elfen gern denkt. Der Magier hat unser Leben mehr als einmal gerettet. Ich bin im Laufe der Zeit dazu gekommen, seinem Denken zu vertrauen – was ich auch, zugegeben, leichter kann, als auf blinden Glauben zu vertrauen!«

»*Ihr* Elfen!« schrie Laurana. »Wie typisch menschlich das klingt! In dir steckt mehr von einem Elfen, als du zugeben möchtest, Tanthalas! Du hast einmal gesagt, du trägst den Bart nicht, um dein Erbe zu verbergen, und ich habe dir geglaubt. Aber jetzt bin ich mir nicht mehr so sicher. Ich lebe jetzt lang genug mit Menschen zusammen, um zu wissen, wie sie über Elfen denken! Aber ich bin stolz auf meine Herkunft. Du nicht! Du schämst dich! Warum? Wegen dieser menschlichen Frau, die du liebst? Wie heißt sie noch – Kitiara?«

»Hör auf, Laurana!« schrie Tanis. Er warf eine Fackel auf den Boden und ging zu dem Elfenmädchen. »Wenn du darüber streiten möchtest – was ist dann mit dir und Elistan? Er mag wohl ein Kleriker von Paladin sein, aber er ist ein Mann – eine Tatsache, die du zweifellos bestätigen kannst! Alles, was ich von dir höre«, er ahmte ihre Stimme nach, »ist: ›Elistan ist so weise‹, ›Frag Elistan, er weiß, was zu tun ist‹, ›Hör auf Elistan, Tanis...‹«

»Wie kannst du es wagen, mich deiner eigenen Schwächen zu beschuldigen?« gab Laurana zurück. »Ich habe Elistan sehr gern. Ich verehre ihn. Er ist der weiseste Mann, den ich kenne, und der sanfteste. Er opfert sich selbst – sein ganzes Leben ist darauf ausgerichtet, anderen zu dienen. Aber es gibt nur einen

Mann, den ich liebe, nur einen Mann, den ich immer geliebt habe – obwohl ich jetzt anfange, mich zu fragen, ob das nicht ein großer Fehler ist! An jenem schrecklichen Ort, dem Sla-Mori, hast du gesagt, ich würde mich wie ein kleines Mädchen benehmen und sollte endlich erwachsen werden. Nun, ich bin erwachsen geworden, Tanis Halb-Elf. In diesen wenigen Monaten habe ich Leiden und Tod gesehen. Ich habe mich gefürchtet, wie ich es nie für möglich gehalten habe! Ich habe das Kämpfen gelernt, und ich habe meine Feinde getötet. All das hat mir im Innern so weh getan, bis es mich abstumpfte, so daß ich den Schmerz nicht mehr fühlte. Aber was mich am meisten verletzt, ist, dich mit klaren Augen zu sehen.«

»Ich habe niemals behauptet, vollkommen zu sein, Laurana«, sagte Tanis leise.

Der silberne und der rote Mond waren aufgegangen, beide waren noch nicht voll, aber leuchteten hell genug, daß Tanis in Lauranas Augen Tränen sehen konnte. Er streckte seine Arme aus, um sie zu umschlingen, aber sie trat einen Schritt zurück.

»Das behauptest du zwar nie«, sagte sie verächtlich, »aber du genießt es deutlich, uns in diesem Glauben zu lassen!«

Sie ignorierte seine ausgebreiteten Arme, ergriff eine Fackel von der Mauer und ging durch das Tor in die Dunkelheit von Thorbadin zurück.

Tanis stand einen Moment da, sah ihr nach und kratzte sich den dichten, rötlichen Bart, den sich kein Elf auf Krynn wachsen lassen kann. Beim Nachdenken über Lauranas letzte Bemerkung fiel ihm widersinnigerweise Kitiara ein. Er beschwor Bilder aus seiner Erinnerung herauf. Kits kurzgeschnittenes, lockiges schwarzes Haar, ihr Lächeln, ihr hitziges, ungestümes Temperament und ihr starker, sinnlicher Körper – der Körper einer trainierten Schwertkämpferin, aber er entdeckte zu seiner Verwunderung, daß sich in das Bild der ruhige, klare Blick von zwei mandelförmigen, leuchtenden Elfenaugen gestohlen hatte.

Vom Gebirge her rollte der Donner. Der Schließmechanismus bewegte das riesige Steintor. Tanis beobachtete, wie das

Tor geschlossen wurde, und entschied, nicht hineinzugehen. »In einem Grab eingeschlossen.« Er lächelte, als er sich an Sturms Worte erinnerte, aber auch seine Seele durchfuhr ein Frösteln. Das Tor schloß sich mit einem dumpfen Krachen. Die Gebirgswand war blank, kalt, abschreckend.

Mit einem Seufzen zog Tanis seinen Umhang fest zusammen und ging in den Wald. Selbst das Schlafen im Schnee war besser als unter der Erde. Er sollte sich sowieso daran gewöhnen. Die Staubigen Ebenen, die sie überqueren mußten, um Tarsis zu erreichen, waren wahrscheinlich völlig verschneit, obwohl der Winter erst begann.

Während er über die Reise nachdachte, blickte Tanis in den nächtlichen Himmel. Er war wunderschön, voller funkelnder Sterne. Aber zwei klaffende schwarze Löcher verunstalteten die Schönheit. Raistlins fehlende Konstellationen.

Löcher im Himmel. Löcher in ihm.

Nach seiner Auseinandersetzung mit Laurana war Tanis fast erleichtert, die Reise anzutreten. Alle Gefährten hatten sich einverstanden erklärt, mitzukommen. Tanis wußte, daß keiner von ihnen sich unter den Flüchtlingen wirklich wohl fühlte.

Die Reisevorbereitungen lenkten ihn weitgehend ab. Er konnte sich sogar einreden, daß es ihm nichts ausmachte, daß Laurana ihm aus dem Wege ging. Und am Anfang war die Reise herrlich. Es schien, als wäre es später Frühling anstatt Winteranfang. Die Sonne schien und wärmte die Luft. Nur Raistlin trug seinen dicksten Umhang.

Die Unterhaltungen der Gefährten waren munter und lustig, als sie durch den nördlichen Teil der Ebenen wanderten, erfüllt von Neckereien und Erinnerungen an den Spaß, den sie in früheren, glücklicheren Tagen in Solace gehabt hatten. Keiner sprach von den dunklen und bösen Dingen, die sie in der jüngsten Vergangenheit erlebt hatten. Es war, als ob sie in Anbetracht einer schöneren Zukunft diese Dinge verdrängen wollten.

Abends erklärte Elistan ihnen, was er über die uralten Götter aus Mishakals Scheiben gelernt hatte. Seine Geschichten erfüllten ihre Seelen mit Frieden und bestärkten sie in ihrem Glauben. Nur Tanis – der sein ganzes Leben lang nach etwas, woran er glauben konnte, gesucht hatte und es jetzt mit Skepsis betrachtete, nachdem er es gefunden hatte – war in seinem tiefsten Innern zerrissen. Auch er wollte glauben und hoffen, aber irgend etwas hielt ihn zurück, und immer wenn er Laurana ansah, wußte er den Grund. Solange er nicht seinen eigenen inneren Konflikt lösen konnte, dieses aufzehrende Hin- und Hergerissensein zwischen dem elfischen und dem menschlichen Teil in ihm, würde er niemals Frieden finden.

Nur Raistlin nahm nicht an den Unterhaltungen, dem Spaß, den Witzen und Neckereien und den Gesprächen am Lagerfeuer teil. Der Magier verbrachte seine Zeit mit dem Studium seines Zauberbuchs. Wenn er gestört wurde, antwortete er mit einem wütenden Fauchen. Nach dem Abendessen saß er abseits von den anderen, seine Augen auf den nächtlichen Himmel gerichtet, auf die zwei klaffenden schwarzen Löcher, die sich in den Stundenglasaugen des Magiers widerspiegelten.

Schon nach wenigen Tagen begann die gute Stimmung abzuflauen. Der Himmel hatte sich verdunkelt, und der Wind blies eisig von Norden. Der Schnee fiel so dicht, daß sie an einem Tag nicht weiterkamen, sondern gezwungen waren, in einer Höhle Schutz zu suchen. In der Nacht stellten sie doppelte Wachen auf, obwohl niemand so richtig sagen konnte, warum, nur daß sie ein wachsendes Gefühl der Bedrohung verspürten. Flußwind starrte mit Unbehagen auf die Spur, die sie im Schnee hinterließen. Wie Flint sagte, konnte ihnen selbst ein blinder Gossenzwerg folgen. Das Gefühl der Bedrohung wuchs, das Gefühl, daß Augen sie beobachteten und Ohren sie belauschten.

Jedoch wer sollte es sein, hier in den Staubigen Ebenen, wo nichts und niemand seit über dreihundert Jahren gelebt hatte?

Zwischen Herr und Drache
Unheilvolle Reise

Der Drache seufzte, breitete seine riesigen Flügel aus und hob seinen mächtigen Körper aus dem warmen, wohltuenden Wasser der heißen Quellen. Die eisige Luft ließ ihn fast erstarren, brannte in seinen grazilen Nüstern und biß in seinen Hals. Er schluckte schmerzhaft, widerstand jedoch der Versuchung, in das warme Wasser zurückzukehren, und kletterte am hohen Felsgesims empor.

Wütend stampfte der Drache gegen den Felsen, der vom vereisten Dampf der heißen Quellen sehr glatt war. Steine zerbrachen unter seinen Klauenfüßen und purzelten ins Tal hinunter.

Einmal rutschte er aus und verlor für einen Moment das Gleichgewicht. Er breitete seine Flügel aus und fing sich schnell wieder, aber der Vorfall machte ihn nur noch wütender.

Die Morgensonne schien auf die Berggipfel, erfaßte auch den Drachen, dessen blaue Schuppen golden schimmerten, wärmte ihn aber kaum. Der Drache zitterte und trampelte von neuem gegen den harschen Felsboden. Weder der Winter noch die Reise in dieses elende Land waren etwas für die blauen Drachen. Mit diesem Gedanken, den er schon die ganze lange, bitterkalte Nacht gehegt hatte, sah sich Skie nach seinem Herrn um.

Er fand den Drachenfürst auf einem Felsvorsprung stehen, eine imposante Gestalt mit gehörntem Drachenhelm und blauer Drachenschuppenrüstung. Der Fürst, dessen Umhang im eisigen Wind flatterte, starrte aufmerksam über die große flache Ebene.

»Kommt, Herr, laßt uns zu eurem Zelt zurückkehren.« Und mich zu den heißen Quellen, fügte Skie stumm hinzu. »Dieser eisige Wind zerschneidet einem die Knochen. Warum bist du überhaupt hier draußen?«

Skie hatte vermutet, daß der Fürst das Gelände erkundet, die Truppenaufstellung und die Drachenangriffe geplant hätte. Aber das war nicht der Fall. Die Besetzung von Tarsis war seit langer Zeit geplant gewesen – von einem anderen Drachenfürsten, denn dieses Land stand unter dem Kommando der roten Drachen.

Die blauen Drachen und ihre Drachenfürsten kontrollierten den Norden. Und trotzdem bin ich hier in diesem eiskalten Süden, dachte Skie wütend. Und hinter mir steht eine ganze Schar blauer Drachen. Er wandte leicht seinen Kopf und sah hinunter auf seine Kameraden, die in der Morgenkälte mit ihren Flügeln schlugen, dankbar für die Wärme der heißen Quellen, die den Frost aus ihren Sehnen nahm.

Narren, dachte Skie verächtlich. Sie warten nur auf ein Signal des Fürsten zum Angriff. Den Himmel anzuzünden und die Städte mit ihren tödlichen Blitzen zu verbrennen – das war das einzige, was sie interessierte. Ihr Glaube in den Drachenfürsten war blind und bedingungslos. Aber Skie mußte sich eingestehen, daß sein Herr die Drachenschar im Norden von Sieg zu Sieg geführt hatte, ohne einen einzigen Drachen zu verlieren.

Sie überlassen es mir, die Fragen zu stellen – weil ich das Reittier des Fürsten bin, weil ich ihm am nächsten stehe. Nun, soll es so sein. Wir verstehen uns, der Fürst und ich.

»Wir haben keinen Grund, in Tarsis zu sein.« Skie redete offen über seine Gefühle. Er fürchtete den Fürsten nicht. Anders als viele Drachen auf Krynn, die ihren Herren nur widerwillig dienten, da sie sich selbst als die wahren Herrscher empfanden, diente Skie seinem Herrn aus Respekt – und aus Liebe. »Die roten Drachen wollen uns hier nicht haben, das steht fest. Und wir werden nicht gebraucht. Diese schwache Stadt, die dich so seltsam anzieht, wird ohne Probleme fallen. Es gibt keine Armee. Sie haben sich ködern lassen und die Grenze freigegeben.«

»Wir sind hier, weil meine Spione mir sagen, daß *sie* hier sind – oder bald eintreffen werden«, war die Antwort des Fürsten.

»Sie… sie…«, murrte der Drache zitternd und bewegte sich unruhig auf dem Felsvorsprung. »Wir haben den Krieg im Norden sein lassen, wertvolle Zeit verschwendet, ein Vermögen an Eisen verloren. Und wofür – für eine Handvoll vagabundierender Abenteurer.«

»Du weißt, daß mir Reichtum nichts bedeutet. Ich könnte Tarsis kaufen, wenn ich wollte.« Der Drachenfürst streichelte den Hals des Drachen mit einem vereisten Lederhandschuh, der bei den Bewegungen knirschte.

»Der Krieg im Norden geht gut voran. Lord Ariakus hat mir meine Abreise nicht übelgenommen. Bakaris kennt meine Soldaten fast genausogut wie ich. Und vergiß nicht, Skie, es sind mehr als Vagabunden. Diese ›vagabundierenden Abenteurer‹ haben Verminaard getötet.«

»Pah! Dieser Mann hatte bereits sein eigenes Grab geschaufelt. Er war besessen, hatte den Blick für das wahre Ziel verloren.« Der Drache warf seinem Herrn einen schnellen Blick zu. »Dasselbe könnte man auch von anderen sagen…«

»Besessen? Ja, Verminaard war besessen, und es gibt einige, die diese Besessenheit ernster nehmen sollten. Er war ein Kleriker, er hatte erkannt, welchen Schaden das Wissen der wahren Götter, wenn es einmal unter den Leuten verbreitet wird, uns bringen kann«, antwortete der Fürst. »Nach unseren Berichten hat das Volk jetzt einen Anführer, Elistan, der ein Kleriker von Paladin geworden ist. Anhänger von Mishakal bringen das wahre Heilen wieder zurück. Nein, Verminaard war weitsichtig. Es besteht große Gefahr. Wir sollten sie erkennen und ihr ein Ende bereiten – und nicht darüber spotten.«

Der Drache schnaufte verächtlich. »Dieser Priester – Elistan – führt nicht *das Volk*. Er führt achthundert erbärmliche Menschen, frühere Sklaven von Verminaard in Pax Tharkas. Jetzt haben sie sich in Südtor bei den Bergzwergen eingenistet.« Der Drache ließ sich auf dem Fels nieder und spürte, wie die Wärme der Morgensonne allmählich seine Schuppenhaut auftaute. »Nebenbei bemerkt, unsere Spione berichten, daß sie gerade auf dem Weg nach Tarsis sind. Spätestens morgen abend wird dieser Elistan uns gehören. Soviel zum Diener von Paladin!«

»Elistan interessiert mich nicht.« Der Drachenfürst zuckte gleichgültig die Schultern. »Er ist es nicht, den ich will.«

»Nein?« Skie hob erstaunt seinen Kopf. »Wer dann?«

»Es sind drei, für die ich ein bestimmtes Interesse hege. Aber ich werde dir von allen Beschreibungen geben...« Der Drachenfürst rückte näher zu Skie. »... darum nehmen wir morgen an der Zerstörung von Tarsis teil, um sie festzunehmen. Wir suchen folgende...«

Tanis stapfte über die gefrorene Ebene, seine Stiefel bohrten sich geräuschvoll in die Schneekruste. Hinter ihm ging die Sonne auf, die zwar viel Licht, aber wenig Wärme gab. Er zog seinen Umhang fester zusammen und blickte sich um, sich vergewissernd, daß niemand zurückblieb. Die Gefährten marschierten hintereinander. Sie traten jeweils in die Spuren des Vordermannes; die Kräftigeren gingen voraus und bahnten den Weg für die Schwächeren.

Tanis führte. Sturm ging neben ihm, unerschütterlich und treu wie immer, obwohl er immer noch erzürnt war, den Streitkolben von Kharas zurückgelassen zu haben, der für den Ritter eine fast mystische Qualität erhalten hatte. Er wirkte noch vergrämter und erschöpfter als sonst, hielt aber trotzdem immer Schritt mit Tanis. Und das war nicht einfach, da der Ritter in seiner vollen Kampfrüstung marschierte, deren Gewicht Sturms Füße tief in den verkrusteten Schnee zwang.

Hinter Sturm und Tanis stampfte Caramon wie ein großer Bär durch den Schnee, sein Waffenarsenal klirrte an seinen Seiten. Auf dem Rücken trug er seine Rüstung und seine Verpflegung und die seines Zwillingsbruders Raistlin. Schon Caramon zu beobachten machte Tanis müde, denn der Krieger ging nicht nur mit Leichtigkeit durch den tiefen Schnee, sondern schaffte es auch noch, den Weg für die anderen ausreichend zu spuren.

Hinter Caramon ging Gilthanas, dem sich Tanis von allen Gefährten vielleicht am engsten verbunden fühlte, da sie wie Brüder zusammen aufgewachsen waren. Aber Gilthanas war ein Elfenlord, jüngster Sohn der Stimme der Sonnen, des Herrschers der Qualinesti-Elfen, während Tanis ein Mischling war, Frucht einer brutalen Vergewaltigung seiner Elfen-Mutter durch einen menschlichen Krieger. Noch schlimmer war, daß Tanis sich zu Gilthanas' Schwester Laurana hingezogen gefühlt hatte – obwohl auf eine kindliche, unreife Weise. Und deswegen waren sie bei weitem keine Freunde, und Tanis hatte immer das unbehagliche Gefühl, daß Gilthanas sich über seinen Tod freuen würde.

Flußwind und Goldmond gingen zusammen hinter dem Elfenlord. In ihre Fellmänteln gekleidet, machte den Barbaren die Kälte nichts aus. Und was war die Kälte angesichts der Flamme in ihren Herzen... Sie hatten erst einen Monat zuvor geheiratet, und die tiefe Liebe zwischen beiden, eine selbstlose Liebe, die die Welt zu der Entdeckung der alten Götter geführt hatte, erreichte nun größere Tiefen, da sie neue Ausdrucksmöglichkeiten entdeckten.

Hinter ihnen gingen Elistan und Laurana. Elistan und Laurana. Tanis fand es merkwürdig, daß er Flußwind und Goldmond um ihr Glück beneidete, während seine Augen die beiden trafen. Elistan und Laurana. Immer zusammen. Immer in ernste Unterhaltungen vertieft. Elistan, Kleriker von Paladin, prächtig in seiner weißen Robe, die selbst den Schnee überstrahlte. Er war immer noch eine eindrucksvolle Erscheinung trotz seines weißen Bartes und seiner schütteren Haare. Ein Mann, der ein junges Mädchen anziehen konnte. Nur wenige Männer und Frauen konnten in Elistans eisblaue Augen sehen, ohne sich aufgewühlt zu fühlen, von Ehrfurcht ergriffen in der Gegenwart eines Mannes, der in das Totenreich gewandert war und zu einem neuen, starken Glauben gefunden hatte.

Neben ihm ging seine treue »Helferin« Laurana. Das junge Elfenmädchen war aus ihrem Zuhause in Qualinesti weggelaufen, um Tanis in jugendlicher Verliebtheit zu folgen. In kurzer Zeit war sie gezwungenermaßen erwachsen geworden, ihre Augen hatten den Schmerz und das Leid der Welt gesehen. Da viele der Gefährten – einschließlich Tanis – ihre Anwesenheit als Störung empfanden, hatte Laurana sich gemüht, ihren Wert zu beweisen. Bei Elistan fand sie ihre Chance. Als Tochter der Stimme der Sonnen von Qualinesti war sie seit frühester Kindheit mit der Politik vertraut. Als Elistan in den Bergen zusammenbrach bei dem Versuch, achthundert Männer, Frauen und Kinder zu ernähren, zu kleiden und zu leiten, war es Laurana gewesen, die seine Last erleichtert hatte. Sie war für ihn unentbehrlich geworden, eine Tatsache, mit der Tanis schlecht umgehen konnte. Der Halb-Elf biß die Zähne zusammen und ließ seinen Blick von Laurana auf Tika gleiten.

Die frühere Bedienerin und jetzige Abenteurerin schritt neben Raistlin durch den Schnee. Caramon hatte sie gebeten, in der Nähe des zerbrechlichen Magiers zu bleiben, da er vorn gebraucht wurde. Weder Tika noch Raistlin schienen über diese Regelung glücklich zu sein. Der rotgekleidete Magier schritt mürrisch voran, seinen Kopf gegen den Wind gebeugt. Häufig mußte er anhalten und hustete dann, bis er fast umfiel. Dann legte Tika zögernd ihren Arm um ihn und tauschte besorgte

Blickte mit Caramon. Aber Raistlin entzog sich ihr immer mit einem Knurren.

Der uralte Zwerg kam als nächster. Er schob sich durch den Schnee; nur seine Helmspitze und die Quaste »von der Mähne eines Greifs« waren über dem Schnee sichtbar. Tanis hatte versucht, ihm klarzumachen, daß Greife keine Mähnen hätten und daß die Quaste aus Pferdehaar sei. Aber Flint glaubte ihm nicht, denn er haßte Pferde und war felsenfest davon überzeugt, daß sie es waren, die ihn heftigst zum Niesen brachten. Tanis lächelte und schüttelte den Kopf. Flint hatte darauf bestanden, vorn zu marschieren. Erst als Caramon ihn dreimal aus Schneewehen herausziehen mußte, war Flint murrend einverstanden, das »Rücklicht« zu bilden.

Neben Flint hüpfte Tolpan Barfuß, dessen schrille, piepsende Stimme Tanis vorn hören konnte. Der Kender erfreute den Zwerg mit einer wundersamen Geschichte über ein wollenes Mammut – was auch immer das sein sollte –, das von zwei geistesgestörten Magiern gefangengehalten wurde. Tanis seufzte. Tolpan ging ihm auf die Nerven. Er hatte dem Kender bereits eine strenge Rüge erteilt, da er einen Schneeball auf Sturm geworfen hatte. Aber er wußte, daß es sinnlos war. Kender lebten für Abenteuer und neue Erlebnisse. Tolpan genoß jede Minute dieser verhängnisvollen Reise.

Ja, alle waren da. Immer noch folgten sie ihm.

Tanis drehte sich abrupt um. Warum folgen sie *mir?* fragte er sich grollend. Ich weiß kaum, wohin mein Leben führt, und soll andere führen. Ich habe nicht Sturms antreibendes Streben, das Land von den Drachen zu befreien, so wie sein Held Huma es getan hatte. Ich habe nicht Elistans heiliges Streben, dem Volk das Wissen der wahren Götter zu bringen. Ich habe nicht einmal Raistlins verzehrendes Streben nach Macht.

Sturm stieß ihn an und zeigte nach vorn. Am Horizont erschien eine Linie mit kleinen Hügeln. Falls die Karte des Kenders stimmte, lag die Stadt Tarsis direkt dahinter. Tarsis – weißgeflügelte Boote und weißglänzende Türme. Tarsis, die Schöne.

Tarsis, die Schöne

Tanis breitete die Karte des Kenders aus. Sie waren am Fuß der öden und baumlosen Hügel angelangt, von denen aus, nach der Karte, die Stadt Tarsis zu sehen sein müßte.

»Wir trauen uns nicht, bei Tageslicht auf die Hügel zu steigen«, sagte Sturm und zog seinen Schal vom Mund. »Aber hier sind wir im Umkreis von über hundert Kilometern für alle sichtbar.«

»Du hast recht«, stimmte Tanis zu. »Wir werden hier zwar ein Lager errichten, ich will trotzdem hochklettern, um einen Blick auf die Stadt zu werfen.«

»Mir gefällt das überhaupt nicht!« murmelte Sturm düster. »Irgend etwas stimmt hier nicht. Möchtest du, daß ich mitgehe?«

Tanis sah die Müdigkeit im Gesicht des Ritters und schüttelte den Kopf. »Du mußt dich um die anderen kümmern.« Er wollte gerade mit dem Aufstieg beginnen, als er eine kalte Hand spürte. Er drehte sich um und sah in die Augen des Magiers.

»Ich komme mit dir«, flüsterte Raistlin.

Tanis starrte ihn erstaunt an, dann blickte er zu den Hügeln hoch. Der Aufstieg würde nicht leicht sein, und er kannte die Abneigung des Magiers gegen große körperliche Anstrengungen. Raistlin verstand seinen Blick.

»Mein Bruder wird mir helfen«, sagte er und gab Caramon ein Zeichen, der zwar verwundert schien, aber sofort zu dem Magier eilte. »Ich möchte einen Blick auf die Stadt Tarsis, die Schöne, werfen.«

Tanis musterte ihn unruhig, aber Raistlins Miene war wie immer ausdruckslos und kalt.

»Nun gut«, sagte der Halb-Elf. »Aber du wirst dich auf dem Berg wie ein Blutfleck ausmachen. Leg dir einen weißen Umhang über.« Das sardonische Lächeln des Halb-Elfs war eine fast perfekte Nachahmung von Raistlins Lächeln. »Leih dir einen von Elistan.«

Tanis, der oben auf dem Hügel stand und über die legendäre Hafenstadt Tarsis, die Schöne, schaute, begann leise zu fluchen. Er zog seine Kapuze tiefer über sein Gesicht und starrte in bitterer Enttäuschung auf die Stadt hinunter.

Caramon stieß seinen Bruder an. »Raist«, sagte er. »Was ist los? Ich verstehe nicht.«

Raistlin hustete. »Dein Gehirn ist in deinem Schwertarm, mein Bruder«, flüsterte der Magier sarkastisch. »Schau auf Tarsis, die legendäre Hafenstadt. Was siehst du?«

»Nun...«, Caramon blinzelte. »Sie ist eine der größten Städte, die ich je gesehen habe. Und da sind Schiffe, solche, von denen wir auch gehört haben...«

»Die weißgeflügelten Boote von Tarsis, der Schönen«, zitierte Raistlin bitter. »Du siehst jetzt also auf die Boote, mein Bruder. Fällt dir dabei etwas Besonderes auf?«

»Sie befinden sich keineswegs in gutem Zustand. Die Segel sind zerfetzt und...« Caramon blinzelte wieder, dann keuchte er. »Da ist kein Wasser!«

»Sehr aufmerksam.«

»Aber die Karte des Kenders...«

»Stammt noch aus der Zeit vor der Umwälzung«, unterbrach Tanis. »Verdammt, ich hätte das wissen müssen! Ich hätte diese Möglichkeit in Betracht ziehen müssen! Tarsis, die Schöne – legendäre Hafenstadt – jetzt landumschlossen!«

»Und das zweifellos seit dreihundert Jahren«, wisperte Raistlin. »Als das feurige Gebirge vom Himmel stürzte, schuf es Seen, wie wir in Xak Tsaroth gesehen haben, aber es zerstörte sie auch. Was machen wir jetzt mit den Flüchtlingen, Halb-Elf?«

»Ich weiß es nicht«, knurrte Tanis wütend. Er starrte noch einmal auf die Stadt, dann drehte er sich um. »Es hat keinen Sinn, hier noch länger herumzustehen. Das Meer wird wegen uns nicht zurückkommen.« Er ging langsam den Hügel hinunter.

»Was *werden* wir tun?« fragte Caramon seinen Bruder. »Wir können nicht nach Südtor zurück. Ich *weiß,* etwas oder jemand ist uns die ganze Zeit gefolgt.« Er blickte sich besorgt um. »Ich spüre, daß wir beobachtet werden – sogar jetzt.«

Raistlin hakte sich bei Caramon ein. Einen seltenen Moment lang sahen sich die beiden bemerkenswert ähnlich.

»Du bist klug, deinen Gefühlen zu vertrauen, mein Bruder«, sagte Raistlin leise. »Wir sind von großer Gefahr und großem Unheil umgeben. Ich spüre dieses Gefühl in mir wachsen, seitdem die Leute in Südtor angekommen sind. Ich versuchte, sie zu warnen...« Ein Hustenanfall unterbrach ihn.

»Woher weißt du es?« fragte Caramon.

Raistlin schüttelte den Kopf, einige Momente unfähig, zu antworten. Als der Hustenanfall vorüber war, holte er zitternd

Luft und blickte seinen Bruder wütend an. »Hast du immer noch nicht begriffen?« fragte er bitter. »Ich *weiß* es! Nimm es so hin. Ich habe für mein Wissen in den Türmen der Erzmagier bezahlt. Ich zahlte dafür mit meinem Körper und fast mit meinem Verstand. Ich zahlte dafür mit...« Raistlin hielt inne und sah zu seinem Bruder.

Caramon war blaß und schweigsam, wie immer, wenn die Prüfung erwähnt wurde. Er wollte etwas sagen, unterdrückte es aber und räusperte sich. »Es ist nur, daß ich nicht verstehe...«

Raistlin seufzte, schüttelte den Kopf und löste sich von seinem Bruder. Dann begann er langsam, auf seinen Stab gestützt, den Hügel hinunterzugehen. »Du wirst auch nie verstehen«, murmelte er. »Niemals.«

Vor dreihundert Jahren war Tarsis, die Schöne, die Herrscherstadt von Abanasinia gewesen. Von hier segelten die weißgeflügelten Boote in alle bekannten Länder auf Krynn. Hierher kehrten sie zurück und brachten alle Arten von Gegenständen, wertvoll und merkwürdig, abscheulich und köstlich, mit. Der Marktplatz von Tarsis war ein Platz der Wunder. Matrosen stolzierten durch die Straßen, ihre goldenen Ohrringe blitzten genauso hell wie ihre Messer. Die Schiffe brachten exotische Leute aus entfernten Ländern mit, die hier ihre Waren verkauften. Einige waren farbenfroh gekleidet, in fließende Seide, mit Juwelen herausgeputzt. Sie verkauften Gewürze und Tees, Orangen und Perlen und kunterbunte Vögel in Käfigen. Andere, in ungegerbte Häute gekleidet, boten wertvolle Felle von exotischen Tieren feil, die so grotesk waren wie ihre Jäger.

Natürlich gab es auf dem tarsianischen Markt auch Käufer, die fast genauso seltsam und exotisch und gefährlich waren wie die Verkäufer. Zauberer in weißen, roten und schwarzen Roben streiften durch den Bazar auf der Suche nach seltenen Zauberzutaten. Schon damals war man ihnen gegenüber mißtrauisch, und so bewegten sie sich einsam durch die Menge. Nur wenige sprachen mit den Magiern, und niemand wagte es je, sie zu betrügen.

Auch Kleriker suchten hier nach Zutaten für ihre Heilmittel. Denn es gab auf Krynn schon vor der Zerstörung Kleriker. Einige verehrten die guten, andere die neutralen, wieder andere die bösen Götter. Aber alle verfügten über große Macht. Ihre Gebete, ob gut oder böse, wurden erhört.

Und zwischen all den seltsamen und exotischen Leuten, die sich auf dem Bazar von Tarsis, der Schönen, versammelten, waren immer die Ritter von Solamnia. Sie hielten Ordnung, bewachten das Land und führten ihr diszipliniertes Leben nach ihrem strengen Kodex. Die Ritter waren Anhänger von Paladin und für ihren frommen Gehorsam den Göttern gegenüber bekannt.

Die von Mauern umgebene Stadt Tarsis hatte ihre eigene Armee und – so hieß es – war niemals von einer fremden Streitkraft erobert worden. Die Stadt wurde – unter den wachsamen Augen der Ritter – von einer Lordfamilie regiert, die glücklicherweise über Vernunft, Feingefühl und Gerechtigkeitssinn vefügte. Tarsis wurde ein Zentrum von Wissen und Bildung; Weise aus aller Herren Länder kamen hierher, um ihr Wissen mitzuteilen. Schulen und eine große Bibliothek wurden errichtet, Tempel wurden für die Götter gebaut. Junge, wißbegierige Männer und Frauen kamen nach Tarsis, um zu lernen.

Von den frühen Drachenkriegen war Tarsis nicht betroffen. Die massiven Stadtmauern, die mächtige Armee, die Flotte weißgeflügelter Boote und die wachsamen Ritter von Solamnia entmutigten sogar die Königin der Finsternis. Bevor sie ihre Macht festigen und in die Herrscherstadt einfallen konnte, hatte Huma ihre Drachen vom Himmel vertrieben. So konnte Tarsis weiter gedeihen und entwickelte sich im Zeitalter der Allmacht zu einer der reichsten und stolzesten Städte auf Krynn.

Und wie es mit vielen anderen Städten auf Krynn geschah, wuchs mit dem Stolz auch die Eitelkeit. Tarsis begann, immer höhere Forderungen an die Götter zu stellen: Reichtum, Macht, Ruhm. Die Bewohner verehrten Istars Königspriester. Dieser Königspriester verlangte arrogant von den Göttern das, was sie

Humas demütiger Bitte gewährt hatten. Selbst die Ritter von Solamnia, an die strengen Gesetze ihres Kodex gebunden, gefangen in einer Religion, die zu reinem Ritual ohne jede Tiefe ausgeartet war, verfielen dem mächtigen Königspriester.

Dann kam die Umwälzung – die Nacht des Entsetzens, als es Feuer regnete. Der Boden hob und senkte sich und spaltete sich, als die Götter in ihrem gerechten Zorn einen Berg auf Krynn schleuderten, um Istars Königspriester und die Bewohner für ihren Hochmut zu bestrafen.

Die Stadt wandte sich an die Ritter von Solamnia: »Ihr seid gerecht, helft uns!« schrie man. »Besänftigt die Götter!«

Aber die Ritter konnten nichts ausrichten. Feuer fiel vom Himmel, Land spaltete sich. Das Meer ging zurück, die Schiffe staken im Grund und legten sich zur Seite, die Stadtmauer zerbröckelte.

Als die Nacht des Alptraums endete, war Tarsis keine Hafenstadt mehr. Die weißgeflügelten Boote lagen wie verletzte Vögel im Sand. Verwirrt und blutend versuchten die Überlebenden, ihre Stadt wieder aufzubauen, rechneten jeden Moment damit, daß die Ritter von Solamnia aus ihren großen Festungen im Norden heranmarschieren würden, aus Palanthas, Solantus, Vingaard-Burg, Thelgaard, um ihnen zu helfen und sie noch einmal zu beschützen.

Aber die Ritter kamen nicht. Sie hatten ihre eigenen Sorgen und konnten Solamnia nicht verlassen. Und selbst wenn sie gewollt hätten, wäre es nicht gegangen, weil ein neues Meer das Land von Abanasinai teilte. Die Zwerge im Bergkönigreich Thorbadin schlossen ihre Tore und ließen niemanden mehr hinein, und so waren auch die Gebirgspässe blockiert. Die Elfen zogen sich nach Qualinesti zurück, leckten ihre Wunden und gaben den Menschen die Schuld für das Unglück. Bald hatte Tarsis jeden Kontakt mit der nördlichen Welt verloren.

Und nach der Umwälzung, als klarwurde, daß die Stadt von den Rittern aufgegeben worden war, kam der Tag der Verbannung. Der Lord der Stadt befand sich in einer schwierigen Situation. Er war nicht völlig von der Korruptheit der Ritter überzeugt, wußte aber, daß die Bewohner einen Sündenbock brauchten. Wenn er sich für die Ritter einsetzen würde, würde er die Kontrolle über die Stadt verlieren, und so war er gezwungen, die Augen gegenüber dem wütenden Mob zu schließen, der die wenigen übriggebliebenen Ritter in Tarsis angriff. Sie wurden aus der Stadt getrieben oder umgebracht.

Nach einer Zeit war die Ordnung in Tarsis wiederhergestellt. Der Lord und seine Familie bauten eine neue Armee auf. Aber es hatte sich viel geändert. Die Bewohner glaubten, daß die alten Götter, die sie so lange verehrt hatten, sich von ihnen abgewendet hatten. Sie fanden neue Götter und verehrten sie, auch wenn diese ihre Gebete kaum erhörten. Alle klerikalen Mächte, die im Land vor der Umwälzung gegenwärtig gewesen waren, waren verschwunden. Kleriker, die mit falschen Versprechen falsche Hoffnungen weckten, nahmen überhand. Quacksalber reisten durch das Land und boten ihre falschen Allheilmittel feil.

Nach und nach verließen viele Leute Tarsis. Auf dem Marktplatz spazierten keine Matrosen mehr; Elfen, Zwerge und andere Rassen kamen nicht mehr. Den übriggebliebenen Bewohnern von Tarsis war es recht so. Sie begannen die Außenwelt zu fürchten und ihr zu mißtrauen. Fremde waren nicht mehr willkommen.

Aber Tarsis war zu lange ein Handelszentrum gewesen, also erblühte wieder der Handel. Die äußeren Stadtteile wurden wiederaufgebaut. Die Ruinen im inneren Teil – die Tempel, die Schulen, die große Bibliothek – ließ man unberührt. Der Bazar wurde wieder geöffnet, aber jetzt war er nur noch ein Markt für Landwirte und ein Forum für falsche Kleriker, die neue Religionen priesen. Der Friede legte sich über die Stadt wie eine Decke. Die frühen Tage des Reichtums und des Ruhms waren nur noch Legende.

Jetzt hatte man natürlich auch in Tarsis Gerüchte über Krieg gehört, aber im allgemeinen wurden sie nicht ernst genommen, obwohl der Lord seine Armee hinausschickte, um die Ebenen zum Süden hin zu bewachen. Wenn jemand nach dem Grund fragte, antwortete er, es sei nur eine Schlachtübung. Diese Gerüchte kamen schließlich aus dem Norden, und es war bekannt, daß die Ritter von Solamnia verzweifelt versuchten, ihre Macht wiederherzustellen. Es war schon erstaunlich, wie weit diese verräterischen Ritter gingen – sogar Geschichten über die Rückkehr der Drachen machten die Runde.

So stand es um Tarsis, die Schöne, als die Gefährten an jenem Morgen kurz nach Sonnenaufgang die Stadt betraten.

Verhaftet! Die Helden werden getrennt
Ein unheilvoller Abschied

Die wenigen dösenden Wachposten an der Stadtmauer wurden beim Anblick der bewaffneten, erschöpften Gruppe wach, die um Einlaß bat. Man verweigerte ihnen nicht den Eintritt. Man stellte nicht einmal viele Fragen. Ein rotbärtiger Halb-Elf sagte leise, daß sie eine lange Reise hinter sich hätten und Unterkunft suchten. Seine Gefährten standen still hinter ihm und wirkten in keiner Weise bedrohlich. Gähnend zeigten die Wachen ihnen den Weg zum Wirtshaus zum Roten Drachen.

Damit wäre die Angelegenheit auch erledigt gewesen. Aber

als einer der Menschen durch das Tor trat, wehte sein Umhang hoch, und ein Wächter erhaschte einen kurzen Blick auf die glänzende Rüstung. Der Wächter sah das verhaßte und verschmähte Symbol der Ritter von Solamnia auf dem uralten Brustpanzer. Knurrend verschmolz der Wächter mit den Schatten und schlich hinter den Gefährten her, die durch die Straßen der erwachenden Stadt schritten.

Der Wächter sah, wie sie den Roten Drachen betraten. Er wartete draußen in der Kälte, bis er sicher war, daß sie alle drinnen sein mußten. Dann schlüpfte er hinein, wechselte ein paar Worte mit dem Wirt und spähte in den Gemeinschaftsraum. Als er die Gruppe dort sitzen sah, lief er fort, um Bericht zu erstatten.

»Das kommt davon, wenn man sich auf die Karte eines Kenders verläßt!« schimpfte der Zwerg, schob seinen leeren Teller beiseite und fuhr sich mit der Hand über den Mund. »Führt uns zu einer Hafenstadt ohne Meer!«

»Das ist nicht meine Schuld«, protestierte Tolpan. »Ich habe Tanis gewarnt, als ich ihm die Karte gab, daß sie vor der Umwälzung gezeichnet worden ist. ›Tolpan‹, fragte Tanis vor unserer Abreise, ›hast du eine Karte, die uns den Weg nach Tarsis zeigt?‹ Ich antwortete, daß ich eine hätte, und gab ihm diese. Sie zeigt Thorbardin, das Zwergenkönigreich unter dem Gebirge, und Südtor, und sie zeigt auch Tarsis, und alles stimmte, was auf der Karte eingezeichnet war. Ich kann nichts dafür, wenn etwas mit dem Meer passiert ist! Ich...«

»Es ist gut, Tolpan.« Tanis seufzte. »Niemand gibt dir die Schuld. Niemand hat Schuld. Wir haben nur unsere Hoffnungen zu hoch gesteckt.«

Der Kender, der nun beschwichtigt war, nahm die Karte zurück, rollte sie ein und verstaute sie bei seinen anderen wertvollen Karten von Krynn. Dann legte er sein kleines Kinn in die Hände und musterte seine düsteren Gefährten, die nun begannen, halbherzig über ihre nächsten Pläne zu reden.

Tolpan langweilte sich. Er wollte die Stadt erforschen. Es gab viel Ungewöhnliches zu sehen und zu hören. Flint hatte ihn praktisch ziehen und zerren müssen, als sie Tarsis betreten hatten. Es gab einen fabelhaften Marktplatz mit wundervollen Dingen, die einfach herumlagen und nur darauf warteten, bewundert zu werden. Er hatte sogar einige Kender entdeckt und wollte mit ihnen reden. Er machte sich um seine Heimat Sorgen. Flint trat ihm unter dem Tisch gegen das Schienbein. Ergeben seufzend wandte Tolpan seine Aufmerksamkeit wieder Tanis zu.

»Wir werden die Nacht hier verbringen, uns ausruhen und soviel wie möglich herauszufinden versuchen und dann eine Nachricht nach Südtor überbringen lassen«, sagte Tanis. »Vielleicht liegt weiter südlich noch eine andere Hafenstadt. Einige von uns sollten weiterreisen und nachforschen. Was meinst du, Elistan?«

Der Kleriker schob seinen unberührten Teller fort. »Das ist wohl unsere einzige Chance«, sagte er traurig. »Aber ich werde nach Südtor zurückkehren. Ich kann nicht zu lange von den Leuten fernbleiben. Du solltest mit mir kommen, meine Liebe.« Er legte seine Hand auf die Lauranas. »Ich brauche deine Hilfe.«

Laurana lächelte Elistan an. Doch als ihr Blick zu Tanis wanderte, verschwand ihr Lächeln unter seinem finsteren Blick.

»Flußwind und ich haben bereits darüber geredet. Wir werden mit Elistan zurückkehren«, sagte Goldmond. »Die Leute sind auf meine Heilkräfte angewiesen.«

»Nebenbei vermißt das Brautpaar sicher die Intimität seines Zeltes«, fügte Caramon leise hinzu. Goldmond lief knallrot an, als ihr Gatte lächelte.

Sturm sah Caramon voller Abscheu an und wandte sich zu Tanis. »Ich gehe mit dir, mein Freund«, bot er an.

»Wir natürlich auch«, sagte Caramon prompt.

Sturm runzelte die Stirn, während er Raistlin ansah, der in seinem roten Gewand zusammengekauert am Feuer saß und die seltsame Kräutermischung gegen seinen Husten trank. »Ich glaube nicht, daß dein Bruder reisefähig ist, Caramon...«, begann Sturm.

»Du bist ja plötzlich sehr um meine Gesundheit besorgt, Ritter«, flüsterte Raistlin sarkastisch. »Aber es ist doch nicht meine Gesundheit, um die du dich sorgst, Sturm Feuerklinge. Es ist meine zunehmende Macht. Du fürchtest mich...«

»Es reicht!« sagte Tanis, als sich Sturms Gesicht verdunkelte.

»Entweder geht der Magier oder ich«, sagte Sturm eisig.

»Sturm...«, begann Tanis.

Tolpan nutzte die Gelegenheit, um sich davonzustehlen. Alle waren auf den Streit zwischen Ritter, Halb-Elf und Magier konzentriert. Der Kender schlüpfte aus der Tür des Gasthauses zum Roten Drachen, einen Namen, den er besonders komisch fand. Aber Tanis hatte nicht gelacht.

Tolpan dachte darüber nach, während er durch die Straße schlenderte und sich entzückt umsah. Tanis lachte überhaupt nicht mehr. Es schien, als ob der Halb-Elf das Gewicht der Welt auf seinen Schultern tragen würde. Tolpan glaubte zu wissen, was mit Tanis los war. Der Kender nahm einen Ring aus einem seiner Beutel und studierte ihn. Es war ein nach Elfenart gefertigter Goldring, der sich aneinanderschmiegende Efeublätter zeigte. Er hatte ihn in Qualinesti aufgehoben. Der Ring war etwas, was der Kender nicht »erworben« hatte. Er war zu seinen Füßen gelandet, von einer verzweifelten Laurana weggeworfen, nachdem Tanis ihn ihr zurückgegeben hatte.

Der Kender dachte über alles nach und kam zu dem Schluß, daß das Aufteilen der Gruppe und ein neues Abenteuer genau das Richtige für alle Beteiligten war. Er würde natürlich mit Tanis und Flint gehen – der Kender war fest überzeugt, daß beide ohne ihn nicht auskommen konnten. Aber zuerst *mußte* er einen Blick auf diese interessante Stadt werfen.

Tolpan erreichte das Ende der Straße. Er blickte kurz zurück und konnte das Wirtshaus zum Roten Drachen erkennen. Gut. Niemand hielt nach ihm Ausschau. Er wollte gerade einen Passanten nach dem Weg zum Marktplatz fragen, als er etwas sah, was bei weitem interessanter war...

Tanis schlichtete den Streit zwischen Sturm und Raistlin. Der Magier entschied, in Tarsis zu bleiben, um nach den Überresten der alten Bibliothek zu forschen. Caramon und Tika wollten bei ihm bleiben, während Tanis, Sturm und Flint (und Tolpan) weiter in den Süden ziehen und auf dem Rückweg die Brüder abholen wollten. Der Rest der Gruppe würde die enttäuschenden Nachrichten nach Südtor bringen. Als das geregelt war, ging Tanis zum Wirt, um die Übernachtung zu bezahlen. Er zählte gerade seine Silberlinge, als ihn eine Hand berührte.

»Könntest du bitte dafür sorgen, daß ich ein anderes Zimmer, näher zu Elistan, bekomme?« bat Laurana.

Tanis sah sie durchdringend an. »Warum das?«

Laurana seufzte. »Wir wollen doch nicht noch einmal diese Angelegenheit durchsprechen, oder?«

»Ich weiß nicht, was du meinst«, erwiderte Tanis kühl und wandte sich von dem grinsenden Wirt ab.

»Zum ersten Mal in meinem Leben mache ich etwas Sinnvolles und Nützliches«, sagte Laurana. »Und du willst, daß ich damit aufhöre, weil du eifersüchtig bist...«

»Ich bin nicht eifersüchtig«, gab Tanis zurück und errötete. »Ich sagte dir bereits in Qualinesti, daß die Sache zwischen uns vorbei ist. Ich...« Er hielt inne, fragte sich, ob das stimmte. Auch jetzt erbebte seine Seele vor ihrer Schönheit. Ja, diese jugendliche Vernarrtheit war vorbei, aber war sie nicht durch etwas anderes ersetzt worden, etwas Stärkeres und Beständigeres? Und war er dabei, es zu verlieren? Hatte er es bereits durch seine Unentschlossenheit und Starrköpfigkeit verloren? Ich verhalte mich typisch menschlich, dachte der Halb-Elf. Etwas ablehnen, wonach man nur die Hand auszustrecken brauchte, um dann zu schreien, wenn es verschwunden war. Er schüttelte verwirrt den Kopf.

»Wenn du nicht eifersüchtig bist, warum läßt du mich dann nicht in Ruhe und meine Arbeit für Elistan in Frieden weiterführen?« fragte Laurana kühl. »Du...«

»Psst!« Tanis hob eine Hand. Laurana wollte verärgert ihren Satz beenden, aber Tanis starrte sie so böse an, daß sie schwieg.

Tanis lauschte. Ja, er hatte sich nicht geirrt. Er konnte jetzt deutlich das schrille, hohe, schreiende Winseln der Lederschlinge am Ende von Tolpans Hupak hören. Es war ein merkwürdiger Klang, der einem die Haare zu Berge stehen ließ. Es war auch ein Kendersignal für Gefahr.

»Ärger«, sagte Tanis leise. »Hol die anderen.« Laurana gehorchte, ohne Fragen zu stellen, erschreckt von seinem grimmigen Gesichtsausdruck. Der Halb-Elf wandte sich abrupt dem Wirt zu, der sich von der Theke wegschleichen wollte. »Wohin gehst du?« fragte er scharf.

»Ich will nur eure Zimmer überprüfen«, erwiderte der Wirt aalglatt und verschwand in der Küche. In dem Moment stürzte Tolpan durch die Tür der Gaststube.

»Wachen, Tanis! Wachen! Unterwegs hierher!«

»Sie kommen sicherlich nicht wegen uns«, sagte Tanis. Er hielt inne, musterte den diebischen Kender, ein plötzlicher Gedanke durchfuhr ihn. »Tolpan...«

»Es ist nicht wegen mir, ehrlich!« protestierte Tolpan. »Ich bin gar nicht zum Marktplatz gekommen! Ich bin nur bis zum Straßenende gekommen, als ich einen ganzen Trupp in diese Richtung marschieren sah.«

»Was ist mit Wachen?« fragte Sturm, der aus dem Gemeinschaftsraum trat. »Wieder so eine Geschichte vom Kender?«

»Nein. Hört mal«, sagte Tanis. Alle verstummten. Sie konnten das Stampfen von Stiefeln hören und sahen sich besorgt und ängstlich an. »Der Wirt ist verschwunden. Ich habe mich schon gewundert, daß wir so einfach die Stadt betreten durften. Ich hätte mit Ärger rechnen sollen.« Tanis kratzte sich das Kinn, ihm war bewußt, daß alle Blicke auf ihn gerichtet waren.

»Laurana und Elistan gehen nach oben. Sturm und Gilthanas bleiben bei mir. Die anderen gehen auf ihre Zimmer. Flußwind, du hast das Kommando. Caramon und Raistlin, beschützt sie. Verwende deine Magie, Raistlin, falls notwendig. Flint...«

»Ich bleibe bei dir«, unterbrach ihn der Zwerg entschlossen.

Tanis lächelte und legte seine Hand auf Flints Schulter. »Natürlich, alter Freund.«

Grinsend holte Flint seine Streitaxt hervor. »Nimm sie«, sagte er zu Caramon. »Besser du hast sie als irgendein fieser, verlauster Stadtwächter.«

»Das ist eine gute Idee«, sagte Tanis. Er überreichte Caramon Drachentöter, das magische Schwert, das ihm das Skelett Kith-Kanans, des Elfenkönigs, gegeben hatte.

Gilthanas übergab schweigend sein Schwert und seinen Elfenbogen.

»Auch dein Schwert, Ritter«, sagte Caramon und streckte seine Hand aus.

Sturm runzelte die Stirn. Sein altes zweihändiges Schwert und die Scheide waren das einzige, was ihm von seinem Vater, einem großen Ritter von Solamnia, geblieben war. Er war verschwunden, nachdem er seine Frau und seinen jungen Sohn ins Exil geschickt hatte. Langsam löste Sturm seinen Schwertgürtel und überreichte ihn Caramon.

Der Krieger sah die Sorge des Ritters und wurde ernst. »Ich werde es sorgfältig hüten, das weißt du doch, Sturm.«

»Ich weiß«, antwortete Sturm traurig lächelnd. Er sah kurz zu Raistlin, der auf der Treppe stand. »Außerdem ist da immer noch der große Wurm, Catyrpelius, der es beschützt, nicht wahr, Magier?«

Raistlin stutzte bei diesem unerwarteten Wink aus der Zeit, als er in der ausgebrannten Stadt Solace einige Hobgoblins überlistet hatte, indem er sie davon überzeugt hatte, daß über Sturms Schwert ein Fluch lag. Der Ritter hatte dem Magier gegenüber nie zuvor seine Dankbarkeit auf irgendeine Art geäußert. Raistlin lächelte kurz.

»Ja«, flüsterte er. »Der Wurm ist immer da. Fürchte nichts, Ritter. Deine Waffe ist in Sicherheit, so wie das Leben jener, die unter unserem Schutz sind… wenn überhaupt etwas sicher ist… Auf Wiedersehen, meine Freunde«, zischte er, seine seltsamen Stundenglasaugen leuchteten. »Und es wird lange dauern, bis wir uns wiedersehen. Einigen von uns ist es nicht bestimmt, die anderen in dieser Welt wiederzutreffen.« Damit verbeugte er sich und begann die Stufen hinaufzusteigen.

Was meint er damit, dachte Tanis nervös, während er die Fußtritte immer näher kommen hörte.

»Macht schon!« befahl er. »Falls er recht hat, können wir jetzt sowieso nichts daran ändern.«

Nach einem zögernden Blick auf Tanis folgten auch die anderen seinen Anordnungen. Nur Laurana warf auf der Treppe noch einen ängstlichen Blick auf Tanis zurück. Dann nahm Elistan ihren Arm. Caramon wartete mit gezogenem Schwert, bis alle verschwunden waren.

»Macht euch keine Sorgen«, sagte der Krieger. »Uns wird nichts passieren. Falls ihr bis zum Einbruch der nächsten Nacht nicht zurück seid...«

»Sucht nicht nach uns!« unterbrach ihn Tanis, dem Caramons Absicht klar war. Der Halb-Elf war durch Raistlins unheilvolle Bemerkung verunsicherter, als er zuzugeben bereit war. Er kannte den Magier nun seit vielen Jahren und hatte seine Macht wachsen sehen, selbst als die Schatten sich dichter um ihn zusammenzogen. »Falls wir nicht zurückkommen, bring Elistan, Goldmond und die anderen nach Südtor zurück.«

Caramon nickte widerstrebend, dann ging er waffenklirrend und nachdenklich die Stufen hoch.

»Es ist wahrscheinlich nur eine Routineüberprüfung«, sagte Sturm eilig, als die Wachen nun durch die Fenster zu sehen waren. »Sie werden uns einige Fragen stellen und dann freilassen. Aber mit Sicherheit haben sie von uns *allen* eine Beschreibung!«

»Ich habe das Gefühl, es ist keine Routine. So wie hier jeder verschwindet. Und sie haben mit *einigen* von uns etwas vor«, sagte Tanis leise, als die Wachen durch die Tür traten, angeführt vom Wachtmeister und dem Wächter vom Stadttor.

»Da sind sie!« schrie der Wächter. »Da ist der Ritter, wie ich dir gesagt habe. Und der bärtige Elf, der Zwerg und der Kender und ein Elfenlord.«

»Richtig«, sagte der Wachtmeister lebhaft. »Nun, und wo sind die anderen?« Auf sein Zeichen richteten die Wachen ihre Lanzen auf die Gefährten.

»Ich verstehe das alles nicht«, sagte Tanis sanft. »Wir sind Fremde in Tarsis, auf der Durchreise nach Süden. Ist das eure Art, Fremde in eurer Stadt zu begrüßen?«

»Wir begrüßen in unserer Stadt keine Fremden«, erwiderte der Wachtmeister. Sein Blick wanderte zu Sturm, und er grinste höhnisch. »Besonders keinen Ritter von Solamnia. Wenn ihr unschuldig seid, wie ihr behauptet, werdet ihr mit gutem Gewissen einige Fragen vom Lord und seinen Ratgebern beantworten können. Wo sind die anderen von eurer Gruppe?«

»Meine Freunde sind müde und auf ihren Zimmern, um sich auszuruhen. Unsere Reise war lang und anstrengend. Aber wir wollen keinen Ärger erregen. Wir vier werden mit dir gehen und deine Fragen beantworten.« »Fünf«, fügte Tolpan beleidigt hinzu, aber alle ignorierten ihn. »Es besteht kein Grund, unsere Gefährten zu stören.«

»Holt die anderen«, befahl der Wachtmeister seinen Männern.

Zwei Wachen hielten auf die Treppe zu, die plötzlich in Flammen stand! Rauch zog in Schwaden durch den Raum und trieb die Wachen zurück. Alle rannten zur Tür. Tanis ergriff Tolpan, der mit aufgerissenen Augen interessiert zur Treppe starrte, und zog ihn nach draußen.

Der Wachtmeister blies hektisch in seine Pfeife, während einige seiner Männer durch die Straßen jagen wollten, um Alarm zu schlagen. Aber die Flammen erstarben genauso plötzlich, wie sie gekommen waren.

»Eeep...« Der Wachtmeister hörte mit dem Pfeifen auf. Mit blassem Gesicht trat er müde in das Wirtshaus zurück. Tanis, der über seine Schulter sah, schüttelte ehrfurchtsvoll seinen Kopf. Der Rauch war wie weggeblasen. Von den obersten Stufen konnte er schwach Raistlins Stimme hören. Als der Wachtmeister begreifend nach oben sah, brach das Singen ab.

Tanis schluckte, dann holte er tief Luft. Er wußte, daß er so blaß sein mußte wie der Wachtmeister, und er warf Sturm und Flint einen Blick zu. Raistlins Macht wurde immer größer...

»Der Magier muß oben sein«, murmelte der Wachtmeister.

»Sehr gut, Vogelpfeife, und wie lange brauchst du, um dir auszurechnen, daß einer von...«, begann Tolpan in einem Ton, von dem Tanis wußte, daß er Ärger bedeutete. Er trat dem Kender auf den Fuß, und Tolpan hielt sich mit einem vorwurfsvollen Blick zurück.

Glücklicherweise schien der Wachtmeister nichts gehört zu haben. Er blickte zu Sturm. »Und du kommst freiwillig mit uns?«

»Ja«, antwortete Sturm. »Du hast mein Ehrenwort.« Und der Ritter fügte hinzu: »Gleichgültig, wie du über die Ritter denkst, du weißt, daß meine Ehre mein Leben ist.«

Die Augen des Wachtmeisters wanderten zu der dunklen Treppe. »Nun gut«, sagte er schließlich. »Zwei Wachen bleiben hier an der Treppe stehen. Die anderen bewachen die übrigen Ausgänge. Überprüft jeden, der ein- und ausgeht. Ihr habt alle die Beschreibungen der Fremden?«

Die Wachen nickten und tauschten unbehagliche Blicke. Die zwei, die für die Bewachung der Treppe auserkoren waren, schauten verängstigt drein und hielten sich so weit wie möglich von ihr entfernt. Tanis lächelte grimmig.

Die fünf Gefährten – der Kender grinste aufgeregt – folgten dem Wachtmeister aus dem Gebäude. Als sie durch die Straße gingen, bemerkte Tanis eine Bewegung am oberen Fenster. Er sah hoch und gewahrte Laurana, ihr Gesicht vor Furcht verzogen. Sie hob ihre Hand, und er sah ihre Lippen die Worte »Es tut mir leid« in der Elfensprache formen. Ihm fielen Raistlins Worte ein, und ihn überlief es eiskalt. Sein Herz schmerzte. Der Gedanke, daß er sie vielleicht nie wiedersehen würde, ließ die Welt plötzlich trübe und leer und einsam erscheinen. Er spürte auf einmal, was Laurana ihm in den letzten dunklen Monaten bedeutet hatte, selbst als keine Hoffnung bestanden hatte, das Land vor den bösartigen Armeen der Drachenfürsten zu retten. Ihr unerschütterlicher Glaube, ihr Mut, ihre nie versiegende, nie sterbende Hoffnung! Ganz anders als Kitiara!

Ein Wachmann stieß Tanis in den Rücken. »Gesicht nach vorn! Hör auf, deinen Kumpanen Zeichen zu geben!« knurrte er. Die Gedanken des Halb-Elfs wandten sich wieder Kitiara zu. Nein, diese Kriegerin könnte niemals so selbstlos handeln. Sie könnte niemals Menschen helfen, so wie es Laurana getan hatte. Kit würde ungeduldig und wütend werden und sie im Stich lassen, egal ob sie überleben oder sterben würden. Sie verabscheute Leute, die schwächer waren als sie.

Tanis dachte an Kitiara, und er dachte an Laurana, und er bemerkte mit Erstaunen, daß der altbekannte schmerzhafte Schauder sein Herz nicht mehr erbeben ließ, wenn er an Kitiara dachte. Nein, jetzt war es Laurana – das dumme kleine Mädchen, das noch vor einigen Monaten ein verwöhntes, verzogenes Kind gewesen war –, die sein Blut in Wallung brachte. Und jetzt war es vielleicht zu spät.

Als sie das Ende der Straße erreichten, blickte er sich schnell um, hoffte, ihr ein Zeichen geben zu können. Sie soll wissen, daß ich verstehe, wissen, daß ich ein Narr war, wissen, daß ich…

Aber der Vorhang war gefallen.

Der Aufruhr. Tolpan verschwindet
Alhana Sternenwind

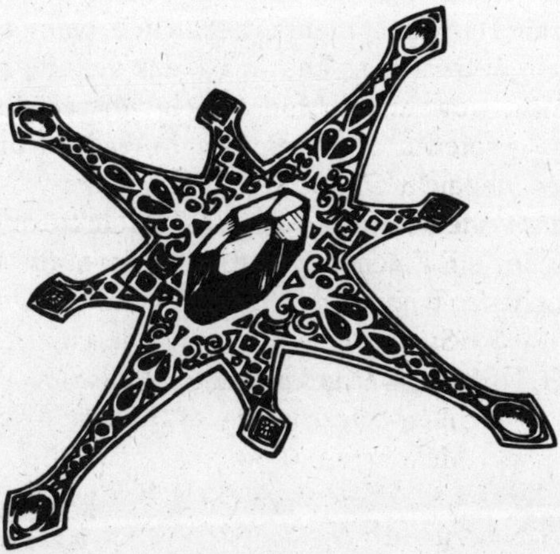

Elender Ritter...«

Ein Stein traf Sturm an der Schulter. Der Ritter fuhr zusammen, obwohl der Stein durch die Rüstung nur wenig Schmerz verursacht haben konnte. Tanis, der sein blasses Gesicht und seinen zitternden Schnurrbart sah, wußte, daß der Schmerz tiefer ging, als eine Waffe erzeugen konnte.

Die Menschenmassen wurden dichter, als die Gefährten durch die Straße geführt wurden. Sturm ging mit Würde und stolz erhobenem Kopf und ignorierte den Spott und Hohn. Obwohl ihre Wachen die Menge zuweilen zurückschoben, taten sie es nur halbherzig, und die Zuschauer wußten es. Noch mehr Steine wurden geworfen, als wären andere Gegenstände weniger amüsant. Bald hatten alle Gefährten Wunden, bluteten und waren mit Abfall und Schmutz bedeckt.

Tanis wußte, daß Sturm sich niemals zur Rache hinreißen lassen würde, nicht bei diesem Pöbel, aber der Halb-Elf mußte Flint festhalten. Selbst dann befürchtete er ständig, daß der wütende Zwerg an den Wachen vorbeistürmen und sich auf die Menge stürzen würde. Aber durch seine Sorge um Flint hatte Tanis Tolpan ganz vergessen.

Außer einer gewissen Großzügigkeit in bezug auf das Eigentum anderer hatte Kender noch eine weitere unbeliebte Eigenschaft, das sogenannte »Spotten«. Alle Kender verfügten mehr oder weniger über dieses Talent. Auch damit hatte es zu tun, wie ihre winzige Rasse es geschafft hatte, in einer Welt der Ritter und Krieger, Trolle und Hobgoblins zu bestehen und zu überleben. Das »Spotten« ist die Fähigkeit, einen Feind zu beleidigen und ihn mit Worten in solch eine Raserei zu bringen, daß er durchdreht und anfängt, wild und ziellos zu kämpfen. Tolpan war ein Meister im »Spotten«, obwohl er selten eine Gelegenheit fand, sein Talent anzuwenden, wenn er mit seinen Kriegerfreunden unterwegs war. Doch der Kender hatte nun entschieden, sein Talent voll auszuschöpfen.

Er begann also, Beleidigungen zurückzuschreien.

Zu spät bemerkte Tanis, was geschah. Vergeblich versuchte er, ihn zum Schweigen zu bringen. Tolpan befand sich vorn in der Reihe, der Halb-Elf hinten, und es gab keine Möglichkeit, den Kender zur Ruhe zu veranlassen.

Tolpan war der Meinung, daß Beleidigungen wie »elender Ritter« und »Elfenabschaum« jeglicher Phantasie entbehrten. Er entschloß sich, diesen Leuten genau zu zeigen, welche Variationen in der Umgangssprache da zur Verfügung standen. Tolpans Beleidigungen waren Meisterwerke der Kreativität und Erfindungsgabe. Unglücklicherweise neigten sie auch dazu, äußerst persönlich zu sein und gelegentlich ziemlich ungehobelt, vorgetragen mit einem Hauch bezaubernder Unschuld.

»Ist das deine Nase oder eine Krankheit? Können diese Fliegen, die da auf deinem Körper krabbeln, auch Dienste leisten? War deine Mutter ein Gossenzwerg?« war nur der Anfang.

Die Wachen begannen, die wütende Menge beunruhigt zu beäugen, während der Wachtmeister den Befehl gab, schneller zu gehen. Das, was er anfangs für eine siegreiche Prozession hielt, bei der Trophäen zur Schau gestellt werden, schien sich zu einem großangelegten Aufruhr zu entfalten.

»Bringt den Kender zum Schweigen!« schrie er zornig.

Tanis versuchte verzweifelt, Tolpan zu erreichen, aber die sich durchkämpfenden Wachen und die drängende Menschenmenge machten es unmöglich. Gilthanas wurde zu Boden geschlagen. Sturm beugte sich über den Elfen, um ihn zu schützen. Flint trat und schlug wild um sich in einem Anfall rasender Wut. Tanis hatte Tolpan fast erreicht, als er von einer Tomate getroffen wurde und einen Moment lang nichts sehen konnte.

»He, Wachtmeister, weißt du, was du mit deiner Pfeife machen könntest? Du könntest...«

Tolpan bekam nie die Gelegenheit, dem Wachtmeister zu erzählen, was er mit der Pfeife tun könnte, denn in diesem Moment zog ihn eine riesige Hand aus dem Tumult, eine andere legte sich über seinen Mund, während weitere Hände die wild um sich tretenden Füße des Kenders packten. Ein Sack wurde über seinen Kopf gestülpt, und von diesem Augenblick an sah und roch Tolpan nur noch Sackleinwand und merkte, daß er weggetragen wurde.

Tanis, der sich die Tomate aus den Augen gewischt hatte, hörte Stiefeltritte und noch mehr Schreie und Gekreische. Als der Halb-Elf endlich wieder sehen konnte, blickte er sich schnell um, um sicherzugehen, daß alle in Ordnung waren. Sturm half Gilthanas beim Aufstehen und wischte ihm Blut von einer Schnittwunde an der Stirn weg. Flint, der nur noch fluchte, zupfte Abfall aus seinem Bart.

»Wo ist der verfluchte Kender!« brüllte der Zwerg. »Ich werde...« Er hielt inne, und drehte sich nach allen Seiten um. »Wo *ist* dieser verfluchte Kender? Tolpan? So hilf mir...«

»Pssst!« befahl Tanis, dem klarwurde, daß Tolpan es geschafft hatte, zu entkommen.

Flint lief rot an. »Warum dieser kleine Bastard!« fluchte er. »Er war es schließlich, der uns in diese Sache hineingerissen hat, und jetzt verschwindet er...«

»Pssst!« wiederholte Tanis und sah den Zwerg wütend an.

Flint unterdrückte eine Bemerkung und schwieg.

Der Wachtmeister drängte seine Gefangenen in die Halle der Gerechtigkeit. Erst als sie sich in dem häßlichen Ziegelsteingebäude in Sicherheit befanden, bemerkte er das Fehlen eines Gefangenen.

»Sollen wir ihn suchen?« fragte eine Wache.

Der Wachtmeister dachte einen Moment lang nach, dann schüttelte er wütend den Kopf. »Verschwende nicht deine Zeit«, antwortete er säuerlich. »Weißt du, wie es ist, zu versuchen, einen Kender zu finden, der nicht gefunden werden will? Nein, laßt ihn ruhig. Wir haben immer noch die wichtigsten. Sie sollen hier warten, während ich den Rat informiere.«

Der Wachtmeister trat durch eine schlichte Holztür und ließ die Gefährten und ihre Wachen in einem dunklen stinkenden Flur zurück. Die Wachen wischten Kürbisschalen von ihren Uniformen und säuberten sich gegenseitig von den Abfällen. Gilthanas tupfte das Blut in seinem Gesicht ab. Sturm versuchte, seinen Umhang, so gut es ging, zu säubern.

Der Wachtmeister kam zurück und rief sie hinein.

»Bringt sie her!«

Als die Wachen ihre Gefangenen vorwärtsschoben, konnte Tanis näher an Sturm kommen. »Wer hat hier das Kommando?« flüsterte er.

»Wenn wir Glück haben, dann hat der Lord immer noch die Kontrolle über die Stadt«, erwiderte der Ritter leise. »Die tarsianischen Lords standen immer in dem Ruf, großmütig und ehrenhaft zu sein.« Er zuckte die Schultern. »Und davon abgesehen, welche Anklage wollen sie gegen uns erheben? Wir haben nichts getan. Schlimmstenfalls wird uns eine bewaffnete Eskorte aus der Stadt führen.«

Tanis schüttelte zweifelnd den Kopf, als er den Gerichtssaal betrat. Seine Augen brauchten einige Zeit, um sich an die Trübheit des schäbigen Saales zu gewöhnen, in dem es noch schlimmer stank als im Flur. Zwei der tarsianischen Ratsmitglieder hielten mit Gewürznelken gespickte Orangen an ihre Nasen.

Die sechs Ratsmitglieder saßen auf einer Bank, jeweils drei links und rechts von ihrem Lord, dessen hoher Lehnstuhl sich in der Mitte erhob. Der Lord blickte auf, als sie eintraten. Seine Augenbrauen hoben sich leicht bei Sturms Anblick, und es schien Tanis, daß sein Gesicht weicher wurde. Der Lord nickte dem Ritter sogar in einer Geste höflichen Grußes zu. Tanis' Hoffnungen wuchsen. Die Gefährten traten zur Bank vor. Es gab keine Stühle. Bittsteller wie Gefangene mußten vor dem Rat stehend ihren Fall darlegen.

»Was liegt gegen diese Männer vor?« fragte der Lord.

Der Wachtmeister warf den Gefährten einen haßerfüllten Blick zu.

»Anstiftung zum Aufruhr, mein Herr«, antwortete er.

»Aufruhr!« explodierte Flint. »Mit diesem Aufruhr hatten wir nichts zu tun! Es war dieser hohlköpfige...«

Eine Gestalt in weiten Roben trat aus dem Schatten, um dem Lord etwas zuzuflüstern. Keiner der Gefährten hatte sie beim Eintreten bemerkt.

Flint hustete, fiel in Schweigen und warf Tanis einen bedeutungsvollen grimmigen Blick zu. Der Zwerg schüttelte den Kopf, seine Schultern sackten zusammen. Tanis seufzte müde. Gilthanas wischte mit einer zitternden Hand das Blut aus seinem Elfengesicht, das vor Haß blaß war. Nur Sturm stand nach außen hin ruhig und unbeweglich da, als er in das verzerrte, halb menschliche, halb reptilische Gesicht eines Drakoniers sah.

Die im Wirtshaus zurückgebliebenen Gefährten saßen noch fast eine Stunde in Elistans Zimmer, nachdem die anderen von den Wachen weggebracht worden waren. Caramon stand mit gezogenem Schwert an der Tür. Flußwind hielt am Fenster Wache. Aus der Ferne konnten sie den Lärm des wütenden Mobs hören und sahen sich mit angespannten Gesichtern an. Dann verblaßte der Lärm. Niemand störte sie. Das Wirtshaus war tödlich ruhig.

Der Morgen verlief ohne weitere Zwischenfälle. Die blasse kalte Sonne kletterte am Himmel hoch und tat wenig, um den Wintertag zu wärmen. Caramon steckte sein Schwert in die Scheide und gähnte. Tika schob einen Stuhl hinüber, um neben ihm zu sitzen. Flußwind ging zu Goldmond, die leise mit Elistan Pläne für die Flüchtlinge besprach.

Nur Laurana blieb am Fenster stehen, obwohl es nichts zu sehen gab. Die Wachen hatten es offenbar leid, die Straße auf und ab zu marschieren, und hatten sich in die Türeingänge gekauert und versuchten, sich zu wärmen. Hinter sich konnte sie Tika und Caramon leise lachen hören. Laurana warf ihnen einen schnellen Blick zu. Caramon beschrieb ihr eine Schlacht. Tika hörte aufmerksam zu, ihre Augen strahlten vor Bewunderung.

Das junge Mädchen hatte bei ihrer Reise auf der Suche nach dem Streitkolben von Kharas viel Kampfpraxis gehabt, und obwohl sie mit einem Schwert nicht perfekt umgehen konnte, so hatte sie das Zuschlagen mit dem Schild zu einer Kunst entwikkelt. Das Sonnenlicht fiel auf ihr Kettenhemd und ihr rotes Haar. Caramons Gesicht war angeregt und entspannt, als er mit der jungen Frau sprach. Sie berührten sich nicht – nicht unter den auf sie gerichteten goldenen Augen von Caramons Zwillingsbruder.

Laurana seufzte und drehte sich um. Sie fühlte sich sehr einsam, und wenn sie an Raistlins Worte dachte, sehr verängstigt.

Sie hörte ein anderes Seufzen, aber es war kein Seufzen des Bedauerns. Nein, es war ein Seufzen der Verärgerung. Sie wandte sich um und sah auf Raistlin. Der Magier hatte sein Zauberbuch geschlossen, in dem er zu lesen versucht hatte, und sich näher ans Fenster gesetzt, um etwas mehr Tageslicht zu erhalten. Er mußte jeden Tag in seinem Zauberbuch lernen. Es ist der Fluch jedes Magiers, immer wieder seine Zaubersprüche auswendig zu lernen, denn die Worte der Magie flackerten und starben wie die Funken eines Feuers. Jeder Zauber unterhöhlt die Kraft des Magiers, läßt ihn körperlich schwächer werden, bis er schließlich so erschöpft ist, daß er keine Magie mehr ohne Erholungspausen anwenden kann.

Raistlins Stärke und seine Macht waren seit dem Treffen der Freunde in Solace gewachsen. Er hatte mehrere neue Zauber gemeistert, die Fizban, der in Pax Tharkas verstorbene senile Magier, ihm beigebracht hatte. So wie seine Macht wuchs, so wuchsen auch die bösen Ahnungen seiner Gefährten. Niemand hatte einen offensichtlichen Grund, ihm zu mißtrauen, in der Tat hatte seine Magie ihnen schon mehrere Male das Leben gerettet. Aber um ihn war etwas Beunruhigendes – geheimnisvoll, schweigsam, zurückhaltend und verschlossen wie eine Auster.

Er strich geistesabwesend über den nachtblauen Einband des seltsamen Zauberbuches aus Xak Tsaroth und starrte auf die Straße. Seine goldenen Augen mit den dunklen Stundenglaspupillen glitzerten kalt.

Obwohl Laurana nicht gern mit dem Magier sprach, mußte sie es wissen! Was hatte er gemeint – ein langes Wiedersehen?

»Was siehst du, wenn du so wie jetzt in die Ferne blickst?« fragte sie leise. Sie setzte sich zu ihm, spürte, wie eine plötzliche Schwäche von Angst sie überfiel.

»Was ich sehe?« wiederholte er. In seiner Stimme lagen großer Schmerz und tiefe Traurigkeit, nicht die Verbitterung, die sie von ihm gewohnt war. »Ich sehe die Zeit, wie sie auf alle Dinge einwirkt. Menschliches Fleisch verfällt und stirbt vor meinen Augen. Blumen blühen, nur um zu verwelken. Bäume lassen grüne Blätter fallen, niemals erhalten sie sie zurück. Aus meiner Sicht ist es immer Winter, immer Nacht.«

»Und – das hat man dir in den Türmen der Erzzauberer angetan?« fragte Laurana bestürzt. »Warum? Zu welchem Zweck?«

Raistlin lächelte sein seltenes, verzerrtes Lächeln. »Um mich an meine Sterblichkeit zu erinnern. Um mich Mitgefühl zu lehren.« Seine Stimme wurde leiser. »In meiner Jugend war ich stolz und hochmütig. Der Jüngste, der sich der Prüfung unterziehen sollte, ich wollte es ihnen allen zeigen!« Seine zerbrechliche Faust ballte sich zusammen. »O ja, ich habe es ihnen gezeigt. Sie zerstörten meinen Körper und verzehrten meinen Geist, bis ich schließlich in der Lage war...« Er hielt abrupt inne, seine Augen wanderten zu Caramon.

»Wozu?« fragte Laurana atemlos.

»Nichts!« flüsterte Raistlin und senkte seine Augen. »Mir ist verboten worden, darüber zu reden.«

Laurana sah seine Hände zittern. Seine Stirn war schweißnaß. Sein Atem kam pfeifend, und er begann zu husten. Sie fühlte sich schuldig, daß sie unbeabsichtigt solche Qual verursacht hatte, errötete und biß sich auf die Lippe. »Es... es tut mir leid, es war nicht meine Absicht.« Verwirrt sah sie zu Boden und ließ ihr Haar über ihr Gesicht fallen – eine mädchenhafte Angewohnheit.

Raistlin lehnte sich unwillkürlich nach vorn, streckte zitternd seine Hand aus, um das wundervolle Haar zu berühren, das über ein eigenes Leben zu verfügen schien, doch dann zog er seine Hand schnell wieder zurück und sank in seinen Stuhl, mit einem bitteren Lächeln auf den Lippen. Denn Laurana wußte nicht, konnte nicht wissen, daß Raistlin, wenn er sie anschaute, die einzige Schönheit sah, die er je in seinem Leben sehen würde. Nach Elfenmaßstab war sie jung und von Tod oder Zerfall unberührt, selbst aus der verfluchten Sicht des Magiers.

Laurana wußte nichts von alldem. Sie hatte nur wahrgenommen, daß Raistlin sich ein wenig bewegt hatte. Sie wollte fast aufstehen und gehen, aber sie fühlte sich jetzt zu ihm hingezogen, und er hatte immer noch nicht ihre Frage beantwortet. »Ich... ich meine... kannst du in die Zukunft sehen? Tanis erzählte mir, daß deine Mutter... wie heißt das... eine Seherin war. Ich weiß, daß Tanis dich um Rat fragt...«

Raistlin musterte Laurana nachdenklich. »Der Halb-Elf kommt nicht zu mir, weil ich in die Zukunft sehen kann. Ich kann es nicht. Ich bin kein Seher. Er kommt zu mir, weil ich denken kann, was den meisten Narren hier anscheinend nicht vergönnt ist.«

»Aber... was du gesagt hast. Einige von uns werden sich nicht wiedersehen.« Laurana sah zu ihm hoch. »Du mußt etwas vorausgesehen haben! Ich muß wissen... was! War es... Tanis?«

Raistlin dachte nach. Als er antwortete, schien er mehr zu sich als zu Laurana zu sprechen. »Ich weiß es nicht«, flüsterte er. »Ich weiß nicht einmal, warum ich das gesagt habe. Es ist einfach so – einen Moment lang – wußte ich...« Er schien mit sich zu kämpfen, sich zu erinnern, dann zuckte er plötzlich die Achseln.

»Wußte was?« drängte Laurana.

»Nichts. Meine überreizte Phantasie, würde der Ritter sagen, wenn er hier wäre. Tanis hat dir also über meine Mutter erzählt«, sagte er ausweichend.

Laurana, enttäuscht, aber in der Hoffnung, mehr herauszufinden, wenn sie weiter mit ihm sprach, nickte. »Er sagte, sie hatte die Gabe der Vorsehung. Sie konnte in die Zukunft sehen und Bilder künftiger Ereignisse erkennen.«

»Das stimmt«, flüsterte Raistlin, dann lächelte er sardonisch. »Es hat ihr sehr viel Gutes eingebracht. Der erste Mann, den sie heiratete, war ein gutaussehender Krieger aus dem Norden. Ihre Leidenschaft erstarb innerhalb von einigen Monaten, und danach machten sie sich gegenseitig das Leben schwer. Meine Mutter hatte eine sehr zarte Gesundheit, und wenn sie sich in ihre seltsamen Trancezustände versetzte, kam sie oft für Stunden nicht heraus. Sie waren arm, lebten davon, was ihr Mann mit seinem Schwert verdienen konnte. Obwohl er eindeutig von adeligem Blut war, sprach er niemals über seine Familie. Ich glaube nicht einmal, daß er ihr jemals seinen richtigen Namen genannt hat.«

Raistlins Augen verengten sich. »Aber er hat es Kitiara gesagt. Da bin ich mir sicher. Darum ist sie in den Norden gereist, um seine Familie zu finden.«

»Kitiara...«, sagte Laurana angespannt. Es tat ihr weh, den Namen zu hören, und zugleich wollte sie mehr über die Frau, die Tanis liebte, erfahren. »Dann war dieser Mann – dieser adelige Krieger – Kitiaras Vater?« fragte sie heiser.

Raistlin bedachte sie mit einem durchdringenden Blick. »Ja«, flüsterte er. »Sie ist meine ältere Halbschwester. Sie ist acht Jahre älter als Caramon und ich. Ich glaube, sie ist ihrem Vater sehr ähnlich. So schön, wie er gutaussehend war. Resolut und ungestüm, kriegerisch, stark und furchtlos. Ihr Vater brachte ihr das einzige bei, was er konnte – die Kunst der Kriegsführung. Er unternahm immer längere Reisen, und eines Tages verschwand er völlig. Meine Mutter überzeugte die Sucherfürsten, ihn für tot zu erklären. Dann heiratete sie den Mann, der unser Vater wurde. Er war ein einfacher Mann, Holzfäller. Wieder einmal hatte ihre Weitsicht ihr nichts eingebracht.«

»Warum?« fragte Laurana sanft, gefesselt von der Geschichte, erstaunt, daß dieser sonst so verschlossene Magier so redselig war, nicht wissend, daß er mehr von ihr hatte, indem er einfach ihr ausdrucksvolles Gesicht betrachtete, als daß er ihr gab.

»Beispielsweise die Geburt von meinem Bruder und mir«, sagte Raistlin. Dann wurde er plötzlich von einem Hustenanfall überwältigt, hörte zu sprechen auf und wandte sich an seinen Bruder. »Caramon! Es ist Zeit für mein Getränk«, sagte er in einem zischenden Flüstern, das die lauteste Unterhaltung durchdringen konnte. »Oder hast du *mich* bei dem Vergnügen einer anderen Gesellschaft vergessen?«

Caramon verstummte mitten im Lachen. »Nein, Raist«, sagte er schuldbewußt, erhob sich eilig und hängte einen Wasserkessel über das Feuer. Tika senkte den Kopf, um dem Blick des Magiers nicht zu begegnen.

Nachdem er sie einen Moment angestarrt hatte, wandte sich Raistlin wieder Laurana zu, die alles mit einem eisigen Gefühl im Magen beobachtet hatte. Er begann wieder zu sprechen, als ob nichts geschehen wäre. »Meine Mutter hatte sich von der Geburt niemals richtig erholt. Die Hebamme hatte mich aufgegeben, und ich wäre auch gestorben, wenn Kitiara nicht dagewesen wäre. Sie pflegte zu sagen, ihre erste Schlacht war gegen den Tod mit mir als Beute. Sie zog uns groß. Meine Mutter war nicht in der Lage, auf Kinder aufzupassen, und mein Vater war gezwungen, Tag und Nacht zu arbeiten, um uns zu ernähren. Er starb nach einem Unfall, als Caramon und ich zehn Jahre alt waren. An jenem Tag ging meine Mutter in eine ihrer Trancen«, Raistlins Stimme wurde leiser, »aus der sie nie mehr herauskam. Sie verhungerte.«

»Wie schrecklich!« murmelte Laurana bebend.

Raistlin sprach lange Zeit nicht, seine seltsamen Augen starrten hinaus in den eisiggrauen Winterhimmel. Dann verzog sich sein Mund. »Das war für mich eine wichtige Lektion – ich lernte, daß man die Macht unter Kontrolle halten muß und nicht umgekehrt.«

Laurana schien ihn nicht gehört zu haben. Sie spielte nervös mit ihren Händen. Jetzt war die Möglichkeit, ihm die Frage zu stellen, die sie gern stellen wollte, aber sie würde damit einen Teil ihres Selbst diesem Mann ausliefern, den sie fürchtete und dem sie nicht vertraute. Aber ihre Neugierde – und ihre Liebe – waren zu groß. Niemals erfuhr sie, daß sie in eine listig vorbereitete Falle gefallen war. Denn Raistlin erfreute sich daran, die intimen Geheimnisse von Menschen herauszufinden, um sie für seine Zwecke benutzen zu können.

»Was hast du dann gemacht?« fragte sie. »Hat Kit... – Kitiara...« Sie versuchte, natürlich zu wirken, stolperte aber über den Namen und errötete vor Verlegenheit.

Raistlin beobachtete Lauranas inneren Kampf mit Interesse. »Kitiara war da schon nicht mehr zu Hause«, antwortete er. »Sie hat das Haus mit fünfzehn verlassen, verdiente sich ihren Lebensunterhalt mit dem Schwert. Da sie eine Expertin ist – wie mir Caramon erzählte –, hatte sie keine Schwierigkeiten, Söldnerarbeiten zu finden. Oh, sie besuchte uns oft, um nach uns zu sehen. Als wir älter und geübter waren, nahm sie uns mit. In jener Zeit lernten Caramon und ich, zusammen zu kämpfen – ich mit meiner Magie, mein Bruder mit seinem Schwert. Dann, als sie Tanis kennengelernt hatte«, Raistlins Augen glitzerten bei Lauranas Unbehagen, »reiste sie häufiger mit uns.«

»Mit wem? Wohin seid ihr gegangen?«

»Sturm Feuerklinge, der damals schon vom Ritterstand träumte, der Kender, Tanis, Caramon und ich. Wir sind mit Flint gereist, bevor er seine Arbeit aufgab. Und zu der Zeit hatten wir alles voneinander gelernt, was möglich war. Wir wurden unruhig. Es war Zeit, sich zu trennen, wie Tanis sagte.«

»Und das habt ihr getan? War er damals schon euer Anführer?« Sie erinnerte sich, wie sie ihn kannte, bevor er Qualinesti verlassen hatte, ohne Bart und ohne die Sorgenfalten, die er jetzt hatte. Aber schon damals war er zurückgezogen und nachdenklich gewesen, gequält von seinen Gefühlen, zwei Welten anzugehören – und doch keiner. Sie hatte ihn damals nicht verstanden. Erst jetzt begann sie zu verstehen, seitdem auch sie in der Welt der Menschen lebte.

»Er verfügt über die Eigenschaften, die für eine Führerschaft offenbar notwendig sind. Er denkt schnell, ist intelligent und schöpferisch. Aber die meisten von uns verfügen mehr oder weniger über diese Merkmale. Warum folgen die anderen Tanis? Sturm ist von adeliger Herkunft, Angehöriger eines Ordens, dessen Ursprünge bis in uralte Zeiten zurückreichen. Warum gehorcht er einem Bastard? Und Flußwind? Er mißtraut allen, die nicht menschlich sind und denen, die es sind, nur halb. Dennoch würden er und Goldmond Tanis bis in den Abgrund und zurück folgen. Warum?«

»Ich *habe* darüber nachgedacht«, begann Laurana, »und ich glaube...«

Aber Raistlin ignorierte sie und beantwortete seine Frage selbst. »Tanis horcht auf seine Gefühle. Er unterdrückt sie nicht wie der Ritter oder versteckt sie nicht wie der Barbar. Tanis weiß, daß ein Führer manchmal mit dem Herzen denken muß und nicht mit dem Kopf.« Raistlin warf ihr einen kurzen Blick zu. »Denk daran.«

Laurana war einen Moment verwirrt, dann spürte sie eine Spur von Überheblichkeit bei dem Magier, die sie wütend machte, und sie sagte hochmütig: »Mir ist aufgefallen, daß du in der Aufzählung nicht vorkamst. Wenn du so intelligent und mächtig bist, wie du behauptest, warum folgst *du* dann Tanis?«

Raistlins Stundenglasaugen verdunkelten sich, und er kniff sie zu. Caramon brachte ihm einen Becher und goß vorsichtig Wasser hinein. Der Krieger warf Laurana einen Blick zu, er wirkte wie immer verlegen und unruhig, wenn sein Bruder sich so benahm.

Raistlin schien es nicht zu bemerken. Er zog einen Beutel aus seinem Gepäck und streute einige grüne Blätter in das heiße Wasser. Beißender Geruch erfüllte den Raum. »Ich folge ihm nicht.« Der junge Magier blickte Laurana an. »Zur Zeit reisen Tanis und ich zufälligerweise in dieselbe Richtung.«

»Die Ritter von Solamnia sind in unserer Stadt nicht willkommen«, sagte der Lord streng. Sein düsterer Blick wanderte über den Rest der Gruppe. »Noch Elfen, Kender und Zwerge und alle, die mit ihnen reisen. Wie ich verstanden habe, gehört auch ein Magier zu euch, einer mit roten Gewändern. Ihr tragt Rüstungen. Eure Waffen sind blutverklebt und schnell und sicher zur Hand. Offensichtlich seid ihr erfahrene Krieger.«

»Zweifellos Söldner, mein Herr«, bemerkte der Wachtmeister.

»Wir sind keine Söldner«, entgegnete Sturm stolz. »Wir kommen von den nördlichen Ebenen Abanasinias. Wir haben achthundert Männer, Frauen und Kinder aus der Gewalt des Drachenfürsten Verminaard in Pax Tharkas befreit. Wir flohen vor dem Zorn der Drachenarmeen und ließen die Leute in einem Tal im Gebirge zurück und reisten weiter südlich in der Hoffnung, Schiffe in der legendären Stadt Tarsis zu finden. Wir wußten nicht, daß sie inzwischen landumschlossen ist, sonst wären wir nicht gekommen.«

Der Lord runzelte die Stirn. »Du sagst, ihr kommt aus dem Norden? Das ist unmöglich. Niemand ist je ungeschoren durch das Bergkönigreich der Zwerge in Thorbadin gekommen.«

»Wenn du irgend etwas über die Ritter von Solamnia weißt, dann müßtest du auch wissen, daß wir eher sterben würden, als zu lügen – selbst unseren Feinden gegenüber«, sagte Sturm. »Wir haben das Zwergenreich betreten und konnten sicher passieren, da wir als Gegenleistung den verlorenen Streitkolben von Kharas gefunden und übergeben haben.«

Der Lord bewegte sich unruhig und warf dem hinter ihm sitzenden Drakonier einen Blick zu. »Ich weiß einiges über die Ritter«, sagte er widerstrebend. »Und darum muß ich deine Geschichte glauben, obwohl sie eher wie ein Märchen klingt als...«

Plötzlich wurden die Türen aufgestoßen, und zwei Wachen traten ein und zogen einen Gefangenen hinter sich her. Sie schoben die Gefährten beiseite, als sie ihren Gefangenen auf den Boden warfen. Es war eine Frau. Sie war fast völlig verschleiert und trug einen langen Rock und einen dicken Umhang. Einen Moment blieb sie auf dem Boden liegen, als ob sie zu müde oder zu geschwächt wäre, sich zu erheben. Dann schien sie mit äußerster Willensanstrengung zu versuchen, hochzukommen. Niemand wollte ihr offenbar helfen. Der Lord starrte sie mit grimmigem und drohendem Gesicht an. Der Drakonier war aufgestanden und sah interessiert zu ihr hin.

Dann war Sturm an ihrer Seite.

Der Ritter hatte voller Entsetzen zugesehen, erschreckt über diese gefühllose Behandlung einer Frau. Er blickte zu Tanis, sah den immer vorsichtigen Halb-Elf den Kopf schütteln, aber der Anblick der Frau, die sich mühte, aufzustehen, war zuviel für den Ritter. Er trat einen Schritt nach vorn. Vor ihm tauchte ein Speer auf.

»Töte mich, wenn du willst«, sagte der Ritter zu der Wache, »trotzdem werde ich dieser Dame helfen.«

Die Wache blinzelte und trat zurück, seine Augen wandten sich dem Lord zu. Dieser schüttelte leicht den Kopf. Tanis hielt den Atem an, als er ihn beobachtete. Dann schien es ihm, als würde der Lord lächeln, der gleich darauf schnell seine Hand auf den Mund legte.

»Meine Dame, erlaubt mir, Euch zu helfen«, sagte Sturm mit seiner altmodischen Höflichkeit. Seine starken Hände hoben sie sanft auf die Füße.

»Du hättst mich lieber liegenlassen sollen, Ritter«, sagte die

Frau, ihre Worte waren hinter ihrem Schleier kaum zu hören. Aber bei ihrer Stimme stöhnten Tanis und Gilthanas auf und blickten sich an. »Du weißt nicht, was du tust«, fuhr sie fort. »Du riskierst dein Leben…«

»Es ist mir eine Ehre«, sagte Sturm und verbeugte sich. Dann stellte er sich beschützend neben sie, seine Augen auf die Wachen gerichtet.

»Sie ist eine Silvanesti-Elfe!« flüsterte Gilthanas Tanis zu. »Weiß Sturm das?«

»Natürlich nicht«, erwiderte Tanis. »Wie sollte er? Ich selbst habe ja kaum ihren Akzent erkannt.«

»Was macht sie wohl hier? Silvanesti ist weit entfernt…«

»Ich…«, begann Tanis, aber einer der Wachen stieß ihn an. Er verstummte, als der Lord zu sprechen anfing.

»Lady Alhana«, sagte er mit kalter Stimme, »Ihr wurdet aufgefordert, die Stadt zu verlassen. Beim letzten Mal war ich gnädig, weil Ihr im Auftrag Eures Volkes hier wart, und das Protokoll wird immer noch in Tarsis geschätzt. Ich sagte Euch aber damals schon, daß Ihr keine Hilfe von uns erwarten könnt, und gab Euch vierundzwanzig Stunden Zeit, die Stadt zu verlassen. Jetzt finde ich Euch hier wieder.« Er sah zu den Wachen. »Wie lautet die Anklage?«

»Der Versuch, Söldner zu kaufen, mein Herr«, erwiderte der Wachtmeister. »Man hat sie in einem Wirtshaus an der alten Küste aufgegriffen, Herr.« Der Wachtmeister warf Sturm einen vernichtenden Blick zu. »Gut, daß sie nicht mit diesem Gesindel zusammengetroffen ist. In Tarsis würde sonst niemand einer Elfe helfen.«

»Alhana«, murmelte Tanis. Er rückte vorsichtig zu Gilthanas. »Warum ist mir dieser Name so vertraut?«

»Bist du von deinem Volk so lange weggewesen, daß du dich nicht einmal mehr an diesen Namen erinnerst?« fragte der Elf leise in der Elfensprache. »Unter unseren Silvanesti-Kusinen gab es nur eine Alhana. Alhana Sternenwind, Tochter des Sternensprechers, Prinzessin, Herrscherin nach dem Tode ihres Vaters, da sie keine Brüder hat.«

»Alhana«, sagte Tanis, die Erinnerungen kamen zurück. Das Elfenvolk war vor Jahrhunderten gespalten worden, als Kith-Kanan viele Elfen nach den bitteren Sippenmord-Kriegen in das Land Qualinesti geführt hatte. Aber die Elfenführer blieben immer noch auf seltsame Weise in Verbindung mit den Elfenlords, die angeblich Botschaften im Wind lesen und die Sprache des Silbermondes verstehen können. Jetzt erinnerte er sich an Alhana. Von allen Elfenmädchen sollte sie die schönste gewesen sein und so distanziert wie der Silbermond, der bei ihrer Geburt geleuchtet hatte.

Der Drakonier lehnte sich zurück, um etwas mit dem Lord zu besprechen. Tanis sah, wie sich das Gesicht des Mannes verdüsterte, und es schien, als ob er nicht einverstanden wäre. Dann biß er sich auf die Lippe und nickte seufzend. Der Drakonier verschwand wieder in den Schatten.

»Ihr steht unter Arrest, Lady Alhana«, sagte der Lord mit schwerer Stimme. Sturm trat einen Schritt näher zu der Frau, als auch die Wachen näher kamen. Der Ritter warf seinen Kopf zurück und warf ihnen einen warnenden Blick zu. Er wirkte so überzeugend und edel, selbst unbewaffnet, daß die Wachen zögerten. Doch sie hatten ihren Befehl.

»Du solltest etwas unternehmen«, knurrte Flint. »Ich bin sehr für Ritterlichkeit, aber alles zu seiner Zeit und an seinem Ort!«

»Hast du vielleicht einen Vorschlag?« knurrte Tanis.

Flint antwortete nicht. Sie konnten überhaupt nichts machen, und das wußten sie. Sturm würde sterben, bevor eine Wache auch nur eine Hand an die Frau gelegt hätte, obwohl er überhaupt nicht wußte, für wen er da eigentlich sein Leben gab. Es spielte keine Rolle. Tanis fühlte sich zwischen Niedergeschlagenheit und Bewunderung für seinen Freund hin- und hergerissen und maß die Entfernung zwischen sich und der am nächsten stehenden Wache. Wenigstens einen würde er außer Gefecht setzen können. Er sah Gilthanas die Augen schließen, seine Lippen bewegten sich. Der Elf war ein Magier, obwohl er die Magie nie ernsthaft betrieben hatte. Als er in Tanis' Gesicht sah, seufzte Flint tief und wandte sich der anderen Wache zu, den behelmten Kopf gesenkt.

Dann sprach plötzlich der Lord, seine Stimme klang krächzend. »Halte ein, Ritter!« sagte er mit der Autorität, die seine Familie seit langen Generationen genoß. Sturm entspannte sich, und Tanis seufzte erleichtert auf. »In diesem Saal soll kein Blut vergossen werden. Diese Dame hat ein Gesetz dieses Landes gebrochen, Gesetze, die du, Ritter, in früheren Zeiten geschworen hast, einzuhalten. Aber ich meine auch, es besteht kein Grund, sie respektlos zu behandeln. Wachen, ihr werdet die Dame ins Gefängnis bringen, aber mit der gleichen Höflichkeit, die ihr mir erweist. Und du, Ritter, wirst sie begleiten, da du an ihrem Wohlbefinden so interessiert bist.«

Tanis stieß Gilthanas an, der zusammenschrak, als er aus seiner Trance kam. »Dieser Lord kommt wahrhaftig, wie Sturm schon sagte, aus einer gütigen und ehrenwerten Familie«, flüsterte Tanis.

»Ich verstehe nicht, warum du so vergnügt bist, Halb-Elf«, murrte Flint, der die Worte gehört hatte. »Zuerst bringt uns der Kender dazu, daß wir wegen Anstiftung zum Aufruhr angeklagt werden, dann verschwindet er. Und jetzt bringt uns der Ritter ins Gefängnis. Beim nächsten Mal erinnere mich bitte, daß ich mich an den Magier halte. Bei ihm *weiß* ich wenigstens, daß er verrückt ist!«

Als die Wachen ihre Gefangenen von der Bank wegtreiben wollten, schien Alhana etwas in den Falten ihres Rocks zu suchen.

»Ich bitte Euch um einen Gefallen, Ritter«, sagte sie zu Sturm. »Anscheinend habe ich etwas fallen gelassen. Eine Kleinigkeit, aber sehr wertvoll. Könntet Ihr nachsehen...«

Sturm kniete sich geschwind und fand sofort den Gegenstand auf dem Boden liegen, verborgen unter den weiten Falten ihres Kleides. Es war eine sternenförmige, mit Diamanten besetzte Nadel. Er hielt den Atem an. Eine Kleinigkeit! Ihr Wert mußte unschätzbar sein. Kein Wunder, daß sie es vor den Wachen verborgen halten wollte. Schnell schloß er seine Finger um das

Schmuckstück, dann tat er so, als würde er weitersuchen. Immer noch kniend sah er schließlich zu der Frau auf.

Sturm hielt den Atem an, als die Frau die Kapuze ihres Umhangs wegschob und ihren Schleier vom Gesicht zog. Zum ersten Mal erblickten menschliche Augen das Gesicht von Alhana Sternenwind.

Muralasa, wie die Elfen sie nannten – Prinzessin der Nacht. Ihr Haar, schwarz und weich wie der Nachtwind, wurde von einem Netz, das noch feiner als Spinnenweben war, und mit kleinen Juwelen, die wie Sterne funkelten, zusammengehalten. Ihre Haut war so blaß wie der Silbermond, ihre Augen hatten das tiefe dunkle Purpur des Abendhimmels und ihr Mund die Farbe der Schatten des roten Mondes.

Der erste Gedanke des Ritters war, daß er Paladin dankte, bereits auf den Knien zu sein. Sein zweiter Gedanke war, daß der Tod ein erbärmlicher Preis dafür war, ihr zu dienen. Sein dritter Gedanke war, daß er irgend etwas sagen mußte, aber er schien die Worte aller ihm bekannten Sprachen vergessen zu haben.

»Vielen Dank für Eure Suche, edler Ritter«, sagte Alhana leise und sah aufmerksam in Sturms Augen. »Wie ich schon sagte, es war nur eine Kleinigkeit. Bitte erhebt Euch. Ich bin sehr müde, und da wir anscheinend zum selben Ort gebracht werden, wäre ich sehr dankbar, wenn Ihr mir helfen würdet.«

»Zu Eurer Verfügung«, sagte Sturm leidenschaftlich und erhob sich, dabei verstaute er schnell den Juwel in seinem Gürtel. Er hielt ihr seinen Arm hin, und Alhana legte ihre schmale weiße Hand hinein. Sein Arm zitterte bei ihrer Berührung.

Dem Ritter war, als hätte sich eine Wolke über das Licht der Sterne gelegt, als sie wieder ihr Gesicht verschleierte. Sturm sah, wie sich Tanis hinter ihnen aufstellte, aber der Ritter war so hingerissen von dem wunderschönen Gesicht, das sich in seine Erinnerung gebrannt hatte, daß er den Halb-Elf ohne ein Anzeichen des Erkennens anstarrte.

Tanis hatte Alhanas Gesicht gesehen, und ihre Schönheit hatte auch ihn bewegt. Aber er hatte auch Sturms Gesicht gesehen. Er hatte die Schönheit der Frau in das Herz des Ritters eintreten sehen. Und das würde mehr Schaden bringen als ein vergifteter Pfeil eines Goblins. Denn er wußte, diese Liebe würde sich in Gift verwandeln. Die Silvanesti waren eine stolze und hochmütige Rasse. Da sie ihr Blut reinhalten und sogar ihre Lebensweise vor fremden Einflüssen bewahren wollten, lehnten sie sogar oberflächlichsten Kontakt mit Menschen ab. Das war auch der Grund für die Sippenmord-Kriege gewesen.

Nein, dachte Tanis traurig, für Sturm konnte der Silbermond nicht unerreichbarer sein als diese Elfe. Der Halb-Elf seufzte. Das hatte zu allem noch gefehlt.

Die Ritter von Solamnia
Tolpans Augengläser des Wahren Blicks

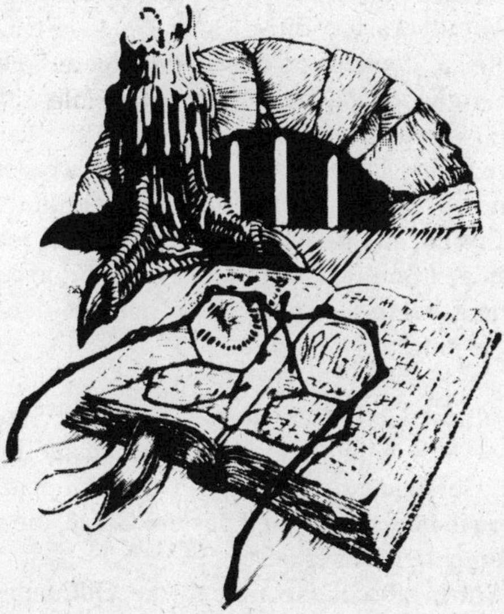

Als die Wachen die Gefangenen aus der Halle der Gerechtigkeit führten, kamen sie an zwei Gestalten vorbei, die draußen im Schatten standen. Beide waren so vermummt, daß schwer auszumachen war, welcher Rasse sie angehörten. Kapuzen bedeckten ihre Köpfe, ihre Gesichter waren mit Tüchern verhüllt. Sie trugen lange Roben, und selbst ihre Hände waren bandagiert. Sie unterhielten sich leise.

»Sieh mal!« sagte einer von ihnen aufgeregt. »Da sind sie. Die Beschreibungen passen.«

»Nicht auf alle«, sagte der andere zweifelnd.

»Aber der Halb-Elf, der Zwerg, der Ritter! Ich sage dir, das *sind* sie. Und ich weiß, wo die anderen sind«, fügte die Gestalt selbstgefällig hinzu. »Ich habe eine der Wachen gefragt.«

Die andere größere Gestalt überlegte, während er die Gruppe beobachtete, die zur Straße geführt wurde. »Du hast recht. Wir sollten das sofort dem Drachenfürsten berichten.« Die Gestalt drehte sich um, hielt aber inne, als sie die andere zögern sah. »Worauf wartest du?«

»Aber sollte nicht einer von uns ihnen folgen? Sieh dir doch nur diese erbärmlichen Wachen an. Du weißt genau, die Gefangenen werden versuchen zu entkommen.«

Der andere lachte unbehaglich. »Natürlich werden sie entkommen. Und wir wissen, wohin sie gehen werden – zu ihren Freunden.« Er blinzelte in die Nachmittagssonne. »Außerdem wird es in einigen Stunden sowieso keinen Unterschied mehr machen.« Die größere Gestalt machte sich auf den Weg, die kleinere folgte eilig.

Es schneite, als die Gefährten aus der Halle der Gerechtigkeit traten. Dieses Mal wußte es der Wachtmeister besser und führte seine Gefangenen nicht durch die Hauptstraßen der Stadt, sondern in eine dunkle und düstere Gasse, die neben der Halle der Gerechtigkeit verlief.

Tanis und Sturm tauschten gerade Blicke, Gilthanas und Flint machten sich zum Angriff bereit, als der Halb-Elf Schatten in der Gasse bemerkte, die sich bewegten. Drei vermummte Gestalten sprangen vor die Wachen, Klingen blitzten im hellen Sonnenlicht.

Der Wachtmeister setzte die Pfeife an, kam aber nicht mehr dazu, Gebrauch von ihr zu machen. Eine der Gestalten schlug ihn mit dem Schwertknauf nieder, während die beiden anderen auf die anderen Wachen losstürmten, die sofort die Flucht ergriffen. Die vermummten Gestalten standen nun den Gefährten gegenüber.

»Wer seid ihr?« fragte Tanis, erstaunt über die plötzlich gewonnene Freiheit. Die Gestalten erinnerten ihn an die Drakonier, mit denen sie damals bei Solace gekämpft hatten. Sturm schob Alhana hinter sich.

»Sind wir einer Gefahr entkommen, nur um eine schlimmere vorzufinden?« vermutete Tanis. »Nehmt eure Masken ab!«

Aber einer der Männer wandte sich an Sturm und hob seine Hände. *»Oth Tsarthon e Paran«*, sagte er.

Sturm keuchte. *»Est Tsarthai en Paranaith«*, erwiderte er, dann erklärte er Tanis: »Es sind Ritter von Solamnia«, und zeigte auf die drei Männer.

»Ritter?« fragte Tanis erstaunt. »Warum...«

»Für Erklärungen haben wir keine Zeit, Sturm Feuerklinge«, sagte einer der Ritter in der Umgangssprache. »Die Wachen werden bald zurück sein. Kommt mit uns.«

»Nicht so schnell!« knurrte Flint. Er hatte sich breitbeinig und kampfbereit aufgestellt. Mit bloßen Händen hatte er den Griff eines Speers von einer Wache abgebrochen, so daß die Waffe nun zu seiner kleinen Gestalt paßte. »Ihr werdet euch Zeit für eine Erklärung nehmen, oder ich komme nicht mit! Woher wißt ihr den Namen des Ritters, und wieso habt ihr auf uns gewartet...«

»Oh, rennt ihn doch einfach platt!« ertönte eine schrille Stimme aus den Schatten. »Laßt seinen Körper als Futter für die Krähen hier liegen. Nicht, daß es sie besonders freuen wird; es gibt nur wenige in dieser Welt, die Zwergenfleisch...«

»Zufrieden?« fragte Tanis Flint, dessen Gesicht vor Wut rot anlief.

»Irgendwann«, schwor der Zwerg, »kommt dieser Kender dran.«

Von der Straße hinter ihnen ertönten Pfeifsignale. Ohne weitere Verzögerung folgten die Gefährten den Rittern durch die kurvenreichen, von Ratten wimmelnden Gassen. Tolpan erklärte, er hätte noch einige Sachen zu erledigen, und verschwand, bevor Tanis ihn zurückhalten konnte. Der Halb-Elf bemerkte, daß die Ritter deswegen weder überrascht schienen, noch versuchten sie, Tolpan aufzuhalten. Aber sie weigerten sich, Fragen zu beantworten, und drängten die Gruppe weiter durch die Gassen, bis sie auf Ruinen stießen – den alten Stadtkern von Tarsis, der Schönen.

Hier hielten die Ritter an. Sie hatten die Gefährten zu einem Teil der Stadt gebracht, der völlig verlassen war. Die Straßen waren zerstört und leer und erinnerten Tanis sehr stark an Xak Tsaroth. Die Ritter nahmen Sturm am Arm, führten ihn etwas weiter von seinen Freunden weg und begannen, mit ihm in Solamnisch zu reden und ließen die anderen sich ausruhen.

Tanis lehnte sich gegen eine Mauer und sah sich interessiert um. Was noch von den Gebäuden in dieser Straße übriggeblieben war, war eindrucksvoll, viel schöner als der neue Teil der Stadt. Er erkannte, daß Tarsis, die Schöne, ihrem Namen vor der Umwälzung alle Ehre gemacht haben mußte.

Er ging hinüber zu Gilthanas, der mit Alhana auf einer Bank saß und sich mit ihr unterhielt. Der Elfenlord stellte ihn vor.

»Alhana Sternenwind, Tanis, der Halb-Elf«, sagte Gilthanas. »Tanis hat viele Jahre bei uns in Qualinesti gelebt. Er ist der Sohn der Frau meines Onkels.«

Alhana zog ihren Schleier von ihrem Gesicht und musterte Tanis kalt. *Sohn der Frau meines Onkels* war eine höfliche Art zu sagen, daß Tanis ein illegitimes Kind war, sonst hätte Gilthanas ihn als »Sohn meines Onkels« vorgestellt. Der Halb-Elf errötete, der alte Schmerz kam mit unverminderter Kraft wieder, genauso stark wie vor fünfzig Jahren. Er fragte sich, ob er sich je davon befreien könnte.

Tanis kratzte sich den Bart und sagte barsch: »Meine Mutter wurde von menschlichen Kriegern in den Jahren der Dunkelheit nach der Umwälzung vergewaltigt. Die Stimme der Sonnen nahm mich freundlicherweise nach ihrem Tod auf und zog mich wie einen eigenen Sohn groß.«

Alhanas dunkle Augen wurden noch dunkler, und sie zog ihre Augenbrauen hoch. »Siehst du einen Grund, dich für deine Abstammung zu entschuldigen?« fragte sie mit eisiger Stimme.

»N…nein«, stammelte Tanis mit brennendem Gesicht. »Ich…«

»Dann tu es auch nicht«, sagte sie und wandte sich wieder

Gilthanas zu. »Du hast gefragt, warum ich nach Tarsis gekommen bin. Ich suche hier Unterstützung. Ich muß nach Silvanesti zurückkehren, um nach meinem Vater zu suchen.«

»Nach Silvanesti zurück?« wiederholte Gilthanas. »Wir..., mein Volk wußte nicht, daß die Silvanesti ihre uralte Heimat aufgegeben haben. Kein Wunder, daß wir Kontakt verloren...«

»Ja«, Alhanas Stimme wurde traurig. »Das Böse, das euch gezwungen hat, Qualinesti zu verlassen, ist auch auf uns gestoßen.« Sie senkte ihren Kopf, sah dann auf und sprach mit leiser Stimme weiter. »Wir haben lange Zeit dieses Böse bekämpft. Aber am Ende waren wir gezwungen, zu fliehen oder alle zu sterben. Mein Vater schickte das Volk unter meiner Führerschaft in das südliche Ergod. Er selbst blieb in Silvanesti, um allein weiterzukämpfen. Ich war gegen diese Entscheidung, aber er sagte, er hätte die Macht, um das Böse von der Zerstörung unserer Heimat abzuhalten. Mit schwerem Herz führte ich mein Volk in Sicherheit. Aber ich bin zurückgekommen, um meinen Vater zu suchen, denn wir haben seit langem nichts mehr von ihm gehört.«

»Aber du hattest keine Krieger, die dich auf solch einer gefährlichen Reise hätten begleiten können?« fragte Tanis.

Alhana wandte sich um und sah Tanis an, als ob sie über seine Einmischung verblüfft wäre. Zuerst schien sie ihm eine Antwort verweigern zu wollen, dann – als sie länger in sein Gesicht sah – änderte sie ihre Meinung. »Viele Krieger haben mir ihre Begleitung angeboten«, sagte sie stolz. »Aber als ich sagte, daß ich mein Volk in Sicherheit geführt hätte, sprach ich etwas voreilig. In dieser Welt gibt es keine Sicherheit mehr. Die Krieger blieben zurück, um das Volk zu beschützen. Ich kam nach Tarsis in der Hoffnung, Krieger zu finden, die mit mir nach Silvanesti gehen würden. Ich legte meinen Fall dem Lord und dem Rat dar, wie es die Sitte verlangt...«

Tanis schüttelte den Kopf und runzelte die Stirn. »Das war dumm«, sagte er offen. »Du hättest wissen müssen, wie sie über Elfen denken – noch bevor die Drakonier kamen! Du hattest verdammt viel Glück, daß sie nur angeordnet haben, dich aus der Stadt zu werfen.«

Alhanas blasses Gesicht wurde – falls das möglich war – noch blasser. Ihre dunklen Augen funkelten. »Ich habe mich verhalten, wie es die Vorschriften verlangen«, erwiderte sie, zu wohlerzogen, um ihren Zorn hinter dem kühlen Ton ihrer Stimme zu zeigen. »Ein anderes Verhalten hätte gewirkt, als wäre ich eine Barbarin. Als der Lord mir seine Hilfe verweigerte, sagte ich ihm, daß ich beabsichtige, mich selbst umzusehen. Alles andere wäre nicht ehrenhaft gewesen.«

Flint, der nur Bruchstücke der in der Elfensprache geführten Unterhaltung verstand, stieß Tanis an. »Sie und der Ritter werden prächtig miteinander auskommen«, knurrte er. »Solange ihre Ehre sie nicht vorher umbringt.« Bevor Tanis antworten konnte, gesellte sich Sturm zu ihnen.

»Tanis«, sagte Sturm aufgeregt, »die Ritter haben die alte Bibliothek gefunden! Darum sind sie hier. Sie haben in Palanthas Aufzeichnungen entdeckt, aus denen hervorgeht, daß in früheren Zeiten das Wissen über Drachen hier in der Bibliothek bewahrt wurde, in Tarsis. Das Kapitel der Ritter hat sie hierhergeschickt, um nach der Bibliothek zu forschen.«

Sturm zeigte auf die Ritter, die näher getreten waren. »Das ist Brian Donner, Ritter des Schwertes«, stellte er vor. »Aran Großbogen, Ritter der Krone, und Derek Kronenhüter, Ritter der Rose.« Die Ritter verbeugten sich.

»Und das ist Tanis, der Halb-Elf, unser Führer«, sagte Sturm. Der Halb-Elf sah Alhana zusammenzucken und ihn erstaunt mustern, dann blickte sie zu Sturm, wie um sich zu vergewissern, daß sie richtig gehört hatte.

Sturm stellte Gilthanas und Flint vor, dann wandte er sich zu Alhana. »Lady Alhana«, begann er und hielt verlegen inne, denn ihm wurde bewußt, daß er über sie sonst nichts wußte.

»Alhana Sternenwind«, fuhr Gilthanas fort. »Tochter des Sternensprechers, Prinzessin der Silvanesti-Elfen.«

Die Ritter verbeugten sich wieder, dieses Mal tiefer.

»Nehmt meine herzliche Dankbarkeit für meine Befreiung an«, sagte Alhana kühl. Ihr Blick umfaßte die ganze Gruppe, verweilte bei Sturm aber am längsten. Dann wandte sie sich an Derek, von dem sie wegen seiner Zugehörigkeit zum Orden der Rose wußte, daß er der Führer sein mußte. »Habt Ihr gefunden, wonach Euch das Kapitel geschickt hat?«

Während sie sprach, musterte Tanis die Ritter interessiert. Auch er wußte genug, daß ihm klar war, daß das Kapitel der Ritter – oder der Hoherat der solamnischen Ritter – die besten ausgesucht hatte. Insbesondere musterte er Derek, den Ältesten und Ranghöchsten. Wenige Ritter gehörten dem Orden der Rose an. Die Prüfungen waren schwierig und gefährlich, und nur Ritter mit »reiner Blutlinie« konnten ihm angehören.

»Wir haben ein Buch gefunden, meine Dame«, sagte Derek, »das in einer uralten Sprache verfaßt ist, die wir nicht verstehen. Jedoch finden sich in ihm Bilder von Drachen, und darum planten wir, es abzuschreiben und es nach Sankrist zu bringen, wo, wie wir hofften, es Gelehrte übersetzen würden. Aber statt dessen fanden wir einen, der es lesen kann. Der Kender…«

»Tolpan!« explodierte Flint.

Tanis' Mund blieb offen. »Tolpan?« wiederholte er ungläubig. »Er kann kaum die Umgangssprache lesen. Er kennt überhaupt keine alten Sprachen. Der einzige von uns, der eventuell eine alte Sprache übersetzen kann, ist Raistlin.«

Derek zuckte die Schultern. »Der Kender hat eine Brille, von der er sagt, ›es wären magische Augengläser des Wahren Blicks‹. Er setzt sie auf und ist in der Lage, das Buch zu lesen. Es heißt darin…«

»Ich kann mir vorstellen, wovon es handelt!« schnappte Tanis. »Geschichten über magische Ringe zur Fernsteuerung und Pflanzen, die sich von der Luft ernähren. Wo ist er? Ich habe mit Tolpan Barfuß ein Wörtchen zu reden.«

»Magische Augengläser des Wahren Blicks«, murmelte Flint. »Dann bin ich ein Gossenzwerg!«

Die Gefährten betraten ein zerfallenes Gebäude. Über

Schuttberge kletternd folgten sie Derek durch einen niedrigen Bogengang. Es roch stark nach Moder und Schimmel. Nach der hellen Nachmittagssonne ließ sie die plötzliche Dunkelheit einen Moment lang erblinden. Dann zündete Derek eine Fackel an, und sie sahen eine schmale Wendeltreppe, die in noch tiefere Dunkelheit führte.

»Die Bibliothek wurde unter der Erde gebaut«, erklärte Derek. »Darum hat sie wohl auch die Umwälzung so gut überstanden.« Die Gefährten stiegen die Treppe hinab und fanden sich bald in einem riesigen Raum wieder. Tanis hielt den Atem an, und selbst Alhanas Augen weiteten sich. Der riesige Raum war von der Decke bis zum Boden mit Holzregalen gefüllt, auf denen Bücher standen. Jede Art von Büchern. Bücher mit Ledereinband, in Holz gebundene Bücher, Bücher, eingebunden in etwas, was wie Blätter von exotischen Bäumen aussah. Viele waren überhaupt nicht gebunden und nur mit schwarzen Bändern zusammengehalten.

»Es müssen Tausende sein!« sagte Tanis ehrfürchtig. »Wie habt Ihr nur das eine finden können?«

Derek schüttelte den Kopf. »Es war nicht einfach«, antwortete er. »Viele Tage haben wir hier mit Suchen verbracht. Als wir es schließlich entdeckten, war unsere Verzweiflung größer als unser Triumph, denn es war offensichtlich, daß das Buch nicht transportfähig war. Nur bei Berührung zerfielen die Seiten zu Staub. Wir hatten schon befürchtet, viele lange ermüdende Stunden mit Abschreiben verbringen zu müssen. Aber der Kender...«

»Genau, der Kender«, sagte Tanis grimmig. »Wo ist er?«

»Hier drüben!« piepste eine schrille Stimme.

Tanis spähte durch den nur spärlich beleuchteten Raum und entdeckte eine brennende Kerze auf einem Tisch. Tolpan, auf einem hohen Holzstuhl sitzend, war über ein dickes Buch gebeugt. Als sich die Gefährten näherten, konnten sie eine kleine Brille auf seiner Nase erkennen.

»Na gut, Tolpan«, sagte Tanis. »Woher hast du sie?«

»Was haben?« fragte der Kender unschuldig. Er sah Tanis'

Augen sich zu Schlitzen verengen und legte seine Hand an die kleine Nickelbrille. »Oh, oh, dies? Ich hatte sie in einem Beutel... und, nun, wenn du es unbedingt wissen mußt, ich fand sie im Zwergenkönigreich...«

Flint stöhnte auf und bedeckte sein Gesicht mit der Hand.

»Sie hat einfach auf einem Tisch gelegen!« protestierte Tolpan, als er Tanis' finsteren Blick bemerkte. »Ehrlich! Es war niemand da. Ich dachte, daß jemand sie vielleicht verlegt hätte. Ich habe sie nur aus Sicherheitsgründen mitgenommen. Gute Sache, übrigens. Ein Dieb hätte vorbeikommen und sie stehlen können, und sie ist sehr wertvoll! Ich wollte sie eigentlich zurückbringen, aber dann waren wir so beschäftigt, der Kampf gegen dunkle Zwerge und Drakonier und den Hammer finden, und ich... ich habe es dann vergessen. Als es mir wieder einfiel, waren wir meilenweit von den Zwergen entfernt, auf dem Weg nach Tarsis, und ich glaubte nicht, daß du mich zurückschicken würdest, nur damit ich sie abgebe, also...«

»Und was macht diese Brille?« unterbrach Tanis den Kender, da er wußte, er würde noch zwei Tage so weiterreden.

»Sie ist wundervoll«, sagte Tolpan hastig, erleichtert, daß Tanis ihn nicht anschrie. »Ich ließ sie eines Tages auf einer Karte liegen.« Tolpan strich über seine Kartensammlung. »Ich sah hindurch, und was glaubst du wohl? Ich konnte die Schrift auf der Karte durch die Brille lesen! Nun, das hört sich zwar nicht besonders aufregend an«, sagte Tolpan eilig, als er Tanis' immer noch finsteren Blick sah, »aber diese Karte war in einer Sprache geschrieben, die ich eigentlich nicht kannte. Also versuchte ich es mit all meinen Karten – und konnte alles lesen, Tanis! Alle! Sogar die ganz alten!«

»Und das hast du uns nie gesagt?« Sturm starrte Tolpan wütend an.

»Nun, das Thema kam nie zur Sprache«, sagte Tolpan zerknirscht. »Nun, wenn du mich direkt gefragt hättest – ›Tolpan, hast du eine magische Brille?‹ –, dann hätte ich dir geradewegs die Wahrheit gesagt. Aber das hast du nie, Sturm Feuerklinge, also sieh mich nicht so an. Egal, ich kann dieses alte Buch lesen. Laßt mich erzählen, was ich…«

»Und woher weißt du, daß sie magisch ist und nicht nur ein mechanisches Gerät der Zwerge?« fragte Tanis, der spürte, das Tolpan etwas verheimlichte.

Tolpan schluckte. Er hatte gehofft, daß Tanis *diese* Frage nicht stellen würde.

»Uh«, stammelte Tolpan. »Ich… ich glaube, ich habe…, uh, Raistlin an einem Abend etwas erwähnt, als ihr alle mit etwas beschäftigt wart. Er sagte mir, daß sie magisch sein könnte. Um es herauszufinden, sagte er einen seiner komischen Zaubersprüche auf, und sie… uh… begann zu glühen. Das hieß, daß sie verzaubert war. Er fragte mich, was sie machte, und ich habe es ihm gezeigt, und er meinte, es wären ›Augengläser des Wahren Blicks‹. Die früheren Zwergenmagier hatten sie hergestellt, um Bücher in anderen Sprechen lesen zu können und…« Tolpan hielt inne.

»Und?« drängte Tanis.

»Und… um… uh… Zauberbücher.« Tolpans Stimme war nur noch ein Wispern.

»Und was hat Raistlin noch gesagt?«

»Wenn ich seine Zauberbücher berühren oder sogar nur einen Blick hineinwerfen würde, würde er mich in eine Grille verwandeln und mit Haut und Haaren verschlingen«, stammelte Tolpan. Er sah Tanis mit aufgerissenen Augen an. »Das habe ich ihm auch geglaubt.«

Tanis schüttelte den Kopf. Der treue Raistlin, der mit solch einer Drohung ankommt, die schrecklich genug ist, um die Neugierde eines Kenders zu löschen. »Noch etwas?« fragte er.

»Nein, Tanis«, sagte Tolpan unschuldig. Eigentlich *hatte* Raistlin noch etwas über die Gläser erwähnt, aber der Kender hatte es nicht richtig verstanden: Daß die Gläser Dinge *zu* wahr und deutlich sehen würden, was für ihn keinen Sinn ergab. Außerdem war es wohl nicht so wichtig. Und Tanis war sowieso schon wütend genug.

»Nun, was hast du herausgefunden?« fragte Tanis widerwillig.

»O Tanis, es ist so interessant!« sagte Tolpan, dankbar, daß das Verhör vorüber war. Er blätterte sorgfältig eine Seite um, die dabei sofort zwischen seinen kleinen Fingern zerfiel. Er schüttelte traurig den Kopf. »Das passiert fast jedes Mal. Aber hier kannst du es sehen...«, die anderen lehnten sich hinüber, um neben den Finger des Kenders zu sehen..., »Bilder von Drachen. Blaue Drachen, rote Drachen, schwarze Drachen, grüne Drachen. Ich wußte gar nicht, daß es so viele gibt. Nun, seht ihr?« Er blätterte die Seite um. »Nun, ihr könnt es jetzt nicht mehr sehen, aber es war eine riesige Glaskugel. Und im Buch heißt es: ›Wenn du eine dieser Glaskugeln besitzt, kannst du Kontrolle über die Drachen gewinnen, und sie gehorchen dir!‹«

»Glaskugel!« Flint rümpfte verächtlich die Nase. »Glaub ihm nicht, Tanis. Ich glaube, das einzige, was diese Gläser machen, ist, seine Geschichten zu vergrößern.«

»Ich sage aber die Wahrheit!« sagte Tolpan beleidigt. »Sie nennen sie die Kugeln der Drachen, und du kannst Raistlin danach fragen! Er muß es wissen, denn hier heißt es, daß sie von den großen Zauberern vor langer Zeit hergestellt worden sind.«

»Ich glaube dir«, sagte Tanis ernst, da er sah, daß Tolpan wirklich erzürnt war. »Aber ich befürchte, daß sie uns nichts mehr nützen werden. Wahrscheinlich sind sie alle bei der Umwälzung zerstört worden, und wir wissen nicht, wo wir sie suchen sollen...«

»Doch, das wissen wir«, sagte Tolpan aufgeregt. »Hier ist eine Liste, wo sie sein sollen. Seht...« Er hielt inne, hob den Kopf. »Psst«, machte er und horchte weiter. Die anderen verstummten. Einen Moment lang hörten sie nichts, aber dann vernahmen sie das, was das feinere Gehör des Kenders bereits ausgemacht hatte.

Tanis spürte seine Hände kalt werden; der trockene, bittere Geschmack der Furcht füllte seinen Mund. Jetzt konnte er es in der Ferne hören, den Klang von Hunderten von Hörnern – Hörner, die sie alle schon einmal gehört hatten. Die bellenden Bronzehörner, die die Drakonierarmeen ankündigten – und das Nahen der Drachen.

Die Hörner des Todes.

».. . nicht bestimmt, sich in dieser Welt wiederzusehen.«

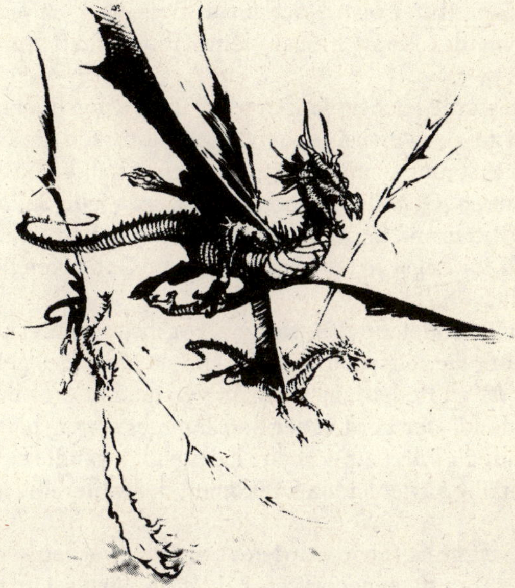

Die Gefährten hatten gerade den Marktplatz erreicht, als die erste Drachenschar Tarsis heimsuchte.

Die Gruppe hatte sich von den Rittern getrennt. Es war kein angenehmer Abschied gewesen. Die Ritter hatten versucht, sie zu überzeugen, mit ihnen in die Berge zu entkommen. Als die Gefährten ablehnten, verlangte Derek, daß Tolpan sie begleiten sollte. Tanis war klar, daß Tolpan von den Rittern weglaufen würde, und war wieder gezwungen abzulehnen.

»Nimm den Kender, Sturm, und komm mit uns«, befahl Derek, Tanis ignorierend.

»Ich kann nicht, Herr«, erwiderte Sturm, seine Hand lag auf Tanis' Arm. »Er ist mein Führer, und meine Loyalität gilt zuerst meinen Freunden.«

Dereks Stimme war eiskalt vor Zorn. »Wenn das deine Entscheidung ist«, antwortete er, »kann ich dich nicht aufhalten. Aber es ist nicht gut für dich, Sturm Feuerklinge. Denke daran, daß du kein Ritter bist. Noch nicht. Bete, daß ich nicht dabei bin, wenn das Kapitel über deine Ritterschaft entscheiden muß!«

Sturm wurde leichenblaß. Er warf Tanis einen flüchtigen Seitenblick zu, der versuchte, bei diesen bestürzenden Neuigkeiten sein Erstaunen zu verbergen. Aber es gab keine Zeit zum Nachdenken. Der Klang der Hörner wurde jede Sekunde lauter. Die Ritter und die Gefährten trennten sich; die Ritter steuerten auf ihr Lager in den Bergen zu, die Gefährten blieben in der Stadt.

Überall standen Stadtbewohner vor ihren Häusern und rätselten über die seltsamen Hörner, die sie nie zuvor gehört hatten und deren Bedeutung sie nicht verstanden. Nur ein Tarsianer verstand. Der Lord in der Ratskammer sprang bei dem Geräusch auf die Füße. Er wirbelte herum und wandte sich an den selbstgefällig aussehenden Drakonier, der hinter ihm im Schatten saß.

»Du hast gesagt, wir würden verschont werden!« sagte der Lord mit zusammengepreßten Zähnen. »Wir sind immer noch in Verhandlungen...«

»Der Drachenfürst ist des Verhandelns müde geworden«, antwortete der Drakonier und unterdrückte ein Gähnen. »Und die Stadt *wird* verschont werden – nachdem sie ihre Lektion gelernt hat, natürlich.«

Der Kopf des Lords sank in seine Hände. Die anderen Mitglieder des Rats, die nicht ganz verstanden, was passierte, starrten sich entsetzt mit dämmerndem Erkennen an, als sie durch die Finger des Lords Tränen tropfen sahen.

Draußen zeigten sich die ersten roten Drachen am Himmel. Es wurden Hunderte. Sie flogen in Dreier- oder Fünfergruppen, ihre Flügel glitzerten flammendrot wie die untergehende Sonne. Die Bewohner Tarsis' wußten nur eins: Über ihnen flog der Tod.

Als die Drachen auf die Stadt niederhielten, strömten sie die Drachenangst aus und verbreiteten eine Panik, die tödlicher war als Feuer. Die Leute hatten nur einen Gedanken, als die Schatten der Flügel das sterbende Tageslicht auslöschten – Flucht.

Aber es gab keine Flucht.

Nach ihrem ersten Rundflug, wissend, daß sie auf keinen Widerstand stoßen würden, schlugen die Drachen zu. Einer nach dem anderen kreiste und ließ sich vom Himmel fallen. Ihr feuriger Atem entflammte ein Gebäude nach dem anderen. Die flakkernden Feuer schufen ihre eigenen Windstürme. Rauchschwaden füllten die Straßen, verwandelten das Zwielicht in mitternächtliche Finsternis. Asche fiel herab wie schwarzer Regen. Schreie des Entsetzens verwandelten sich in Schreie des Todeskampfes, als die Bewohner im lodernden Inferno starben.

Als die Drachen zuschlugen, drängte sich ein Meer von vor Angst wahnsinnigen Menschen durch die lichterloh brennenden Straßen. Nur wenige hatten überhaupt eine Vorstellung, wohin sie liefen. Einige schrien, in den Bergen wäre man sicher, andere rannten zum ehemaligen Hafengebiet, und wieder andere versuchten die Stadttore zu erreichen. Über ihnen flogen die Drachen, verbrannten nach Lust und Laune, töteten zu ihrem Vergnügen.

Das Menschenmeer wälzte sich über Tanis und die Gefährten hinweg, stieß sie in die Straße, wirbelte sie auseinander, warf sie gegen Mauern. Der Rauch würgte sie und ließ sie fast erblinden. Sie kämpften gegen die Drachenangst an, die ihren Verstand zu zerstören drohte.

Die Hitze war so stark, daß ganze Gebäude zusammenfielen. Tanis fing Gilthanas auf, als der Elf ins Innere eines Gebäudes gestoßen wurde. Er hielt ihn fest und konnte nur hilflos mit ansehen, wie seine Freunde vom Mob weggefegt wurden.

»Zurück zum Wirtshaus!« schrie Tanis. »Wir treffen uns im

Wirtshaus!« Aber er wußte nicht, ob sie ihn gehört hatten. Er konnte nur hoffen, daß sie alle versuchen würden, in diese Richtung zu gelangen.

Sturm hielt Alhana in seinen starken Armen, er trug und zog sie halb durch diese Straßen des Todes. Er spähte durch den Ascheregen und versuchte, die anderen zu finden, aber es war hoffnungslos. Und dann begann der verzweifeltste Kampf, den er je geführt hatte. Er stützte Alhana und mußte selber auf den Füßen bleiben, während die furchtbaren menschlichen Wellen immer wieder auf sie einstürzten.

Dann wurde Alhana von dem kreischenden Mob aus seinen Armen gerissen. Sturm warf sich in die Menge, schob und stieß mit seinen gepanzerten Armen und Körper alles beiseite, bis er Alhanas Handgelenke ergriff. Sie war leichenblaß und zitterte vor Angst. Sie hängte sich mit ihrer ganzen Kraft an seinen Arm, und schließlich konnte er sie hochziehen. Ein Schatten kroch über sie. Ein gräßlich kreischender Drachen näherte sich der Straße, die mit Männern, Frauen und Kindern übersät war. Sturm tauchte in einen Toreingang, zog Alhana mit sich und beschützte sie mit seinem Körper, als der Drache heran war. Flammen loderten auf, die Schreie der Sterbenden gellten herzzerreißend durch die Straße.

»Sieh nicht hin!« flüsterte Sturm Alhana zu und drückte sie eng an sich. Tränen liefen über sein Gesicht. Der Drache flog weiter, und plötzlich war es still, unerträglich still. Nichts bewegte sich.

»Laß uns weitergehen, solange wir noch können«, sagte Sturm mit bebender Stimme. Die beiden stolperten engumschlungen aus dem Tor; ihre Sinne betäubt, konnten sie sich nur noch instinktiv fortbewegen. Schließlich waren sie von neuem gezwungen, Schutz in einem Toreingang zu suchen, da ihnen vom Gestank verkohlten Fleisches und vom Rauch übel und schwindelig war. Einen Moment lang konnten sie sich nur aneinander festhalten, dankbar für den kurzen Aufschub und vom Wissen verfolgt, daß sie in einigen Sekunden auf die Todesstraßen zurückkehren mußten.

Alhana lehnte ihren Kopf an Sturms Brust. Die uralte Rüstung fühlte sich kühl und beruhigend an, und darunter konnte sie sein Herz schlagen hören, schnell, beständig und tröstend. Die Arme, die sie hielten, waren stark. Seine Hand streichelte ihr schwarzes Haar.

Alhana, keusche Tochter eines strengen und rigiden Volkes, wußte seit langer Zeit, wen sie wann und wo heiraten würde. Es war ein Elfenlord, und sie hatten sich in gegenseitigem Einvernehmen in all den Jahren nie berührt, seitdem diese Verbindung geplant war. Er war bei den anderen geblieben, während Alhana zurückgekehrt war, um ihren Vater zu suchen. Sie war in diese Welt der Menschen gestolpert und von dem Schock völlig benommen. Sie verabscheute sie und war gleichzeitig fasziniert von ihnen. Sie waren so mächtig, ihre Gefühle so roh und ungezähmt. Und gerade als Alhana dachte, sie würde diese Menschen für immer hassen und verachten, mußte das hier passieren.

Alhana sah in Sturms betrübtes Gesicht, sah Stolz, Würde, Strenge, den Wunsch nach Vollkommenheit – einer unerreichbaren Vollkommenheit. Das Mädchen fühlte sich zu diesem Mann hingezogen – zu diesem Menschen. Sich seiner Stärke hingebend, von seiner Anwesenheit beruhigt, empfand sie eine süße, verzehrende Wärme, und plötzlich erkannte sie, daß dieses Feuer für sie eine größere Gefahr bedeutete als die Feuer von tausend und abertausend Drachen.

»Wir gehen besser«, flüsterte Sturm leise, aber zu seiner Verwunderung stieß Alhana ihn von sich.

»Wir trennen uns hier«, sagte sie, ihre Stimme war kalt wie der Nachtwind. »Ich muß zu meiner Herberge zurück. Vielen Dank für deine Begleitung.«

»Was?« fragte Sturm. »Du willst allein gehen? Das ist Wahnsinn.« Er ergriff ihren Arm. »Ich kann nicht zulassen...« Das war, wie ihm klarwurde, ein Fehler, denn sie versteifte sich. Sie bewegte sich nicht, sondern starrte ihn einfach gebieterisch an, bis er sie freigab.

»Ich habe meine Freunde hier«, sagte sie, »so wie du. Deine

Loyalität gilt ihnen. Meine Loyalität gilt den meinen. Unsere Wege trennen sich hier.« Ihr versagte die Stimme, als sie den tiefen Schmerz in Sturms Gesicht sah. Einen Moment lang konnte Alhana es kaum ertragen, und sie fragte sich, ob sie die Kraft haben würde, weiterzumachen. Dann dachte sie an ihr Volk, das auf sie angewiesen war, und faßte sich wieder. »Ich danke Euch für Eure Freundlichkeit und Eure Hilfe, Ritter, aber ich muß jetzt gehen, solange es noch ruhig ist.«

Sturm starrte sie an, verletzt und verwirrt. Dann verhärtete sich sein Gesicht. »Es war mir eine Ehre, Euch zu Diensten gewesen zu sein, Lady Alhana. Aber Ihr seid immer noch in Gefahr. Erlaubt mir, Euch zu Eurer Herberge zu bringen, dann werde ich Euch nicht länger belästigen.«

»Das ist unmöglich«, antwortete Alhana. »Meine Herberge ist nicht weit entfernt, und meine Freunde warten auf mich. Wir kennen einen Weg aus der Stadt. Vergebt mir, daß ich Euch nicht mitnehme, aber ich kann Menschen nicht vertrauen.«

Sturms braune Augen blitzten auf. Alhana, die neben ihm stand, spürte, wie sein Körper erzitterte. Noch einmal verlor sie fast ihre Entschlossenheit.

»Ich weiß, wo Ihr seid«, sagte sie und schluckte. »Das Wirtshaus zum Roten Drachen. Vielleicht... wenn ich meine Freunde finde... können wir Euch Hilfe anbieten...«

»Macht Euch darüber keine Gedanken.« Sturms Stimme war jetzt genauso kalt wie die ihre. »Und dankt mir nicht. Ich habe nur das getan, was meine Ehre verlangt. Lebt wohl«, sagte er und schritt davon.

Dann fiel ihm etwas ein, und er kehrte um. Er zog die funkelnde Diamantnadel aus seinem Gürtel und legte sie in Alhanas Hand. »Hier«, sagte er. Als er in ihre Augen sah, sah er plötzlich den Schmerz, den sie zu verbergen suchte. Seine Stimme wurde weicher, obwohl er nichts verstand. »Es ehrt mich, daß Ihr mir diesen Edelstein anvertraut habt«, sagte er sanft, »auch wenn es nur für wenige Augenblicke war.«

Die Elfe starrte einen Augenblick den Juwel an, dann begann sie zu zittern. Ihre Augen trafen Sturms Augen, und er sah in ihnen keine Verachtung, wie er erwartet hatte, sondern Mitgefühl. Wieder einmal wunderte sie sich über die Menschen. Alhana neigte ihren Kopf, unfähig, seinen Blick zu ertragen, ergriff seine Hände, legte den Juwel hinein und schloß seine Finger um ihn.

»Behalte ihn«, sagte sie leise. »Wenn du ihn betrachtest, denke an Alhana Sternenwind und wisse, daß auch sie irgendwo an dich denkt.«

Plötzlich flossen Tränen aus Sturms Augen. Er neigte seinen Kopf, unfähig zu sprechen. Dann küßte er den Edelstein und verstaute ihn vorsichtig in seinem Gürtel. Er streckte seine Hände aus, aber Alhana zog sich in den Toreingang zurück, ihr blasses Gesicht abgewandt.

»Bitte geh«, sagte sie. Sturm stand einen Moment unentschlossen da, aber er durfte ihre Bitte nicht abschlagen, das gebot ihm sein Kodex. Der Ritter drehte sich um und war im nächsten Moment im Grauen der Straße verschwunden.

Alhana hatte ihm einen Moment lang nachgesehen, dann legte sich eine verhärtende Schale schützend um sie. »Vergib mir, Sturm«, flüsterte sie. Dann hielt sie inne. »Nein, vergib mir nicht«, sagte sie barsch. »Danke mir.«

Sie schloß ihre Augen, imaginierte ein bestimmtes Bild und sandte eine Nachricht zu den Außenbezirken der Stadt, wo ihre Freunde auf sie warteten, um sie von dieser Welt der Menschen fortzuholen. Als sie ihre telepathische Antwort erhielt, seufzte Alhana auf und begann eifrig den raucherfüllten Himmel abzusuchen.

»Aha«, sagte Raistlin ruhig, als die ersten Hörner durch die Stille des Nachmittags schallten. »Ich habe es euch gesagt.«

Flußwind warf dem Magier einen ärgerlichen Blick zu, während er überlegte, was zu tun sei. Es war eine einfache Sache, die Gruppe vor den Stadtwachen zu beschützen, aber eine ganz andere, sie vor den Drakonierarmeen und Drachen zu bewahren! Flußwinds dunkle Augen schweiften über die Gruppe. Tika hatte sich erhoben, die Hand am Schwert. Das junge Mädchen war mutig und stark, aber nicht waffengeübt. Der Barbar konnte immer noch die Narben an ihren Händen sehen, wo sie sich selbst geschnitten hatte.

»Was ist das?« fragte Elistan mit verdutztem Blick.

»Der Drachenfürst greift die Stadt an«, antwortete Flußwind barsch und versuchte weiter nachzudenken.

Er hörte ein Rasseln. Caramon war aufgestanden, der Krieger wirkte ruhig und gelassen. Das war erleichternd. Obwohl Flußwind Raistlin verabscheute, mußte er zugeben, daß der Magier und sein Kriegerbruder Eisen und Magie wirkungsvoll zu verbinden verstanden. Auch Laurana wirkte beherrscht und entschlossen, aber sie war eine Elfe. Flußwind hatte nie gelernt, Elfen richtig zu vertrauen.

»Verschwindet aus der Stadt, falls wir nicht zurückkehren«, hatte Tanis ihm gesagt. Aber Tanis hatte das jetzt nicht vorausgesehen! Sie würden aus der Stadt gehen, nur um in den Ebenen auf die Armeen des Drachenfürsten zu stoßen. Nun war Flußwind auch klar, wer sie die ganze Zeit über auf ihrer Reise zu diesem, dem Untergang geweihten Ort beobachtet hatte. Er fluchte in seiner Sprache. Doch dann, als die ersten Drachen über der Stadt kreisten, fühlte er Goldmonds Arm. Er sah sie an, sie lächelte – es war das Lächeln der Tochter des Stammeshäuptlings –, und er sah den Glauben in ihren Augen. Den Glauben an die Götter, und den Glauben an ihn. Ihm wurde leichter ums Herz, seine Angst war verschwunden.

Ein Krachen ließ das Gebäude erzittern. Sie konnten von den Straßen das Geschrei und das Zischen der Flammen hören.

»Wir müssen von diesem Stockwerk verschwinden, zurück nach unten«, sagte Flußwind. »Caramon, hole das Schwert des Ritters und die anderen Waffen. Wenn Tanis und die anderen…«, er hielt inne. Er wollte »noch leben« sagen, aber sah dann Lauranas Gesicht. »Wenn Tanis und die anderen entkommen sind, werden sie zurückkommen. Wir warten auf sie.«

»Hervorragende Entscheidung!« zischte der Magier beißend. »Besonders, da wir sowieso nirgendwohin gehen können!«

Flußwind ignorierte ihn. »Elistan, nimm die anderen mit nach unten. Caramon und Raistlin, bleibt einen Moment hier mit mir. Ich glaube, das beste wird es sein, wenn wir uns hier im Wirtshaus verschanzen. Die Straßen bringen den Tod.«

»Wie lange, glaubst du, können wir das durchhalten?« fragte Caramon.

Flußwind schüttelte den Kopf. »Einige Stunden vielleicht«, gab er kurz zurück.

Die Brüder sahen sich an, beide dachten an die entstellten Leichen, die sie im Dorf Que-Shu gesehen hatten, und an die Zerstörung von Solace.

»Wir werden das nicht überleben«, flüsterte Raistlin.

Flußwind holte tief Atem. »Wir werden ausharren, solange wir können«, sagte er mit leicht bebender Stimme, »aber wenn wir wissen, daß wir nicht mehr können...« Er hielt inne, unfähig weiterzusprechen, mit der Hand am Dolch, dachte er daran, was er dann tun würde.

»Dafür besteht keine Notwendigkeit«, sagte Raistlin sanft. »Ich habe Kräuter. Ein wenig davon in einem Glas Wein. Sehr schnell, schmerzlos.«

»Bist du sicher?« fragte Flußwind.

»Vertraue mir«, erwiderte Raistlin. »Ich bin in dieser Kunst erfahren. In der Kunst der Kräuterkunde«, fügte er gewandt hinzu, als er den Barbar zittern sah.

»Wenn ich überlebe«, sagte Flußwind leise, »werde ich ihr... ihnen... das Getränk geben. Wenn nicht...«

»Du kannst mir vertrauen«, wiederholte der Magier.

»Was ist mit Laurana?« fragte Caramon. »Du kennst die Elfen. Sie wird nicht...«

»Überlaß mir das«, wiederholte Raistlin sanft.

Der Barbar starrte den Magier an, das Entsetzen kroch in ihm hoch. Raistlin stand kühl vor ihm, die Arme in den Ärmeln seiner Robe verborgen, seine Kapuze tief über den Kopf gezogen. Flußwind sah auf seinen Dolch und zog die Alternative in Betracht. Nein, *er* würde es nicht tun können. Nicht auf diese Weise.

»Nun gut«, sagte er schwer schluckend. Er hielt inne, sich davor fürchtend, nach unten gehen und den anderen ins Gesicht sehen zu müssen. Aber der Lärm des Todes in der Straße wurde immer lauter. Flußwind drehte sich abrupt um und ließ die Brüder stehen.

»Ich werde kämpfend sterben«, sagte Caramon zu Raistlin und versuchte dabei, ganz natürlich zu sprechen. Aber nach den ersten Worten brach die Stimme des Kriegers. »Versprich mir, Raist, du nimmst dieses Zeug, wenn ich... nicht mehr da bin...«

»Dazu besteht keine Notwendigkeit«, sagte Raistlin unbeeindruckt. »Ich habe nicht die Kraft, eine Schlacht dieser Größenordnung durchzustehen. Ich werde in meiner Magie sterben.«

Tanis und Gilthanas kämpften sich durch die in Panik geratene Menge, der stärkere Halb-Elf hielt den Elf fest. Immer wieder mußten sie vor den angreifenden Drachen Schutz suchen. Gilthanas verstauchte sich das Knie, fiel in einen Türeingang und mußte sich nun hinkend an Tanis' Schulter lehnen.

Der Halb-Elf stieß ein Dankgebet aus, als er das Wirtshaus zum Roten Drachen sah, ein Gebet, das sich in einen Fluch verwandelte, als er die schwarzen Reptiliengestalten sich um den Eingang drängen sah. Er zog Gilthanas, der erschöpft blindlings vorwärtsstolperte, in einen zurückgesetzten Türeingang. »Gilthanas! Das Wirtshaus! Es wird angegriffen!«

Gilthanas starrte ihn verständnislos mit glasigen Augen an. Dann schien er zu begreifen, was vorging, seufzte und schüttelte den Kopf. »Laurana«, keuchte er und schob sich nach vorn, versuchte, aus dem Türeingang zu taumeln. »Wir müssen zu ihnen.« Er brach in Tanis' Armen zusammen.

»Bleib hier«, sagte der Halb-Elf und half ihm beim Hinsetzen. »Du kannst dich nicht bewegen. Ich werde versuchen, durch eine Hintertür reinzukommen.«

Tanis rannte los, schoß in Türeingänge und wieder heraus, verbarg sich in Ruinen. Er war ungefähr einen Block von dem

Wirtshaus entfernt, als er einen heiseren Schrei hörte. Er wandte sich um und sah Flint wild gestikulieren. Tanis stürzte über die Straße.

»Was ist los?« fragte er.. »Warum bist du nicht mit den anderen…« Der Halb-Elf hielt inne. »O nein«, flüsterte er.

Der Zwerg, dessen Gesicht von Asche verschmiert war, in der sich die Spuren von Tränen in langen Streifen abzeichneten, kniete neben Tolpan. Der Kender lag unter einem Balken begraben, der auf die Straße gefallen war. Tolpans Gesicht, ein Gesicht wie das eines reifen Kindes, war aschgrau, seine Haut völlig verschmiert.

»Verdammter hohlköpfiger Kender«, jammerte Flint. »Mußte rumlaufen und ein Haus auf sich fallen lassen.« Die Hände des Zwerges waren aufgerissen und blutig vom Versuch, einen Balken hochzuwuchten, wozu man drei Männer oder einen Caramon benötigt hätte. Tanis legte seine Hand an Tolpans Hals. Der Puls war sehr schwach.

»Bleib bei ihm!« sagte Tanis unnötigerweise. »Ich gehe zum Wirtshaus und hole Caramon!«

Flint sah erbittert zu ihm hoch, dann blickte er kurz zum Wirtshaus. Beide konnten die Schreie der Drakonier hören, ihre Waffen im Feuerschein aufblitzen sehen. Gelegentlich flackerte ein unnatürliches Licht aus dem Wirtshaus – Raistlins Magie. Der Zwerg schüttelte den Kopf. Er wußte, Tanis wäre genauso in der Lage, mit Caramon zurückzukehren, wie er fliegen konnte.

Aber Flint brachte ein Lächeln zustande. »Sicher, mein Junge, ich bleibe bei ihm. Leb wohl, Tanis.«

Tanis schluckte, wollte etwas antworten, gab es dann auf und rannte über die Straße.

Raistlin, der so sehr husten mußte, daß er kaum noch stehen konnte, wischte Blut von seinen Lippen und zog einen kleinen schwarzen Lederbeutel aus seinem Gewand. Er hatte noch einen Zauber übrig, aber kaum genügend Energie, um ihn zu werfen. Seine Hände zitterten vor Erschöpfung, als er versuchte, den Inhalt des Beutels in ein Glas Wein zu streuen, den Caramon ihm vor Beginn der Schlacht hatte bringen müssen.

Dann fühlte er eine Hand seine eigene ergreifen. Er sah auf, es war Laurana. Sie nahm den Beutel aus seinen zerbrechlichen Fingern. Ihre Hand war mit dunkelgrünem Drakonierblut befleckt.

»Was ist das?« fragte sie.

»Zutaten für einen Zauber.« Der Magier würgte. »Schütte es in den Wein.«

Laurana gehorchte. Die Mischung löste sich sofort auf.

»Trink es nicht«, warnte der Magier sie, als sein Hustenanfall vorüberging.

Laurana sah ihn an. »Was ist es denn?«

»Ein Schlafmittel«, flüsterte Raistlin, seine Augen glitzerten.

Laurana lächelte sarkastisch. »Du glaubst doch nicht, daß wir heute abend schlafen können?«

»Nicht dieser Art«, antwortete Raistlin und starrte sie intensiv an. »Dieses Mittel täuscht den Tod vor. Der Herzschlag verlangsamt sich stark, die Atmung erlischt fast, die Haut wird kalt und blaß, die Glieder versteifen sich.«

Laurana riß die Augen auf. »Warum...«, begann sie.

»Als letzten Ausweg. Der Feind denkt, du bist tot, läßt dich auf dem Schlachtfeld zurück – wenn du Glück hast. Wenn nicht...«

»Wenn nicht?« half sie nach, ihr Gesicht war leichenblaß.

»Nun, von einigen weiß man, daß sie bei ihrer Beerdigung wach geworden sind«, erwiderte Raistlin kühl. »Aber ich glaube nicht, daß uns das passieren wird.«

Das Atmen fiel ihm nun leichter, er setzte sich hin, duckte sich dabei, weil ein Pfeil über seinen Kopf sauste und neben ihm zu Boden fiel. Dann bemerkte er Lauranas zitternde Hand, und ihm wurde klar, daß sie keineswegs so ruhig war, wie sie immer vorgab.

»Sollen wir das etwa einnehmen?« fragte sie.

»Auf diese Weise werden wir der Drakonier-Folter entgehen.«

»Woher weißt du das?«

»Vertraue mir«, antwortete der Magier mit einem leichten Lächeln.

Laurana sah ihn an und zitterte. Geistesabwesend wischte sie ihre blutbefleckten Finger an ihrer Lederrüstung ab. Das Blut ging nicht weg, aber sie bemerkte es nicht. Ein Pfeil schwirrte an ihr vorbei. Sie zuckte nicht einmal zusammen, sie starrte ihn nur benommen an.

Caramon stolperte aus dem Rauch des brennenden Schankraumes. Ein Pfeil hatte ihn an der Schulter getroffen; sein rotes Blut bildete einen merkwürdigen Kontrast zum grünen Blut seiner Feinde.

»Sie brechen durch die Vordertür«, sagte er schweratmend. »Flußwind hat uns hierhergeschickt.«

»Horch!« warnte Raistlin. »Das ist nicht die einzige Stelle, wo sie durchbrechen!« An der Tür, die von der Küche zum hinteren Ausgang führte, hörte man ein splitterndes Geräusch.

Caramon und Laurana wirbelten kampfbereit herum, gerade als die Tür einstürzte. Eine große dunkle Gestalt trat ein.

»Tanis!« schrie Laurana. Sie steckte ihr Schwert weg und rannte auf ihn zu.

»Laurana!« keuchte er. Er fing sie in seinen Armen auf und hielt sie eng an sich gedrückt, schluchzte fast vor Erleichterung. Dann schlang Caramon seine riesigen Arme um beide.

»Wie geht es allen hier?« fragte Tanis, als er wieder sprechen konnte.

»So weit, so gut«, sagte Caramon, als er hinter Tanis spähte. Sein Gesicht fiel ein, als er sah, daß der Halb-Elf allein war. »Wo sind...«

»Sturm ist verloren«, sagte Tanis müde. »Flint und Tolpan sind auf der anderen Straßenseite, der Kender ist von einem Balken begraben. Gilthanas ist ungefähr zwei Blöcke weiter. Er ist verletzt«, sagte Tanis zu Laurana, »nicht schlimm, aber er konnte nicht mehr weiterlaufen.«

»Willkommen, Tanis«, flüsterte Raistlin hustend. »Du bist rechtzeitig gekommen, um mit uns zu sterben.«

Tanis sah auf den Becher, erblickte den schwarzen Beutel daneben, dann starrte er Raistlin in plötzlichem Entsetzen an.

»Nein«, sagte er entschlossen. »Wir werden nicht sterben. Zumindest nicht wie...« Er brach abrupt ab. »Holt alle her.«

Caramon schleppte sich weg und schrie aus vollem Halse. Flußwind kam aus der Schankstube gerannt, von wo aus er mit den Pfeilen der Feinde zurückgeschossen hatte, weil er selbst keine mehr hatte. Die anderen folgten ihm, Tanis hoffnungsvoll anlächelnd.

Ihr Glaube an ihn machte den Halb-Elf wütend. Irgendwann, dachte er, werde ich sie alle enttäuschen. Vielleicht habe ich das bereits. Er schüttelte ärgerlich den Kopf.

»Hört zu!« schrie er. »Wir können versuchen, durch den Hinterausgang zu entkommen! Das Wirtshaus wird nur von einer kleinen Streitmacht belagert. Der Hauptteil der Armee ist noch nicht in der Stadt.«

»Jemand ist hinter *uns* her«, murmelte Raistlin.

Tanis nickte. »So sieht es aus. Uns bleibt nicht viel Zeit. Wenn wir es zu den Hügeln schaffen...«

Er verstummte plötzlich und hob den Kopf. Alle verstummten, lauschten, erkannten den schrillen Schrei, das Geräusch riesiger, lederner Flügel, das rasch näher kam.

»In Deckung!« schrie Flußwind. Aber es war zu spät.

Ein schreiendes Winseln ertönte, und dann folgte ein Knall. Das Wirtshaus – drei Etagen, aus Stein und Holz gebaut – bebte, als würde es aus Sand und Stöcken bestehen. Die Luft explodierte in Staub und Schutt. Flammen schossen hoch. Über sich konnten sie das Splittern und Krachen von Holz hören. Fasziniert und gelähmt sahen die Gefährten zu – gelähmt vom Anblick der riesigen Deckenbalken, die unter dem Gewicht des einstürzenden Daches erbebten.

»Raus hier!« schrie Tanis. »Der ganze Platz ist...«

Der Balken direkt über dem Halb-Elf ächzte laut auf, dann splitterte und krachte er. Er packte Laurana um die Taille und schleuderte sie weg, so weit er konnte, und sah Elistan, der am Eingang des Wirtshauses stand, sie in seinen Armen auffangen.

Als der Balken über Tanis mit einem zitternden Krachen herunterstürzte, hörte er den Magier seltsame Worte kreischen. Dann fiel er, fiel in die Schwärze – und es schien, als ob die Welt auf ihn fallen würde.

Sturm bog um die Ecke und sah das Wirtshaus zum Roten Drachen in einer Flammenwolke zusammenstürzen, während sich ein Drache über sie in den Himmel schwang. Das Herz des Ritters pochte wild vor Trauer und Furcht.

Er versteckte sich in einem Hauseingang, als einige Drakonier vorbeigingen – sie lachten und sprachen in ihrer kalten gutturalen Sprache. Offenbar nahmen sie an, ihre Aufgabe sei erledigt, und suchten nun neue Unterhaltung. Drei andere jedoch, in blaue, nicht in rote Uniformen gekleidet, schienen über die Zerstörung des Wirtshauses sehr aufgeregt zu sein und schüttelten die Fäuste gegen den roten Drachen.

Sturm fühlte, wie eine verzweifelte Schwäche sich seiner bemächtigte. Er sackte gegen die Tür, beobachtete die Drakonier und fragte sich, was er tun sollte. Waren die Freunde noch im Wirtshaus? Vielleicht waren sie entkommen. Dann setzte sein Herz einen Augenblick aus. Er sah etwas Weißes aufblitzen.

»Elistan!« schrie er. Sturm sah, wie der Kleriker aus dem Schutt heraustrat, jemanden hinter sich herzerrend. Drakonier rannten mit gezogenen Schwertern auf den Kleriker zu. Sturm ließ den Schlachtruf der solamnischen Ritter erschallen und verließ den Türeingang. Die Drakonier wirbelten irritiert herum.

Sturm nahm verschwommen wahr, daß eine andere Gestalt neben ihm rannte. Er blickte sich um, sah einen Metallhelm und hörte den Zwerg brüllen. Dann vernahm er aus einer Toreinfahrt magische Worte.

Gilthanas, unfähig, sich ohne Hilfe aufrechtzuhalten, war hervorgekrochen, und auf die Drakonier zeigend sprach er seinen Zauberspruch. Flammende Pfeile schossen aus seinen Händen. Eine der Kreaturen brach zusammen und griff sich an seine brennende Brust. Flint sprang auf einen anderen Drakonier zu und schlug mit einem Stein auf seinen Kopf ein, während Sturm mit einem Faustschlag den dritten kampfunfähig machte. Sturm fing Elistan in seinen Armen auf, als dieser nach vorn stolperte. Der Kleriker trug eine Frau.

»Laurana!« schrie Gilthanas.

Vom Rauch benommen hob das Elfenmädchen ihre glasigen Augen. »Gilthanas?« murmelte sie. Dann erblickte sie den Ritter.

»Sturm«, stellte sie verwirrt fest, dann deutete sie vage nach hinten. »Dein Schwert ist dort drüben. Ich habe es gesehen...«

Und wirklich erkannte Sturm etwas Silbernes, das halb verborgen im Schutt lag. Sein Schwert, und daneben lag Tanis' Schwert, die Elfenklinge von Kith-Kanan. Nachdem er die Steine beiseite geschoben hatte, hob Sturm andächtig die beiden Schwerter hoch, die wie Artefakte in einem abscheulichen, riesigen Hügelgrab gelegen hatten. Der Ritter horchte auf Bewegung, Rufe, Schreie. Aber um sie war nur entsetzliche Stille.

»Wir müssen hier weg«, sagte er langsam, ohne sich zu bewegen. Er sah Elistan an, der auf die Ruine starrte, das Gesicht leichenblaß. »Die anderen?«

»Sie waren alle im Haus«, antwortete Elistan mit zitternder Stimme. »Und der Halb-Elf...«

»Tanis?«

»Ja. Er war durch die Hintertür gekommen, kurz bevor der Drache das Wirtshaus zerstörte. Sie waren alle zusammen. Ich stand im Eingang. Tanis sah den Balken brechen. Er warf Laurana nach draußen, ich konnte sie auffangen, als die Decke auf sie niederstürzte. Es besteht keine Möglichkeit, daß sie...«

»Das glaube ich nicht!« sagte Flint heftig und sprang in den Schutt. Sturm packte ihn und zog ihn zurück.

»Wo ist Tolpan?« fragte der Ritter den Zwerg.

Das Gesicht des Zwerges wurde vor Trauer und Sorge grau. »Steckt unter einem Balken«, sagte er. Er riß wild an seinen Haaren, dabei fiel ihm der Helm herunter. »Ich muß zu ihm zurück. Aber ich kann sie hier nicht lassen... Caramon...« Der Zwerg begann zu weinen, Tränen strömten in seinen Bart.

»Dieser riesige, dämliche Ochse! Ich brauche ihn. Er kann mir das doch nicht antun! Und Tanis!« Der Zwerg fluchte. »Verdammt, ich brauche sie!«

Sturm legte seine Hand auf Flints Schulter. »Geh zu Tolpan zurück. *Er* braucht dich jetzt. Ich höre Drakonier in den Straßen. Wir...«

Laurana schrie auf, ein angstvoller, erbarmungswürdiger Schrei, der Sturm wie ein Speer durchbohrte. Er drehte sich um und konnte sie gerade noch festhalten, als sie in den Schutt laufen wollte.

»Laurana!« schrie er. »Versteh doch! Versteh doch!« Er schüttelte sie. »Nichts könnte das überleben!«

»Woher willst du das wissen!« schrie sie ihn wütend an und befreite sich aus seinem Griff. Auf Händen und Knien versuchte sie, einen Stein anzuheben. »Tanis!« schrie sie. Der Stein war aber so schwer, daß sie ihn nur wenige Millimeter bewegen konnte.

Sturm beobachtete sie verzweifelt, hilflos. Dann – Hörner! Immer näher kamen sie, Hunderte, Tausende von Hörnern. Die Armee zog ein. Er sah Elistan an, der verstehend nickte. Beide Männer eilten zu Laurana.

»Meine Liebe«, begann Elistan sanft, »du kannst nichts für sie tun. Die Lebenden brauchen dich. Dein Bruder ist verletzt und auch der Kender. Die Drakonier marschieren ein. Entweder wir fliehen jetzt und bekämpfen weiter diese schrecklichen Ungeheuer, oder wir verlieren unser Leben in sinnloser Trauer. Tanis hat sein Leben für dich hingegeben, Laurana. Laß es kein sinnloses Opfer sein.«

Laurana starrte ihn an, ihr Gesicht war vom Ruß und Schmutz schwarz, mit Streifen von Tränen und Blut. Sie hörte die Hörner, sie hörte Gilthanas rufen, sie hörte Flint schreien, daß Tolpan im Sterben lag, sie hörte Elistans Worte. Und dann begann es zu regnen.

Der Regen lief über ihr Gesicht und kühlte ihre fiebrige Haut.

»Hilf mir, Sturm«, flüsterte sie. Er legte seinen Arm um sie. Sie stand benommen auf und taumelte.

»Laurana!« rief ihr Bruder. Elistan hatte recht. Die Lebenden brauchten sie. Sie mußte zu ihm gehen. Obwohl sie sich lieber auf die Steine gelegt hätte, sie mußte gehen. Tanis hätte auch so gehandelt. Man brauchte sie. Sie mußte weitermachen.

»Leb wohl, Tanis«, flüsterte sie.

Der Regen wurde stärker, floß herab, als weinten die Götter um Tarsis, die Schöne.

Wasser tröpfelte auf seinen Kopf. Es war irritierend, kalt. Raistlin versuchte sich vom Wasser wegzurollen. Aber er konnte sich nicht bewegen. Ein schweres Gewicht drückte auf ihn. Panik stieg in ihm auf, und verzweifelt versuchte er, sich zu befreien. Mit der Furcht kehrte auch sein Bewußtsein zurück. Und mit dem Wissen verschwand die Panik. Raistlin hatte wieder die Kontrolle über sich, und so wie er es gelernt hatte, zwang er sich, zu entspannen und die Situation zu durchdenken.

Er konnte nichts sehen. Es war zu dunkel, so daß er sich auf seine anderen Sinne konzentrieren mußte. Zuerst mußte er diese Last wegbekommen. Vorsichtig bewegte er seine Arme. Er spürte keinen Schmerz, anscheinend war nichts gebrochen. Er tastete weiter und berührte einen Körper. Caramon, seine Rüstung, sein Geruch. Er seufzte. Er hätte es wissen müssen. Er mußte seine ganze Kraft aufwenden, um seinen Bruder beiseite zu schieben und unter ihm hervorzukriechen.

Der Magier konnte nun leichter atmen und wischte das Wasser aus seinem Gesicht. Er tastete nach dem Hals seines Bruders und fühlte den Puls. Er schlug normal, sein Körper war warm, sein Atem ging regelmäßig. Raistlin legte sich erleichtert auf den Boden. Zumindest war er nicht allein, wo immer er auch war.

Aber wo war er? Raistlin rief sich die letzten entsetzlichen Momente ins Gedächtnis. Er erinnerte sich: Ein Balken splitterte, Tanis schleuderte Laurana von sich weg, er hatte einen Zauber geworfen, den letzten, zu dem er noch Kraft gehabt hatte. Die Magie fuhr durch seinen Körper, schuf um ihn und die, die in seiner Nähe standen, einen Kreis, der sie vor anderen

Gegenständen schützte. Caramon war über ihn gefallen, das Gebäude war um sie eingestürzt, und ein fallendes Gefühl.

Fallen...

Ah, Raistlin verstand. Sie mußten durch den Boden in den Keller gestürzt sein. Er tastete auf dem Steinboden herum und stellte dabei fest, daß er völlig durchnäßt war. Schließlich fand er das, was er gesucht hatte – den Zauberstab. Sein Kristall war unversehrt: Nur Drachenfeuer konnte den Stab, den er von Par-Salian im Turm der Erzmagier erhalten hatte, zerstören.

»*Shirak*«, befahl Raistlin, und der Stab leuchtete auf. Er setzte sich auf und blickte sich um. Ja, er hatte recht gehabt. Sie befanden sich im Keller des Wirtshauses. Der Inhalt zerbrochener Weinflaschen war überall auf den Boden geflossen. Bierschläuche waren aufgeplatzt. Er hatte nicht nur in Wasser gelegen.

Der Magier ließ das Licht über den Boden gleiten. Dort lagen Tanis, Flußwind, Goldmond, Tika, alle neben Caramon. Sie schienen in Ordnung zu sein. Um sie herum überall Schutt. Eine Hälfte des Balkens neigte sich leicht durch den Schutt. Raistlin lächelte. Ein guter Zauberspruch. Einmal mehr standen sie in seiner Schuld.

Wenn wir nicht vor Kälte umkommen, fiel ihm bitter ein. Sein Körper war so mitgenommen, daß er kaum den Stab halten konnte. Er begann zu husten. Es würde seinen Tod bedeuten. Sie mußten hier herauskommen.

»Tanis«, rief er und schüttelte den Halb-Elf.

Tanis lag zusammengekauert am äußersten Rand von Raistlins magischem Schutzkreis. Er murmelte etwas und bewegte sich. Raistlin schüttelte ihn wieder. Der Halb-Elf schrie auf, bedeckte instinktiv seinen Kopf mit den Armen.

»Tanis, du bist in Sicherheit«, flüsterte Raistlin hustend. »Wach auf.«

»Was?« Tanis setzte sich kerzengerade auf, starrte um sich. »Wo...« Dann erinnerte er sich. »Laurana?«

»Weg.« Raistlin zuckte die Schultern. »Du hast sie aus dem Gefahrenbereich geschleudert...«

»Ja…«, sagte Tanis und sank zurück. »Und ich hörte dich Worte sagen, magische…«

»Darum wurden wir nicht zerschmettert.« Raistlin zog zitternd seine nasse Robe enger um seinen Körper, während Tanis weiter um sich starrte, als wäre er auf den Mond gefallen.

»Wo im Namen des Abgrundes…«

»Wir sind im Keller des Wirtshauses«, unterbrach ihn der Magier. »Der Boden gab nach, und wir sind in den Keller gefallen.«

Tanis sah auf. »Bei allen Göttern«, flüsterte er erschrocken.

»Ja«, sagte Raistlin und folgte Tanis' Blick. »Wir sind lebendig begraben.«

Unter den Ruinen des Wirtshauses zum Roten Drachen besprachen die Gefährten ihre Lage. Sie war nicht gerade hoffnungsvoll. Goldmond behandelte ihre Verletzungen, die dank Raistlins Zauber nicht ernst waren. Aber sie hatten keine Vorstellung, wie lange sie ohnmächtig gewesen waren oder was über ihnen passiert war. Am schlimmsten war, sie wußten nicht, wie sie aus dem Keller hinauskommen sollten.

Caramon versuchte vorsichtig, einige Steine über ihren Köpfen zu bewegen, aber alles begann zu krachen und zu ächzen. Raistlin erinnerte ihn scharf daran, daß er über keine Kraft für weitere Zaubersprüche verfügte, und Tanis bat den Krieger müde, es zu vergessen. Sie saßen im Wasser, das immer höher stieg.

Wie Flußwind bemerkte, schien es nur eine Frage der Zeit zu sein, was sie zuerst töten würde: der Mangel an Luft, die Kälte, das völlige Zusammenbrechen des Wirtshauses oder das Wasser.

»Wir könnten um Hilfe rufen«, schlug Tika vor, die versuchte, fest zu klingen.

»Dann kannst du die Drakonier gleich auch auf die Liste setzen«, schnappte Raistlin. »Denn das sind wahrscheinlich die einzigen Kreaturen, die dich hören werden.«

Tika errötete und strich sich mit der Hand über die Augen. Caramon warf seinem Bruder einen vorwurfsvollen Blick zu, dann legte er seinen Arm um Tika und drückte sie an sich. Raistlin schenkte ihnen einen angewiderten Blick.

»Ich höre überhaupt nichts von oben«, sagte Tanis verwirrt. »Glaubt ihr, daß die Drachen und die Soldaten...« Er hielt inne, sein Blick traf Caramons, beide nickten langsam in plötzlichem Verstehen.

»Was?« fragte Goldmond.

»Wir befinden uns hinter der feindlichen Linie«, sagte Caramon. »Die Drakonierarmeen besetzen die Stadt. Und wahrscheinlich das ganze Land herum. Es gibt keinen Ausweg, und falls es einen gibt, können wir nirgendwohin gehen.«

Wie um seine Worte zu bekräftigen, hörten die Gefährten über sich Geräusche. Gutturale Drakonierstimmen, die sie nur allzugut kannten.

»Ich sage dir, es ist Zeitverschwendung«, winselte eine andere Stimme in der Umgangssprache, ein Goblin. »In diesem Durcheinander hat niemand überlebt.«

»Erzähl das mal dem Drachenfürsten, du erbärmlicher Hundeesser«, knurrte der Drakonier. »Ich bin mir sicher, daß seine Lordschaft an deiner Meinung sehr interessiert ist. Du hast deine Befehle. Grabt jetzt, alle.«

Nun hörte man kratzende und scharrende Geräusche. Steine wurden beiseite geschoben, Staubwolken rieselten durch Risse. Der große Balken zitterte leicht, hielt aber stand.

Die Gefährten starrten sich an, hielten fast den Atem an. Sie erinnerten sich an die seltsamen Drakonier, die die Wirtsstube angegriffen hatten.

»Jemand ist hinter uns her«, sagte Raistlin.

»Was suchen wir hier eigentlich?« krächzte ein Goblin in der Goblinsprache. »Silber? Juwelen?«

Tanis und Caramon, die ein wenig Goblin konnten, versuchten, etwas besser zu hören.

»Nein«, sagte der erste Goblin, der offenbar die Befehle gab. »Spione oder so etwas, die dem Drachenfürst persönlich vorgeführt werden sollen.«

»Hier drin?« fragte der Goblin erstaunt.

»Genau *das* habe ich doch gesagt«, schnarrte sein Kamerad. »Diese Echsenmenschen sagten, daß sie alle hier in dem Wirtshaus waren, als der Drache es zerstört hat, und daß keiner entkommen ist, und darum denkt der Fürst, daß sie immer noch hier sind. Wenn du mich fragst – die Drakos haben etwas vermasselt, und *wir* müssen es ausbaden.«

Die Geräusche des Grabens und des Entfernens der Steine wurden wie die Stimmen der Goblins lauter, gelegentlich von einem scharfen Befehl eines Drakoniers unterbrochen. Es müssen ungefähr fünfzig sein! dachte Tanis. Er war wie gelähmt.

Flußwind hob leise sein Schwert aus dem Wasser und begann es trockenzuwischen. Caramon, dessen sonst so fröhliches Gesicht ernst war, ließ Tika los und suchte sein Schwert. Tanis hatte kein Schwert. Flußwind warf ihm seinen Dolch hinüber. Tika wollte ihr Schwert ziehen, aber Tanis schüttelte den Kopf. Sie würden auf engem Raum kämpfen müssen, und Tika brauchte unendlich viel Platz. Der Halb-Elf sah Raistlin fragend an.

Der Magier schüttelte den Kopf. »Ich werde es versuchen, Tanis«, flüsterte er. »Aber ich bin sehr müde. Sehr müde. Und ich kann nicht denken, mich nicht konzentrieren.« Er senkte seinen Kopf, zitterte heftig in seinen nassen Gewändern. Er nahm seine ganze Kraft zusammen, um nicht zu husten.

Ein Zauber wird ihn vernichten, wenn er ihn überhaupt schafft, wurde Tanis klar. Jedoch hat er dann mehr Glück als wir anderen. Zumindest *ihn* werden sie nicht lebend bekommen.

Die Geräusche über ihnen wurden immer lauter. Goblins sind starke, unermüdliche Arbeiter. Sie wollten diese Aufgabe schnell erledigen, um dann Tarsis zu plündern. Die Gefährten warteten in grimmigem Schweigen. Ein Strom von Staub, Schmutz und zerbröckelten Steinen ging unablässig zusammen mit frischem Regenwasser auf sie nieder. Sie hielten ihre Waffen fester. Es konnte sich nur noch um Minuten handeln, bis man sie entdecken würde.

Dann hörte man plötzlich neue Geräusche. Sie hörten die

Goblins vor Furcht kreischen, die Drakonier schrien sie an, befahlen ihnen, weiterzuarbeiten. Aber die Schaufeln und Pickel wurden fallen gelassen, dann folgte das Fluchen der Drakonier, als sie versuchten, das aufzuhalten, was wie ein Goblinaufstand anmutete.

Über ihnen wurde das Kreischen der Goblins immer lauter, bis es zu einem lauten, klaren, schrillen Schrei anwuchs, von einem weiter entfernten Schrei beantwortet. Es war der Ruf eines Adlers, der bei Sonnenuntergang über den Ebenen kreist. Aber dieser Ruf war direkt über ihnen.

Dann schrie ein Drakonier auf. Es folgte ein reißendes Geräusch – als ob der Körper der Kreatur entzweigerissen wurde. Weitere Schreie, das Aufeinanderprallen von Eisen, wieder Rufe und Antworten – dieses Mal noch näher.

»Was ist denn los?« fragte Caramon mit zwei aufgerissenen Augen. »Das ist kein Drache. Es klingt wie – wie ein riesiger Raubvogel!«

»Was immer es auch ist, es reißt die Drakonier in Stücke!« sagte Goldmond ehrfürchtig, während sie weiterlauschten. Die Schreie hörten abrupt auf, ließen ein Schweigen zurück, das fast noch schlimmer war. Welches neue Böse hatte das alte ersetzt?

Dann wurden Schutt und Steine und Holz hochgehoben und beiseite geschleudert. Was auch immer sich oben befand, es wollte sie unten erreichen!

»Erst hat es die Drakonier gefressen«, flüsterte Caramon rauh, »und jetzt ist es hinter uns her!«

Tika wurde leichenblaß und klammerte sich an Caramons Arm. Goldmond stöhnte leise auf, und selbst Flußwinds Miene verlor ein wenig ihren Gleichmut, und er starrte aufmerksam nach oben.

»Caramon«, sagte Raistlin zitternd, »halt den Mund!«

Tanis fühlte sich geneigt, dem Magier beizupflichten. »Wir fürchten uns wegen nie…«, begann er. Er wurde von einem lauten Schmettern unterbrochen. Steine und Schutt, Mörtel und Holz stürzten auf sie herab. Sie krochen in Deckung, als ein riesiger Klauenfuß durch den Schutt brach, seine Krallen glänzten im Licht von Raistlins Stab.

Hilflos Schutz suchend unter zerbrochenen Balken oder Weinschläuchen, beobachteten die Gefährten erstaunt, wie sich die Riesenklaue aus dem Schutt befreite und verschwand, hinter sich ein großes klaffendes Loch zurücklassend.

Alles war still. Eine Zeitlang wagten die Gefährten nicht, sich zu bewegen. Aber die Stille blieb.

»Das ist unsere Chance«, flüsterte Tanis. »Caramon, sieh nach, was oben los ist.«

Aber der Krieger war bereits aus seinem Versteck gekrochen und bewegte sich so gut es ging über den mit Schutt übersäten Boden. Flußwind folgte mit gezogenem Schwert.

»Nichts«, sagte Caramon, als er verwirrt nach oben spähte.

Tanis, der sich ohne sein Schwert wie nackt fühlte, ging zu ihnen und starrte ebenfalls nach oben. Dann erschien zu seiner Verwunderung eine dunkle Gestalt, die sich gegen den brennenden Himmel abhob. Hinter der Gestalt zeigte sich ein riesiges Tier. Sie konnten nur den Kopf eines großen Adlers erkennen, dessen Augen im Feuerschein glitzerten und dessen gekrümmter Schnabel in den Flammen strahlte.

Die Gefährten schraken zurück, aber es war zu spät. Offensichtlich hatte die Gestalt sie gesehen. Sie trat näher. Flußwind dachte zu spät an seinen Bogen. Caramon zog Tika mit einer Hand zu sich, in der anderen hielt er sein Schwert.

Die Gestalt jedoch kniete einfach am Rand des Loches nieder, achtete sorgfältig auf die losen Steine und streifte ihre Kapuze zurück.

»So treffen wir uns also wieder, Tanis Halb-Elf«, sagte eine Stimme, so kalt und so rein und so fern wie die Sterne.

Flucht aus Tarsis
Die Geschichte der Kugeln der Drachen

Drachen flogen über die zerstörte Stadt Tarsis, während die Drakonierarmeen einmarschierten, um sie in Besitz zu nehmen. Die Drachen hatten ihre Aufgabe erfüllt. Bald würde der Drachenfürst sie zurückrufen, damit sie sich für den nächsten Angriff bereithielten. Aber jetzt konnten sie sich ausruhen. Die roten Drachen schwebten am Himmel, vollführten in gut organisierter Formation einen berauschenden Todestanz.

Keine Macht auf Krynn konnte sie noch aufhalten. Das wußten sie, und sie jubelten über ihren Sieg. Aber gelegentlich wurde ihr Tanz unterbrochen. Einem Schwarmführer beispielsweise wurde über einen Kampf bei der Ruine eines Wirtshauses berichtet. Der junge männliche rote Drache, den er mit einer kleinen Schar zum Schauplatz beorderte, murmelte etwas von Unfähigkeit des Truppenbefehlshabers vor sich hin. Was konnte man auch schon erwarten, wenn der Drachenfürst ein aufgeblasener Hobgoblin war, der nicht einmal genügend Mut hatte, der Übernahme einer Stadt wie Tarsis beizuwohnen?

Der rote Drache seufzte und erinnerte sich an die ruhmvollen Zeiten, als Verminaard sie persönlich angeführt hatte, auf Pyros' Rücken reitend. Das war ein Drachenfürst gewesen! Der Drache schüttelte traurig seinen Kopf. Aha, da war die Schlacht. Er flog tiefer, um besser sehen zu können.

»Ich befehle dir anzuhalten!«

Der Rote hielt im Flug inne und starrte erstaunt nach oben. Die Stimme war stark und klar, und es war die eines Drachenfürsten. Aber das war sicher nicht Toede! Dieser Drachenfürst, in die glänzende Maske und die Drachenschuppenrüstung seines Standes gekleidet, war der Stimme nach zu urteilen ein Mensch und kein Hobgoblin. Aber woher kam dieser Fürst? Und warum? Denn der Fürst ritt auf einem blauen Drachen und wurde von mehreren Schwärmen blauer Drachen begleitet.

»Wie lautet dein Befehl, Fürst?« fragte der rote Drache ernst. »Und was gibt dir das Recht, mich aufzuhalten, dir, der du für diesen Teil von Krynn nicht verantwortlich bist?«

»Das Schicksal der Menschen liegt in meiner Verantwortung, ob nun in diesem Teil von Krynn oder in einem anderen«, gab der Drachenfürst zurück. »Und die Kraft meiner Schwingen gibt mir jedes Recht, dir zu befehlen, mutiger Roter. Was meinen Befehl angeht, so sollst du diese erbarmungswürdigen Menschen zwar fangen, aber nicht töten. Sie sollen verhört werden. Bring sie zu mir. Du wirst reich belohnt werden.«

»Seht!« rief ein junger weiblicher Roter. »Greife!«

Der Drachenfürst gab einen Ausruf der Verwunderung und des Ärgers von sich. Die Drachen sahen unten drei Greife sich aus dem Rauch erheben. Greife waren zwar nur halb so groß wie die roten Drachen, aber für ihre Grausamkeit bekannt. Unten flüchteten Drakoniersoldaten wie die Hasen vor diesen Kreaturen, deren scharfe Krallen und Schnäbel die Köpfe jener Reptilienmenschen zerfleischten, die in ihre Nähe geraten waren.

Der rote Drache knurrte voller Haß und bereitete sich mit seiner Schar auf einen Sturzflug vor, aber der Drachenfürst versperrte ihm mit seinem blauen Reitdrachen den Weg.

»Ich sage dir, sie dürfen nicht getötet werden«, sagte der Drachenfürst ernst.

»Und wenn sie entkommen?« zischte der Rote wütend.

»Laß sie«, entgegnete der Fürst kühl. »Sie werden nicht weit kommen. Ich entbinde dich von deiner Pflicht in dieser Angelegenheit. Und wenn dieser Idiot Toede irgend etwas einzuwenden hat, sage ihm, daß das Geheimnis, wie er den blauen Kristallstab verloren hat, nicht mit Lord Verminaard gestorben ist. Die Erinnerung an den Truppführer lebt weiter – in *meinen* Gedanken –, und andere werden es auch erfahren, wenn er es wagt, mich herauszufordern!«

Der Drachenfürst salutierte, dann lenkte er den blauen Reitdrachen in Richtung Greife, deren gewaltige Geschwindigkeit es ihnen ermöglicht hatte, mit ihren Reitern über die Stadttore hinaus zu entkommen. Die Roten beobachteten, wie die Blauen ihre Verfolgung aufnahmen.

»Sollen wir sie auch jagen?« fragte der weibliche rote Drache.

»Nein«, entgegnete der männliche Rote nachdenklich, seine feurigen Augen waren auf den Drachenfürsten gerichtet, der in der Ferne kleiner wurde. »*Dieser Person* will ich lieber nicht in die Quere kommen!«

»Dein Dank ist nicht notwendig und auch nicht erwünscht«, schnitt Alhana Sternenwind Tanis' zögernde Worte mitten im Satz ab. Die Gefährten ritten durch den peitschenden Regen auf drei Greifen, hielten ihre fedrigen Hälse mit den Händen umklammert und starrten ängstlich auf die sterbende Stadt, von der sie sich immer weiter entfernten.

»Und du wirst mir nicht mehr danken wollen, nachdem du mir zugehört hast«, bemerkte Alhana kühl und warf Tanis, der mit ihr ritt, einen kurzen Blick zu. »Ich habe euch befreit, weil ich euch für meine eigenen Zwecke brauche. Ich brauche Krieger, die mir bei der Suche nach meinem Vater helfen. Wir fliegen nach Silvanesti.«

»Aber das ist unmöglich!« keuchte Tanis. »Wir müssen unsere Freunde treffen! Flieg zu den Hügeln. Wir *können* nicht nach Silvanesti, Alhana. Zuviel steht auf dem Spiel! Wenn wir diese Kugeln der Drachen finden können, wird es uns möglich sein, diese elenden Kreaturen zu vernichten und diesem Krieg ein Ende zu bereiten. *Danach* können wir nach Silvanesti...«

»Wir fliegen *jetzt* nach Silvanesti«, gab Alhana zurück. »Dir bleibt nichts anderes übrig, Halb-Elf. Meine Greife gehorchen nur meinen Befehlen. Sie würden dich zerreißen, so wie sie es mit den Drakoniern getan haben.«

»Eines Tages werden die Elfen aufwachen und erkennen, daß sie Mitglieder einer großen Familie sind«, sagte Tanis, seine Stimme bebte vor Zorn. »Sie können nicht länger wie verwöhnte Kinder behandelt werden, die alles bekommen, während die anderen mit den Krumen vorliebnehmen müssen.«

»Die Gaben, die wir von den Göttern erhalten haben, verdienen wir auch. Ihr Menschen und *Halb*menschen«, – der Abscheu in ihrer Stimme traf wie ein Dolchstich – »hattet die gleichen Gaben und habt sie in eurer Habgier verloren. Wir sind in der Lage, ohne eure Hilfe für unser Überleben zu kämpfen. Und was euer Überleben angeht, so interessiert uns das wenig.«

»Aber jetzt scheinst du nur allzu bereit zu sein, unsere Hilfe anzunehmen!«

»Für die ich euch gut belohnen werde«, gab Alhana zurück.

»Es gibt in Silvanesti nicht genügend Eisen oder Juwelen, um uns zu bezahlen...«

»Ihr sucht die Kugeln der Drachen«, unterbrach ihn Alhana. »Ich weiß, wo sich eine befindet. In Silvanesti.«

Tanis blinzelte. Einen Moment lang wußte er nicht, was er sagen sollte, aber bei der Erwähnung der Kugel erinnerte er sich plötzlich an seinen Freund. »Wo ist Sturm?« fragte er Alhana. »Als ich ihn zuletzt sah, war er mit dir zusammen.«

»Ich weiß nicht«, erwiderte sie. »Wir haben uns getrennt. Er wollte zum Gasthaus gehen, um euch zu treffen. Ich rief meine Greife.«

»Warum hast du ihn nicht mit nach Silvanesti genommen, wenn du Krieger brauchst?«

»Das ist meine Sache.« Alhana drehte Tanis den Rücken zu. Der schwieg, zu müde, um einen klaren Gedanken zu fassen. Dann hörte er eine Stimme, die ihm etwas zurief, durch das Federgeraschel der mächtigen Flügel der Greife kaum hörbar.

Es war Caramon. Der Krieger schrie und zeigte nach hinten. Was ist denn jetzt? dachte Tanis erschöpft.

Sie hatten den Rauch und die Gewitterwolken, die Tarsis umhüllten, hinter sich gelassen und flogen nun durch den klaren Nachthimmel. Die Sterne funkelten über ihnen, ihr Licht glänzte so kalt wie Diamanten und betonte die schwarzen Löcher im Himmel, wo die zwei Konstellationen fehlten. Die beiden Monde waren aufgegangen, aber Tanis brauchte ihr Licht nicht, um die Schatten zu erkennen, die die Sterne verdunkelten.

»Drachen«, teilte er Alhana mit. »Sie verfolgen uns.«

Tanis konnte sich später niemals wieder genau an die alptraumartige Flucht aus Tarsis erinnern. Stunden durch eisigen, beißenden Wind ließen sogar den Tod durch den flammenden Atem eines Drachen anziehend erscheinen. Stunden der Panik, in denen er nach hinten starrte, um zu sehen, wie die dunklen Schatten aufholten, bis die Augen tränten, und die Tränen an den Wangen gefroren. Erst bei Einbruch der Dunkelheit hielten sie erschöpft von Angst und Müdigkeit an, um in einer Felsenhöhle zu übernachten. Als sie bei Tagesanbruch wieder durch die Luft schwebten, waren die dunklen geflügelten Umrisse wieder hinter ihnen.

Nur wenige Lebewesen können schneller als Greife fliegen. Aber die Drachen – die ersten blauen Drachen, die sie je gesehen hatten – waren ständig am Horizont, ließen tagsüber keine Rast zu, zwangen die Gefährten, sich in der Nacht zu verbergen, wenn die erschöpften Greife schlafen mußten. Sie hatten wenig zu essen, nur *quith-pah* – die Trockenfrüchte der Elfen, die nahrhaft waren, aber wenig gegen den Hunger ausrichteten –, die Alhana mit den Gefährten teilte. Aber selbst Caramon war zu müde und zu entmutigt, um viel zu essen.

Tanis konnte sich später nur an eine Sache lebhaft erinnern, die in der zweiten Nacht ihrer Reise passierte. Er erzählte der kleinen Gruppe, die um ein Feuer in einer feuchten Höhle kauerte, von der Entdeckung des Kenders in der Bibliothek von Tarsis. Bei Erwähnung der Kugeln der Drachen glitzerten Raistlins Augen, sein schmales Gesicht leuchtete interessiert auf.

»Kugeln der Drachen?« wiederholte er leise.

»Ich dachte mir, daß du etwas darüber weißt«, sagte Tanis. »Was ist das?«

Raistlin antwortete nicht sofort. Eingemummt in seinen Umhang und den seines Bruders, lag er ganz nah am Feuer, und trotzdem bebte sein zerbrechlicher Körper vor Kälte. Die goldenen Augen des Magiers starrten Alhana an, die abseits von der Gruppe saß. Sie ließ sich zwar herab, mit ihnen die Höhle zu teilen, hielt sich aber von der Unterhaltung fern. Jetzt schien sie jedoch ihren Kopf etwas zu heben und zuzuhören.

»Du sagst, in Silvanesti ist eine Kugel der Drachen«, flüsterte der Magier wieder, zu Tanis blickend. »Dann bin ich sicher nicht derjenige, den du fragen solltest.«

»Ich weiß wenig darüber«, ließ sich Alhana hören und wandte ihr blasses Gesicht dem Feuer zu. »Wir bewahren es als Relikt aus vergangenen Tagen auf, als eine Art Rarität. Wer hätte auch gedacht, daß die Menschen noch einmal das Böse wecken und die Drachen zurück nach Krynn bringen würden?«

Bevor Raistlin antworten konnte, entgegnete Flußwind wütend: »Du hast keinen Beweis, daß es Menschen waren!«

Alhana warf dem Barbaren einen gebieterischen Blick zu. Sie antwortete ihm nicht, da sie es als unter ihrer Würde betrachtete, mit einem Barbaren zu streiten.

Tanis seufzte. Flußwind konnte mit Elfen nicht viel anfangen. Es hatte lange gedauert, bis er Tanis vertraute, und bei Gilthanas und Laurana hatte es noch länger gedauert. Nun, wo Flußwind offenbar gerade dabei war, seine tiefverwurzelten Vorurteile zu überwinden, schlug Alhana mit ihren Vorurteilen neue Wunden.

»Nun gut, Raistlin«, sagte Tanis ruhig, »erzähle uns, was *du* über die Kugeln der Drachen weißt.«

»Bring mir das Wasser, Caramon«, befahl der Magier. Caramon stellte einen Becher mit heißem Wasser vor seinen Bruder. Raistlin gab seine Kräuter hinein. Er schnitt bei dem seltsamen, beißenden Geruch eine Grimasse und nippte an dem bitteren Getränk, während er erzählte.

»Im Zeitalter der Träume, als die Angehörigen meines Ordens auf Krynn noch respektiert und verehrt wurden, gab es fünf Türme der Erzmagier.« Die Stimme des Magiers wurde leiser, als wären schmerzliche Erinnerungen in ihm wach geworden. Sein Bruder saß mit ernstem Gesicht auf dem Steinboden der Höhle. Tanis sah die Schatten, die über die Gesichter der Zwillinge zogen, und fragte sich wieder einmal, was mit ihnen im Turm der Erzmagier passiert sein konnte, das ihr Leben so drastisch geändert hatte. Aber es war sinnlos, zu fragen. Beiden war es verboten worden, darüber zu reden.

Raistlin hielt einen Moment inne, holte tief Luft und sprach weiter. »Bei Ausbruch des Zweiten Drachenkrieges versammelten sich die Höchsten meines Ordens im größten der Türme – dem Turm von Palanthas – und schufen die Kugeln der Drachen.«

Raistlins Augen verloren sich, seine flüsternde Stimme versagte einen Moment. Als er dann wieder sprach, schien er über etwas zu berichten, das er in seinen Gedanken wiedererlebte. Selbst seine Stimme war verändert, wurde stärker, tiefer und klarer. Er hustete nicht mehr. Caramon sah ihn erstaunt an.

»Die Magier mit den Weißen Roben betraten zuerst die Kammer ganz oben im Turm, als der Silbermond, Solinari, aufging. Dann erschien Lunitari blutrot am Himmel, und die mit den Roten Roben traten ein. Schließlich konnte die schwarze Scheibe, Nutari, ein dunkles Loch in den Sternen, von denen, die sie suchten, am Himmel gesehen werden, und die Schwarzgekleideten kamen hinzu.

»Es war ein seltsamer Augenblick in der Geschichte, da alle Feindschaft zwischen den Roben unterdrückt wurde. Es sollte nur noch einmal in der Welt vorkommen, daß sich die Zauberer zu den Verlorenen Schlachten zusammenschlossen, aber diese Zeit konnte nicht vorhergesehen werden. Es reichte aus, daß das große Böse vernichtet werden mußte. Denn schließlich hatten wir erkannt, daß das Böse beabsichtigte, *alle* Magie in der Welt zu vernichten, so daß nur seine eigene Magie überleben würde! Es gab einige unter den Schwarzen Roben, die wohl versucht hatten, sich mit dieser großen Macht zu verbinden« –, Tanis sah Raistlins Augen brennen – »aber sie erkannten bald, daß sie nicht als Herrscher, sondern als Sklaven daraus hervorgehen würden. Und so entstanden die Kugeln der Drachen in einer Nacht, als alle drei Monde voll am Himmel standen.«

»*Drei* Monde?« fragte Tanis leise, aber Raistlin hörte ihn nicht und fuhr mit der Stimme, die nicht die seine war, fort.

»Große und mächtige Magie wurde in jener Nacht geschaffen – so mächtig, daß ihr nur wenige widerstehen konnten; und sie brachen zusammen, ihrer körperlichen und geistigen Kräfte beraubt. Aber am nächsten Morgen standen fünf Kugeln der Drachen auf Sockeln da, vor Licht glänzend, von Schatten verdunkelt. Eine blieb in Palanthas zurück, und die anderen wurden unter großen Gefahren zu den anderen vier Türmen gebracht. Hier halfen sie, die Welt von der Königin der Finsternis zu befreien.«

Der fiebrige Glanz verschwand aus Raistlins Augen. Seine Schultern sackten zusammen, seine Stimme wurde leiser, und er begann heftig zu husten. Die anderen starrten ihn atemlos an.

Endlich räusperte sich Tanis. »Was meinst du mit drei Monden?«

Raistlin blickte benommen hoch. »Drei Monde?« wiederholte er. »Ich weiß nichts von drei Monden. Worüber haben wir geredet?«

»Die Kugeln der Drachen. Du hast uns ihre Entstehungsgeschichte erzählt. Wie...« Tanis stockte, als er Raistlin auf sein Lager sinken sah.

»Ich habe euch nichts erzählt«, sagte Raistlin gereizt. »Was redest du da?«

Tanis sah kurz zu den anderen. Flußwind schüttelte den Kopf. Caramon biß sich auf die Lippen und sah weg, sein Gesicht war vor Sorge verkrampft.

»Wir sprachen über die Kugeln der Drachen«, sagte Goldmond. »Du wolltest uns erzählen, was du darüber weißt.«

Raistlin wischte Blut von seinem Mund weg. »Ich weiß nicht viel darüber«, sagte er müde und zuckte die Schultern. »Die Kugeln der Drachen wurden von den hohen Magiern geschaffen. Nur die Mächtigsten meines Ordens konnten sie benutzen. Es hieß, daß großes Unheil über die kommen würde, die die Magie nicht gut beherrschten und doch versuchten, den Kugeln zu befehlen. Darüber hinaus weiß ich nichts. Das ganze Wissen über die Kugeln der Drachen ist in den Verlorenen Schlachten verlorengegangen. Zwei Kugeln wurden angeblich beim Fall der Türme der Erzmagier zerstört, damit sie nicht in die Hände des Mobs fielen. Das Wissen über die drei anderen ist mit ihren Zauberern verschwunden.« Seine Stimme erstarb. Er sank erschöpft auf sein Lager zurück und schlief ein.

»Die Verlorenen Schlachten, drei Monde, Raistlin mit einer fremden Stimme. Das alles ergibt keinen Sinn«, murmelte Tanis.

»Ich glaube nichts davon!« sagte Flußwind kühl. Er schüttelte ihre Felle zum Schlafen aus.

Tanis wollte gerade seinem Beispiel folgen, als er Alhana aus den Schatten der Höhle vorkriechen und sich neben Raistlin stellen sah. Sie starrte auf den schlafenden Magier herab.

»Stark in der Magie!« flüsterte sie angstvoll. »Mein Vater!«

Tanis sah sie im plötzlichen Verstehen an. »Du glaubst, dein Vater hat versucht, die Kugel zu benutzen?«

»Ich befürchte es«, flüsterte Alhana und rang verzweifelt die Hände. »Er sagte, er allein könne das Böse bekämpfen und von unserem Land fernhalten. Er muß gemeint haben…« Sie beugte sich über Raistlin. »Weckt ihn!« befahl sie, ihre schwarzen Augen flackerten. »Ich muß es wissen! Weckt ihn und bringt ihn dazu, mir über die Gefahren zu erzählen!«

Caramon zog sie sanft, aber bestimmt zurück. Alhana starrte ihn wütend an, ihr schönes Gesicht war vor Furcht und Zorn verzerrt, und einen Moment lang schien es, daß sie ihn schlagen wollte, aber Tanis trat hinzu und hielt ihre Hand fest.

»Alhana«, sagte er ruhig, »es hätte keinen Sinn, ihn zu wekken. Er hat uns alles erzählt, was *er* weiß. Was die andere Stimme betrifft, weiß er offenbar nicht, was sie gesagt hat.«

»Ich habe das schon einmal bei Raist erlebt«, sagte Caramon leise, »als ob er eine andere Person würde. Aber es läßt ihn immer erschöpft zurück, und er erinnert sich nicht daran.«

Alhana riß ihre Hand aus Tanis' frei, ihr Gesicht nahm wieder den kalten, reinen, marmornen Ausdruck an. Sie wirbelte herum und ging zum Höhleneingang zurück. Sie ergriff die Decke, die Flußwind zum Schutze aufgehängt hatte, und riß sie dabei fast herunter, als sie sie beiseite schob und nach draußen ging.

»Ich übernehme die erste Wache«, sagte Tanis zu Caramon. »Schlaf ein bißchen.«

»Ich werde eine Zeitlang auf Raistlin aufpassen«, sagte der Krieger und breitete seine Decke neben seinem Bruder aus. Tanis folgte Alhana nach draußen.

Die Greife schliefen friedlich, ihre Köpfe waren in den weichen Federn ihrer Hälse vergraben, ihre Krallenfüße waren sicher um den Rand des Felsens geklammert. Zuerst konnte er Alhana in der Dunkelheit nicht ausmachen, dann sah er sie gegen einen großen Stein gelehnt, bitterlich weinend, den Kopf in den Armen vergraben.

Die stolze Silvanesti-Frau würde ihm niemals vergeben, wenn er sie so schwach und verletzlich vorfand. Tanis ging wieder zurück in die Höhle.

»Ich gehe jetzt auf Wache«, rief er laut, bevor er wieder nach draußen ging. Er hob die Decken an und sah, wie Alhana unmerklich zusammenschreckte und sich eilig mit den Händen übers Gesicht fuhr. Sie drehte ihm den Rücken zu. Er ging langsam auf sie zu, so daß sie Zeit hatte, sich zu fassen.

»In der Höhle war es so stickig«, sagte sie leise. »Ich konnte es nicht mehr ertragen. Ich mußte rausgehen und frische Luft schnappen.«

»Ich übernehme die erste Wache«, sagte Tanis. Er hielt inne und fügte dann hinzu: »Du scheinst dir um deinen Vater Sorgen zu machen, daß er diese Kugel der Drachen benutzt haben könnte. Sicherlich kannte er ihre Geschichte. Wenn ich mich richtig erinnere, war er ein Magier.«

»Er wußte, woher die Kugel kam«, sagte Alhana, mühsam um Fassung ringend. »Der junge Magier hatte recht, als er über die Verlorenen Schlachten und die Zerstörung der Türme sprach. Aber er irrte sich, als er sagte, daß die anderen drei Kugeln verlorengegangen wären. Eine wurde von meinem Vater zur Aufbewahrung nach Silvanesti gebracht.«

»Was *waren* die Verlorenen Schlachten?« fragte Tanis und lehnte sich neben Alhana gegen den Stein.

»Wird denn keine Legende in Qualinost bewahrt und weitergegeben?» gab sie zurück und musterte Tanis verächtlich. »Was seid ihr für Barbaren geworden, seit ihr euch mit Menschen vermischt!«

»Sagen wir lieber, es war mein eigener Fehler«, antwortete Tanis, »ich habe dem Sagenmeister nicht genug Beachtung geschenkt.«

Alhana warf ihm einen mißtrauischen Blick zu, als fürchte sie seinen Spott. Aber als sie in sein ernstes Gesicht sah, und eigentlich auch nicht allein sein wollte, entschied sie, seine Frage zu beantworten. »Als Istar im Zeitalter der Allmacht in Ruhm und Ehre immer weiter aufstieg, wurden Istars Königspriester und seine Kleriker auf die Macht der Magier immer eifersüchtiger. Die Kleriker sahen für Magie in der Welt keine Notwendigkeit mehr und fürchteten sie natürlich als etwas, was sich ihrer

Kontrolle entzog. Die Magier selbst wurden zwar respektiert, aber man schenkte ihnen niemals völliges Vertrauen, nicht einmal den Weißen Roben. Es war für die Priester eine Leichtigkeit, die Leute gegen die Zauberer aufzuwiegeln. Als das Böse im Laufe der Zeit immer mehr zunahm, gaben die Priester den Magiern die Schuld dafür. In den Türmen der Erzmagier, wo sich die Magier ihren endgültigen mörderischen Prüfungen unterziehen mußten, ruhten auch ihre Mächte. Die Türme waren natürlich die ersten und wichtigsten Angriffsziele. Sie wurden vom Mob angegriffen, und es war so, wie dein junger Freund sagte: Zum zweiten Mal in ihrer Geschichte versammelten sich die Roben, um ihre letzte Bastion der Mächte zu verteidigen.«

»Aber wie hätte man sie besiegen können?« fragte Tanis skeptisch.

»Wie kannst du so eine Frage stellen, wenn du mit einem Magier befreundet bist? So mächtig er auch ist, auch er muß sich ausruhen. Selbst der Stärkste braucht seine Zeit, um seine Zaubersprüche zu erneuern, sie sich wieder ins Gedächtnis zu holen. Selbst die Ältesten des Ordens – Zauberer, die so mächtig waren, wie man es auf Krynn lange nicht mehr erlebt hatte – mußten schlafen und Stunden mit ihren Zauberbüchern verbringen. Und auch damals gab es nur wenige Magier. Nur wenige wagen es, sich den Prüfungen in den Türmen der Erzmagier zu unterziehen, da sie wissen: Versagen heißt sterben.«

»Versagen bedeutet Tod?« fragte Tanis leise.

»Ja«, erwiderte Alhana. »Dein Freund ist sehr mutig, die Prüfungen in so jungen Jahren abgelegt zu haben. Sehr mutig – oder sehr ehrgeizig. Hat er dir niemals davon erzählt?«

»Nein«, murmelte Tanis. »Er spricht nie darüber. Aber fahre fort.«

Alhana zuckte die Schultern. »Als es klar wurde, daß die Schlacht hoffnungslos war, zerstörten die Zauberer eigenhändig zwei Türme. Die Asche überzog das Land im Umkreis von Meilen. Nur drei Türme blieben übrig – der Turm von Istar, der Turm von Palanthas und der Turm von Wayreth. Aber die furchtbare Zerstörung der zwei Türme hatte Istars Königspriester erschreckt. Er garantierte den Zauberern in den Türmen von Istar und Palanthas freies Geleit, falls sie die Türme unbeschädigt ließen, denn die Zauberer hätten diese beiden Städte zerstören können, und das wußte der Königspriester nur zu gut.

»Und so reisten die Magier zu dem Turm, der niemals bedroht war – zum Turm von Wayreth im Kharolisgebirge. Sie kamen nach Wayreth, um ihre Wunden zu pflegen und den kleinen Funken von Magie, der immer noch in der Welt war, zu nähren. Die Zauberbücher, die sie nicht mitnehmen konnten, denn es gab viele davon, und die meisten waren mit einem Schutzzauber versehen, wurden der großen Bibliothek von Palanthas übergeben, und dort befinden sie sich noch, wie es in den Legenden meines Volkes heißt.«

Der Silbermond war aufgegangen, seine Strahlen schmückten seine Tochter mit einer Schönheit, die Tanis den Atem raubte, so wie ihre Kälte sein Herz durchbohrte.

»Was weißt du über einen dritten Mond«, fragte er in den Nachthimmel starrend. »Ein schwarzer Mond...«

»Wenig«, erwiderte Alhana. »Die Magier beziehen aus den Monden ihre Macht: die Weißen Roben aus Solinari, die Roten Roben aus Lunitari. Nach den Legenden gibt es einen Mond, der den Schwarzen Roben ihre Macht gibt, aber nur diejenigen, die seinen Namen kennen, wissen ihn am Himmel zu finden.«

Raistlin wußte seinen Namen, dachte Tanis. Aber er sprach diesen Gedanken nicht aus.

»Wie ist dein Vater an die Kugel der Drachen gekommen?«

»Mein Vater war ein Lehrling«, erzählte Alhana leise, während sie ihr Gesicht dem Silbermond zuwandte. »Er reiste zum Turm der Erzmagier nach Istar, um die Prüfungen abzulegen, die er auch bestand und überlebte. Dort traf er das erste Mal auf die Kugel der Drachen.« Einen Moment versank sie in Schweigen. »Ich erzähle dir jetzt etwas, was ich nie zuvor jemandem erzählt habe, und was er auch nur mir anvertraut hat. Ich erzähle es dir nur, weil du ein Recht hast, zu erfahren, was – dich erwartet.

Während der Prüfungen hat die Kugel der Drachen...«, Alhana zögerte, schien die richtigen Worte zu suchen, »zu ihm *gesprochen* – rein gedanklich. Er befürchtete eine schreckliche Katastrophe. ›Du darfst mich hier nicht in Istar lassen‹, sagte sie ihm. ›Wenn du es doch tust, werde ich umkommen, und die Welt wird verloren sein.‹ Mein Vater... Du denkst vielleicht, daß er die Kugel der Drachen gestohlen hat, aber er selbst sah das als Befreiungstat an.

Der Turm von Istar wurde aufgegeben. Der Königspriester zog ein und nutzte ihn für seine eigenen Zwecke. Schließlich verließen die Magier auch den Turm von Palanthas.« Alhana erbebte. »Diese Geschichte ist grauenhaft. Der Regent von Palanthas, ein Jünger des Königspriesters, kam zum Turm, um die Tore zu versiegeln – so sagte er jedenfalls. Aber es war offensichtlich, daß seine Augen gierig auf den wunderschönen Turm gerichtet waren, denn Legenden über seine Wunder – sowohl gute als auch böse – hatten sich im Lande verbreitet.

Der Zauberer der Weißen Roben verschloß die schlanken, goldenen Tore des Turms mit einem silbernen Schlüssel. Der Regent streckte seine Hand gierig nach dem Schlüssel aus, als einer der Schwarzen Roben in einem Fenster der oberen Etagen erschien.

›Die Tore bleiben verschlossen und die Hallen leer, bis zu dem Tage, an dem der Herr über Gestern und Heute mit Macht zurückkehrt‹, schrie er. Dann sprang der böse Magier herab auf die Tore. Als Widerhaken seine schwarzen Roben durchdrangen, warf er einen Fluch auf den Turm. Sein Blut floß auf den Boden, die goldenen Tore verbogen sich und wurden schwarz. Der rot und weiß schimmernde Turm verblaßte zu eisgrauem Stein, seine schwarzen Minarette zerfielen zu Staub.

Der Regent und seine Leute flohen voller Entsetzen. Bis zum heutigen Tag hat niemand gewagt, den Turm von Palanthas zu betreten oder sich sogar seinen Toren zu nähern. Nachdem der Turm verflucht worden war, brachte mein Vater die Kugel der Drachen nach Silvanesti.«

»Aber dein Vater wußte doch bestimmt etwas über die Kugel, bevor er sie nahm«, beharrte Tanis. »Wie sie zu gebrauchen...«

»Wenn dem so war, dann sprach er nicht darüber«, sagte Alhana müde, »denn das ist alles, was ich weiß. Ich muß mich jetzt ausruhen. Gute Nacht«, sagte sie zu Tanis, ohne ihn anzusehen.

»Gute Nacht, Alhana«, sagte Tanis weich. »Ruh dich aus in dieser Nacht. Und mach dir keine Sorgen. Dein Vater ist klug und hat viel durchgemacht. Ich bin mir sicher, daß alles in Ordnung ist.«

Alhana wollte ohne ein weiteres Wort an ihm vorbeigehen, doch als sie das Mitgefühl in seiner Stimme hörte, zögerte sie.

»Obwohl er die Prüfungen bestanden hat«, sagte sie so leise, daß Tanis näher treten mußte, »war er nicht so mächtig in der Magie, wie dein junger Freund es jetzt ist. Und falls er dachte, daß die Kugel der Drachen unsere einzige Hoffnung wäre, dann befürchte ich...« Ihre Stimme erstarb.

»Die Zwerge haben ein Sprichwort.« Einen Moment lang hatte Tanis das Gefühl, daß sich die Schranken zwischen ihnen gesenkt hatten, und er legte seinen Arm um Alhanas schlanke Schultern und zog sie an sich. »›Geliehener Ärger wird zurückgezahlt mit Zinsen auf das Leid.‹ Mach dir keine Sorgen. Wir sind bei dir.«

Alhana antwortete nicht. Einen Moment lang ließ sie sich trösten, dann befreite sie sich aus seinem Griff und ging zum Höhleneingang. Dort blieb sie stehen und sah zurück.

»Du machst dir um deine Freunde Sorgen«, sagte sie. »Das ist nicht nötig. Sie sind aus der Stadt entkommen und in Sicherheit. Obwohl der Kender eine Zeitlang dem Tode sehr nahe war, hat er überlebt, und jetzt reisen sie zur Eismauer auf der Suche nach einer Kugel der Drachen.«

»Woher weißt du das?« fragte Tanis atemlos.

»Ich habe dir alles gesagt, was ich weiß.« Alhana schüttelte den Kopf.

»Alhana! Woher weißt du das?« fragte Tanis ernst.

Ihre blassen Wangen waren mit rosigen Flecken übersät, als Alhana murmelte: »Ich... ich gab dem Ritter einen Sternenjuwel. Er weiß natürlich nichts über seine Macht, und auch nichts darüber, wie er zu benutzen ist. Ich weiß nicht einmal, warum ich ihm den Juwel geschenkt habe, außer...«

»Außer was...?« fragte Tanis maßlos erstaunt.

»Er war so ritterlich, so mutig. Er hat sein Leben riskiert, um mir zu helfen, und er wußte nicht einmal, wer ich bin. Er half mir, weil ich in Schwierigkeiten war. Und...« Ihre Augen schimmerten. »Und er weinte, als die Drachen die Leute umbrachten. Ich habe noch nie zuvor einen Erwachsenen weinen gesehen. Sogar als die Drachen kamen und uns aus unserer Heimat vertrieben haben, haben wir nicht geweint. Vielleicht haben wir einfach vergessen, wie man weint.«

Dann zog sie hastig die Decken beiseite und betrat die Höhle, als ob ihr bewußt geworden wäre, zuviel gesagt zu haben.

»Im Namen der Götter!« keuchte Tanis. Ein Sternenjuwel! Welch seltenes und unbezahlbares Geschenk! Bei den Elfen wurde dieses Geschenk unter Liebenden ausgetauscht, wenn sie gezwungen waren, sich zu trennen, denn die Juwelen schufen ein Band zwischen den Seelen. So miteinander verbunden, nehmen die Liebenden an den innersten Regungen des anderen Anteil und können sich in Zeiten der Not Stärke geben. Aber niemals zuvor in Tanis' langem Leben hatte er gehört, daß ein Sternenjuwel einem Menschen geschenkt worden war. Was würde es mit einem Menschen machen? Welche Auswirkungen hatte das? Und Alhana – sie könnte niemals einen Menschen lieben, niemals die Liebe erwidern. Es mußte eine Art blinde Vernarrtheit gewesen sein. Sie mußte verängstigt gewesen sein, einsam. Nein, diese Geschichte konnte nur in Leid enden, sofern sich bei den Elfen, oder zumindest bei Alhana, nicht etwas Wesentliches ändern würde.

Obgleich Tanis erleichtert war, daß sich Laurana und die anderen in Sicherheit befanden, so fürchtete und trauerte er doch tief um Sturm.

Silvanesti
Eintreten in den Traum

Am dritten Tag ihrer Reise flogen sie in den Sonnenaufgang. Sie hatten die Drachen anscheinend verloren, obwohl Tika, die weiterhin nach hinten Ausschau hielt, überzeugt war, schwarze Punkte am Horizont zu erkennen. An jenem Nachmittag, als die Sonne hinter ihnen unterging, näherten sie sich dem Fluß, der als Thon-Thalas – Herrscherfluß – bekannt war, und der die Grenze zwischen der Außenwelt und Silvanesti bildete.

In seinem ganzen Leben hatte Tanis von den Wundern und der Schönheit der uralten Elfenheimat gehört, obwohl die Elfen in Qualinesti von ihr ohne Bedauern sprachen. Sie vermißten nicht die verlorenen Wunder von Silvanesti, denn die Wunder an sich waren ein Symbol der Meinungsverschiedenheiten zwischen den Elfensippen.

Die Elfen in Qualinesti lebten in Harmonie mit der Natur, sie entwickelten und förderten ihre Schönheit. Sie errichteten ihre Häuser zwischen den Espen, verschönerten die Stämme mit Gold und Silber. Sie bauten ihre Häuser aus schimmerndem Rosenquarz und luden die Natur ein, mit ihnen zusammenzuwohnen.

Die Silvanesti jedoch liebten die Einzigartigkeit und Verschiedenartigkeit aller Dinge. Aber sie sahen nicht die Einzigartigkeit in der Natur, sondern formten die Natur nach ihren Idealen. Sie hatten Geduld, und sie hatten Zeit, denn was sind Jahrhunderte für Elfen, deren Leben sich über Hunderte von Jahren erstrecken? Und so formten sie ganze Wälder um, beschnitten die Bäume, setzten sie um und zwangen Gesträuch und Blumen zu phantastischen Gärten von unglaublicher Schönheit.

Sie ›bauten‹ keine Häuser, sondern meißelten und höhlten den Marmorstein aus, der in ihrem Land in solch seltsamen und wunderbaren Formen existierte, daß in den Jahren, bevor sich die Rassen entfremdeten, Zwergenmeister Tausende von Meilen zurücklegten, um sie zu besichtigen, und dann nicht anders konnten, als über ihre seltene Schönheit zu weinen. Und es hieß, daß ein Mensch, der in den Gärten von Silvanesti wandern würde, sie niemals wieder verlassen könnte, sondern für immer blieb – verzaubert, gefangen in einem wunderschönen Traum.

All dies wußte Tanis natürlich nur aus Legenden, denn keiner der Qualinesti in seiner uralten Heimat hatte seit den Sippenmord-Kriegen einen Fuß dorthin gesetzt. Kein Mensch – so glaubte man – durfte Silvanesti schon hundert Jahre vor den Kriegen mehr betreten.

»Was ist mit diesen Geschichten?« fragte Tanis Alhana, als sie auf dem Rücken des Greifs über Espen flogen, »diese Geschichten, daß Menschen von der Schönheit Silvanestis so gefesselt werden, daß sie es nicht mehr verlassen können? Können meine Freunde es wagen, dieses Land zu betreten?« Alhana warf ihm einen flüchtigen Blick zu.

»Ich weiß, daß Menschen schwach sind«, sagte sie kühl, »aber ich glaube nicht, daß sie *so* schwach sind. Es stimmt, daß Menschen nicht mehr nach Silvanesti kommen, aber das liegt daran, daß wir sie nicht hereinlassen. Und wir wollen sicherlich keine im Land *behalten*. Wenn diese Gefahr bestünde, hätte ich euch nicht mitgenommen.«

»Nicht einmal Sturm?« Er konnte sich diese Frage nicht verkneifen, verärgert über ihren verletzenden Ton.

Aber er war nicht auf ihre Antwort vorbereitet. Alhana drehte sich so schnell herum, daß ihr langes schwarzes Haar gegen seine Haut schlug. Ihr Gesicht war vor Zorn dermaßen blaß, daß es fast durchsichtig wirkte, und er konnte die Adern unter der Haut erkennen. Ihre dunklen Augen schienen ihn in ihre schwarzen Tiefen zu ziehen.

»Sprich nie mehr darüber mit mir!« sagte sie mit zusammengebissenen Zähnen und weißen Lippen. »Sprich niemals von ihm!«

»Aber letzte Nacht...«, stammelte Tanis erstaunt und fuhr mit einer Hand über seine brennende Wange.

»In der letzten Nacht ist nichts passiert«, entgegnete Alhana. »Ich war schwach, müde und verängstigt. Wie ich es auch war, als... als ich Stu... den Ritter traf. Ich bedaure, mit dir über ihn gesprochen zu haben. Ich bedaure, dir vom Sternenjuwel erzählt zu haben.«

»Bedauerst du auch, ihm den Juwel gegeben zu haben?« fragte Tanis.

»Ich bedaure den Tag, an dem ich meinen Fuß auf Tarsis' Boden gesetzt habe«, sagte Alhana mit leiser leidenschaftlicher Stimme. »Ich wünschte, ich wäre niemals dort gewesen! Niemals!« Sie drehte sich abrupt um und ließ Tanis in dunklen Gedanken zurück.

Die Gefährten hatten gerade den Fluß erreicht, von wo sie den hohen Sternenturm, der wie ein Perlenstrang in der Sonne funkelte, erblicken konnten, als die Greife plötzlich ihren Flug unterbrachen. Tanis konnte keinerlei Anzeichen von Gefahr erkennen. Aber die Greife ließen sich weiter schnell nach unten sinken.

Es schien in der Tat kaum glaubhaft, daß Silvanesti angegriffen worden war. Keine dicken Rauchwolken von Lagerfeuern erhoben sich in den Himmel, so wie es in anderen von den Drakoniern besetzten Gebieten der Fall gewesen war. Das Land war weder verbrannt noch irgendwie anders zerstört. Unter sich konnte Tanis die grünen Espen im Sonnenlicht strahlen sehen. Hier und dort sprenkelten Marmorgebäude ihre weiße Pracht in den Wald.

»Nein!« Alhana redete mit den Greifen in der Elfensprache. »Ich befehle euch! Fliegt weiter! Ich muß den Turm erreichen!«

Aber die Greife kreisten tiefer und tiefer und ignorierten sie.

»Was ist los?« fragte Tanis. »Warum fliegen wir nicht weiter? Der Turm ist in Sichtweite. Wo liegt das Problem?« Er sah sich um. »Ich kann nichts Besorgniserregendes erkennen.«

»Sie weigern sich, weiterzufliegen«, sagte Alhana mit sorgenvoller Miene. »Sie sagen mir nicht den Grund, nur, daß wir von hier allein weiterreisen müssen. Ich verstehe es nicht.«

Tanis gefiel das nicht. Greife waren bekanntlich hitzige, unabhängige Lebewesen, aber sobald man ihre Loyalität gewonnen hatte, dienten sie ihren Meistern mit unverbrüchlicher Treue und Hingabe. Die königliche Familie in Silvanesti hatte schon immer Greife für ihre Zwecke gezähmt. Obwohl sie kleiner als Drachen waren, wurden die Greife von ihren Feinden wegen ihrer Schnelligkeit, ihrer scharfen Krallen, ihrer reißenden Schnäbel und ihrer löwenartigen Hinterfüße gefürchtet. Und wie Tanis gehört hatte, gab es für *sie* auf Krynn nur wenig zu fürchten. Diese Greife, so erinnerte er sich, waren ohne jede Angst nach Tarsis durch einen Schwarm von Drachen geflogen.

Nun schienen die Greife verängstigt. Sie landeten am Flußufer, alle wütenden, herrischen Befehle Alhanas ignorierend. Statt dessen putzten sie niedergeschlagen ihr Gefieder und weigerten sich standhaft weiterzufliegen.

Schließlich blieb den Gefährten nichts anderes übrig, als von den Rücken der Greife herunterzuklettern und ihr Gepäck abzuladen. Dann breiteten die vogel-löwenartigen Kreaturen mit heftiger, entschuldigender Würde ihre Flügel aus und stoben von dannen.

»Nun, das war's«, sagte Alhana scharf und wich den wütenden Blicken aus, die sie auf sich ruhen spürte. »Jetzt müssen wir einfach weitergehen. Wir brauchen nicht mehr lange.«

Die Gefährten standen am Ufer und starrten über das reißende Wasser zum Wald am anderen Ufer. Keiner sprach ein Wort. Sie waren angespannt und wachsam, auf Ärger gefaßt. Aber sie sahen nur die Espen in den letzten Sonnenstrahlen glänzen. Der Fluß klatschte murmelnd an seine Ufer. Obwohl die Espen noch grün waren, lag bereits die Schweigsamkeit des Winters wie eine Decke über dem Land.

»Hattest du nicht gesagt, daß dein Volk geflohen ist, weil es unter Belagerung stand?« fragte Tanis schließlich Alhana.

»Wenn dieses Land von den Drachen kontrolliert wird, bin ich ein Gossenzwerg!« schnaubte Caramon verächtlich.

»Das stimmte auch!« antwortete Alhana, ihre Augen wanderten suchend durch den Wald. »Drachen füllten den Himmel – wie in Tarsis! Drachenmänner drangen in unsere geliebten Wälder vor, verbrannten, zerstörten...« Ihre Stimme erstarb.

Caramon beugte sich zu Flußwind und murmelte ihm zu: »Wildgansjagd!«

Der Barbar knurrte. »Wenn es nichts weiter ist, haben wir ja Glück«, sagte er, die Augen auf das Elfenmädchen gerichtet. »Warum hat sie uns hierhergebracht? Vielleicht ist es eine Falle.«

Caramon zog diesen Gedanken einen Moment in Erwägung, dann blickte er unruhig zu seinem Bruder, der weder gesprochen noch seine seltsamen Augen vom Wald abgewandt hatte, seitdem die Greife sie verlassen hatten. Der Krieger löste sein Schwert und trat näher zu Tika. Wie zufällig schienen sich ihre Hände zu begegnen. Tika warf Raistlin einen ängstlichen Blick zu, ließ Caramon aber nicht los.

Der Magier starrte einfach nur weiter in die Wildnis.

»Tanis!« sagte Alhana plötzlich, und in ihrer Freude vergaß sie sich und legte ihre Hand auf seinen Arm. »Vielleicht hat es funktioniert! Vielleicht hat mein Vater sie besiegt, und wir können nach Hause zurückkehren! O Tanis...« Sie zitterte vor Aufregung. »Wir müssen den Fluß überqueren und es herausfinden! Kommt! Dort hinter der Flußbiegung ist der Landesteg der Fähre...«

»Alhana, warte!« rief Tanis, aber sie lief bereits am weichen, mit Gras bewachsenen Ufer entlang, ihr langes Gewand flatterte um ihre Knöchel. »Alhana! Verdammt! Caramon und Flußwind, lauft ihr nach. Goldmond, versuche, sie zur Vernunft zu bringen.«

Flußwind und Caramon tauschten unruhige Blicke, aber sie gehorchten Tanis' Befehl. Goldmond und Tika folgten etwas langsamer.

»Wer weiß, was in diesem Wald ist?« murmelte Tanis. »Raistlin...«

Der Magier schien nicht zu hören. Tanis ging näher zu ihm. »Raistlin?« wiederholte er.

Raistlin starrte ihn verständnislos an, als ob er aus einem Traum erwacht wäre. Dann wurde dem Magier bewußt, daß ihn jemand angesprochen hatte. Er senkte seinen Blick.

»Was ist, Raistlin?« fragte Tanis. »Was spürst du?«

»Nichts, Tanis«, erwiderte der Magier.

Tanis blinzelte. »Nichts?« wiederholte er.

»Es ist wie ein undurchdringlicher Nebel, eine weiße Mauer«, flüsterte Raistlin. »Ich sehe nichts, spüre nichts.«

Tanis musterte ihn aufmerksam, und plötzlich erkannte er, daß Raistlin log. Aber warum? Der Magier erwiderte den Blick des Halb-Elfs mit Gleichmut, ein kleines Lächeln kräuselte seine dünnen Lippen, als ob er wüßte, daß Tanis ihm nicht glaubte, ihn das aber nicht stören würde.

»Raistlin«, sagte Tanis leise, »nehmen wir an, daß Lorac, der Elfenkönig, versucht hat, die Kugel der Drachen zu benutzen – was könnte passiert sein?«

Der Magier starrte wieder in den Wald. »Hältst du das für möglich?« fragte er.

»Ja«, antwortete Tanis, »aus dem wenigen, was Alhana mir erzählt hat, sprach während der Prüfungen im Turm der Erzmagier von Istar eine Kugel der Drachen zu Lorac, sie bat ihn, sie aus einer drohenden Katastrophe zu retten.«

»Und er gehorchte?« fragte Raistlin, seine Stimme war so weich wie das murmelnde Wasser des uralten Flusses.

»Ja. Er brachte die Kugel nach Silvanesti.«

»Das ist also die Kugel der Drachen von Istar«, flüsterte Raistlin. Seine Augen verengten sich zu Schlitzen, dann seufzte er, es war ein sehnsüchtiges Seufzen. »Ich weiß nichts über die Kugeln der Drachen«, bemerkte er kühl, »außer dem, was ich euch bereits gesagt habe. Aber ich weiß, Halb-Elf, daß keiner von uns heil aus Silvanesti herauskommen wird, falls wir überhaupt herauskommen.«

»Wie meinst du das? Welche Gefahren liegen vor uns?«

»Was bedeutet es schon, welche Gefahr ich sehe?« fragte Raistlin. »Wir müssen Silvanesti betreten. Das weißt du genausogut wie ich. Oder willst du die Chance ungenutzt lassen, eine Kugel der Drachen zu finden?«

»Aber wenn du Gefahren siehst, dann sag es uns! Wir könnten zumindest vorbereitet...«, begann Tanis wütend.

»Dann bereite dich vor«, flüsterte Raistlin sanft, und er drehte sich um und ging langsam am sandigen Ufer seinem Bruder hinterher.

Die Gefährten überquerten den Fluß gerade als die letzten Sonnenstrahlen zwischen den Espenblättern auf dem gegenüberliegenden Ufer flackerten. Und dann wurde der legendäre Wald von Silvanesti allmählich in Dunkelheit eingetaucht.

Die Überfahrt verlief langsam. Die Fähre – ein kunstvoll geschnitztes Boot mit flachem Boden, das mit beiden Ufern durch ein ausgeklügeltes System von Seilen und Rollen verbunden war – schien auf den ersten Blick in gutem Zustand zu sein. Aber kaum waren sie eingestiegen, entdeckten sie, daß die

Seile am Vermodern waren. Das Boot begann vor ihren Augen zusammenzufallen. Auch der Fluß schien sich zu verändern. Rotbraunes Wasser sickerte durch den Rumpf, das schwach nach Blut roch.

Sie waren gerade am anderen Ufer aus dem Boot gestiegen und hatten ihr Gepäck ausgeladen, als die zerfransten Seile rissen und nachgaben. Der Fluß riß das Boot im Nu fort. Im gleichen Moment verschwand das Zwielicht, und die Nacht verschluckte sie. Obwohl der Himmel klar war und von keiner Wolke getrübt, waren keine Sterne sichtbar. Weder der rote noch der silberne Mond ging auf. Das einzige Licht kam vom Fluß, der in einer verdorbenen Brillanz wie ein Ghul zu strahlen schien.

»Raistlin, dein Stab«, sagte Tanis. Seine Stimme echote überlaut durch den stummen Wald. Selbst Caramon zuckte zusammen.

»Shirak«, befahl Raistlin, und die Kristallkugel leuchtete auf. Aber es war ein kaltes, blasses Licht. Es schien nur die seltsamen Stundenglasaugen des Magiers zu beleuchten.

»Wir müssen in den Wald«, sagte Raistlin mit bebender Stimme. Er wandte sich um und stolperte auf die dunkle Wildnis zu.

Niemand sprach oder bewegte sich. Sie standen vor Angst gelähmt am Ufer. Es bestand kein Grund dazu, es war unlogisch, und das war noch beängstigender. Die Furcht kroch an ihnen hoch. Sie floß durch ihre Glieder, überschwemmte ihre Herzen und fraß sich in die Gehirne.

Furcht wovor? Es gab hier nichts, nichts! Nichts, keinen Grund, sich zu fürchten, dennoch waren alle durch dieses Nichts mehr verängstigt als je zuvor in ihrem Leben.

»Raistlin hat recht. Wir... müssen... in den Wald – Schutz suchen...« Tanis hatte Mühe, zu sprechen, seine Zähne klapperten. »F... Folgen wir Raistlin.«

Zitternd taumelte er vorwärts, wußte nicht, ob ihm überhaupt jemand folgte. Hinter sich hörte er Tika wimmern, und Goldmond versuchte zu beten. Er hörte Caramon nach seinem

Bruder rufen, und Flußwind schrie voller Entsetzen, aber es war egal. Er mußte laufen, von hier wegkommen! Sein einziger Führer war das Licht von Raistlins Stab.

Verzweifelt stolperte er hinter dem Magier in den Wald. Aber als Tanis die Bäume erreichte, verließen ihn seine Kräfte. Er war zu verängstigt, um weiterzugehen. Zitternd sank er auf die Knie, dann fiel er nach vorn, seine Hände klammerten sich in den Boden.

»Raistlin!« Seine Kehle wurde von einem scharfen Aufschrei zerrissen.

Aber der Magier konnte nicht helfen. Tanis konnte nur noch sehen, wie das Licht von Raistlins Stab langsam auf den Boden sank, losgelassen von der mageren, fast leblosen Hand des jungen Magiers.

Die Bäume. Die wunderschönen Bäume von Silvanesti. Über Jahrhunderte geformte und geschnittene Bäume, bis es Wälder des Wunders und der Verzauberung waren. Überall um Tanis waren Bäume. Aber diese Bäume hatten sich von ihren Meistern abgewandt und sich in lebende Wälder des Entsetzens verwandelt. Ein grünes Licht des Verderbens filterte durch die bebenden Blätter.

Tanis blickte sich entsetzt um. In seinem Leben hatte er schon viel Seltsames und Schreckliches gesehen, aber das war nichts gewesen im Vergleich zu dem hier. Das hier, dachte er, könnte mich in den Wahnsinn treiben. Er wandte sich panisch in die eine und die andere Richtung und stellte fest, daß es kein Entkommen gab. Überall waren Bäume – die Bäume von Silvanesti. Auf grauenhafte Weise verändert.

Die Seele jedes Baumes schien im eigenen Stamm gefangen und entstellt. Die verbogenen Zweige waren die Glieder seines Geistes, im Todeskampf verrenkt. Die Wurzeln griffen in den Boden im hoffnungslosen Versuch zu fliehen. Der Saft der Bäume floß in Strömen. Das Rascheln der Blätter waren Aufschreie des Schmerzes und des Entsetzens. Die Bäume von Silvanesti weinten Blut.

Tanis hatte keine Vorstellung, wo er war, oder wie lange er schon da war. Er erinnerte sich, zum Sternenturm gelaufen zu sein, den er hoch über den Zweigen der Espen erkennen konnte. Er war gelaufen und gelaufen, und nichts hatte ihn aufgehalten. Dann hörte er den Kender vor Entsetzen aufkreischen, ein Schrei wie der eines kleinen Tieres, das gefoltert wird. Als er sich umdrehte, sah er Tolpan auf die Bäume zeigen. Tanis starrte verängstigt auf die Bäume, nur um schließlich zu begreifen, daß Tolpan nicht hiersein konnte. Und da war Sturm, aschgrau vor Angst, und Laurana, vor Verzweiflung weinend, und Flint mit aufgerissenen, starren Augen.

Tanis umarmte Laurana, und seine Arme schlossen sich um Fleisch und Blut, aber trotzdem wußte er, daß sie *nicht da war* – und dieses Wissen war grauenerregend.

Der Wald war wie ein Gefängnis der Verdammnis. Tanis' Entsetzen nahm zu. Tierwesen lösten sich von den entstellten Bäumen und stürzten auf die Gefährten.

Tanis zog sein Schwert, um sich zu verteidigen, aber die Waffe zitterte in seiner Hand, und er war gezwungen, seine Augen abzuwenden, denn die lebenden Tiere waren auf gräßliche Weise entstellt, sie waren Untote.

Unter den grauenvollen Wesen befanden sich Legionen von Elfenkriegern, ihre Schädelfratzen waren schrecklich anzusehen. In ihren Augenhöhlen funkelten keine Augen, kein Fleisch bedeckte die zierlichen Knochen ihrer Hände. Sie kamen mit hell brennenden Schwertern, an denen Blut hing, auf die Gefährten zu. Aber wenn sie mit einer Waffe berührt wurden, lösten sie sich in Nichts auf.

Jedoch die Wunden, die sie zufügten, waren echt. Caramon, der gegen einen Wolf, aus dessen Körper Schlangen wuchsen, kämpfte, sah auf, als einer der Elfenkrieger mit einem glänzenden Speer in seiner fleischlosen Hand auf ihn losstürmte. Er schrie nach seinem Bruder um Hilfe.

Raistlin sprach: *»Ast kiranann kair Soth-aran/Suh kali Jalaran.«* Eine Flammenkugel blitzte aus den Händen des Magiers und flog direkt auf den Elfen zu – ohne Wirkung. Er schleuderte seinen Speer mit solch unglaublicher Kraft, daß er Caramons Rüstung durchschlug, durch seinen Körper trat und ihn an einen Baum nagelte.

Der Elfenkrieger riß seine Waffe wieder aus der Schulter des Mannes. Caramon fiel zu Boden, sein Blut vermischte sich mit dem Blut des Baumes. Raistlin mit einer Wut, die ihn selbst überraschte, zog seinen silbernen Dolch aus dem Lederriemen, den er verborgen an seinem Arm trug, und schleuderte ihn auf den Elfen. Die Klinge fuhr in seinen untoten Geist, und der Elfenkrieger löste sich auf. Caramon jedoch lag auf dem Boden, ein Arm hing nur noch an einer dünnen Muskelfaser am Körper.

Goldmond kniete neben ihm, um ihn zu heilen, aber sie verhaspelte sich bei ihrem Gebet, ihr Glaube versagte bei all dem Entsetzen.

»Hilf mir, Mishakal«, betete Goldmond. »Hilf mir, damit ich meinem Freund helfen kann.«

Die fürchterliche Wunde schloß sich. Obwohl das Blut immer noch aus Caramons Arm sickerte, nahm der Tod seine Hand von dem Krieger. Raistlin kniete sich zu seinem Bruder und wollte mit ihm sprechen. Doch plötzlich verstummte der Magier. Er starrte an Caramon vorbei in die Bäume, seine seltsamen Augen weiteten sich ungläubig.

»Du!« flüsterte Raistlin.

»Wer ist es?« fragte Caramon schwach, vernahm ein Beben des Entsetzens und der Angst in Raistlins Stimme. Der Krieger spähte in das grüne Licht, konnte aber nichts erkennen. »Wen meinst du?«

Aber Raistlin, der in eine andere Unterhaltung vertieft war, antwortete nicht.

»Ich brauche deine Hilfe«, sagte der Magier. »Jetzt, so wie zuvor auch.«

Caramon sah seinen Bruder die Hand ausstrecken, als ob er über einen großen Spalt griff, und wurde von Angst geschüttelt, obwohl er nicht wußte, was da vor sich ging.

»Nein, Raist!« schrie er und umklammerte voller Entsetzen seinen Bruder. Raistlin ließ seine Hand sinken.

»Unser Handel steht. Was? Du willst noch mehr von mir?« Raistlin schwieg einen Moment, dann seufzte er. »Was willst du noch!«

Lange Zeit lauschte der Magier, ganz in Anspruch genommen. Caramon, der ihn mit liebender Sorge beobachtete, sah das magere metallische Gesicht seines Bruders leichenblaß werden. Raistlin schloß seine Augen und schluckte. Schließlich senkte er seinen Kopf.

»Ich nehme an.«

Caramon schrie vor Entsetzen auf, als sich Raistlins Robe, die rote Robe, die für Neutralität in der Welt stand, zu einem Tiefrot verdunkelte, sich dann in ein Blutrot verwandelte und dann noch dunkler wurde – bis zum Schwarz.

»Ich nehme an«, wiederholte Raistlin ruhiger, »unter der Bedingung, daß die Zukunft geändert werden kann. Was müssen wir tun?«

Er lauschte. Caramon umklammerte seinen Arm und stöhnte vor Schmerzen auf.

»Wie kommen wir lebend in den Turm?« fragte Raistlin seinen unsichtbaren Gesprächspartner. Wieder hörte er aufmerksam zu, dann nickte er. »Und ich werde das erhalten, was ich brauche? Nun gut. Dann leb wohl, falls so etwas für dich auf deiner dunklen Reise möglich ist.«

Raistlin erhob sich, seine schwarze Robe raschelte. Er ignorierte Caramons Schluchzen und Goldmonds verängstigtes Keuchen, als sie ihn sah, und machte sich auf die Suche nach Tanis. Er fand den Halb-Elf mit dem Rücken an einem Baum gegen eine Schar von Elfenkriegern kämpfend.

Ruhig und gelassen griff Raistlin in seinen Beutel und holte ein Stück Hasenfell und eine Bernsteinspange hervor. Er rieb beide Gegenstände in seiner linken Handfläche, während er seine rechte Hand ausstreckte und sprach: *»Ast kiranann kair Gadurm Soth-arn/Suh kali Jalaran.«*

Aus seinen Fingerspitzen schossen Blitze durch die grüngetönte Luft und trafen die Elfenkrieger. Sie verschwanden. Tanis taumelte erschöpft zurück.

Raistlin stand mitten auf einer Lichtung zwischen den verzerrten und entstellten Bäumen.

»Kommt alle her!« befahl der Magier seinen Gefährten.

Tanis zögerte. Elfenkrieger hielten sich am Rand der Lichtung auf. Sie wollten gerade angreifen, als Raistlin seine Hand hob. Sie hielten inne, als wären sie auf eine unsichtbare Mauer getroffen.

»Kommt näher zu mir.« Die Gefährten waren erstaunt, Raistlin sprechen zu hören, denn zum ersten Mal seit seinen Prüfungen sprach er mit seiner normalen Stimme. »Beeilt euch«, fügte er hinzu, »sie werden euch jetzt nicht angreifen. Sie fürchten sich vor mir. Aber ich kann sie nicht ewig aufhalten.«

Tanis trat heran, sein Gesicht war leichenblaß, Blut tropfte aus einer Wunde am Kopf. Goldmond half Caramon beim Gehen. Er umklammerte seinen blutenden Arm, sein Gesicht war schmerzverzerrt. Langsam krochen die anderen Gefährten näher. Schließlich stand nur Sturm außerhalb des Kreises.

»Ich wußte es schon immer, daß es so weit kommen würde«, sagte der Ritter langsam. »Lieber sterbe ich, als mich unter deinen Schutz zu begeben, Raistlin.«

Und damit drehte sich der Ritter um und schritt tiefer in den Wald. Tanis sah den Anführer der untoten Elfen eine Geste machen, und einige aus seiner Gruppe folgten dem Ritter. Der Halb-Elf wollte hinterhergehen, aber hielt inne, als eine erstaunlich starke Hand seinen Arm ergriff.

»Laß ihn gehen«, sagte der Magier ernst, »oder wir sind alle verloren. Ich habe euch etwas mitzuteilen, und meine Zeit ist begrenzt. Wir müssen durch diesen Wald zum Sternenturm gelangen. Wir müssen den Weg der Toten begehen, denn jede gräßliche Kreatur, die jemals in den verzerrten, gequälten Träumen von Sterblichen erschienen ist, wird sich erheben, um *uns* aufzuhalten. Aber wisset – wir laufen in einem *Traum*, in Loracs Alptraum und in unseren Alpträumen. Visionen über die Zukunft können kommen, um uns zu helfen – oder uns zu behindern. Vergeßt nicht, daß unser Bewußtsein schläft, auch wenn unser Körper wach ist. Der Tod existiert nur in unserem Bewußtsein – sofern wir nicht etwas anderes glauben.«

»Warum können wir dann nicht aufwachen?« fragte Tanis wütend.

»Weil Loracs Glaube im Traum so stark und unser Glaube zu schwach ist. Wenn du fest überzeugt bist, über jeden Zweifel hinaus, daß dies ein Traum ist, wirst du in die Wirklichkeit zurückkehren.«

»Wenn das stimmt«, sagte Tanis, »und du überzeugt bist, daß das ein Traum ist, warum erwachst *du* dann nicht?«

»Vielleicht«, sagte Raistlin lächelnd, »habe ich mich entschieden, es nicht zu tun.«

»Ich verstehe nicht!« Tanis weinte vor bitterer Enttäuschung.

»Du wirst es müssen«, sagte Raistlin grimmig voraus, »oder du wirst sterben. Wie auch immer, es spielt keine Rolle.«

Wachträume
Zukunftsvisionen

Die entsetzten Blicke seiner Gefährten ignorierend, ging Raistlin zu seinem Bruder, der dastand und seinen blutenden Arm festhielt.

»Ich werde mich um ihn kümmern«, sagte Raistlin zu Goldmond und legte seinen schwarzgekleideten Arm um seinen Zwillingsbruder.

»Nein«, keuchte Caramon, »du bist nicht stark ge...« Seine Stimme erstarb, als er den Arm seines Bruders spürte, der ihn stützte.

»Jetzt bin ich stark genug, Caramon«, sagte Raistlin sanft,

seine Sanftheit ließ den Krieger erschauern. »Lehne dich an mich, mein Bruder.«

Von Schmerz und Angst geschwächt, lehnte sich Caramon zum ersten Mal in seinem Leben an Raistlin. Der Magier stützte ihn, als sie gemeinsam in den Grauenwald traten.

»Was ist passiert, Raist?« fragte Caramon würgend. »Warum trägst du die Schwarze Robe? Und deine Stimme...«

»Spare deinen Atem, mein Bruder«, empfahl Raistlin sanft.

Die beiden gerieten immer tiefer in den Wald, von den untoten Elfenkriegern drohend beobachtet. Sie konnten den Haß der Toten in den leeren Augenhöhlen aufflackern sehen. Aber keiner wagte, den Schwarzen Magier anzugreifen. Caramon fühlte sein Blut dick und warm zwischen seinen Fingern fließen. Als er beobachtete, wie es auf die toten, mit Schleim bedeckten Blätter neben seinen Füßen tröpfelte, wurde er schwächer und schwächer. Es schien ihm wie ein Fieberwahn, daß sein eigener schwarzer Schatten an Stärke gewann, während er immer schwächer wurde.

Tanis eilte durch den Wald auf der Suche nach Sturm. Schließlich fand er ihn gegen eine Gruppe von Elfenkriegern kämpfend.

»Es ist ein Traum«, rief Tanis Sturm zu, der auf die untoten Kreaturen einschlug. Jedes Mal, wenn er einen traf, verschwand der Elf, um dann wieder zu erscheinen. Der Halb-Elf zog sein Schwert, um Sturm zu unterstützen.

»Pah!« brummte der Ritter, keuchte dann schmerzerfüllt auf, als ein Pfeil in seinen Arm drang. Die Wunde war nicht tief, da sein Kettenhemd den Aufprall abgemildert hatte, aber er blutete. »Das ist ein Traum?« fragte Sturm und zog den blutbefleckten Schaft heraus.

Tanis sprang vor den Ritter und wehrte die Feinde ab, während Sturm die Blutung stillte.

»Raistlin hat gesagt...«, begann Tanis.

»Raistlin! Hah! Sieh dir doch nur seine Robe an, Tanis!«

»Aber du bist hier! In Silvanesti!« protestierte Tanis plötzlich verwirrt. Er hatte das merkwürdige Gefühl, daß er mit sich selbst stritt. »Alhana sagte, du wärst auf dem Weg zur Eismauer!«

Der Ritter zuckte die Schultern. »Vielleicht wurde ich geschickt, um dir zu helfen.«

In Ordnung. Es ist ein Traum, redete sich Tanis ein. Ich *werde* aufwachen.

Aber es gab keine Veränderung. Die Elfen waren immer noch da und kämpften weiter. Sturm mußte recht haben. Raistlin *hatte* gelogen. Aber warum? Zu welchem Zweck?

Dann wußte es Tanis. Die Kugel der Drachen!

»Wir müssen den Turm vor Raistlin erreichen!« schrie Tanis Sturm zu. »Ich weiß jetzt, worauf der Magier aus ist!«

Der Ritter konnte nur noch nicken. Es schien Tanis, daß sie von dem Moment an nichts anderes taten, als um jeden Zentimeter Boden zu kämpfen. Immer wieder schlugen die beiden Krieger die untoten Elfen zurück, nur um von einer immer größer werdenden Anzahl angegriffen zu werden. Sie wußten zwar, daß die Zeit verstrich, aber sie hatten kein genaues Zeitgefühl. Einen Moment lang schien die Sonne durch den stickigen grünen Nebel. Dann schoben sich die nächtlichen Schatten über das Land wie die Flügel von Drachen.

Doch dann, als sich die Dunkelheit vertiefte, erblickten Sturm und Tanis den Turm. Aus Marmor gebaut, glitzerte der hohe Turm weiß. Er stand allein in einer Lichtung und reichte bis zum Himmel wie ein Knochenfinger, der aus einem Grab hervorkrallt.

Beim Anblick des Turms begannen beide Männer zu laufen. Obgleich schwach und erschöpft, wollten sie doch beide nicht länger nach Anbruch der Nacht in diesem tödlichen Wald bleiben. Die Elfenkrieger, die ihre Beute entkommen sahen, stürzten wutkreischend hinter ihnen her.

Tanis lief, bis er glaubte, seine Lungen würden vor Schmerzen platzen. Sturm rannte vor ihm und schlug auf die Untoten ein, die vor ihm erschienen und versuchten, den Weg zu verstellen. Gerade als sich Tanis dem Turm näherte, wickelte sich eine Baumwurzel um seine Stiefel. Er stürzte sich überschlagend auf den Boden.

Panisch versuchte Tanis, sich zu befreien, aber die Wurzel hielt ihn fest. Tanis schlug hilflos um sich, als ein untoter Elf mit grotesk verzerrter Fratze den Speer gegen ihn erhob. Plötzlich glomm Entsetzen in den Augenhöhlen des Elfs auf, der Speer fiel aus seiner Knochenhand, als ein Schwert durch seinen durchsichtigen Körper drang. Der Untote löste sich mit einem Kreischen auf.

Tanis blickte hoch, um zu sehen, wer sein Leben gerettet hatte. Es war ein fremder Krieger, fremd und dennoch vertraut. Er hob seinen Helm, und Tanis starrte in hellbraune Augen!

»Kitiara!« keuchte er bestürzt. »Du hier? Wie? Warum?«

»Ich hörte, daß du Hilfe brauchst«, antwortete Kit mit ihrem Lächeln, bezaubernd wie immer. »Scheint, daß ich recht hatte.« Sie streckte ihre Hand aus. Er ergriff sie zweifelnd und ließ sich hochziehen. Aber sie war aus Fleisch und Blut. »Wer ist denn da vorn? Sturm? Herrlich! Wie in alten Zeiten! Gehen wir in den Turm?« fragte sie Tanis und lachte über sein überraschtes Gesicht.

Flußwind kämpfte allein, kämpfte gegen Heerscharen von untoten Elfenkriegern. Er spürte, seine Kräfte ließen rasch nach. Dann hörte er einen deutlichen Ruf. Er hob seine Augen und sah seine Que-Shu-Stammesleute! Er schrie erfreut auf. Aber zu seinem Entsetzen hielten sie ihre Bogen auf ihn gerichtet.

»Nein!« schrie er auf Que-Shu. »Erkennt ihr mich nicht? Ich...«

Die Que-Shu-Krieger antworteten nur mit ihren Pfeilen. Flußwind fühlte ein Geschoß nach dem anderen in seinen Körper dringen.

»Du brachtest den blauen Kristallstab über uns!« schrien sie. »Deine Schuld! Die Zerstörung deines Dorfes war deine Schuld!«

»Ich wollte es nicht«, flüsterte er, als er zu Boden sank. »Ich wußte es nicht. Vergebt mir.«

Tika hackte und schlug sich ihren Weg durch die Elfenkrieger, die sich plötzlich in Drakonier verwandelten! Ihre Reptilienaugen glühten rot, ihre Zungen leckten über ihre Schwerter. Furcht lähmte das Mädchen. Stolpernd stieß sie mit Sturm zusammen. Der Ritter wirbelte ärgerlich herum, befahl ihr, aus dem Weg zu gehen. Sie taumelte zurück und fiel gegen Flint. Der Zwerg schob sie ungeduldig zur Seite.

Von Tränen blind, beim Anblick der Drakonier vor Panik gelähmt, die mit ihren toten Körpern in die Schlacht zurücksprangen, verlor Tika jegliche Kontrolle über sich. In ihrer Angst stach sie wild auf alles ein, was sich bewegte.

Erst als sie sich umschaute und Raistlin in seiner schwarzen Robe vor sich stehen sah, kam sie wieder zu sich. Der Magier sagte nichts, er zeigte nur nach unten. Flint lag tot zu ihren Füßen, durchbohrt von ihrem Schwert.

Ich habe sie hierhergeführt, dachte Flint. Ich bin dafür verantwortlich. Ich bin der Älteste. Ich hole sie hier heraus.

Der Zwerg holte seine Streitaxt hervor und schrie den Elfenkriegern einen Schlachtruf zu. Aber sie lachten nur.

Wütend schritt Flint vorwärts – aber er spürte, daß er steif ging. Seine Kniegelenke waren angeschwollen und schmerzten unerträglich. Seine schwieligen Finger bebten in einer Schüttellähmung, so daß er seinen Griff an der Streitaxt lockern mußte. Sein Atem kam schwach. Und dann wußte Flint, warum die Elfen nicht angriffen: Sein hohes Alter würde ihn selbst zerstören.

Als ihm das klarwurde, spürte Flint sein Bewußtsein wandern. Seine Sicht verblaßte. Er griff in eine Tasche in seinem Gewand, fragte sich, wo er die verdammte Brille hingepackt hatte. Eine Gestalt tauchte vor ihm auf, eine vertraute Gestalt. War es Tika? Ohne seine Brille konnte er nichts sehen...

Goldmond lief unter den entstellten Bäumen umher. Verloren und allein suchte sie verzweifelt ihre Freunde. Weit entfernt hörte sie Flußwind zwischen den klirrendem Aufprall von Schwertern nach ihr rufen. Dann verwandelte sich sein Rufen in einen Todesschrei. Angstgepeinigt stürzte sie weiter, kämpfte sich durch die Dornenbüsche, bis ihre Hände und ihr Gesicht bluteten. Schließlich fand sie Flußwind. Der Krieger lag auf dem Boden, von vielen Pfeilen durchbohrt – Pfeile, die sie wiedererkannte!

Sie kniete neben ihm nieder. »Heile ihn, Mishakal«, betete sie, so wie sie schon oft gebetet hatte.

Aber nichts passierte. Die Farbe kehrte in Flußwinds aschgrauem Gesicht nicht wieder zurück. Seine Augen blieben geschlossen.

»Warum antwortest du nicht? Heile ihn!« schrie Goldmond zu der Göttin. Und dann wußte sie den Grund. »Nein!« kreischte sie. »Bestrafe *mich*! Ich bin diejenige, die Zweifel hatte. *Ich* bin diejenige, die Bedenken hatte! Ich erlebte die Zerstörung von Tarsis, ich sah Kinder im Todeskampf sterben! Wie konntet ihr das zulassen? Ich versuche, zu glauben, aber ich kann nicht helfen, wenn ich bei diesem Entsetzen Zweifel habe! Bestraft nicht ihn.« Weinend beugte sie sich über den leblosen Körper ihres Gatten. Sie sah nicht, daß die Elfenkrieger in engem Kreis näher rückten.

Tolpan, fasziniert von den entsetzlichen Wundern um ihn herum, kam vom Weg ab und entdeckte, daß seine Freunde es – irgendwie – geschafft hatten, ihn zu verlieren. Die Untoten störten ihn nicht. Ihre Nahrung war die Angst der anderen, und von ihm spürten sie keine Angst ausgehen.

Als er fast einen ganzen Tag lang umhergestreift war, erreichte der Kender schließlich die Tore des Sternenturms. Hier kam seine leichtherzige Reise zu einem plötzlichen Ende, denn er hatte seine Freunde gefunden – zumindest einen.

Mit dem Rücken gegen die geschlossenen Türen stehend, kämpfte Tika gegen eine Schar mißgebildeter, alptraumartiger Feinde um ihr Leben. Tolpan erkannte, daß sie in Sicherheit sein würde, falls es ihr gelang, in den Turm zu kommen. Er stürzte vor, sein kleiner Körper flitzte mühelos durch das Durcheinander, und erreichte die Tür. Er untersuchte das

Schloß, während Tika die Elfen, ihr Schwert wild schwingend, zurückhielt.

»Beeil dich, Tolpan!« schrie sie atemlos.

Das Schloß schien einfach zu öffnen; so ein simpler Verschluß als Schutz! Tolpan war erstaunt über die Schlampigkeit der Elfen.

»Ich müßte dieses Schloß in Sekunden geöffnet haben«, verkündete er. Gerade als er jedoch zur Arbeit ansetzte, fiel etwas von hinten auf ihn, so daß er sich verhedderte.

»He!« schrie er wütend und drehte sich zu Tika um. »Sei ein wenig vorsichtiger...« Er hielt entsetzt inne. Tika lag vor seinen Füßen, Blut floß aus ihren roten Locken.

»Nein, nicht Tika!« flüsterte Tolpan. Vielleicht war sie nur verwundet! Wenn er sie in den Turm schaffen würde, könnte ihr jemand vielleicht helfen. Vor Tränen konnte er nichts sehen, seine Hände zitterten.

Ich muß mich beeilen, dachte Tolpan voller Panik. Warum öffnet sich die Tür nicht? Es ist doch so einfch! Wütend zerrte er am Schloß.

Tolpan spürte einen kleinen Stich in seinem Finger, als das Schloß klickte. Die Tür zum Turm öffnete sich. Aber Tolpan starrte auf seinen Finger, an dem ein kleiner Blutfleck glitzerte. Er sah auf das Schloß, in dem eine kleine, goldene Nadel glänzte. Ein einfaches Schloß, eine einfache Falle. Er hatte beides bewältigt. Und als die erste Wirkung des Gifts mit einer entsetzlichen Wärme in seinem Körper aufflackerte, sah er nach unten, um zu erkennen, daß es auch dafür zu spät war. Tika war tot.

Raistlin und sein Bruder gingen, ohne gehindert zu werden, durch den Wald. Caramon beobachtete mit wachsendem Erstaunen, wie Raistlin die bösartigen Kreaturen zurückhielt, die sie angreifen wollten; manchmal mit unglaublichen Meisterleistungen der Magie, manchmal durch die reine Kraft seines Willens.

Raistlin war freundlich und sanft und besorgt. Als der Tag zu

Ende ging, war Caramon häufig gezwungen anzuhalten. Er konnte nur noch langsam einen Fuß vor den anderen setzen, immer an seinen Bruder gelehnt. Und während Caramon immer schwächer wurde, wuchs Raistlins Kraft.

Als die nächtlichen Schatten fielen und dem quälenden grünen Tag ein gnädiges Ende bereiteten, erreichten die Zwillinge endlich den Turm und blieben stehen. Caramon hatte Fieber und starke Schmerzen.

»Ich muß mich ausruhen, Raist«, keuchte er. »Leg mich hin.«

»Gewiß, mein Bruder«, sagte Raistlin sanft. Er half Caramon, sich gegen die Perlenmauer des Turms zu lehnen, dann musterte er seinen Bruder mit kühlen, glitzernden Augen.

»Leb wohl, Caramon«, sagte er.

Caramon blickte ungläubig zu seinem Zwillingsbruder. In den Schatten der Bäume konnte der Krieger die untoten Elfen erkennen, die ihnen in respektvoller Entfernung gefolgt waren und sich nun näher heranschlichen, da sie bemerkten, daß der Magier, der sie abgedrängt hatte, verschwinden wollte.

»Raist«, sagte Caramon langsam, »du kannst mich hier nicht liegenlassen! Ich kann nicht gegen sie kämpfen. Ich habe nicht die Kraft! Ich brauche dich!«

»Vielleicht, aber ich, verstehst du, mein Bruder, ich brauche dich nicht mehr. Ich habe deine Kraft gewonnen. Jetzt bin ich endlich das, was ich immer sein sollte, und durch einen grausamen Trick der Natur nicht war, nämlich eine ganze Person.«

Während Caramon ihn verständnislos anstarrte, wandte sich Raistlin zum Gehen.

»Raist!«

Caramons schmerzerfüllter Schrei hielt ihn zurück. Raistlin blickte auf seinen Zwillingsbruder, nur seine goldenen Augen waren unter seiner schwarzen Kapuze sichtbar.

»Wie ist es, wenn man schwach und ängstlich ist, mein Bruder?« fragte er sanft. Dann drehte sich Raistlin um und betrat den Eingang, in dem Tika und Tolpan tot lagen. Raistlin stieg über den Leichnam des Kenders und verschwand in der Dunkelheit.

Sturm, Tanis und Kitiara erreichten den Turm und fanden einen Körper davor auf dem Gras liegend. Untote Elfen waren dabei, ihn kreischend und gellend zu umzingeln.

»Caramon!« schrie Tanis verzweifelt.

»Und wo ist sein Bruder?« fragte Sturm mit einem Seitenblick auf Kitiara. »Ließ ihn sterbend zurück, ohne Zweifel.«

Tanis schüttelte den Kopf, als sie dem Krieger zur Hilfe eilten. Sturm und Kitiara hielten die Elfen mit ihren Schwertern zurück, während Tanis neben dem Krieger niederkniete.

Caramon öffnete die Augen, und sein glasiger Blick traf Tanis, erkannte ihn kaum durch den blutigen Schleier. Er versuchte verzweifelt, zu sprechen.

»Beschütz Raistlin, Tanis...« Caramon würgte an seinem Blut. »Denn ich bin jetzt nicht mehr da. Paß auf ihn auf.«

»Auf *Raistlin* aufpassen?« wiederholte Tanis wütend. »Er hat dich hier sterbend zurückgelassen!« Tanis hielt Caramon in seinen Armen.

Caramon schloß erschöpft seine Augen »Nein, du irrst dich, Tanis. Ich habe ihn weggeschickt...« Der Kopf des Kriegers sackte nach vorn.

Die Schatten der Nacht schlossen sich um sie. Die Elfen waren verschwunden. Sturm und Kit traten neben den toten Krieger.

»Was hat er dir erzählt?« fragte Sturm barsch.

»Armer Caramon«, flüsterte Kitiara und beugte sich über ihn. »Irgendwie habe ich immer vermutet, daß es so enden würde.« Einen Moment schwieg sie, dann sprach sie weiter. »So ist mein kleiner Raistlin also wahrhaftig mächtig geworden«, sinnierte sie eher zu sich.

»Auf Kosten von Caramon!«

Kitiara sah zu Tanis hoch, als ob seine Sicht der Dinge sie erstaunte. Dann zuckte sie die Schultern und blickte noch einmal auf Caramon, der in einer Lache seines eigenen Blutes lag. »Armes Kind«, sagte sie leise.

Sturm bedeckte Caramons Körper mit seinem Umhang, dann suchten sie den Eingang zum Turm.

»Tanis...«, sagte Sturm und wies in eine bestimmte Richtung.

»O nein. Nicht Tolpan«, murmelte Tanis. »Und Tika.«

Der Leichnam des Kenders lag direkt im Eingang, seine kleinen Glieder im Todeskampf verrenkt. Neben ihm lag das Schankmächen, die roten Locken mit Blut verklebt. Tanis kniete nieder. Einer der Beutel des Kenders hatte sich während seines Todeskampfes geöffnet, sein Inhalt lag verstreut herum. Tanis erblickte etwas Goldenes. Er griff danach und hob einen Elfenring auf, zu Efeublättern geformt. Tränen schossen ihm in die Augen, er sah nichts mehr und vergrub sein Gesicht in seinen Händen.

»Wir können hier nichts mehr machen, Tanis.« Sturm legte seine Hand auf die Schulter seines Freundes. »Wir müssen weitergehen und dem ein Ende bereiten. Und wenn es meine letzte Tat sein soll, aber ich werde Raistlin töten.«

Der Tod ist nur im Bewußtsein. Es ist ein Traum, sagte sich Tanis. Aber es waren Raistlins Worte, die er wiederholte, und er hatte gesehen, was aus dem Magier geworden war.

Ich werde aufwachen, dachte er, und meinen ganzen Willen aufbringen, zu glauben, daß das ein Traum ist. Aber als er seine Augen öffnete, lag der Leichnam des Kenders immer noch vor ihm auf dem Boden.

Den Ring fest in seiner Hand, folgte Tanis Kit und Sturm in einen feuchten, verschlammten Marmorkorridor. Gemälde hingen in goldenen Rahmen an den Marmorwänden. Hohe Glasfenster ließen ein scheußliches, gespenstisches Licht hinein. Der Korridor mußte wohl einst wunderschön gewesen sein, aber jetzt erschienen selbst die Gemälde an den Wänden verzerrt, zeigten Schreckensvisionen des Todes. Als die drei weitergingen, nahmen sie allmählich ein leuchtend grünes Licht gewahr, das von einem Zimmer am Ende des Korridors ausging.

Sie konnten das Böse dieses grünen Lichtes spüren, das auf ihre Gesichter wie die Wärme einer verderbten Sonne einschlug.

»Das Zentrum des Bösen«, sagte Tanis. Wut erfüllte sein

Herz – Wut, Trauer und der brennende Wunsch nach Rache. Er wollte nach vorn rennen, aber die grün gefärbte Luft schien ihn nach unten zu drücken, hielt ihn zurück, bis jeder Schritt eine Anstrengung darstellte.

Neben ihm taumelte Kitiara. Tanis legte seinen Arm um sie, obwohl er selbst kaum Kraft hatte, sich weiterzubewegen. Kits Gesicht war schweißnaß, ihr dunkles Haar kräuselte sich um ihre feuchte Stirn. Ihre Augen waren vor Angst weit aufgerissen – das erste Mal, daß Tanis sie ängstlich sah. Sturms Atem kam keuchend, als der Ritter sich vorwärtskämpfte, seine Rüstung drückte ihn nieder.

Zunächst schienen sie überhaupt nicht voranzukommen. Dann bemerkten sie, daß sie sich langsam, langsam fortbewegten, dem grünbeleuchteten Zimmer immer näher kamen. Das helle Licht schmerzte in den Augen, und jede Bewegung erforderte eine entsetzliche Anstrengung. Erschöpfung setzte ein, die Muskeln schmerzten, die Lungen brannten.

Gerade als Tanis meinte, keinen weiteren Schritt mehr tun zu können, hörte er eine Stimme seinen Namen rufen. Er hob seinen schmerzenden Kopf und sah Laurana, ihr Elfenschwert in der Hand. Die Schwere schien auf sie keine Wirkung zu haben, denn sie rannte mit einem erfreuten Aufschrei auf ihn zu.

»Tanthalas! Bist du in Ordnung? Ich habe gewartet...«

Sie brach ab, ihre Augen gingen zu der Frau, die sich an Tanis' Arm klammerte.

»Wer...«, wollte Laurana fragen, aber dann wußte sie plötzlich Bescheid. Das war die Menschen-Frau, das war Kitiara. Die Frau, die Tanis liebte. Lauranas Gesicht erblaßte, dann rötete es sich.

»Laurana...«, begann Tanis, der völlig verwirrt war. Schuldgefühle überfielen ihn, er haßte sich dafür, ihr Schmerzen zu bereiten.

»Tanis! Sturm!« schrie Kitiara.

Erschreckt durch die Angst in ihrer Stimme wirbelten alle herum und starrten in den grünerleuchteten Marmorkorridor.

»Drakus Tsaro, deghnyah!« sagte Sturm auf solamnisch.

Am Ende des Korridors lauerte ein gigantischer grüner Drache. Er wurde Cyan Blutgeißel genannt, und er war einer der größten Drachen auf Krynn. Nur der große Rote war noch größer als er. Cyan schlängelte seinen Kopf durch einen Türeingang und löschte dabei das blendendgrüne Licht mit seinem riesigen Körper aus. Der Drache roch Eisen und Menschenfleisch und Elfenblut. Er starrte mit seinen feurigen Augen auf die Gruppe.

Sie konnten sich nicht bewegen. Überwältigt von Drachenangst, konnten sie nur dastehen und starren, während der Drache die Marmorwand um die Tür mit einer Leichtigkeit niederriß, als wäre sie aus getrocknetem Schlamm. Mit weit geöffnetem Rachen bewegte sich Cyan durch den Korridor.

Sie konnten nichts unternehmen. Ihre Waffen baumelten an ihren Händen. Ihre Gedanken weilten beim Tod. Aber noch während sich der Drache näherte, schob sich eine dunkle Gestalt aus den tieferen Schatten einer anderen Tür und blieb vor ihnen stehen.

»Raistlin!« sagte Sturm ruhig. »Bei allen Göttern, du wirst für den Tod deines Bruders bezahlen!«

Den Drachen vergessend, sich nur noch an Caramons leblosen Körper erinnernd, sprang der Ritter mit gezogenem Schwert auf den Magier zu. Raistlin starrte ihm nur kühl entgegen.

»Töte mich, Ritter, und du verurteilst dich und die anderen zum Tod, denn durch meine Magie – und nur durch meine Magie – wirst du in der Lage sein, Cyan Blutgeißel zu besiegen!«

»Halte ein, Sturm!« Obwohl seine Seele mit Widerwillen erfüllt war, wußte Tanis, daß der Magier recht hatte. Er konnte Raistlins Macht durch die schwarze Robe ausstrahlen spüren. »Wir brauchen seine Hilfe.«

»Nein«, sagte Sturm, schüttelte den Kopf und wich zurück, als sich Raistlin der Gruppe näherte. »Ich sagte es schon – ich verlasse mich nicht auf seinen Schutz. Nicht jetzt. Leb wohl, Tanis.«

Bevor jemand den Ritter aufhalten konnte, ging Sturm an

Raistlin vorbei und auf Cyan Blutgeißel zu. Der Drache warf seinen Kopf vor und zurück, in eifriger Vorfreude auf die erste Herausforderung seiner Macht, seitdem er Silvanesti erobert hatte.

Tanis umklammerte Raistlin. »Tu etwas!«

»Der Ritter steht im Weg. Welchen Zauber ich auch immer werfen werde, so wird auch er vernichtet werden«, antwortete Raistlin.

»Sturm!« rief Tanis, seine Stimme hallte voller Trauer wider.

Der Ritter zögerte. Er lauschte, aber nicht auf Tanis' Stimme. Was er hörte, war der klare Trompetenruf, seine Melodie war so kalt wie die Luft in den schneebedeckten Bergen seiner Heimat. Rein und klar erhob sich der Trompetenruf mutig über die Dunkelheit und den Tod und die Verzweiflung, die sein Herz zerrissen.

Sturm beantwortete den Ruf mit einem freudigen Schlachtruf. Er hob sein Schwert, das Schwert seines Vaters. Silbriges Mondlicht strömte durch ein zerbrochenes Fenster und erfaßte das Schwert, das sich gegen die verderbte grüne Luft abhob.

Wieder erscholl die Trompete, und wieder antwortete Sturm, aber dieses Mal versagte seine Stimme, denn dieses Mal war es ein anderer Klang. Nicht länger süß und rein, sondern grob und schrill.

Nein! dachte Sturm entsetzt, als er sich dem Drachen näherte. Das waren die Hörner des Feinds! Er war in eine Falle gegangen! Um sich herum konnte er jetzt Drakoniersoldaten sehen, die hinter dem Drachen hervorgekrochen waren und grausam über seine Leichtgläubigkeit lachten.

Sturm hielt inne, faßte sein Schwert fester mit schweißnasser Hand. Der Drache lauerte, eine unbesiegbare Kreatur, umgeben von Massen von Soldatenkreaturen, die ihre gebogenen Zungen an ihren Klingen wetzten.

Furcht verknotete Sturms Magen; seine Haut wurde kalt und feucht. Das Hornsignal erscholl ein drittes Mal, grausam und böse. Es war vorbei. Es war umsonst gewesen. Verzweiflung senkte sich über ihn, er sah sich voller Angst um. Wo war Tanis?

Er brauchte Tanis, konnte ihn aber nicht finden. Verzweifelt wiederholte er den Kodex der Ritter: *Die Ehre ist mein Leben*, aber die Worte klangen in seinen Ohren hohl und sinnlos. Er war *kein* Ritter. Was bedeutete ihm der Kodex? Er hatte in Lüge gelebt! Sturms Schwertarm sank, fiel herab; sein Schwert fiel aus seiner Hand, und er sank auf die Knie, zitternd und weinend wie ein Kind, den Kopf verbergend vor dem Entsetzen.

Mit einem Schlag seiner glänzenden Klaue beendete Cyan Blutgeißel Sturms Leben, spießte den Körper des Ritters an seinen Krallen auf, warf den erbärmlichen Menschen verächtlich auf den Boden, während die Drakonier auf den noch warmen Körper des Ritters losstürzten, um ihn in Stücke zu reißen.

Aber sie fanden ihren Weg blockiert. Eine strahlende Gestalt, die im Mondschein silbern glänzte, lief auf Sturms Körper zu. Schnell nach unten greifend hob Laurana Sturms Schwert auf. Dann, wieder aufrecht stehend, sah sie den Drakoniern in die Fratzen. »Berührt ihn, und ihr werdet sterben«, sagte sie unter Tränen.

»Laurana!« schrie Tanis und eilte ihr zur Hilfe. Aber Drakonier sprangen ihn an. Er schlug verzweifelt auf sie ein, versuchte das Elfenmädchen zu erreichen. Gerade als er sich durchgekämpft hatte, hört er Kitiara seinen Namen rufen. Er wirbelte herum und sah sie von vier Drakoniern umzingelt. Der Halb-Elf hielt verzweifelt inne, zögernd, und in diesem Moment fiel Laurana über Sturms Körper, ihr Körper von Drakonierschwertern durchbohrt.

»Nein! Laurana!« gellte Tanis. Er wollte zu ihr laufen, hörte dann aber wieder Kitiara schreien. Wieder hielt er inne und wandte sich um. Er faßte sich an den Kopf, stand unentschlossen und hilflos da, gezwungen mit anzusehen, wie Kitiara niedergeschlagen wurde.

Der Halb-Elf schluchzte auf, spürte Wahnsinn in sich aufsteigen, sehnte sich nach dem Tod, nach dem Ende dieser Qual. Er umklammerte das magische Schwert von Kith-Kanan und stürzte auf den Drachen zu, sein einziger Gedanke war, zu töten und getötet zu werden.

Aber Raistlin versperrte ihm den Weg, stand vor dem Drachen wie ein schwarzer Obelisk.

Tanis stürzte auf den Boden, wußte, sein Schicksal war besiegelt. Er hielt den kleinen goldenen Ring fest in seiner Hand und wartete auf das Ende.

Dann hörte er den Magier seltsame und mächtige Worte singen. Er hörte den Drachen vor Wut aufheulen. Die zwei kämpften miteinander, aber es war Tanis einerlei. Mit fest geschlossenen Augen löschte er die Geräusche um sich aus, löschte er sein Leben aus. Nur eine Sache blieb real – der goldene Ring in seiner Hand.

Plötzlich wurde sich Tanis heftig des Ringes bewußt, den er in seiner Handfläche hielt: Das Metall war kühl, seine Ränder rauh. Er spürte die goldenen, miteinander verbundenen Efeublätter in sein Fleisch dringen.

Tanis schloß die Hand und drückte den Ring. Das Gold stach in sein Fleisch, stach tief. Schmerz… wirklicher Schmerz…

Ich träume!

Tanis öffnete die Augen. Solinaris silbriges Licht überflutete den Turm, vermischte sich mit Lunitaris roten Strahlen. Er lag auf dem kalten Marmorboden. Seine Hand hielt etwas fest umklammert, so fest, daß der Schmerz ihn geweckt hatte! Der Ring. Der Traum! Sich an den Traum erinnernd, setzte sich Tanis entsetzt auf und sah sich um. Aber der Korridor war leer. Nur Raistlin lehnte hustend an einer Wand.

Der Halb-Elf erhob sich und taumelte auf Raistlin zu. Als er näher kam, konnte er Blut auf den Lippen des Magiers erkennen. Das Blut leuchtete rot in Lunitaris Licht – so rot wie die Robe, die Raistlins zerbrechlichen bebenden Körper bedeckte.

Der Traum.

Tanis öffnete seine Hand. Sie war leer.

Der Traum ist zu Ende
Der Alptraum beginnt

Der Halb-Elf blickte sich im Korridor um. Er war genauso leer wie seine Hand. Die Leichen seiner Freunde waren verschwunden. Der Drache war verschwunden. Wind blies durch eine zerstörte Mauer und ließ Raistlins rote Robe hochfliegen und Espenlaub auf den Boden flattern. Der Halb-Elf fing den jungen Magier in seinen Armen auf, als dieser zusammenbrach.

»Wo sind wir?« fragte Tanis und schüttelte Raistlin. »Laurana? Sturm? Und die anderen... dein Bruder? Sind sie tot?« Er blickte sich um. »Und der Drache...«

»Der Drache ist verschwunden. Die Kugel hat den Drachen weggeschickt, als ihm klarwurde, daß er mich nicht besiegen kann.« Raistlin befreite sich aus Tanis' Griff und lehnte sich an die Marmorwand. »Er konnte mich nicht besiegen. Aber jetzt könnte ein Kind es schaffen«, sagte er bitter. »Was die anderen betrifft...«, er zuckte die Schultern, »ich weiß es nicht.« Er richtete seine seltsamen Augen auf Tanis. »Du lebst, Halb-Elf, weil deine Liebe stark war. Ich lebe wegen meines Ehrgeizes. Wir hingen selbst mitten im Alptraum an der Wirklichkeit. Wer kann das von den anderen sagen?«

»Dann lebt Caramon auch«, sagte Tanis. »Wegen seiner Liebe. Mit seinem letzten Atemzug bat er mich, dein Leben zu schonen. Sag mir, Magier, war diese Zukunft, die wir gesehen haben, unwiderruflich?«

»Warum fragst du?« fragte Raistlin müde. »Würdest du mich töten, Tanis? Jetzt?«

»Ich weiß es nicht«, antwortete Tanis leise, an Caramons letzte Worte denkend. »Vielleicht.«

Raistlin lächelte bitter. »Spar dir deine Kraft«, sagte er. »Die Zukunft verändert sich, so wie wir hier stehen, sonst wären wir Spielzeuge der Götter und nicht ihre Erben, so wie es uns versprochen wurde. Aber...«, der Magier schob sich von der Wand weg, »...das ist jetzt unwichtig. Wir müssen Lorac finden – und die Kugel der Drachen.«

Raistlin schlurfte auf einen Zauberstab gestützt durch den Korridor, sein Kristall erhellte jetzt die Dunkelheit, da das grüne Licht erloschen war.

Das grüne Licht. Tanis stand im Korridor, in Verwirrung verloren, versuchte aufzuwachen, versuchte, den Traum von der Wirklichkeit zu trennen – denn der Traum schien viel realer als die Gegenwart. Er starrte auf die zerstörte Wand. War da wirklich ein Drache gewesen? Und ein blendend grünes Licht am Ende des Korridors? Aber nun war es dunkel. Es war Nacht. Als sie aufgebrochen waren, war es Morgen gewesen. Die Monde waren noch nicht aufgegangen, aber jetzt standen sie voll am Himmel. Wie viele Nächte waren vergangen? Wie viele Tage?

Dann hörte Tanis eine dröhnende Stimme am Ende des Korridors vom Eingang her.

»Raist!«

Der Magier hielt inne, seine Schultern sackten zusammen. Dann drehte er sich langsam um. »Mein Bruder«, flüsterte er.

Caramon – lebendig und augenscheinlich unversehrt – stand im Turmeingang. Er starrte seinen Zwillingsbruder an.

Dann hörte Tanis Raistlin leise seufzen.

»Ich bin müde, Caramon.« Der Magier hustete, dann atmete er pfeifend ein. »Und es gibt noch viel zu tun, bevor dieser Alptraum endet, bevor die drei Monde aufgehen können.« Raistlin breitete seine Arme aus. »Ich brauche deine Hilfe, Bruder.«

Tanis hörte Caramon aufschluchzen. Der große Mann rannte in den Korridor, sein Schwert klirrte an seinem Oberschenkel. Er erreichte seinen Bruder und legte seinen Arm um ihn.

Raistlin lehnte sich in Caramons starken Arm. Zusammen gingen die Zwillinge durch den kalten Korridor und durch die zerstörte Wand auf die Zimmertür zu, wo Tanis das grüne Licht und den Drachen gesehen hatte. Sein Herz war schwer von schlimmen Vorahnungen. Er folgte ihnen.

Die drei betraten das Audienzzimmer des Sternenturms. Tanis sah sich neugierig um. Sein ganzes Leben lang hatte er über seine Schönheit gehört. Der Sonnenturm in Qualinost war in Anlehnung an den Sternenturm gebaut worden. Die beiden Türme waren sich ähnlich und doch nicht ähnlich. Einer war mit Licht erfüllt, der andere mit Dunkelheit. Der Turm erhob sich in Marmorspiralen, die in einem perlenartigen Licht schimmerten. Er war gebaut worden, um das Mondlicht zu sammeln, während der Sonnenturm das Sonnenlicht einfing. In den Turm eingeschnitzte Fenster waren mit Edelsteinen versehen, die das Licht der zwei Monde, Solinari und Lunitari, filterten und verstärkten und ihre roten und silbernen Strahlen in der Kammer tanzen ließen. Aber jetzt waren die Edelsteine zerbrochen. Das eindringende Mondlicht war verzerrt, das Silber hatte sich in das blasse Weiß einer Leiche, das Rot in Blutrot verwandelt.

Tanis erbebte und sah direkt nach oben zur Decke. In Qualinost waren Gemälde an der Decke, die die Sonne, die Konstellationen und die zwei Monde darstellten. Aber hier war nichts außer einem geschnitzten Loch. Durch das Loch konnte man nur die leere Schwärze erkennen. Kein Stern leuchtete. Es war, als ob eine vollkommen runde schwarze Kugel in der sternengeschmückten Dunkelheit erschienen wäre. Bevor er über ihre Bedeutung nachdenken konnte, hörte er Raistlin leise sprechen und drehte sich um.

Dort im Schatten, im vorderen Teil des Audienzzimmers war Alhanas Vater Lorac, der Elfenkönig. Sein zum Skelett abgemagerter Körper verschwand beinahe in einem riesigen Steinthron, in den phantasievoll Vögel und Tiere eingeschnitzt waren. Er mußte einst wunderschön gewesen sein, aber jetzt waren die Tierköpfe zu Schädeln geworden.

Lorac saß bewegungslos da, den Kopf zurückgeworfen, sein Mund in einem stummen Schrei geöffnet. Seine Hand ruhte auf einer runden Kristallkugel.

»Lebt er?« fragte Tanis entsetzt.

»Ja«, antwortete Raistlin, »zweifellos zu seinem Leid.«

»Was stimmt nicht mit ihm?«

»Er lebt in einem Alptraum«, erwiderte Raistlin und zeigte auf Loracs Hand. »Das ist die Kugel der Drachen. Offensichtlich versuchte er, die Kontrolle über sie zu gewinnen. Da er nicht stark genug war, gewann aber die Kugel Macht über ihn. Die Kugel rief Cyan Blutgeißel, damit er Silvanesti bewacht, und der Drache entschied, es zu zerstören, indem er Alpträume in Loracs Ohr flüsterte. Loracs Glaube in diese Alpträume war so stark, sein Mitgefühl für sein Land so groß, daß aus dem Alptraum Wirklichkeit wurde. Folglich war es sein Traum, in dem wir lebten, als wir das Land betraten. Sein Traum – und unser eigener. Denn auch wir gerieten unter die Macht des Drachen, als wir Silvanesti betraten.«

»Du wußtest, daß uns das bevorstand«, beschuldigte Tanis Raistlin, packte ihn bei den Schultern und drehte ihn zu sich herum. »Du wußtest, in was wir gehen würden, schon am Flußufer...«

»Tanis«, sagte Caramon warnend und schob die Hand des Halb-Elfs weg. »Laß ihn in Ruhe.«

»Vielleicht«, sagte Raistlin und rieb seine Schulter, seine Augen verengten sich. »Vielleicht nicht. Ich brauche dir nicht mein Wissen oder meine Quellen preiszugeben!«

Bevor er antworten konnte, hörte Tanis ein Stöhnen. Es schien vom Thron zu kommen. Er warf Raistlin einen wütenden Blick zu, wandte sich ab und starrte in die Dunkelheit. Vorsichtig und mit gezogenem Schwert ging er auf den Thron zu.

»Alhana!« Das Elfenmädchen kauerte zu Füßen ihres Vaters, den Kopf in seinem Schoß, und weinte. Sie schien Tanis nicht zu hören. Er ging zu ihr. »Alhana«, sagte er sanft.

Sie sah zu ihm hoch, ohne ihn zu erkennen.

»Alhana«, sagte er wieder.

Sie blinzelte, zuckte dann zusammen und ergriff seine Hand, als ob sie sich an der Wirklichkeit festhalten wollte.

»Halb-Elf!« flüsterte sie.

»Wie bist du hierhergekommen? Was ist geschehen?«

»Ich hörte den Magier sagen, daß es ein Traum wäre«, antwortete Alhana und erbebte bei der Erinnerung. »Und ich weigerte mich, an den Traum zu glauben. Ich wurde wach, aber fand nur, daß der Alptraum Wirklichkeit war! Mein wunderschönes Land vom Grauen erfüllt!« Sie verbarg ihr Gesicht in ihren Händen. Tanis kniete neben ihr nieder und hielt sie fest.

»Ich ging hierher. Es hat Tage gedauert. Durch den Alptraum.« Sie klammerte sich noch fester an Tanis. »Als ich den Turm betrat, fing mich der Drache. Er brachte mich hierher zu meinem Vater, wollte Lorac dazu bringen, mich zu töten. Aber selbst in seinem Alptraum konnte mein Vater seinem Kind nichts antun. Also quälte Cyan ihn mit Visionen – was er alles mit mir anstellen würde.«

»Und du? Hast du sie auch gesehen?« flüsterte Tanis und strich tröstend über ihr langes schwarzes Haar.

Nach einem Moment sprach Alhana weiter. »Es war nicht so schlimm. Ich wußte, daß es nur ein Traum war. Aber für meinen armen Vater war es Realität…« Sie begann zu schluchzen.

Der Halb-Elf machte Caramon ein Zeichen. »Bring Alhana in eine andere Kammer, damit sie sich ausruhen kann. Wir werden für ihren Vater tun, was in unserer Macht steht.«

»Mit mir ist alles in Ordnung, mein Bruder«, beantwortete Raistlin Caramons besorgten Blick. »Tu, was Tanis gesagt hat.«

»Komm, Alhana«, drängte Tanis sie und half ihr beim Aufstehen. Sie erhob sich, taumelnd vor Müdigkeit. »Wo kannst du dich hier ausruhen? Du mußt dich schonen.«

Zuerst wollte sie sich widersetzen, aber dann wurde ihr klar, wie schwach sie war. »Bring mich in das Zimmer meines Vaters«, sagte sie. »Ich zeige dir den Weg.« Caramon legte seinen Arm um sie, und langsam verließen sie das Zimmer.

»Was ist los?« fragte der Halb-Elf ruhig. »Ist er tot?«

»Wer?« Raistlin schreckte hoch und blinzelte. Er sah, daß Tanis Lorac musterte. »Oh, Lorac? Nein, das glaube ich nicht. Noch nicht.«

Tanis wurde bewußt, daß der Magier die Kugel der Drachen angestarrt hatte.

»Hat die Kugel immer noch die Kontrolle?« fragte Tanis nervös, seine Augen auf den Gegenstand gerichtet, dessentwegen sie soviel durchgemacht hatten.

Die Kugel der Drachen war eine riesige Kristallkugel mit einem Durchmesser von mindestens sechzig Zentimetern. Sie stand auf einem Goldgestell, das mit grauenhaften, verzerrten Bildern versehen war, die das grauenhafte, verzerrte Leben in Silvanesti widerspiegelten. Obwohl die Kugel die Quelle des strahlenden grünen Lichts gewesen sein mußte, gab sie jetzt nur noch ein schwaches, schillerndes, pulsierendes Glimmen von sich.

Raistlins Hand fuhr über die Kugel, aber Tanis bemerkte, daß er vorsichtig genug war, sich nicht zu berühren, als er magische Worte sang. Eine schwache rötliche Aura begann die Kugel zu umflimmern. Tanis wich zurück.

»Füchte dich nicht«, flüsterte Raistlin, der beobachtete, wie die Aura erlosch. »Es ist mein Zauberspruch. Die Kugel ist immer noch verzaubert. Ihre Magie ist mit dem Verschwinden des

Drachen nicht versiegt, wie ich eigentlich gedacht hatte. Sie hat immer noch die Kontrolle.«

»Kontrolle über Lorac?«

»Kontrolle über sich. Lorac hat sie freigegeben.«

»Hast du das getan?« murmelte Tanis. »Hast du sie besiegt?«

»Die Kugel ist nicht besiegt!« erwiderte Raistlin scharf. »Mit fremder Hilfe war ich in der Lage, den Drachen zu besiegen. Die Kugel hat Cyan Blutgeißel weggeschickt, als ihr klarwurde, daß sie verlieren würde. Sie ließ Lorac frei, weil sie ihn nicht länger benutzen konnte. Aber die Kugel ist immer noch sehr mächtig.«

»Raistlin, sag mir...«

»Weiter habe ich nichts zu sagen, Tanis.« Der junge Magier hustete. »Ich muß mit meiner Energie haushalten.«

Welche Hilfe hatte Raistlin erhalten? Was wußte er noch über die Kugel? Tanis öffnete den Mund, um das Thema weiterzuführen, aber er sah Raistlins goldene Augen flackern und schwieg.

»Wir können jetzt Lorac befreien«, fügte Raistlin hinzu. Er ging zum Elfenkönig und entfernte sanft Loracs Hand von der Kugel der Drachen, dann legte er seine schlanken Finger an Loracs Hals. »Er lebt. Zumindest im Moment. Sein Puls ist sehr schwach. Du kannst ruhig näher kommen.«

Aber Tanis, seine Augen auf die Kugel der Drachen gerichtet, blieb zurück. Raistlin blickte den Halb-Elf amüsiert an, dann winkte er ihn heran.

Widerstrebend trat Tanis näher. »Sag mir nur noch eines – kann die Kugel für uns immer noch von Nutzen sein?«

Lange Zeit sagte Raistlin nichts. Dann erwiderte er zaghaft: »Ja, wenn wir uns trauen.«

Lorac atmete zitternd ein, dann schrie er, ein zarter, wimmernder Aufschrei, entsetzlich zu hören. Seine Hände – nicht viel mehr als lebende Skelettklauen – krümmten sich. Seine Augen waren fest geschlossen. Vergeblich versuchte Tanis ihn zu beruhigen. Lorac schrie, bis er nicht mehr atmen konnte, dann schrie er stumm weiter.

»Vater!« hörte Tanis Alhana rufen. Sie erschien in der Tür des Audienzzimmers und schob Caramon beiseite. Sie lief auf ihren Vater zu und ergriff seine Knochenhände. Sie küßte seine Hände, weinte und bat ihn, sich zu beruhigen.

»Ruh dich aus, Vater«, wiederholte sie immer wieder. »Der Alptraum ist vorbei. Der Drache ist weg. Du kannst schlafen, Vater!«

Aber der Mann schrie weiter.

»Im Namen der Götter!« sagte Caramon, als er mit blassem Gesicht zu ihnen trat. »Ich kann das nicht mehr ertragen.«

»Vater!« bat Alhana weiter. Allmählich durchdrang ihre geliebte Stimme seine verzerrten Träume, die immer noch in Loracs gequältes Bewußtsein lauerten. Langsam versiegten seine Schreie, bis sie nur noch ein verängstigtes Wimmern waren. Dann, als ob er sich davor fürchten würde, was er sehen könnte, öffnete er seine Augen.

»Alhana, mein Kind. Du lebst!« Er hob seine zitternde Hand, um ihre Wange zu berühren. »Das kann nicht sein! Ich sah dich sterben, Alhana. Ich habe dich hundertmal sterben gesehen, jedes Mal auf entsetzlichere Weise als zuvor. Er hat dich getötet, Alhana. Er wollte, daß *ich* dich töte. Aber ich konnte nicht. Obwohl ich den Grund nicht kenne, denn ich habe so viele getötet.« Dann erblickte er Tanis. Er riß seine Augen auf, die vor Haß funkelten.

»Du!« knurrte Lorac, erhob sich aus seinem Thron, seine knorrigen Hände umklammerten beide Seiten des Stuhls. »Du, Halb-Elf! Ich habe dich getötet – oder es versucht. Ich mußte Silvanesti beschützen! Ich habe dich getötet! Ich habe alle getötet, die mit dir waren.« Dann fuhren seine Augen zu Raistlin. Der Haß in seinem Blick wurde durch Furcht ersetzt. Zitternd wich er vor dem Magier zurück. »Aber dich, dich konnte ich nicht töten!«

Loracs entsetzter Blick verwirrte sich. »Nein«, schrie er. »Du bist es nicht! Deine Robe ist nicht schwarz! Wer bist du?« Seine Augen gingen zu Tanis zurück. »Und du? Bist du keine Bedrohung? Was habe ich getan?« Er stöhnte auf.

»Vater, bitte«, bat Alhana, beruhigte ihn, streichelte über sein fiebriges Gesicht. »Du mußt dich jetzt ausruhen. Der Alptraum ist zu Ende. Silvanesti ist gerettet.«

Caramon hob Lorac mit seinen starken Armen hoch und trug ihn in sein Zimmer. Alhana ging neben ihm, sie hielt fest die Hand ihres Vaters.

Gerettet, dachte Tanis und blickte aus dem Fenster auf die entstellten Bäume. Obwohl die untoten Elfenkrieger nicht länger durch den Wald stolzierten, lebten die gequälten Formen, die Lorac in seinem Alptraum geschaffen hatte, immer noch. Die im Todeskampf verrenkten Bäume weinten immer noch Blut. Wer wird nun hier leben? fragte Tanis sich traurig. Die Elfen werden nicht zurückkehren. Böse Dinge werden in diesem dunklen Wald einkehren, und Loracs Alptraum wird Wirklichkeit werden.

An den alptraumartigen Wald denkend, fragte sich Tanis plötzlich, wo seine anderen Freunde waren. Waren sie unversehrt? Was war, wenn sie an den Alptraum geglaubt hatten – wie Raistlin sagte? Hatten sie dann wirklich sterben müssen? Ihn verließ der Mut, als ihm klarwurde, daß er jetzt in diesen wahnsinnigen Wald zurückkehren mußte, um sie zu suchen.

Gerade als der Halb-Elf seinen müden Körper zwingen wollte, sich auf den Weg zu machen, betraten seine Freunde das Audienzzimmer.

»Ich habe ihn getötet!« weinte Tika, als sie Tanis erblickte. Ihre Augen waren vor Trauer und Entsetzen weit geöffnet. »Nein! Berühr mich nicht, Tanis. Du weißt nicht, was ich getan habe. Ich habe Flint getötet! Ich wollte es nicht, Tanis, das schwöre ich!«

Als Caramon eintrat, wandte sich Tika schluchzend an ihn. »Ich habe Flint getötet, Caramon. Komm nicht näher!«

»Pssst«, sagte Caramon und umarmte sie. »Es war ein Traum, Tika. So wie Raist gesagt hat. Der Zwerg war niemals hier.« Er streichelte Tikas rote Locken und küßte sie. Tika umklammerte ihn, Caramon umklammerte sie, beide fanden Trost beim anderen. Allmählich hörte Tika auf zu schluchzen.

»Mein Freund«, sagte Goldmond und öffnete ihre Arme, um Tanis zu umarmen.

Er sah ihren ernsten, niedergeschlagenen Gesichtsausdruck und hielt sie eng an sich gedrückt, während er fragend zu Flußwind blickte. Was hatten sie wohl geträumt? Aber der Barbar schüttelte nur den Kopf, sein Gesicht war blaß und betrübt.

Dann kam ihm in den Sinn, daß jeder seinen eigenen Traum durchlebt hatte, und er erinnerte sich plötzlich an Kitiara! Wie real sie gewesen war! Und Laurana, sterbend. Er schloß seine Augen und legte seinen Kopf an Goldmonds. Er fühlte Flußwinds starke Arme sie beide umfassen. Ihre Liebe machte ihn glücklich. Das Entsetzen des Traums begann zu weichen.

Und dann hatte Tanis einen beängstigenden Gedanken. Loracs Traum war Wirklichkeit geworden! *Würden auch ihre Träume Wirklichkeit werden?*

Hinter sich hörte Tanis Raistlin husten. Der Magier faßte sich an die Brust und sank auf die Stufen zu Loracs Thron. Tanis sah Caramon, der immer noch Tika an sich gedrückt hielt, seinen Bruder besorgt musternd. Aber Raistlin ignorierte seinen Bruder. Er legte sich auf den kalten Boden und schloß erschöpft die Augen.

Seufzend zog Caramon Tika enger an sich. Tanis beobachtete, wie ihr kleiner Schatten Teil von Caramons größerem Schatten wurde, ihre Körper von den verzerrten silbernen und roten Mondstrahlen umrissen.

Wir müssen alle schlafen, dachte Tanis. Seine Augen brannten. Aber wie können wir? Wie können wir jemals wieder schlafen?

Geteilte Visionen
Loracs Tod

Schließlich schliefen sie jedoch ein. Auf dem Steinboden des Sternenturms zusammengekauert, blieben sie so eng wie möglich zusammen. Während sie schliefen, erwachten andere in einem kalten und feindlichen Land, einem Land, sehr weit von Silvanesti entfernt.

Laurana wurde als erste wach. Sie schreckte mit einem Aufschrei aus dem Schlaf hoch, zuerst hatte sie keine Vorstellung, wo sie sich befand. Dann sagte sie nur ein Wort: »Silvanesti!«

Flint erwachte zitternd. Die Schmerzen in seinen Beinen waren nicht schlimmer als sonst.

Sturm erwachte in Panik. Er schüttelte sich vor Entsetzen, lange Zeit konnte er sich nur bebend in seine Decke kauern. Dann hörte er etwas von draußen vor seinem Zelt. Er schreckte hoch und kroch mit seinem Schwert vorwärts und schlug die Zeltbahn zurück.

»Oh!« keuchte Laurana beim Anblick seines Gesichts.

»Es tut mir leid«, sagte Sturm, »ich wollte nicht...« Dann sah er, daß sie so zitterte, daß sie kaum ihre Kerze halten konnte. »Was ist los?« fragte er beunruhigt.

»Ich... ich weiß, es klingt dumm«, sagte Laurana und errötete, »aber ich hatte einen furchtbaren Traum und konnte nicht mehr einschlafen.«

Zitternd ließ sie zu, daß Sturm sie in das Zelt führte. Die Kerzenflamme warf hüpfende Schatten auf die Zeltwände. Sturm, der befürchtete, Laurana könnte die Kerze fallen lassen, nahm sie ihr ab.

»Ich wollte dich nicht wecken, aber ich hörte dich schreien. Und mein Traum war so wirklich! Du kamst auch vor – ich sah dich...«

»Wie sieht Silvanesti aus?« unterbrach Sturm sie abrupt.

Laurana starrte ihn an. »Aber davon habe ich geträumt, daß wir dort wären! Warum fragst du? Sofern... du nicht auch von Silvanesti geträumt hast!«

Sturm zog seinen Umhang enger um sich und nickte. »Ich...«, begann er, dann hörte er von draußen ein anderes Geräusch. Dieses Mal öffnete er nur das Zelt: »Komm rein, Flint«, sagte er müde.

Der Zwerg stapfte mit gerötetem Gesicht hinein. Er schien jedoch über Lauranas Anwesenheit verlegen zu sein und stotterte etwas, bis Laurana ihn anlächelte.

»Wir wissen es«, sagte sie. »Du hattest einen Traum. Silvanesti?«

Flint hustete, räusperte sich und fuhr sich mit der Hand über sein Gesicht. »Anscheinend bin ich nicht der einzige«, stellte er fest und starrte auf die beiden. »Ich vermute, ihr wollt, daß ich euch meinen Traum erzähle.«

»Nein!« sagte Sturm eilig, sein Gesicht war blaß. »Nein, ich will darüber nicht reden – niemals!«

»Ich auch nicht«, sagte Laurana leise.

Zögernd klopfte Flint ihr auf die Schulter. »Da bin ich erleichtert. Über meinen Traum könnte ich auch nicht reden. Ich wollte nur sehen, ob es ein Traum war. Er schien so wirklich, daß ich erwartet habe, euch beide…«

Der Zwerg verstummte. Von draußen hörte man ein Rascheln, dann kroch Tolpan aufgeregt ins Zelt.

»Habe ich euch über einen Traum reden gehört? Ich träume *nie* – jedenfalls erinnere ich mich nicht. Kender träumen nicht viel. Oder vielleicht doch. Selbst Tiere träumen, aber…« Er bemerkte Flints Blick und wandte sich wieder eilig dem ursprünglichen Thema zu. »Nun! Ich hatte den phantastischsten Traum! Bäume, die Blut geweint haben! Entsetzliche tote Elfen, die umherschlichen und Leute töteten! Raistlin trug eine schwarze Robe! Das war das Unglaublichste! Und du warst dabei, Sturm. Auch Laurana und Flint. Und alle sind gestorben! Nun, fast alle. Raistlin nicht. Und dann war da noch ein grüner Drache…«

Tolpan verstummte. Was war denn mit seinen Freunden los? Ihre Gesichter waren totenblaß, ihre Augen weit aufgerissen. »G… grüner Drache«, stammelte er. »Raistlin, in Schwarz gekleidet. Habe ich das schon erwähnt? A… auf einmal. Rot ließ ihn immer ein wenig gelbsüchtig aussehen, wenn ihr versteht, was ich meine. Nicht! Na ja, ich g… glaube, ich gehe wieder schlafen. Oder wollt ihr noch mehr wissen?« Er blickte sich hoffnungsvoll um. Keiner antwortete.

»Nun, g… gute Nacht«, murmelte er. Überstürzt ging er aus dem Zelt und kehrte, verwirrt den Kopf schüttelnd, auf seine Lagerstatt zurück. Was war denn mit allen los? Es war doch nur ein Traum…

Lange Zeit sprach niemand. Dann seufzte Flint.

»Es macht mir ja nichts aus, einen Alptraum zu haben«, sagte der Zwerg mürrisch. »Aber ich habe etwas dagegen, ihn mit einem Kender zu teilen. Was meint ihr denn, warum wir alle den gleichen Traum hatten? Und was bedeutet er?«

»Ein fremdes Land – Silvanesti«, sagte Laurana. Sie nahm ihre Kerze und wollte gehen. Dann sah sie zurück. »Glaubt ihr... glaubt ihr, daß es Wirklichkeit war? Sind sie gestorben, so wie wir es gesehen haben?« War Tanis mit dieser menschlichen Frau zusammen? dachte sie, behielt die Frage aber für sich.

»Wir sind hier«, sagte Sturm. »Wir sind nicht gestorben. Wir können nur hoffen, daß die anderen auch nicht tot sind. Und...«, er hielt inne, »...es scheint merkwürdig, aber irgendwie *weiß* ich, daß sie leben.«

Laurana musterte den Ritter einen Moment aufmerksam, sah, daß er sich nach dem anfänglichen Schock und Entsetzen beruhigt hatte. Sie fühlte sich erleichtert. Sie streckte ihre Hand aus und nahm Sturms starke, schlanke Hand und drückte sie schweigend. Dann drehte sie sich um und verschwand.

Der Zwerg erhob sich. »Nun, soviel zum Schlafen. Ich werde jetzt Wache halten.«

»Ich begleite dich«, sagte Sturm und stand auf.

»Vermutlich werden wir es nie erfahren«, sagte Flint, »warum wir alle den gleichen Traum hatten.«

»Vermutlich nicht«, stimmte Sturm zu.

Der Zwerg verließ das Zelt. Sturm wollte ihm folgen, hielt aber inne, als sein Blick auf einen Lichtschein fiel. Er bückte sich, dachte, daß es wohl Wachs von Lauranas Kerze sein würde, fand aber statt dessen den Juwel von Alhana, der aus seinem Gürtel gefallen war und auf dem Boden lag. Er hob ihn auf und bemerkte, daß er mit seinem eigenen inneren Licht strahlte, etwas, was ihm vorher nicht aufgefallen war.

»Vermutlich nicht«, wiederholte Sturm nachdenklich und drehte den Juwel immer wieder in seiner Hand.

Zum ersten Mal seit vielen, langen, entsetzlichen Monaten dämmerte der Morgen in Silvanesti. Aber nur einer sah ihn. Lorac beobachtete von seinem Schlafkammerfenster aus, wie die Sonne sich über die glitzernden Espen erhob. Die anderen schliefen noch.

Alhana war die ganze Nacht nicht von ihres Vaters Seite gewichen, war dann aber vor Erschöpfung auf ihrem Stuhl eingeschlafen. Das blasse Sonnenlicht beleuchtete ihr Gesicht. Ihr langes schwarzes Haar floß über ihr Gesicht wie Risse in weißem Marmor. Ihre Haut war von Dornen aufgerissen. Lorac sah ihre Schönheit, aber diese Schönheit war von Arroganz verunstaltet. Sie war die Verkörperung ihres Volkes. Er wandte sich um und sah wieder aus dem Fenster auf Silvanesti, fand aber keinen Trost. Ein grüner, verderbter Nebel hing immer noch über Silvanesti, als ob der Boden selbst verrottet wäre.

»Das ist meine Schuld«, sagte er zu sich, seine Augen weilten auf den entstellten Bäumen; die erbarmungswürdigen, mißgebildeten Tiere, die durch das Land streiften, nach einem Ende ihrer Qual suchten.

Seit über vierhundert Jahren lebte Lorac in diesem Land. Er hatte erlebt, wie es Gestalt angenommen hatte, unter seinen Händen und den Händen seines Volkes aufgeblüht war.

Es hatte auch schwierige Zeiten gegeben. Lorac war einer der wenigen auf Krynn, die sich noch an die Umwälzung erinnern konnten. Aber die Silvanesti-Elfen hatten sie weitaus besser als andere in der Welt überstanden – indem sie sich von den anderen Rassen entfernt hatten. Sie wußten, warum die uralten Götter Krynn verlassen hatten – sie hatten das Böse in den Menschen gesehen –, obwohl sie nicht erklären konnten, warum auch die Elfenkleriker verschwunden waren.

Die Elfen von Silvanesti erfuhren natürlich über die Winde und die Vögel und auf anderen geheimnisvollen Wegen von den Leiden ihrer Vettern, den Qualinesti, nach der Umwälzung. Und obwohl sie über die Geschichten von Vergewaltigung und Mord trauerten, fragten sich die Silvanesti, was man denn auch anderes erwarten konnte, wenn man mit Menschen zusammenlebte. Sie zogen sich in ihren Wald zurück, entsagten der Außenwelt und störten sich wenig daran, daß die Außenwelt ihnen entsagte.

Folglich fand Lorac es unmöglich zu begreifen, wie dieses neue Unheil aus dem Norden hereinbrechen und seine Heimat bedrohen konnte. Was wollten sie von den Silvanesti? Er traf sich mit den Drachenfürsten, erklärte ihnen, daß die Silvanesti ihnen keine Schwierigkeiten bereiten wollten. Die Elfen waren überzeugt, daß jeder das Recht hätte, auf Krynn zu leben, jeder auf seine eigenen Weise, böse oder gut. Dann kam der Tag, an dem Lorac klarwurde, daß er getäuscht worden war – der Tag, an dem sich der Himmel mit Drachen verdunkelte.

Die Elfen wurden jedoch nicht unvorbereitet getroffen. Lorac hatte dafür zu lange gelebt. Schiffe warteten, um das Volk in Sicherheit zu bringen. Lorac befahl ihnen, unter dem Kommando seiner Tochter aufzubrechen. Als er dann allein war, stieg er in die Kammer unterhalb des Sternenturms, wo er die Kugel der Drachen versteckt hielt.

Nur seine Tochter und die seit langem verlorenen Kleriker wußten von der Existenz der Kugel. Alle anderen in der Welt glaubten, daß sie während der Umwälzung zerstört worden war. Lorac setzte sich neben sie, starrte sie viele Tage an. Er rief sich die Warnungen der Hohen Magier ins Gedächtnis, erinnerte sich an alles, was er über die Kugel wußte. Schließlich, als ihm voll bewußt war, daß er überhaupt keine Vorstellung davon hatte, wie sie eigentlich wirkte, entschied Lorac, sie auszuprobieren, um sein Land zu retten.

Er erinnerte sich lebhaft an die Kugel, erinnerte sich, wie sie mit einem wirbelnden, faszinierenden grünen Licht brannte, das pulsierte und stärker wurde, als er sie ansah. Und er erinnerte sich, fast vom ersten Moment an erkannt zu haben, als seine Finger auf der Kugel ruhten, daß er einen furchtbaren Fehler begangen hatte. Er hatte weder die Kraft noch die Macht, die Magie zu beherrschen. Aber da war es schon zu spät. Die Kugel hatte ihn gefangen und hielt ihn verzaubert, und es war der entsetzlichste Teil seines Alptraums gewesen, ständig daran erinnert zu werden, daß er nur *träumte*, und dennoch unfähig war, aus dem Traum auszubrechen.

Und jetzt war aus dem Alptraum Wirklichkeit geworden. Lorac senkte seinen Kopf, schmeckte an seinem Mund bittere Tränen. Dann spürte er sanfte Hände an seinen Schultern.

»Vater, ich kann es nicht ertragen, dich weinen zu sehen.

Komm vom Fenster weg. Leg dich wieder ins Bett. Das Land wird wieder so schön sein wie früher. Du wirst helfen, daran zu arbeiten…«

Aber Alhana konnte nicht ohne Schaudern aus dem Fenster sehen. Lorac spürte sie zittern und lächelte traurig.

»Wird unser Volk zurückkehren, Alhana?« Er starrte nach draußen auf das Grün, das nicht das kraftvolle Grün des Lebens war, sondern das des Zerfalls und des Todes.

»Natürlich«, antwortete Alhana schnell.

»Eine Lüge, mein Kind? Seit wann belügen sich die Elfen gegenseitig?«

»Ich glaube, daß wir uns wahrscheinlich immer belogen haben«, murmelte Alhana, sich an das erinnernd, was sie von Goldmond erfahren hatte. »Die uralten Götter haben Krynn nicht verlassen, Vater. Eine Klerikerin von Mishakal reiste mit uns und erzählte, was sie erfahren hatte. Ich… ich wollte es nicht glauben, Vater. Ich war eifersüchtig. Sie ist trotz allem ein Mensch, und warum sollten die Götter zu den Menschen mit dieser Hoffnung gehen? Aber ich weiß jetzt, daß die Götter weise sind. Sie sind zu den Menschen gegangen, weil die Elfen sie niemals angenommen hätten. Durch unsere Trauer, an diesem verwüsteten Ort zu leben, werden wir lernen – so wie du und ich gelernt haben –, daß wir nicht länger in der Welt leben können und gleichzeitig *getrennt* von ihr. Die Elfen werden arbeiten, nicht nur um dieses Land wieder aufzubauen, sondern alle Länder, die vom Bösen heimgesucht worden sind.«

Lorac hörte zu. Seine Augen wanderten von der zerstörten Landschaft zu seiner Tochter, deren Gesicht blaß und strahlend wie der silberne Mond war. Er streckte seine Hand aus, um sie zu berühren.

»Und du wirst es zurückholen? Unser Volk?«

»Ja, Vater«, versprach sie und ergriff seine kalte, fleischlose Hand und hielt sie fest. »Wir werden arbeiten, schwer arbeiten. Wir werden die Götter um Vergebung bitten. Wir werden zu den anderen Völkern von Krynn gehen und…« Tränen flossen aus ihren Augen und ließen sie nicht weitersprechen, denn sie sah, daß Lorac sie nicht mehr hören konnte. Seine Augen verdunkelten sich, und er sank in einen Stuhl zurück.

»Ich übergebe mich dem Land«, flüsterte er. »Bette meinen Körper in die Erde, Tochter. So wie mein Leben diesen Fluch über die Erde gebracht hat, so wird mein Tod ihr vielleicht Segen bringen.«

Loracs Hand entglitt dem Griff seiner Tochter. Seine leblosen Augen starrten auf das verwüstete Land Silvanesti. Aber der entsetzte Blick war aus seinem Gesicht gewichen, und es war mit Frieden erfüllt.

Und Alhana konnte nicht trauern.

In dieser Nacht bereiteten die Gefährten ihren Aufbruch aus Silvanesti vor. Sie mußten den größten Teil ihrer Reise in den Norden im Schutz der Dunkelheit zurücklegen, da sie jetzt wußten, daß die Drachenarmeen das Land, das sie passieren mußten, kontrollierten. Sie hatten keine Landkarten. Sie wollten auch nicht den uralten Karten vertrauen, nach ihrem Erlebnis mit der landumschlossenen Hafenstadt Tarsis. Die einzigen Karten, die sie in Silvanesti fanden, waren schon Tausende von Jahren alt. Die Gefährten entschieden, auf gut Glück von Silvanesti nach Norden zu reisen; sie hofften, eine Hafenstadt zu finden, von wo aus sie dann nach Sankrist übersetzen konnten.

Der Magier nahm die Kugel der Drachen an sich. Tanis zweifelte anfangs, wie sie den massiven Kristall transportieren sollten, denn er war sehr groß und außerordentlich schwer. Aber am Abend vor ihrem Aufbruch kam Alhana mit einem kleinen Beutel in der Hand zu Raistlin.

»Mein Vater trug die Kugel in diesem Beutel. Ich fand es immer merkwürdig in Anbetracht der Größe der Kugel, aber er sagte, daß man ihm den Beutel im Turm der Erzmagier gegeben hätte. Vielleicht nutzt er dir.«

Der Magier ergriff ihn gierig mit seiner dünnen Hand.

»Jistrah tagopar Ast moirparann Kini«, murmelte er und beobachtete zufrieden, wie der unscheinbare Beutel in einem blassen, rosafarbenen Licht erstrahlte.

»Ja, er ist verzaubert«, flüsterte er. Dann blickte er zu Caramon. »Bring mir die Kugel.«

Caramon riß vor Entsetzen seine Augen auf. »Nicht für den größten Schatz in dieser Welt!« schwor der große Mann.

»Bring mir die Kugel!« befahl Raistlin und starrte seinen Bruder ärgerlich an, der immer noch seinen Kopf schüttelte.

»Nun sei kein Narr, Caramon!« schnappte Raistlin wütend. »Die Kugel kann jene nicht verletzen, die sie nicht zu benutzen versuchen. Glaub mir, mein teurer Bruder, du hast nicht einmal die Macht, eine Küchenschabe zu beherrschen, ganz zu schweigen von einer Kugel der Drachen!«

»Aber es könnte eine Falle sein«, protestierte Caramon.

»Pah! Sie suchen sich die mit...«, Raistlin stockte abrupt.

»Ja?« fragte Tanis ruhig. »Fahr fort. Wen suchen sie aus?«

»Leute mit Intelligenz«, knurrte Raistlin. »Darum bin ich davon überzeugt, daß die Mitglieder *dieser* Gesellschaft in Sicherheit sind. Bring mir die Kugel, Caramon, oder willst du sie vieleicht selber tragen? Oder du, Halb-Elf? Oder du, Klerikerin von Mishakal?«

Caramon sah unbehaglich zu Tanis, und der Halb-Elf bemerkte, daß der große Mann *seine* Zustimmung suchte. Für den Zwilling war es ein merkwürdiger Schritt, denn er hatte immer ohne Fragen Raistlins Befehlen gehorcht.

Mehr denn je war Tanis vor dem Magier auf der Hut, mißtraute Raistlins seltsamer und wachsender Macht. Es ist unlogisch, stritt er mit sich. Eine Reaktion auf den Alptraum, weiter nichts. Aber das löste nicht sein Problem. Was würde er mit der Kugel der Drachen anstellen? Aber ihm wurde kläglich bewußt, daß es keinen Ausweg gab.

»Raistlin ist der einzige, der über das Wissen und die Fähigkeit und – nun ja – den Mut verfügt, mit dem Ding umzugehen«, sagte Tanis widerwillig. »Ich meine, er soll sie an sich nehmen, sofern nicht einer von euch die Verantwortung übernehmen will.«

Niemand sprach. Flußwind schüttelte nur den Kopf und runzelte düster die Stirn. Tanis wußte, der Barbar würde die Kugel

– und auch Raistlin – hier in Silvanesti zurücklassen, wenn er die Möglichkeit hätte.

»Geh schon, Caramon«, sagte Tanis. »Du bist der einzige, der stark genug ist, um sie zu heben.«

Widerstrebend ging Caramon zu der Kugel, um sie von ihrem goldenen Ständer zu heben. Seine Hände zitterten, als er sie berührte, aber nichts passierte. Die Kugel änderte nicht ihre Erscheinung. Caramon seufzte erleichtert auf und hob die Kugel hoch, stöhnte unter ihrem Gewicht und trug sie zu seinem Bruder, der den Beutel aufhielt.

»Laß sie in den Beutel fallen«, befahl Raistlin.

»Was?« Caramons Kiefer sackte runter, als er von der riesigen Kugel zum kleinen Beutel starrte. »Kann ich nicht, Raist! Sie wird nicht hineinpassen! Er wird zerreißen!«

Der große Mann verstummte, als Raistlins Augen golden wie der sterbende Tag aufflackerten.

»Nein! Caramon, warte!« Tanis sprang vor, aber dieses Mal gehorchte Caramon seinem Bruder. Langsam, seine Augen vom intensiven Blick seines Bruders gebannt, ließ Caramon die Kugel der Drachen fallen.

Die Kugel verschwand!

»Was? Wo...«, Tanis sah Raistlin argwöhnisch an.

»Im Beutel«, erwiderte der Magier ruhig und zeigte den kleinen Beutel vor. »Sieh selbst nach, wenn du mir nicht glaubst.«

Tanis spähte in den Beutel. Es stimmte – die Kugel befand sich im Beutel. Er konnte den wirbelnden grünen Nebel erkennen, als ob sich in ihr ein schwaches Leben rührte. Sie muß zusammengeschrumpft sein, dachte er ehrfürchtig. Da die Kugel dieselbe Größe wie vorher zu haben schien, hatte Tanis den furchterregenden Eindruck, daß *er* gewachsen war.

Schaudernd trat der Halb-Elf zurück. Raistlin zog an der Schnur des Beutels. Dann warf er den anderen einen mißtrauischen Blick zu, verbarg den Beutel in einer seiner Geheimtaschen seiner Robe und drehte sich um. Aber Tanis hielt ihn auf.

»Es kann wohl nie mehr zwischen uns so sein wie früher, oder?« fragte der Halb-Elf ruhig.

Raistlin sah ihn einen Moment lang an, und Tanis entdeckte ein kurzes Aufflackern des Bedauerns in den Augen des jungen Magiers, ein Sehnen nach Vertrauen und Freundschaft und nach einer Rückkehr zu den Tagen ihrer Jugend.

»Nein«, flüsterte Raistlin. »Aber das war eben der Preis, den ich bezahlt habe.« Er begann zu husten.

»Preis? An wen? Wofür?«

»Frag nicht, Halb-Elf.« Die dünnen Schultern des Magiers krümmten sich unter dem Hustenanfall. Caramon legte seinen starken Arm um seinen Bruder, und Raistlin lehnte sich geschwächt an ihn. Als er sich wieder erholt hatte, hob er seine goldenen Augen. »Ich kann dir die Antwort nicht geben, Tanis, weil ich sie selbst nicht kenne.«.

Dann beugte er seinen Kopf und ließ sich von Caramon wegführen, um sich vor ihrer Reise auszuruhen.

»Ich wünschte, du würdest es dir anders überlegen und uns bei den Beerdigungsriten für deinen Vater helfen lassen«, sagte Tanis zu Alhana, als sie im Eingang des Sternenturms standen, um sich zu verabschieden. »Ein Tag wird für uns keinen Unterschied ausmachen.«

»Ja, wir helfen dir«, stimmte Goldmond aufrichtig zu. »Ich weiß über diese Dinge viel von meinem Volk, denn unsere Beerdigungsbräuche sind euren ähnlich, wenn Tanis mich richtig unterrichtet hat. Ich war bei meinem Stamm Priesterin, und ich wachte über das Einhüllen der Körper in mit Gewürzen versehene Kleidungsstücke, die sie konservieren...«

»Nein, meine Freunde«, sagte Alhana entschlossen. »Es war der Wunsch meines Vaters, daß ich... es allein mache.«

Das stimmte nicht ganz, aber Alhana wußte, wie schockiert sie sein würden, wenn ihr Vater der Erde übergeben werden würde – ein Brauch, der nur von Goblins und anderen bösartigen Kreaturen angewendet wurde. Der Gedanke erschreckte sie. Unfreiwillig fiel ihr Blick auf den entstellten und verdrehten Baum, der sein Grab kennzeichnen sollte. Sie sah schnell weg, ihre Stimme versagte.

»Sein Grab ist... ist schon seit langem vorbereitet, und ich verfüge selbst über Erfahrungen in diesen Dingen. Macht euch bitte keine Sorgen um mich.«

Tanis sah den Schmerz in ihrem Gesicht, konnte ihre Bitte aber nicht abschlagen.

»Wir verstehen«, sagte Goldmond. Dann legte die Que-Shu-Barbarin impulsiv ihre Arme um die Elfenprinzessin und hielt sie an sich gedrückt, als würde sie ein verlorenes und verängstigtes Kind festhalten. Alhana versteifte sich anfangs, entspannte sich dann aber in Goldmonds mitfühlender Umarmung.

»Friede sei mit dir«, flüsterte Goldmond und strich Alhana das dunkle Haar aus dem Gesicht. Dann ging die Barbarin.

»Was wirst du nach der Beerdigung deines Vaters machen?« fragte Tanis, als er und Alhana allein auf den Stufen des Turms standen.

»Ich werde zu meinem Volk zurückkehren«, erwiderte Alhana ernst. »Die Greife werden jetzt zu mir kommen, da das Böse aus diesem Land verschwunden ist, und sie werden mich nach Ergod bringen. Wir werden tun, was in unserer Macht steht, um das Böse zu besiegen und dann nach Hause zurückkehren.«

Tanis blickte sich um. Silvanesti war schon tagsüber entsetzlich, aber die Schrecken in der Nacht waren noch grauenvoller.

»Ich weiß«, antwortete Alhana auf seine unausgesprochenen Gedanken. »Das wird unsere Strafe sein.«

Tanis hob skeptisch die Augenbrauen, ihm war bewußt, welchen Kampf sie vor sich hatte, ihre Leute zur Rückkehr zu bewegen. Dann sah er die tiefe Überzeugung in Alhanas Gesicht. Vielleicht würde sie es schaffen.

Lächelnd wechselte er das Thema. »Und wirst du Zeit finden, nach Sankrist zu kommen?« fragte er. »Die Ritter würden sich durch deine Anwesenheit geehrt fühlen, besonders einer von ihnen.«

Alhanas blasses Gesicht errötete. »Vielleicht«, brachte sie mühsam hervor. »Ich kann es nicht versprechen. Ich habe viele

Dinge über mich gelernt. Aber es wird noch eine Zeit dauern, bis diese Dinge ein Teil von mir sind.« Sie schüttelte seufzend den Kopf. »Vielleicht werde ich mich nie daran gewöhnen können.«

»Etwa zu lernen, einen Menschen zu lieben?«

Alhana hob ihren Kopf, sie sah Tanis direkt in die Augen. »Würde er glücklich sein, Tanis? Weit weg von seiner Heimat, denn ich muß nach Silvanesti zurückkehren? Und könnte ich glücklich sein in dem Wissen, ihm beim Altern und Sterben zusehen zu müssen, während ich immer jung sein werde?«

»Ich stelle mir die gleichen Fragen, Alhana«, sagte Tanis und dachte mit Schmerz an die Entscheidung, die er in bezug auf Kitiara getroffen hatte. »Wenn wir die Liebe ablehnen, die uns geschenkt wird, wenn wir uns weigern, Liebe zu geben, weil wir den Schmerz des Verlustes fürchten, dann wird unser Leben leer sein und unser Verlust noch größer.«

»Als wir uns kennenlernten, fragte ich mich, warum diese Leute dir folgen, Tanis, Halb-Elf«, sagte Alhana leise. »Jetzt verstehe ich es. Ich werde an deine Worte denken. Leb wohl, bis die Reise deines Lebens endet.«

»Leb wohl, Alhana«, antwortete Tanis und nahm die Hand, die sie ihm entgegenstreckte. Er wußte nichts mehr zu sagen, so drehte er sich um und verließ sie.

Aber er konnte nicht anders, als sich zu fragen, wenn er denn so verdammt weise war, warum sich sein Leben dann in solch einem Durcheinander befand.

Tanis traf seine Gefährten am Rande des Waldes. Einen Moment lang standen sie da, widerstrebend, den Wald von Silvanesti zu betreten. Obwohl sie wußten, daß das Böse verschwunden war, mißfiel ihnen der Gedanke, tagelang durch die entstellten Bäume zu wandern. Aber ihnen blieb nichts anderes übrig. Und sie alle verspürten wieder jene Dringlichkeit, die sie auch bis hierher getrieben hatte. Die Zeit rann durch das Stundenglas, und sie wußten, sie konnten nicht warten, bis der Sand durchgelaufen war, obwohl sie den Grund nicht kannten.

»Komm, mein Bruder«, sagte Raistlin schließlich. Der Magier führte sie in den Wald, der Zauberstab warf beim Gehen sein blasses Licht. Caramon folgte mit einem Seufzen. Einer nach dem anderen kam hinterher. Tanis drehte sich noch einmal um.

Heute abend würden sie nicht die Monde sehen. Das Land war mit einer tiefen Dunkelheit bedeckt, als ob es Loracs Tod betrauern würde. Alhana stand im Eingang zum Sternenturm. Nur ihr Gesicht war in den Schatten sichtbar, wie der Geist des Silbermondes. Tanis sah flüchtig eine Bewegung. Sie hob ihre Hand, und ein reines, weißes Licht blitzte kurz auf – der Sternenjuwel. Und dann war sie verschwunden.

Die Flucht aus Eismauer

Der alte Zwerg war todkrank.

Seine Glieder versagten ihm ihren Dienst. Seine Eingeweide und sein Magen waren wie Schlangen ineinander verknäult. Wellen der Übelkeit brachen sich in ihm. Nicht einmal seinen Kopf konnte er von seinem Lager heben. Er starrte nach oben zur Öllampe, die sich über seinem Kopf langsam hin- und herbewegte. Das Licht der Lampe schien dunkler zu werden. Das ist es, dachte der Zwerg. Das Ende. Die Dunkelheit kriecht über meine Augen…

Er hörte neben sich ein Geräusch, ein Quietschen von Holzplanken, als ob sich jemand sehr leise zu ihm stehlen wollte. Trotz seiner Schwäche schaffte es Flint, seinen Kopf zu wenden.

»Wer ist da?« krächzte er.

»Tolpan«, wisperte eine besorgte Stimme. Flint seufzte und streckte seine knorrige Hand aus. Tolpans Hand näherte sich seiner.

»Ah, Bursche. Ich bin froh, daß du rechtzeitig kommst, um mir Lebewohl zu sagen«, sagte der Zwerg geschwächt. »Ich liege im Sterben, Bursche. Ich gehe zu Reorx...«

»Was?« fragte Tolpan und kam näher.

»Reorx«, wiederholte der Zwerg gereizt. »Ich gehe in die Arme von Reorx.«

»Nein, das stimmt nicht«, widersprach Tolpan. »Wir gehen nach Sankrist. Sofern du nicht ein Wirtshaus meinst. Ich werde Sturm fragen. Die Arme des Reorx. Hmmmm...«

»Reorx, der Gott der Zwerge, du Tölpel!« fluchte Flint.

»Oh«, sagte Tolpan nach einem Moment. »*Der* Reorx.«

»Hör mir zu, Bursche«, sagte Flint ruhiger, entschlossen, keine schlechten Gefühle zu hinterlassen. »Ich will, daß du meinen Helm bekommst. Den Helm, den du mir in Xak Tsaroth gegeben hast, mit der Greifmähne.«

»Wirklich?« fragte Tolpan beeindruckt. »Das ist schrecklich nett von dir, Flint, aber wie willst *du* an einen anderen Helm kommen?«

»Ach, Bursche, ich werde keinen Helm brauchen, da wo ich hingehe.«

»In Sankrist wirst du einen brauchen«, antwortete Tolpan zweifelnd. »Derek glaubt, daß die Drachenfürsten einen Großangriff vorbereiten, und ich glaube, ein Helm käme da sehr gelegen...«

»Ich meine nicht Sankrist!« knurrte Flint und versuchte sich aufzusetzen. »Ich brauche keinen Helm, weil ich im Sterben liege!«

»Ich wäre einmal beinahe gestorben«, sagte Tolpan feierlich. Er stellte eine dampfende Schüssel auf den Tisch und machte es sich in einem Stuhl bequem, um seine Geschichte zu erzählen: »Es war damals in Tarsis, als der Drache ein Gebäude auf mich stürzen ließ. Elistan sagte, daß ich ein Todeskandidat gewesen bin. In der Tat waren das nicht seine genauen Worte, aber er sagte, es wäre nur durch die inter…, inter…, na ja, inter-irgend etwas der Götter, daß ich noch lebe.«

Flint stöhnte laut auf und fiel auf sein Lager zurück. »Ist es zuviel verlangt«, sagte er zu der Lampe, die über seinem Kopf baumelte, »wenn ich gern in Frieden sterben möchte? Nicht umzingelt von Kendern!« Sein letzter Satz war praktisch ein Kreischen.

»Ah, komm. Du stirbst nicht, weißt du«, sagte Tolpan. »Du bist nur seekrank.«

»Ich sterbe«, sagte der Zwerg halsstarrig. »Ich bin mit einer gefährlichen Krankheit infiziert und liege jetzt im Sterben. Und es ist eure Schuld. Ihr habt mich in dieses verdammte Boot gezerrt…«

»Schiff«, unterbrach ihn Tolpan.

»Boot!« wiederholte Flint zornig. »Ihr habt mich in dieses verdammte *Boot* gezerrt und mich dann an einer schrecklichen Krankheit in einer von Ratten befallenen Schlafkammer verrecken lassen…«

»Wir hätten dich auch in Eismauer zurücklassen können, weißt du, bei den Walroß-Menschen und…«, Tolpan hielt inne.

Flint versuchte wieder, sich aufzurichten, aber dieses Mal lag in seinen Augen ein wilder Blick. Der Kender erhob sich und bewegte sich langsam zur Tür. »Oh, ich glaube, ich gehe jetzt lieber. Ich bin nur gekommen, um – uh – zu sehen, ob du etwas zu essen möchtest. Der Schiffskoch hat etwas zubereitet, er bezeichnete es als grüne Erbsensuppe…«

Laurana, die in einer windgeschützten Ecke auf dem Vorderdeck kauerte, zuckte zusammen, als sie ein gräßliches Brüllen von den unteren Decks hörte, gefolgt von dem splitternden Porzellan. Sie blickte Sturm an, der neben ihr stand. Der Ritter lächelte.

»Flint«, sagte er.

»Ja«, sagte Laurana besorgt. »Vielleicht sollte ich...«

Sie wurde von Tolpan unterbrochen, der, mit Erbsensuppe übergossen, erschien.

»Ich glaube, Flint geht es besser«, erklärte Tolpan feierlich. »Aber er ist noch nicht in der Lage, etwas zu essen.«

Die Reise von Eismauer verlief schnell. Ihr kleines Schiff flog fast durch das Gewässer, wurde von der Strömung und dem starken kalten Wind in den Norden getragen.

Die Gefährten waren nach Eismauer gereist, wo laut Tolpan eine Kugel der Drachen im Schloß von Eismauer aufbewahrt wurde. Sie fanden die Kugel und besiegten seinen bösartigen Wächter – Feal-Tas, einen mächtigen Drachenfürsten. Sie entkamen der Zerstörung des Schlosses mit Hilfe der Eisbarbaren und waren nun auf einem Schiff unterwegs nach Sankrist. Obwohl die kostbare Kugel der Drachen nun sicher in einer Truhe unter Deck verstaut war, wurden sie immer noch in ihren Träumen von der entsetzlichen Reise nach Eismauer gequält.

Aber die Alpträume über Eismauer waren nichts im Vergleich zu dem seltsamen und lebhaften Traum, den sie vor gut über einem Monat erlebt hatten. Keiner von ihnen sprach wieder davon, aber Laurana sah gelegentlich einen Blick der Furcht und der Einsamkeit bei Sturm, der sie denken ließ, daß auch er sich an den Traum erinnerte.

Abgesehen davon waren sie in guter Stimmung – ausgenommen der Zwerg, der auf das Schiff gezogen werden mußte und prompt seekrank geworden war. Die Reise nach Eismauer war ein voller Erfolg gewesen. Außer der Kugel der Drachen hatten sie den zerbrochenen Schaft einer uralten Waffe, angeblich einer Drachenlanze, mitgenommen. Und sie führten noch etwas Wichtiges mit sich, obwohl ihnen das zu jener Zeit, als sie es fanden, nicht klar war...

Die Gefährten, begleitet von Derek Kronenhüter und den beiden anderen jungen Rittern, die sie in Tarsis kennengelernt hatten, hatten das Schloß von Eismauer nach der Kugel der Drachen durchsucht. Die Suche war nicht gut verlaufen. Immer wieder mußten sie gegen bösartige Walroß-Menschen, Winterwölfe und Bären kämpfen. Die Gefährten begannen zu denken, daß sie umsonst gekommen waren, aber Tolpan schwor, daß in dem Buch in Tarsis gestanden hätte, daß sich hier eine Kugel befände. Und so hatten sie ihre Suche fortgesetzt.

Es geschah während ihrer Suche, daß sich ihnen einmal ein verblüffender Anblick bot – ein riesiger Drache, dessen Haut silbrig schimmerte, und der in einer Eiswand völlig eingeschlossen war. Die Flügel des Drachen waren ausgebreitet, zum Flug bereit. Die Miene des Drachen war wild, aber sein Kopf war nobel, und er vermittelte ihnen nicht das Gefühl von Furcht und Abscheu, wie sie es bei den roten Drachen erlebt hatten. Statt dessen empfanden sie eine starke überwältigende Trauer um diese edle Kreatur.

Aber am seltsamsten war für sie, daß dieser Drachen einen Reiter trug! Sie hatten die Drachenfürsten auf ihren Drachen reiten sehen, aber dieser Mann schien, nach seiner uralten Rüstung zu urteilen, ein Ritter von Solamnia zu sein! In seiner behandschuhten Faust hielt er den zerbrochenen Schaft einer Waffe, möglicherweise einer riesigen Lanze.

»Warum würde ein Ritter von Solamnia einen Drachen reiten?« fragte Laurana und dachte an die Drachenfürsten.

»Es gab Ritter, die sich dem Bösen zugewendet hatten«, sagte Lord Derek Kronenhüter barsch. »Obwohl es mich beschämt, es zugeben zu müssen.«

»Ich spüre hier nichts Bösartiges«, sagte Elistan. »Nur große Trauer. Ich frage mich, wie sie gestorben sind. Ich sehe keine Verletzungen...«

»Es kommt mir bekannt vor«, unterbrach Tolpan und runzelte die Stirn. »Wie ein Bild. Ein Ritter auf einem silbernen Drachen. Ich habe...«

»Pah!« schnaufte Flint. »Du hast Elefanten in Pelzen gesehen...«

»Ich meine es ernst«, protestierte Tolpan.

»Wo war das, Tolpan?« fragte Laurana sanft, den verletzten Gesichtsausdruck des Kenders bemerkend. »Kannst du dich erinnern?«

»Ich glaube...«, Tolpans Augen verloren sich in der Ferne. »Ich verbinde es mit Pax Tharkas und Fizban...«

»Fizban!« explodierte Flint. »Dieser alte Magier war noch verrückter als Raistlin, falls das überhaupt möglich ist.«

»Ich weiß nicht, worüber Tolpan redet«, sagte Sturm und sah nachdenklich zu dem Drachen und seinem Reiter hoch. »Aber ich erinnere mich an meine Mutter, die mir erzählt hat, daß Huma auf einem Silberdrachen ritt und in seiner letzten Schlacht die Drachenlanze trug.«

»Und ich erinnere mich, wie meine Mutter mich anwies, den Kuchen für den weißgekleideten Alten aufzubewahren, der zur Weihnachtszeit auf unser Schloß kam«, spottete Derek. »Nein, das ist zweifellos ein abtrünniger Ritter, vom Bösen versklavt.«

Derek und die beiden jungen Ritter wandten sich zum Gehen, aber die anderen blieben stehen und starrten weiter die Gestalt auf dem Drachen an.

»Du hast recht, Sturm. Das ist eine Drachenlanze«, sagte Tolpan versonnen. »Ich weiß nicht, warum, aber ich bin mir dessen ganz sicher.«

»Hast du eine in dem Buch in Tarsis gesehen?« fragte Sturm, während er mit Laurana Blicke tauschte. Beide fanden die Ernsthaftigkeit des Kenders ungewöhnlich, fast beängstigend.

Tolpan zuckte die Achseln. »Ich weiß es nicht«, sagte er mit seiner hohen Stimme. »Es tut mir leid.«

»Vielleicht sollten wir sie mitnehmen«, schlug Laurana unruhig vor. »Es könnte nicht schaden.«

»Komm schon, Feuerklinge!« drang Dereks Stimme zu ihnen herüber. »Die Thanoi haben uns vielleicht im Augenblick verloren, aber sie werden nicht lange brauchen, um unsere Spuren zu entdecken.«

»Wie kommen wir da ran?« fragte Sturm, Dereks Befehl ignorierend. »Sie ist völlig im Eis eingeschlossen.«

»Ich kann es«, sagte Gilthanas.

Er sprang auf einen riesigen Eisvorsprung, der sich um den Drachen und seinen Reiter gebildet hatte, fand festen Halt und begann, sich Stück für Stück weiterzubewegen. Vom gefrorenen Flügel des Drachens aus konnte er auf Händen und Knien weiterkriechen, bis er die Lanze erreichte, die in der Hand des Reiters ruhte. Gilthanas drückte seine Hand gegen die Eiswand, die die Lanze bedeckte, und sprach in der eigentümlichen Sprache der Magie.

Ein rotes Glühen verbreitete sich von seiner Hand auf das Eis und schmolz es. Innerhalb von Sekunden konnte er mit seiner Hand durch das Loch die Lanze erreichen. Aber sie steckte fest in der Hand des toten Ritters.

Gilthanas zog und zerrte und versuchte sogar, die gefrorenen Finger der Hand zu spreizen. Schließlich hielt er die Kälte nicht mehr aus und ließ sich zitternd auf den Boden fallen. »Es gibt keine Möglichkeit«, sagte er. »Er hält sie fest umklammert.«

»Brech doch seine Finger...«, schlug Tolpan hilfsbereit vor.

Sturm brachte den Kender mit einem wütenden Blick zum Schweigen. »Ich will nicht, daß dieser Körper entweiht wird«, schnappte er. »Vielleicht können wir die Lanze aus seiner Hand schieben. Ich werde es versuchen...«

»Es hat keinen Sinn«, sagte Gilthanas zu seiner Schwester, als beide Sturm beim Hochklettern beobachteten. »Es ist, als ob die Lanze ein Teil seiner Hand geworden ist. Ich...« Der Elf stockte.

Als Sturm seine Hand durch das Loch im Eis schob und die Lanze ergriff, schien sich die gefrorene Gestalt des Ritters plötzlich ein wenig zu bewegen. Seine steifgefrorene Hand lokkerte ihren Griff an der zerstörten Lanze. Sturm stürzte beinahe vor Erstaunen runter, ließ die Waffe eilig los und wich zurück auf den eisigen Flügel des Drachen.

»Er gibt sie dir«, schrie Laurana. »Geh nach vorn, Sturm! Nimm sie! Siehst du es nicht – er gibt sie einem anderen Ritter.«

»Der ich nicht bin«, sagte Sturm bitter. »Aber vielleicht ist das ein Zeichen, vielleicht ist es böse...« Zögernd glitt er zum Loch zurück und griff noch einmal nach der Lanze. Die steife

Hand des toten Ritters lockerte wieder ihren Griff. Sturm nahm die zerbrochene Waffe entgegen und löste sie sorgfältig aus dem Eis. Dann sprang er auf den Boden und starrte den uralten Schaft an.

»Das war wundervoll!« sagte Tolpan ehrfürchtig. »Flint, hast du gesehen, wie der Leichnam lebendig wurde?«

»Nein!« schnappte der Zwerg. »Und du auch nicht. Laßt uns hier verschwinden«, fügte er bebend hinzu.

Dann erschien Derek. »Ich habe dir einen *Befehl* erteilt, Sturm Feuerklinge! Warum die Verzögerung?« Dereks Gesicht verdunkelte sich vor Wut, als er die Lanze sah.

»Ich bat ihn, sie mir zu holen«, sagte Laurana, ihre Stimme war so kalt wie die Eiswand hinter ihr. Sie nahm die Lanze und begann sie schnell in einen Fellumhang aus ihrem Gepäck einzuwickeln.

Derek musterte sie einen Moment lang wütend, dann verbeugte er sich steif und drehte sich auf dem Absatz um.

»Tote Ritter, lebende Ritter, ich weiß nicht, was schlimmer ist«, murrte Flint, packte Tolpan und zog ihn hinter Derek her.

»Was ist, wenn diese Waffe dem Bösen geweiht ist?« fragte Sturm Laurana leise, als sie durch die Eiskorridore des Schlosses wanderten.

Laurana warf einen letzten Blick auf den Ritter und den Drachen. Die kalte blasse Sonne des Südlandes ging gerade unter; ihr Licht warf wässrige Schatten auf die Leichname und verlieh ihnen ein düsteres Aussehen. Während sie schaute, glaubte sie zu erkennen, wie der Körper leblos in sich zusammensackte.

»Glaubst du an die Geschichte von Huma?« fragte Laurana leise.

»Ich weiß nicht, was ich überhaupt noch glauben soll«, sagte Sturm. Bitterkeit verhärtete sein Gesicht. »Früher war für mich alles schwarz und weiß, alles war klar herausgeschnitten und eindeutig geformt. Ich glaubte an die Geschichte von Huma. Meine Mutter lehrte mich, sie als Wahrheit zu sehen. Dann reiste ich nach Solamnia.« Er stockte, als ob er nicht gern weitererzählen wollte. Schließlich, als er Lauranas interessiertes und mitfühlendes Gesicht sah, schluckte er und fuhr fort. »Ich habe das noch nie jemandem erzählt, nicht einmal Tanis. Als ich in meine Heimat zurückkehrte, fand ich, daß die Ritterschaft nicht jene ehrenwerten, sich aufopfernden Männer waren, wie meine Mutter sie mir beschrieben hatte. Es wurde politisch intrigiert. Die besten Männer waren wie Derek, ehrenhaft, aber streng und unbeugsam, mit wenig Sinn für jene, die sie als unter ihnen stehend betrachteten. Die schlimmsten…«, er schüttelte den Kopf. »Als ich von Huma sprach, lachten sie. Ein Wanderritter, so nannten sie ihn. Nach ihrer Darstellung war er aus der Ritterschaft wegen Mißachtung der Gesetze verbannt worden. Huma streife im Land umher, sagten sie, mache sich bei den Bauern beliebt, die dann Legenden um ihn schufen.«

»Aber hat er denn wirklich existiert?« fragte Laurana, traurig über das Leid in Sturms Gesicht.

»O ja, ohne Zweifel. Die Aufzeichnungen, die die Umwälzung überstanden haben, führen seinen Namen bei den niedrigen Ritterorden. Aber die Geschichten vom Silberdrachen, von der Letzten Schlacht, selbst von der Drachenlanze – glaubt niemand mehr. Wie Derek sagt, es gibt keinen Beweis. Das Grabmal von Huma war nach der Legende ein gewaltiges Gebilde – eines der Weltwunder. Aber du wirst niemanden finden, der es jemals gesehen hätte. Alles, was wir haben, sind Kindergeschichten, würde Raistlin sagen.« Sturm bedeckte seine Augen mit einer Hand und seufzte tief.

»Weißt du«, sagte er leise, »ich habe nie daran gedacht, es auszusprechen, aber ich vermisse Raistlin. Ich vermisse sie alle. Ich fühle mich, als ob ein Teil von mir abgeschnitten wurde, und das gleiche Gefühl hatte ich in Solamnia. Darum bin ich zurückgekommen, anstatt zu warten und die Prüfungen für meine Ritterwürde zu Ende abzulegen. Diese Leute – meine Freunde – haben mehr getan, um das Böse in dieser Welt zu bekämpfen, als alle Ritter zusammen. Selbst Raistlin, auf eine Weise, die ich nicht verstehen kann. *Er* könnte uns sagen, was das alles zu bedeuten hat.« Er deutete mit seinen Daumen auf den im Eis gefangenen Ritter. »Zumindest würde er daran glauben. Wenn er nur hier wäre. Wenn Tanis hier wäre...« Sturm konnte nicht weitersprechen.

»Ja«, sagte Laurana ruhig. »Wenn Tanis hier wäre...«

Er erinnerte sich an ihren eigenen Kummer, der soviel größer als sein eigener war, und legte seinen Arm um Laurana und hielt sie an sich gedrückt. Die beiden standen einen Moment so da, beide getröstet durch die Gegenwart des anderen. Dann ertönte Dereks scharfe Stimme hinter ihnen, der sie für ihr Zurückbleiben rügte.

Und jetzt lag die zerbrochene Lanze, eingewickelt in Lauranas Fellumhang, mit der Kugel der Drachen und mit Drachentöter, Tanis' Schwert, das Laurana und Sturm aus Tarsis mitgenommen hatten, in einer Kiste. Daneben lagen die Leichname der beiden jungen Ritter, die ihr Leben bei der Verteidigung der Gruppe gelassen hatten und zur Beerdigung in ihre Heimat zurückgebracht werden sollten.

Der starke Südwind, der ungestüm und kalt von den Gletschern blies, trieb das Schiff über das Sirrion-Meer. Der Kapitän hatte ihnen mitgeteilt, daß sie Sankrist in zwei Tagen erreichen könnten, wenn der Wind weiterhin so bleiben würde.

»Dort liegt das südliche Ergod«, zeigte der Kapitän Elistan. »Wir erreichen gleich das südliche Ende. Heute abend wirst du die Kristin-Insel sehen. Und dann, bei gutem Wind, werden wir Sankrist erreichen. Seltsame Sache im südlichen Ergod«, fügte der Kapitän hinzu und warf Laurana einen Blick zu. »Man sagt, es sei von Elfen übervölkert, aber ich war noch nicht dort, um mich davon zu überzeugen.«

»Elfen?« fragte Laurana interessiert und stellte sich zum Kapitän.

»Aus ihrer Heimat geflohen, hörte ich«, fuhr der Kapitän fort. »Vertrieben von den Drachenarmeen.«

»Vielleicht unser Volk!« sagte Laurana und klammerte sich an Gilthanas, der neben ihr stand. Sie blickte aufmerksam über den Schiffsbug, als ob sie das Land auftauchen lassen könnte.

»Wahrscheinlicher die Silvanesti«, antwortete Gilthanas.

»Ich glaube sogar, Lady Alhana hat etwas über Ergod erwähnt. Erinnerst du dich, Sturm?«

»Nein«, antwortete der Ritter kurz angebunden. Er drehte sich um und ging nach Backbord, lehnte sich gegen die Reling und starrte auf das rosafarbene Wasser. Laurana sah, wie er etwas aus seinem Gürtel zog und es zärtlich zwischen seine Finger gleiten ließ. Ein Strahl blitzte auf, wie gefangene Sonnenstrahlen, dann ließ er es in seinen Gürtel zurückgleiten. Sein Kopf senkte sich. Laurana wollte gerade zu ihm gehen, als sie plötzlich innehielt, weil sie eine Bewegung wahrnahm.

»Was ist das für eine seltsame Wolke dort drüben im Süden?«

Der Kapitän drehte sich unverzüglich um, zog sein Fernglas aus seiner Felljacke und setzte es an. »Schick einen Mann nach oben«, befahl er seinem ersten Schiffsoffizier.

Innerhalb von Sekunden kletterte ein Matrose das Takelwerk hoch. Mit einem Arm hielt er sich in schwindelerregender Höhe am Mast fest und spähte mit dem Fernglas in den Süden.

»Kannst du was erkennen?« rief der Kapitän.

»Nein, Käpt'n«, bellte der Mann. »Wenn es eine Wolke sein sollte, dann habe ich so etwas noch nie gesehen.«

»Ich werde nachschauen«, bot sich Tolpan freiwillig an. Der Kender begann wie der Matrose geschickt an den Seilen hochzuklettern. Er erreichte den Mast, hielt sich neben dem Matrosen am Takelwerk fest und starrte in den Süden.

Es war sicherlich eine Wolke. Aber sie war riesig und weiß und schien über dem Wasser zu schweben. Aber sie bewegte sich viel zu schnell, schneller als die Wolken im Himmel und...

Tolpan keuchte. »Leihst du mir das mal?« fragte er und streckte die Hand nach dem Fernglas aus. Widerstrebend gab ihm der Mann das Glas. Tolpan setzte es an seine Augen, dann stöhnte er leise auf. »O je«, murmelte er. Er senkte das Glas und stopfte es geistesabwesend in seine Tunika. Der Matrose packte ihn am Kragen, als er gerade nach unten gleiten wollte.

»Was?« fragte Tolpan erstaunt. »Oh! Gehört dir das? Tut mir leid.« Er warf noch einen versonnenen Blick auf das Fernglas und gab es dem Matrosen zurück. Tolpan ließ sich geschickt an den Tauen heruntergleiten, landete auf dem Deck und rannte zu Sturm.

»Es ist ein Drache«, berichtete er atemlos.

Der weiße Drache
Gefangen!

Der Drache hieß Sleet. Es war ein weißer Drache, eine Drachenart, kleiner als alle anderen Drachen auf Krynn. In arktischen Regionen geboren und aufgezogen, widerstanden diese Drachen extremer Kälte und kontrollierten die südlichen Regionen ewigen Eises von Ansalon.

Wegen ihres kleinen Wuchses waren die weißen Drachen die schnellsten Flieger in der Drachenfamilie. Die Drachenfürsten setzten sie häufig zu Aufklärungsdiensten ein. Folglich war Slett nicht in seiner Höhle in Eismauer gewesen, als die Gefährten dort nach der Kugel der Drachen gesucht hatten. Die

Dunkle Königin hatte Meldungen erhalten, nach denen eine Gruppe Abenteurer in Silvanesti eingedrungen war. Irgendwie hatten sie es geschafft, Cyan Blutgeißel zu besiegen und in den Besitz einer Kugel der Drachen zu gelangen.

Die Dunkle Königin vermutete, daß sie auf der Straße der Könige durch die Staubigen Ebenen reisen würden, das war der direkteste Weg nach Sankrist, wo die Ritter von Solamnia angeblich versuchten, sich neu zu gruppieren. Die Dunkle Königin befahl Sleet, mit seiner Schar weißer Drachen zu den Ebenen zu fliegen, die nun unter einer dicken, schweren Eisschicht lagen, um die Kugel zu finden.

Als er den Schnee unter sich glitzern sah, bezweifelte Sleet stark, daß selbst Menschen so närrisch wären und die Ödnis zu durchqueren versuchten. Aber er hatte seine Befehle und er befolgte sie. Er ließ seine Schar ausschwärmen und jeden Zentimeter, von den Grenzen Silvanestis im Osten bis zu den Kharolisbergen im Westen, absuchen. Einige Drachen flogen sogar bis zur Neuküste weit im Norden, die von den Blauen kontrolliert wurde.

Die Drachen trafen sich wieder, um zu berichten, daß sie kein Anzeichen für ein Lebewesen in den Ebenen gesehen hätten, als Sleet erfuhr, daß Gefahr durch die Hintertür einmarschiert war, während er auf Kundschaft durch die Vordertür getreten war.

Wütend flog Sleet zurück, kam aber zu spät an. Feal-Tas war tot, die Kugel der Drachen fort. Aber die Thanoi, die Walroß-Menschen, ihre Verbündeten, konnten die Gruppe genau beschreiben, die diese abscheuliche Tat verübt hatte. Sie konnten sogar die Richtung angeben, in die ihr Schiff gesegelt war. Es gab auch nur eine Richtung, in die jedes Schiff von Eismauer aus segeln konnte – nach Norden.

Sleet meldete den Verlust der Kugel der Drachen seiner Dunklen Königin, die sich maßlos aufregte und unruhig wurde. Jetzt fehlten schon zwei Kugeln der Drachen! Obwohl sie sicher war, daß auf Krynn ihre bösen Kräfte die stärksten waren, wußte die Dunkle Königin auch, daß die Kräfte des Guten immer noch durch das Land zogen. Einer von ihnen könnte sich als stark und weise genug erweisen, um das Geheimnis der Kugel zu ergründen.

Sleet wurde also befohlen, die Kugel zu finden und sie nicht nach Eismauer zurückzubringen, sondern sie der Königin zu übergeben. Unter keinen Umständen sollte der Drache sie verlieren oder zulassen, daß sie verlorenginge. Die Kugeln waren intelligent und verfügten über einen starken Überlebenswillen. Darum auch hatten sie schon so lange überlebt, selbst wenn ihre Schöpfer längst gestorben waren.

Sleet eilte über das Sirrion-Meer, seine starken weißen Flügel trugen ihn geschwind in Sichtweite des Schiffes. Aber nun wurde Sleet mit einem interessanten intellektuellen Problem konfrontiert, und er war nicht vorbereitet, es zu lösen.

Vielleicht lag es an der Inzucht, an der Notwendigkeit, ein Reptil zu schaffen, das der Kälte trotzte, daß weiße Drachen über den niedrigsten Intelligenzgrad in der Drachenfamilie verfügten. Feal-Tas hatte ihm immer gesagt, was er tun sollte. Folglich war er in beträchtlichem Maße erstaunt über sein gegenwärtiges Problem, als er das Schiff umkreiste: Wie sollte er an die Kugel gelangen?

Zuerst hatte er geplant, das Schiff einfach mit seinem eisigen Atem einzufrieren. Dann erkannte er, daß dann die Kugel in einem gefrorenen Holzblock eingeschlossen und äußerst schwierig zu entfernen wäre. Außerdem bestand die Möglichkeit, daß das Schiff sinken würde, bevor er es auseinanderreißen konnte. Das Schiff war zu schwer, um es in seinen Klauen zum Land zu transportieren. Sleet umkreiste das Schiff und dachte nach, während er unter sich die erbarmungswürdigen Menschen wie eingeschüchterte Mäuse umherirren sah.

Der weiße Drache zog in Erwägung, seiner Königin eine telepathische Nachricht zukommen zu lassen und um Hilfe zu bitten. Aber Sleet zögerte, als ihm die Rachsüchtigkeit der Königin einfiel. Den ganzen Tag folgte der Drache dem Schiff und dachte weiter nach. Mühelos ließ er sich im Wind treiben und die Drachenangst auf die Menschen einwirken, die in eine wahnsinnige Panik verfielen. Aber dann, als die Sonne unterging, hatte Sleet eine Idee. Ohne einen weiteren Gedanken zu verschwenden, machte er sich unverzüglich ans Werk.

Tolpans Bericht über den weißen Drachen, der das Schiff verfolgte, ließ eine Welle des Entsetzens durch die Mannschaft gehen. Sie bewaffneten sich mit Enterhaken und bereiteten sich grimmig auf den Kampf mit der Bestie vor, obwohl allen klar war, wie eine solche Schlacht enden würde. Gilthanas und Laurana legten Pfeile auf ihre Bögen. Sturm und Derek hielten Schwert und Schild bereit. Tolpan ergriff seinen Hupak. Flint versuchte, seine Lagerstatt zu verlassen, aber er konnte nicht einmal stehen. Elistan blieb ruhig und gelassen und betete zu Paladin.

»Ich habe mehr Glauben in mein Schwert als in diesen alten Mann und seinen Gott«, sagte Derek zu Sturm.

»Die Ritter haben Paladin immer verehrt«, gab Sturm vorwurfsvoll zurück.

»Ich verehre ihn auch – ich gedenke seiner«, entgegnete Derek. »Ich finde aber dieses ganze Gerede über Paladins ›Rückkehr‹ beunruhigend, Feuerklinge. Und das wird auch das Kapitel finden, wenn es davon erfährt. Du solltest das in Betracht ziehen, wenn die Frage deiner Ritterschaft ansteht.«

Sturm biß sich auf die Lippen und schluckte seine wütende Antwort wie bittere Medizin hinunter.

Lange Minuten verstrichen. Aller Augen waren auf die weißgeflügelte Kreatur gerichtet. Aber sie konnten nichts unternehmen, und so warteten sie.

Und sie warteten und warteten. Der Drache griff nicht an.

Er kreiste unermüdlich weiter über ihnen. Die Matrosen, die auf einen sofortigen Kampf vorbereitet waren, begannen bald zu murren, als das Warten unerträglich wurde. Die Lage verschlechterte sich noch, da der Drache den Wind aufzusaugen schien, denn die Segel hingen leblos herab. Das Schiff verlor seine Geschwindigkeit und begann sich durch das Gewässer zu quälen. Gewitterwolken zogen am nördlichen Horizont auf, trieben langsam über das Wasser und stülpten eine Dunstglocke über das Meer.

Laurana senkte schließlich ihren Bogen und rieb ihren schmerzenden Rücken und ihre Schultermuskeln. Ihre Augen waren durch das unentwegte Starren in die Sonne angeschwollen.

»Schafft sie in ein Rettungsboot und werft sie über Bord«, hörte sie einen alten, grauhaarigen Matrosen einem Kameraden vorschlagen. »Vielleicht läßt uns dann die Bestie weiterziehen. Sie ist hinter ihnen her, nicht hinter uns.«

Sie ist nicht einmal hinter uns her, dachte Laurana unbehaglich. Wahrscheinlich geht es um die Kugel der Drachen. Darum hat der Drache noch nicht angegriffen. Aber Laurana konnte diesen Gedanken nicht laut äußern, erst recht nicht zum Kapitän. Die Kugel der Drachen mußte geheimgehalten werden.

Der Nachmittag verging quälend langsam, und der Drache kreiste immer noch wie ein entsetzlicher Seevogel über ihnen. Der Kapitän wurde immer gereizter. Er mußte nicht nur mit einem Drachen fertig werden, sondern auch noch mit einer möglichen Meuterei. Zur Essenszeit befahl er die Gefährten zu den unteren Decks.

Derek und Sturm lehnten ab, und es schien, daß die Dinge außer Kontrolle geraten würden, als »Land in Sicht!« gerufen wurde.

»Das südliche Ergod«, sagte der Kapitän grimmig. »Die Strömung treibt uns gegen die Felsen.« Er warf dem kreisenden Drachen einen kurzen Blick zu. »Wenn nicht bald Wind aufkommt, werden wir an ihnen zerschmettert.«

In diesem Moment hörte der Drache auf zu kreisen. Er schwankte einen Moment, dann stieg er hoch. Die Matrosen jubelten, sie dachten, er flöge davon. Aber Laurana, sich an Tanis erinnernd, wußte es besser.

»Er macht einen Sturzflug!« schrie sie. »Er greift an!«

»Geht nach unten!« befahl Sturm, und die Matrosen begannen nach einem zögernden Blick in den Himmel zu den Luken zu kriechen. Der Kapitän rannte zum Steuer.

»Nach unten mit dir!« befahl er dem Steuermann und übernahm.

»Du kannst nicht hierbleiben!« schrie Sturm. Er rannte zum Kapitän zurück. »Er wird dich töten!«

»Wir werden sinken, wenn ich nicht bleibe«, schrie der Kapitän wütend.

»Wir werden sinken, wenn du tot bist!« erwiderte Sturm. Mit einem Kinnhaken setzte er den Kapitän außer Gefecht und zog ihn dann nach unten.

Laurana stolperte die Stufen hinunter, Gilthanas folgte ihr. Der Elfenlord wartete, bis Sturm den bewußtlosen Kapitän nach unten geschafft hatte, dann zog er die Luke zu.

In diesem Moment traf der Drache das Schiff mit einer Wucht, die es fast zum Kentern brachte. Das Schiff neigte sich bedenklich zur Seite. Alle, selbst der abgehärteste Matrose, verloren das Gleichgewicht und schlidderten ineinander. Flint rollte mit einem Fluch auf den Boden.

»Jetzt ist die Zeit, zu deinem Gott zu beten«, sagte Derek zu Elistan.

»Das tue ich bereits«, entgegnete Elistan kühl und half dem Zwerg.

Laurana, die sich an eine Stange geklammert hatte, erwartete ängstlich das flackernd orangefarbene Licht, die Hitze, die Flammen. Statt dessen gab es eine plötzliche scharfe und bittere Kälte, die ihr den Atem nahm und ihr Blut gefrieren ließ. Über sich konnte sie das Takelwerk zerreißen und zerspringen hören, dann hörten die Segel auf zu schlagen. Als sie nach oben starrte, sah sie weißen Frost zwischen den Sprüngen im Holzdeck durchsickern.

»Die weißen Drachen atmen keine Flammen!« stellte Laurana fest. »Sie atmen Eis! Elistan! Deine Gebete wurden erhört!«

»Pah! Was für ein Unterschied«, sagte der Kapitän kopfschüttelnd. »Das Eis wird uns einfrieren.«

»Ein eisatmender Drache!« sagte Tolpan verträumt. »Das würde ich so gern sehen!«

»Was geschieht jetzt?« fragte Laurana, als sich das Schiff wieder langsam ächzend und stöhnend aufrichtete.

»Wir sind hilflos ausgeliefert«, knurrte der Kapitän. »Das Takelwerk wird unter dem Gewicht des Eises einreißen und die Segel nach unten ziehen. Der Mast wird wie ein Baum im Eissturm brechen. Ohne Steuerung wird die Strömung das Schiff an den Felsen zerschellen lassen, und das wird dann unser Ende sein. Wir können überhaupt nichts unternehmen!«

»Wir könnten versuchen, ihn beim Vorbeifliegen zu erschießen«, schlug Gilthanas vor. Aber Sturm schüttelte den Kopf.

»Über uns hat sich bestimmt eine dicke Schicht Eis gelegt«, sagte der Ritter. »Wir sind eingeschlossen.«

So will der Drache also an die Kugel kommen, dachte Laurana kläglich. Er läßt das Schiff kentern, tötet uns, dann kann er die Kugel zurückerobern, ohne der Gefahr ausgesetzt zu sein, daß er im Meer versinkt.

»Noch so ein Schlag wird uns zum Meeresgrund befördern«, sagte der Kapitän voraus, aber ein weiterer schwerer Schlag folgte nicht. Der Drache setzte seinen Atem sorgfältig ein, um sie zur Küste zu treiben.

Es war ein hervorragender Plan, und Sleet war ziemlich stolz auf sich. Er glitt hinter dem Schiff her, ließ es von der Strömung zur Küste tragen und half ab und zu mit einem kleinen Atemstoß nach. Erst als er die zerklüfteten Felsen aus dem vom Mond beleuchteten Wasser herausragen sah, erkannte der Drache plötzlich den Haken an seinem Plan. Dann war das Mondlicht völlig verschwunden, von den Gewitterwolken weggewischt, und der Drache konnte nichts mehr sehen. Es war dunkler als die Seele seiner Königin.

Der Drache verfluchte die Gewitterwolken, die den Drachenfürsten im Norden so gut für ihre Zwecke dienten. Aber die Wolken arbeiteten gegen ihn, da sie die zwei Monde auswischten. Sleet hörte das Splittern und Bersten von Holz, als das Schiff gegen die Felsen krachte. Er konnte sogar die Schreie der Matrosen hören – aber er konnte nichts sehen! Er flog tiefer über dem Wasser, hoffte, die erbärmlichen Gestalten bis zur Morgendämmerung in Eis einzuschließen. Dann hörte er jedoch in der Dunkelheit ein anderes, eher beängstigendes Geräusch – das Schwirren von Bogensehnen.

Ein Pfeil zischte an seinem Kopf vorbei. Ein anderer bohrte sich in die zarte Haut seines Flügels. Vor Schmerz aufkreischend hielt Sleet in seinem Tiefflug inne. Wütend erkannte er, daß im Schiff auch Elfen sein mußten. Noch mehr Pfeile surrten an ihm vorbei. Diese verdammten Elfen, die in der Nacht sehen konnten! Mit ihrer Elfensicht würde er ein leichtes Ziel abgeben, besonders da er jetzt an einem Flügel behindert war.

Er fühlte seine Kraft schwinden und entschied, nach Eismauer zurückzukehren. Er war vom stundenlangen Fliegen müde, und die Pfeilwunde bereitete ihm unerträgliche Schmerzen. Es stimmte wohl, daß er nun der Dunklen Königin ein weiteres Versagen melden mußte, aber – je mehr er darüber nachdachte – es war überhaupt kein Versagen. Er hatte dazu beigetragen, daß die Kugel der Drachen Sankrist nicht erreichte, und er hatte das Schiff zerstört. Er wußte, wo sich die Kugel befand. Die Königin konnte sie mit ihrem weitverstreuten Kundschafternetz in Ergod mühelos zurückgewinnen.

Beruhigt flog der weiße Drache gen Süden. Am nächsten Morgen erreichte er seine Gletscherheimat. Nach seinem Bericht, der angemessen entgegengenommen wurde, schlüpfte Sleet in seine Eishöhle und pflegte seinen Flügel.

»Er ist weg!« rief Gilthanas erstaunt.

»Natürlich«, sagte Derek müde, der mithalf, die Versorgungsgüter aus dem gestrandeten Schiff zu bergen. »Seine Sicht kann deiner Elfensicht nicht standhalten. Nebenbei, du hast ihn einmal getroffen.«

»Es war Lauranas Schuß, nicht meiner«, sagte Gilthanas und lächelte seine Schwester an, die am Strand stand.

Derek rümpfte zweifelnd die Nase. Sorgfältig stellte er die Kiste ab und ging wieder in das Wasser zurück. Eine Gestalt tauchte aus der Dunkelheit auf und versperrte ihm den Weg.

»Keinen Sinn, Derek«, sagte Sturm. »Das Schiff ist gesunken.«

Sturm trug Flint auf seinem Rücken. Als Laurana den Ritter vor Müdigkeit taumeln sah, lief sie zu ihm ins Wasser. Gemeinsam brachten sie den Zwerg zum Strand und legten ihn auf den Sand.

Dann hörte man Wasser aufplatschen. Tolpan watete heran, seine Zähne klapperten, aber sein Grinsen war breit wie immer. Ihm folgte der Kapitän, auf Elistan gestützt.

»Was ist mit den Leichnamen meiner Männer?« fragte Derek gebieterisch, als er den Kapitän erblickte. »Wo sind sie?«

»Wir hatten wichtigere Dinge zu tragen«, sagte Elistan ernst. »Dinge, die für die Lebenden notwendig sind, wie Lebensmittel und Waffen.«

»Viele gute Männer haben ihr letztes Zuhause unter den Wellen gefunden. Eure sind nicht die ersten – und werden auch nicht die letzten sein, nehme ich an«, fügte der Kapitän hinzu.

Derek wollte etwas erwidern, aber der Kapitän sagte: »Ich habe sechs meiner Männer in dieser Nacht verloren, mein Herr. Anders als Eure haben sie noch gelebt, als wir diese Reise begannen. Ganz zu schweigen von der Tatsache, daß mein Schiff und mein Lebensunterhalt auch dort unten liegen. Ich würde es mir überlegen, noch etwas hinzuzufügen, wenn Ihr versteht, was ich meine, mein Herr.«

»Es tut mir leid um deinen Verlust, Kapitän«, antwortete Derek steif. »Und ich danke dir und deiner Mannschaft für alles, was ihr versucht habt.«

Der Kapitän murmelte etwas, stand am Strand und blickte ziellos und verloren um sich.

»Wir haben deine Männer dort hinten den Strand entlang geschickt, Kapitän«, sagte Laurana. »Dort ist Schutz unter den Bäumen.«

Wie um ihre Worte zu bestätigen, flackerte ein helles Licht auf, das Licht eines großen Feuers.

»Dummköpfe!« fluchte Derek. »Sie werden den Drachen auf uns lenken.«

»Entweder das, oder wir werden erfrieren«, gab der Kapitän über die Schulter bitter zurück. »Ihr könnt es Euch aussuchen, Ritter. Mich interessiert es wenig.« Er verschwand in der Dunkelheit.

Sturm streckte sich, stöhnte und versuchte seine eiskalten verkrampften Muskeln zu lockern. Flint lag zusammengekrümmt auf dem Boden, bebte dermaßen, daß die Spangen an seiner Rüstung klirrten. Laurana bückte sich, um ihn mit ihrem Umhang zu bedecken, als sie plötzlich bemerkte, wie sehr sie fror.

In der ganzen Aufregung hatte sie die eisige Kälte völlig vergessen. Sie konnte sich nicht einmal genau an ihre Flucht erinnern. Sie wußte nur, daß sie beim Erreichen des Strandes den Drachen über sich gesehen hatte. Mit tauben, bebenden Fingern hatte sie nach ihrem Bogen gegriffen. Sie fragte sich, ob jemand überhaupt die Geistesgegenwart gehabt hatte, irgend etwas zu bergen...

»Die Kugel der Drachen!« sagte sie ängstlich.

»Hier, in der Kiste«, antwortete Derek. »Mit der Lanze und dem Elfenschwert, das du Drachentöter nennst. Und jetzt sollten wir uns wohl ans Feuer setzen...«

»Ich glaube nicht.« Eine fremde Stimme ertönte aus der Dunkelheit, während Fackeln aufflackerten und sie blendeten.

Die Gefährten zogen sofort ihre Waffen und stellten sich schützend vor den hilflosen Zwerg. Aber Laurana spähte nach einem Moment des Schreckens in die durch das Fackellicht beleuchteten Gesichter.

»Wartet!« schrie sie. »Das sind unsere Leute! Das sind Elfen!«

»Silvanesti!« sagte Gilthanas freudig. Er ließ seinen Bogen fallen und ging auf den Elf zu, der gesprochen hatte. »Wir sind lange Tage durch Dunkelheit gereist«, sagte er in der Elfensprache und streckte seine Hände aus. »Ich grüße dich, Bru...«

Er sollte die uralte Begrüßungsrede nie beenden. Der Anführer der Elfengruppe schlug das Endteil seines Stabes über Gilthanas Gesicht, so daß er bewußtlos auf den Sand fiel.

Sturm und Derek zogen sofort ihre Schwerter und stellten sich Rücken an Rücken auf. Eisen blitzte bei den Elfen auf.

»Hört auf!« schrie Laurana in der Elfensprache. Sie kniete sich zu ihrem Bruder und warf die Kapuze ihres Umhangs zurück, so daß das Licht auf ihr Gesicht fiel. »Wir sind Vettern. Qualinesti! Diese Menschen sind Ritter von Solamnia!«

»Wir wisen schon, wer ihr seid!« Der Elfenanführer fauchte die Worte: »Qualinesti-Kundschafter! Und wir finden es nicht ungewöhnlich, daß ihr in Begleitung von Menschen reist. Euer Blut ist schon seit langem verunreinigt. Nehmt sie fest«, befahl er seinen Männern. »Falls sie nicht friedlich mitkommen, tut, was ihr tun müßt. Und findet heraus, was sie mit dieser Kugel der Drachen meinen.«

Die Elfen traten vor.

»Nein!« schrie Derek und sprang zur Kiste. »Sturm, sie dürfen die Kugel nicht bekommen!«

Sturm hatte bereits die ritterliche Begrüßung des Feindes hinter sich und schritt mit gezogenem Schwert nach vorn.

»Offenbar wollen sie kämpfen. Dann soll es so sein«, sagte der Elfenanführer und zog seine Waffe.

»Ich sage dir, das ist Wahnsinn!« schrie Laurana wütend. Sie warf sich zwischen die aufblitzenden Schwertklingen. Die Elfen hielten unsicher inne. Sturm ergriff sie, um sie zurückzuziehen, aber sie riß sich aus seiner Hand frei.

»Goblins und Drakonier sinken trotz ihrer entsetzlichen Bösartigkeit nicht so tief, sich gegenseitig zu bekämpfen«, ihre Stimme bebte vor Zorn, »während wir Elfen, die uralte Verkörperung des Guten, versuchen, uns gegenseitig zu töten! Schaut!« Sie hob den Deckel der Kiste mit einer Hand an und warf ihn zurück. »In dieser Kiste haben wir die Hoffnung für die Welt! Eine Kugel der Drachen, unter großer Gefahr aus Eismauer geholt. Unser Schiff liegt dort draußen als Wrack im Wasser. Wir haben den Drachen vertrieben, der versuchte, diese Kugel zurückzuerobern. Und nach alldem müssen wir erleben, daß die größte Gefahr von unserem eigenen Volk kommt! Wenn das wahr ist, wenn wir so tief gesunken sind, dann tötet uns jetzt, und ich schwöre, keiner in der Gruppe wird euch aufzuhalten versuchen!«

Sturm, der die Elfensprache nicht verstand, beobachtete, wie die Elfen nach einem Moment ihre Waffen senkten. »Nun, was auch immer sie gesagt hat, es scheint gewirkt zu haben.« Widerstrebend steckte er sein Schwert weg. Derek senkte nach kurzem Zögern das seine, schob es aber nicht wieder in die Scheide.

»Wir werden eure Geschichte überprüfen«, begann der Elfenanführer, der nun stockend in der Umgangssprache redete. Er verstummte, als vom Strand Schreie und Rufe zu hören waren. Die Gefährten sahen dunkle Schatten zum Lagerfeuer strömen. Der Elf blickte in die Richtung, wartete bis alles ruhig war, dann wandte er sich wieder der Gruppe zu. Er sah besonders zu Laurana, die sich über ihren Bruder beugte. »Wir haben wohl etwas voreilig gehandelt, aber wenn du hier länger leben würdest, würdest du es verstehen können.«

»Das werde ich nie verstehen!« sagte Laurana weinend.

Ein Elf erschien aus der Dunkelheit. »Menschen, Herr.« Laurana hörte seinem Bericht zu. »Matrosen, ihrer Erscheinung nach zu urteilen. Sie sagen, daß ihr Schiff von einem Drachen angegriffen wurde und an den Felsen zerschellt ist.«

»Beweise?«

»Wir fanden Teile des Wracks am Strand. Wir können morgen früh weitersuchen. Die Menschen sind völlig durchnäßt, müde und halb ertrunken. Sie leisteten keinen Widerstand. Ich glaube nicht, daß sie lügen.«

Der Elfenanführer wandte sich an Laurana. »Deine Geschichte scheint zu stimmen«, sagte er in der Umgangssprache. »Meine Männer berichten, daß die Menschen, die sie gefangengenommen haben, Matrosen sind. Mach dir keine Sorgen um sie. Wir werden sie natürlich als Gefangene mitnehmen. Wir können auf dieser Insel keine Menschen herumlaufen lassen bei all unseren anderen Problemen. Aber wir werden sie gut behandeln. Wir sind *keine* Goblins«, fügte er bitter hinzu. »Es tut mir leid, deinen Freund...«

»Bruder«, entgegnete Laurana. »Und jüngster Sohn der Stimme der Sonnen. Ich bin Lauralanthalasa, und das ist Gilthanas. Wir gehören zur königlichen Familie Qualinestis.«

Es schien ihr, daß der Elf bei dieser Neuigkeit erblaßte, aber sofort seine Fassung wiedererlangte. »Dein Bruder wird gut versorgt werden. Ich werde einen Heiler holen lassen...«

»Wir brauchen deinen Heiler nicht!« sagte Laurana. »Dieser Mann« – sie zeigte auf Elistan, »ist ein Kleriker Paladins. Er wird meinem Bruder helfen...«

»Ein Mensch?« fragte der Elf ernst.

»Ja, Mensch!« schrie Laurana ungeduldig. »Elfen haben meinen Bruder niedergeschlagen! Ich wende mich an Menschen, damit er geheilt wird. Elistan...«

Der Kleriker wollte vortreten, aber auf ein Zeichen ihres Anführers ergriffen ihn einige Elfen und drehten seine Arme auf seinen Rücken. Sturm wollte ihm zur Hilfe eilen, aber Elistan hielt ihn mit einem Blick auf, indem er bedeutungsvoll zu Laurana sah. Sturm wich zurück, verstand Elistans stumme Warnung. Ihr aller Leben hing von ihr ab.

»Laßt ihn los!« verlangte Laurana. »Laßt ihn meinen Bruder behandeln!«

»Ich kann diese Neuigkeit, daß ein Kleriker Paladins unter uns weilt, unmöglich glauben, Lady Laurana«, sagte der Elfenanführer. »Alle wissen, daß die Kleriker von Krynn verschwanden, als die Götter sich von uns abgewendet hatten. Ich weiß nicht, was das für ein Scharlatan ist, oder wie er es geschafft hat, dich zu beeinflussen, aber ich werde nicht zulassen, daß dieser Mensch seine Hand an einen Elfen legt!«

»Selbst an einen Elfen, der ein Feind ist?« schrie sie wütend.

»Selbst wenn der Elf meinen Vater getötet hätte«, antwortete der Elf grimmig. »Und jetzt, Lady Laurana, muß ich mit dir unter vier Augen sprechen und versuchen zu erklären, was sich hier auf dem südlichen Ergod ereignet.«

Als er Lauranas Zögern sah, sagte Elistan: »Geh mit ihm, meine Liebe. Du bist die einzige, die uns jetzt retten kann. Ich bleibe bei Gilthanas.«

»Nun gut«, sagte Laurana und erhob sich. Mit blassem Gesicht ging sie mit dem Elfenanführer weg.

»Mir gefällt das nicht«, knurrte Derek. »Sie hat ihnen von der Kugel der Drachen erzählt, was sie nicht hätte tun sollen.«

»Sie haben uns darüber reden hören«, sagte Sturm müde.

»Ja, aber sie hat ihnen gesagt, wo sie ist! Ich traue ihr nicht – auch nicht ihrem Volk. Wer weiß, was sie für einen Handel abschließen?« fügte Derek hinzu.

»Das reicht!« krächzte eine Stimme.

Beide Männer drehten sich erstaunt um und sahen Flint sich schwankend erheben. Seine Zähne klapperten immer noch, aber in seinen Augen glitzerte ein kaltes Licht, als er Derek anblickte. »I... ich habe g... genug von d... dir, H... Herr Hoch und M... Mächtig.« Der Zwerg biß die Zähne zusammen, um sein Zittern zu bekämpfen, damit er weitersprechen konnte.

Sturm wollte eingreifen, aber der Zwerg schob ihn beiseite, um Derek gegenüberzustehen. Es war ein absurder Anblick und einer, an dem sich Sturm oft mit einem Lächeln erinnern würde. Unbedingt wollte er später Tanis davon erzählen. Der Zwerg, mit seinem langen weißen Bart, nun naß und dünn, dem das Wasser aus seinen Kleidern tröpfelte und eine Pfütze um seine Füße bildete und der knapp an Dereks Gürtel reichte, schimpfte den riesigen, stolzen solamnischen Ritter aus, so wie er Tolpan ausschimpfen würde.

»Ihr Ritter habt so lange in Metall eingeschlossen gelebt, daß euer Gehirn zu einem weichen Brei geschüttelt worden ist!« Der Zwerg schnaubte verächtlich. »Falls ihr überhaupt jemals ein Gehirn hattet, was ich bezweifle. Ich habe dieses Mädchen aufwachsen sehen von einem kleinen Würmchen bis zu der wunderschönen Frau, die sie jetzt ist. Und ich sage dir, es gibt keine mutigere und noblere Person auf Krynn. Was du begreifen solltest, ist, daß sie gerade deine Haut gerettet hat. Und damit kommst du nicht klar!«

Dereks Gesicht wurde knallrot im Fackelschein.

»Ich brauche weder Zwerge noch Elfen, die mich verteidigen...«, begann er wütend, als Laurana zurückgelaufen kam.

»Als ob es nicht schon genug Schlimmes gibt«, murmelte sie mit zusammengepreßten Lippen, »muß ich auch noch herausfinden, daß sich unter meiner eigenen Rasse etwas zusammenbraut!«

»Was ist los?« fragte Sturm.

»Die Situation sieht so aus: Es leben jetzt drei Elfenrassen im südlichen Ergod...«

»Drei Rassen?« unterbrach Tolpan und starrte Laurana interessiert an. »Was für eine dritte Rasse? Woher kommen sie? Kann ich sie sehen? Ich habe nie...«

Laurana hatte genug. »Tolpan«, sagte sie mit angespannter Stimme. »Geh zu Gilthanas. Und bitte Elistan, herzukommen.«

»Aber...«

Sturm gab dem Kender einen Schubs. »Geh!« befahl er.

Verletzt und traurig schleppte sich Tolpan zu Gilthanas. Der Kender ließ sich auf den Sand fallen und schmollte. Elistan klopfte sanft auf seine Schulter und ging zu den anderen.

»Die Kaganesti, in der Gemeinsamen Sprache als Wild-Elfen bekannt, sind die dritte Rasse«, fuhr Laurana fort. »Sie kämpften mit uns in den Sippenmord-Kriegen. Für ihre Loyalität gab Kith-Kanan ihnen die Gebirge von Ergod – bevor Qualinesti und Ergod durch die Umwälzung getrennt wurden. Es überrascht mich nicht, daß ihr nie von den Wild-Elfen gehört habt. Es ist ein sehr verschwiegenes Volk, das für sich lebt. Einst Grenzland-Elfen genannt, waren sie wilde Krieger und dienten Kith-Kanan gut, aber sie hatten für Städte nichts übrig. Sie vermischten sich mit den Druiden und erwarben ihr Wissen. Mein Volk betrachtet sie als Barbaren – so wie euer Volk die Menschen aus den Ebenen als barbarisch bezeichnet.

Vor einigen Monaten, als sie aus ihrer uralten Heimat vertrieben wurden, flüchteten die Silvanesti hierher und erbaten die Erlaubnis der Kaganesti, sich eine Zeitlang in Ergod niederzulassen. Und dann kam mein Volk, die Qualinesti, über das Meer. Und so trafen sich schließlich Verwandte, die seit Hunderten von Jahren getrennt waren.«

»Ich sehe nicht die Wichtigkeit...«, unterbrach Derek.

»Das wirst du schon noch«, sagte sie und holte tief Atem. »Denn unser Leben hängt davon ab, ob wir verstehen, was auf dieser traurigen Insel passiert.« Ihre Stimme versagte. Elistan ging zu ihr und legte seinen Arm tröstend um sie.

»Alles fing ganz friedlich an. Trotz aller Unterschiede hatten die beiden vertriebenen Rassen Wichtiges gemeinsam – beide wurden vom Bösen aus ihrer geliebten Heimat vertrieben. Sie ließen sich auf der Insel nieder – die Silvanesti am westlichen Strand, die Qualinesti auf der östlichen Seite, getrennt durch eine Wasserstraße, bekannt als Thon-Tsalarian, was in Kaganesti ›Fluß der Toten‹ heißt. Die Kaganesti ihrerseits leben im Hügelland nördlich des Flusses.

Eine Zeitlang wurden sogar Versuche unternommen, Freundschaft zwischen den Silvanesti und den Qualinesti herzustellen. Und dann begann der Ärger. Denn diese Elfen konnten sich nicht treffen, selbst nach Hunderten von Jahren, ohne daß der alte Haß und die Mißverständnisse an die Oberfläche kamen.« Laurana schloß einen Moment ihre Augen. »Der Fluß der Toten sollte eher Thon-Tsalaroth – ›Fluß des Todes‹ heißen.«

»Nun, Mädchen«, sagte Flint und berührte ihre Hand, »bei den Zwergen ist es nicht anders. Du hast gesehen, wie ich in Thorbadin behandelt wurde – ein Hügelzwerg unter Bergzwergen. Von allen Haßgefühlen ist der zwischen Familien der grausamste.«

»Bis jetzt wurde noch keiner getötet, aber die Älteren waren so bestürzt darüber, was geschehen könnte – Elfen töten ihre eigene Art –, daß sie anordneten, niemand dürfe die Wasserstraße unter Strafe überqueren«, fuhr Laurana fort. »Und genau hier stehen wir. Keine Seite traut der anderen. Es gab sogar Beschuldigungen, sich den Drachenfürsten verkauft zu haben! Auf beiden Seiten wurden Kundschafter gefangengenommen.«

»Das erklärt, warum sie uns angegriffen haben«, murmelte Elistan.

»Was ist mit den Kag... Kag...«, stolperte Sturm über das unbekannte Elfenwort.

»Kaganesti.« Laurana seufzte erschöpft. »Sie, die uns erlaubt haben, in ihrer Heimat zu wohnen, werden am schlimmsten behandelt. Die Kaganesti waren schon immer im materiellen Sinne arm gewesen – nach unseren Standardvorstellungen, jedoch nicht nach ihren. Sie leben in den Wäldern und Bergen, nehmen sich vom Land, was sie brauchen. Sie sind Jäger und Sammler. Sie pflanzen kein Getreide, sie schmieden kein Metall. Als wir ankamen, erschien unser Volk mit seinem Gold, seinen Juwelen und seinen Stahlwaffen ihnen reich. Viele junge Kaganesti gingen zu den Qualinesti und den Silvanesti und baten, die Geheimnisse der Herstellung von Gold, Silber und Stahl lernen zu dürfen.«

Laurana biß sich auf die Lippen, ihr Gesicht verhärtete sich. »Ich sage es zu meiner Schande, daß mein Volk die Armut der Wild-Elfen ausnutzt. Die Kaganesti arbeiten für uns als Sklaven. Und die älteren Kaganesti sind zornig geworden und sinnen auf Krieg, da sie sehen, daß man ihnen die jungen Leute weggenommen hat und ihre Lebensweise bedroht ist.«

»Laurana!« rief Tolpan.

Sie drehte sich um. »Sieh«, sagte sie leise zu Elistan. »Da ist eine von ihnen.« Der Kleriker folgte ihrem Blick und sah eine geschmeidige junge Frau – zumindest schien das lange Haar darauf hinzudeuten, daß es eine junge Frau war, auch wenn sie Männerkleidung trug. Sie kniete neben Gilthanas nieder und strich über seine Stirn. Der Elfenlord bewegte sich bei ihrer Berührung und stöhnte vor Schmerzen. Die Kaganesti griff in einen Beutel und begann geschäftig in einem kleinen Tongefäß etwas zu mischen.

»Was macht sie da?« fragte Elistan.

»Sie ist anscheinend die Heilerin, nach der sie geschickt haben«, sagte Laurana und beobachtete das Mädchen genau. »Die Kaganesti sind bekannt für ihre druidischen Fähigkeiten.«

Wild-Elfe war ein passender Name, entschied Elistan, als er das Mädchen aufmerksam musterte. Niemals zuvor hatte er auf Krynn ein intelligentes Lebewesen gesehen, das ähnlich wild aussah. Sie trug eine Lederhose, die in Lederstiefeln steckte.

Ein Hemd, offensichtlich von einem Elfenlord weggeworfen, hing an ihren Schultern. Sie war blaß und zu dünn, unterernährt. Ihr glanzloses Haar war so verfilzt, daß man unmöglich die Farbe erkennen konnte. Aber die Hand, die Gilthanas berührte, war schlank und schön geformt. Sorge und Mitgefühl für ihn standen in ihrem sanften Gesicht.

»Nun«, sagte Sturm, »und was geschieht mit uns in dieser Situation?«

»Die Silvanesti haben sich einverstanden erklärt, uns zu meinem Volk zu begleiten«, sagte Laurana und errötete dabei. Offenbar war dies ein Punkt harter Auseinandersetzungen gewesen. »Zuerst bestanden sie darauf, uns zu ihren Ältesten zu bringen, aber ich sagte, daß ich nirgendwo hingehen würde, ohne meinen Vater zu begrüßen und die Angelegenheit mit ihm zu bereden. Dagegen konnten sie nicht viel sagen.« Laurana lächelte leicht, obwohl in ihrer Stimme ein Hauch Bitterkeit lag. »Bei allen Stämmen ist eine Tochter solange an das Haus ihres Vaters gebunden, bis sie volljährig wird. Mich gegen meinen Willen hierzubehalten, würde als Raub angesehen werden und offene Feindseligkeit hervorrufen. Und dazu ist keine Seite bereit.«

»Sie lassen uns also passieren, obwohl sie wissen, daß wir die Kugel der Drachen haben?« fragte Derek erstaunt.

»Sie lassen uns *nicht* passieren«, sagte Laurana scharf. »Ich sagte, sie bringen uns zu meinem Volk.«

»Aber im Norden befindet sich ein solamnischer Außenposten«, argumentierte Derek. »Dort könnten wir ein Schiff nach Sankrist bekommen...«

»Du würdest nicht einmal lebend diese Bäume erreichen, wenn du versuchen solltest, zu fliehen«, sagte Flint und nieste heftig.

»Er hat recht«, sagte Laurana. »Wir müssen zu den Qualinesti und meinen Vater überzeugen, uns zu helfen, die Kugel nach Sankrist zu bringen.« Eine kleine, dunkle Linie erschien zwischen ihren Augenbrauen, die Sturm sagte, daß sie nicht überzeugt war, daß das so einfach war, wie es klang. »Und jetzt haben wir lang genug geredet. Sie haben mir Zeit gelassen, euch die Lage zu erklären, aber wir sollten ihre Geduld nicht auf die Probe stellen. Ich muß nach Gilthanas sehen. Sind wir uns einig?«

Laurana musterte jeden Ritter mit einem Blick, der nicht Bejahung suchte, sondern auf die Anerkennung ihrer Führerschaft wartete. Einen Moment sah sie Tanis so ähnlich, daß Sturm lächeln mußte. Aber Derek lächelte nicht. Er war wütend und enttäuscht, um so mehr, da er wußte, daß er nichts dagegen unternehmen konnte.

Schließlich jedoch stieß er eine gemurmelte Antwort hervor, daß sie wohl das Beste daraus machen müßten, und stolzierte weg. Flint und Sturm folgten, der Zwerg nieste so sehr, daß er sich selbst fast von den Füßen hob.

Laurana ging zu ihrem Bruder zurück, sich dabei in ihren weichen Lederstiefeln lautlos auf dem Sand bewegend. Aber die Wild-Elfe hörte ihr Kommen. Sie hob ihren Kopf, warf Laurana einen ängstlichen Blick zu und kroch weg wie ein Tier, das beim Anblick eines Menschen zurückschreckt. Aber Tolpan, der sich mit ihr in einer merkwürdigen Mischung aus Umgangssprache und Elfensprache unterhalten hatte, faßte sie sanft am Arm.

»Geh nicht weg«, sagte der Kender fröhlich. »Das ist die Schwester des Elfenlords. Sieh mal, Laurana. Gilthanas geht es schon besser. Es muß an diesem Zeug liegen, das sie auf sein Gesicht gelegt hat. Ich hätte schwören können, daß er tagelang außer Gefecht sein würde.« Tolpan erhob sich. »Laurana, das ist meine Freundin – wie war dein Name noch mal?«

Das Mädchen hielt die Augen auf den Boden gerichtet und zitterte heftig. Sie murmelte etwas, das niemand verstehen konnte.

»Wie war dein Name, Kind?« fragte Laurana mit einer so süßen und sanften Stimme, daß das Mädchen schüchtern ihre Augen hob.

»Silvart«, sagte sie leise.

»Das bedeutet ›silberhaarig‹ in der Kaganesti-Sprache, nicht wahr?« fragte Laurana. Sie kniete sich zu Gilthanas und half ihm aufzusitzen. Benommen tastete er mit seiner Hand nach seinem Gesicht, wo das Mädchen eine dicke Paste über die blutende Wunde gestrichen hatte.

»Geh nicht daran«, warnte Silvart und ergriff blitzschnell Gilthanas' Hand. Sie sprach die Umgangssprache, aber nicht grob, sondern klar und genau.

Gilthanas stöhnte vor Schmerzen auf, schloß die Augen und ließ seine Hand fallen. Silvart starrte ihn in tiefem Mitgefühl an. Sie wollte sein Gesicht streicheln, aber sie zog schnell ihre Hand weg und erhob sich, als sie auf Laurana schaute.

»Warte«, sagte Laurana. »Warte, Silvart.«

Das Mädchen versteifte sich und starrte Laurana mit solch einer Angst an, daß Laurana von Scham überwältigt wurde.

»Hab keine Angst. Ich möchte dir für deine Hilfe danken. Tolpan hat recht. Ich dachte mir zwar, daß seine Verletzung nicht sehr ernst war, aber du hast ihm sehr geholfen. Bitte bleibe bei ihm, wenn du möchtest.«

Silvart blickte zum Boden. »Ich werde bei ihm bleiben, wenn das Euer Befehl ist.«

»Es ist nicht mein Befehl, Silvart«, sagte Laurana. »Es ist mein Wunsch. Und ich heiße Laurana.«

Silvart hob die Augen. »Dann werde ich gern bei ihm bleiben, Laurana, wenn das dein Wunsch ist.« Sie beugte ihren Kopf, und man konnte kaum ihre Worte verstehen. »Mein richtiger Name, Silvara, bedeutet silberhaarig. *Sie* nennen mich Silvart.« Sie blickte zu den Silvanesti-Kriegern, dann fuhren ihre Augen zu Laurana zurück. »Bitte, ich möchte, daß du mich Silvara nennst.«

Die Silvanesti brachten eine provisorische Trage, die sie aus einer Decke und Baumästen gebaut hatten. Sie hoben den Elfenlord – nicht unsanft – auf die Trage. Silvara ging mit Tolpan neben ihm. Tolpan erzählte weiter, erfreut, jemanden gefunden zu haben, der seine Geschichten noch nicht kannte. Laurana und Elistan gingen auf der anderen Seite von Gilthanas. Laurana hielt seine Hand und wachte zärtlich über ihn. Hinter ihnen folgte Derek, sein Gesicht dunkel und bewölkt, die Kiste mit der Kugel der Drachen auf seiner Schulter. Am Ende des Zugs marschierte eine Gruppe Silvanesti-Elfen.

Die Morgendämmerung brach gerade grau und bedrückend an, als sie die Baumgrenze an der Küste erreichten. Flint zitterte. Er drehte seinen Kopf und starrte auf das Meer. »Was hat Derek gesagt über ein – ein Schiff nach Sankrist?«

»Leider ja«, erwiderte Sturm. »Wir sind auf einer Insel.«

»Und wir *müssen* dorthin?«

»Ja.«

»Um die Kugel der Drachen anzuwenden? Wir wissen nichts darüber!«

»Die Ritter werden es erfahren«, sagte Sturm leise. »Die Zukunft der Welt hängt davon ab.«

»Pfff!« schnaufte der Zwerg. Er warf einen verängstigten Blick auf das Wasser, dann schüttelte er düster den Kopf. »Ich weiß nur, daß ich zweimal beinahe ertrunken wäre, von einer tödlichen Krankheit heimgesucht wurde...«

»Du warst seekrank.«

»Von einer tödlichen Krankheit heimgesucht wurde«, wiederholte Flint laut, »und Schiffbruch erlitten habe. Achte auf meine Worte, Sturm Feuerklinge – Boote bringen uns nur Unglück. Wir hatten bisher nur Ärger, seitdem wir unsere Füße in dieses verdammte Boot am Krystalmir-See gesetzt haben. Dort war es auch, als der verrückte Magier zum ersten Mal gesehen hat, daß die Konstellationen verschwunden sind, und von da an ging es mit unserem Glück bergab. Solange wir uns weiterhin auf Boote verlassen, kann es nur noch schlimmer werden.«

Sturm lächelte, als er den Zwerg durch den Sand stapfen sah. Aber sein Lächeln verwandelte sich in ein Seufzen. Ich wünschte, alles wäre so einfach, dachte der Ritter.

Die Stimme der Sonnen
Lauranas Entscheidung

Die Stimme der Sonnen, Führer der Qualinesti-Elfen, saß in einer einfachen Schutzhütte aus Holz und Schlamm, die die Kaganesti-Elfen für ihn gebaut hatten. *Er* betrachtete sie als einfach, für die Kaganesti dagegen war es ein wunderbar großes und gutgebautes Haus, ausreichend für fünf bis sechs Familien. Sie hatten es in der Tat für so viele Familien gebaut und waren schockiert, als die Stimme erklärte, es würde gerade für seine Bedürfnisse reichen, und nur mit seiner Frau einzog.

Was die Kaganesti natürlich nicht wußten, war, daß das Haus

der Stimme im Exil das Hauptquartier für alle Angelegenheiten der Qualinesti wurde. Die zeremoniellen Wachen nahmen die gleichen Positionen ein wie in den Hallen des Palastes von Qualinost. Die Stimme hielt seine Audienzen zur gleichen Zeit und in der gleichen höflichen Weise ab, nur war die Decke eine mit Schlamm bedeckte Kuppel aus Dachgras und nicht aus glitzernden Mosaiken, seine Wände aus Holz und nicht aus Kristallquarz.

Die Stimme hielt jeden Tag Audienzen ab, die Tochter seiner Schwägerin saß als Schreiberin an seiner Seite. Er trug die gleichen Roben, führte seine Staatsgeschäfte mit dem gleichen selbstbewußten Auftreten. Und dennoch gab es Unterschiede. Die Stimme hatte sich in den wenigen Monaten auf drastische Weise verändert. Jedoch keiner der Qualinesti wunderte sich darüber. Die Stimme hatte seinen jüngsten Sohn auf eine Mission geschickt, die die meisten als Selbstmord betrachteten. Noch schlimmer war, daß seine geliebte Tochter zu ihrem Halb-Elfen-Liebhaber weggelaufen war. Die Stimme ging davon aus, beide Kinder nicht mehr wiederzusehen.

Den Verlust seines Sohnes Gilthanas hätte er akzeptieren können. Denn trotz allem war es eine heldenhafte, erhabene Tat. Der junge Mann hatte eine Gruppe Abenteurer in die Minen von Pax Tarkas geführt, um die dort gefangengehaltenen Menschen zu befreien und dadurch die Drachenarmeen, die nach Qualinesti marschierten, abzulenken. Dieser Plan hatte sich als erfolgreich herausgestellt – ein unerwarteter Erfolg. Die Drachenarmeen waren nach Pax Tarkas zurückgerufen worden, so daß die Elfen Zeit hatten, zur Westküste ihres Landes zu fliehen, um von dort aus über das Meer zum südlichen Ergod zu gelangen.

Die Stimme konnte jedoch nicht den Verlust seiner Tochter akzeptieren – beziehungsweise die Schande.

Es war der älteste Sohn der Stimme, Porthios, gewesen, der ihm die Angelegenheit kühl dargelegt hatte, nachdem Lauranas Verschwinden bekanntgeworden war. Sie war ihrem Jugendfreund – Tanis, dem Halb-Elfen – hinterhergerannt. Die

Stimme war verzweifelt, von Kummer verzehrt. Wie konnte sie das nur tun? Wie konnte sie Schande über ihre Familie bringen? Eine Prinzessin, die einem Bastard nachjagt!

Lauranas Flucht verdunkelte für ihren Vater das Sonnenlicht. Glücklicherweise gab ihm die Notwendigkeit, sein Volk zu führen, die Kraft, weiterzumachen. Aber es gab Zeiten, in denen die Stimme am Sinn des Ganzen zweifelte. Er hätte sein Amt niederlegen und seinem ältesten Sohn den Thron übergeben können. Porthios erledigte jetzt schon fast alles und traf die meisten Entscheidungen. Der junge Elfenlord erwies sich als hervorragender Führer, obwohl einige fanden, daß er bei Verhandlungen mit den Silvanesti und den Kaganesti zu grob verfuhr.

Die Stimme war auch dieser Ansicht, und das war der Hauptgrund, warum der Porthios *nicht* sein Amt überließ. Gelegentlich versuchte er seinem ältesten Sohn klarzumachen, daß mit Mäßigung und Geduld mehr zu erreichen war als mit Drohungen und Schwertergerassel. Aber Porthios glaubte, daß sein Vater zu weich und sentimental war. Die Silvanesti betrachteten aufgrund ihrer strengen Kastenstruktur die Qualinesti kaum als Angehörige der Elfenrasse und die Kaganesti überhaupt nicht der Elfenrasse zugehörig; diese sahen sie als eine Unterrasse der Elfen, ähnlich wie die Gossenzwerge von den anderen Zwergen als eine Unterrasse angesehen wurden. Porthios war fest davon überzeugt, obwohl er das seinem Vater nicht mitteilte, daß dieser Konflikt mit Blutvergießen enden mußte.

Seine Ansichten entsprachen auf der anderen Seite des Thon-Tsalarian denen eines halsstarrigen, kaltblütigen Lords namens Quinath, der, so munkelte man, der Verlobte von Prinzessin Alhana Sternenwind war. Lord Quinath war während ihrer Abwesenheit der Führer der Silvanesti, und er und Porthios waren es gewesen, die die Insel zwischen den beiden kriegerischen Völkern aufgeteilt und dabei die dritte Rasse übergangen hatten.

Die Grenzbereiche wurden den Kaganesti zugewiesen, so wie man einem Hund befiehlt, nicht die Küche zu betreten. Die

Kaganesti, bekannt für ihr launenhaftes Temperament, waren empört, *ihr* Land aufgeteilt vorzufinden. Das Jagen wurde bereits schwierig. Die Tiere, von denen das Überleben der Wild-Elfen abhing, waren fast ausgerottet worden, um die Flüchtlinge zu ernähren. Wie Laurana gesagt hatte, der Fluß der Toten konnte sich jeden Moment blutrot färben und seinen Namen auf tragische Weise ändern.

Und so fand sich die Stimme in einem Armeelager wieder. Aber als er über diese Tatsache trauern wollte, ging sie in einer Vielzahl anderer trauriger Begebenheiten unter, so daß er schließlich abstumpfte. Nichts berührte ihn noch. Er zog sich in sein Schlammhaus zurück und überließ Porthios immer mehr Aufgaben.

Die Stimme war an dem Morgen, als die Gefährten in dem nun als Qualin-Mori bezeichneten Ort ankamen, früh aufgestanden. Er stand immer früh auf. Es lag nicht daran, daß er soviel zu tun hatte, sondern weil er bereits die meiste Zeit der Nacht die Decke angestarrt hatte. Er kritzelte gerade Notizen für das tägliche Treffen mit den Haushaltsvorständen – eine unbefriedigende Aufgabe, da die Haushaltsvorstände sich nur beklagten –, als er von draußen Tumult vernahm.

Ihn verließ der Mut. Was ist nun wieder? fragte er sich ängstlich. Ein- bis zweimal täglich wurde Alarm geschlagen. Porthios hatte wahrscheinlich irgendeinen hitzköpfigen jugendlichen Qualinesti oder Silvanesti festgenommen. Er schrieb weiter, hoffte, daß der Tumult verebben würde. Aber statt dessen nahm er zu, kam immer näher. Die Stimme vermutete nun, daß etwas Ernsthafteres passiert sein mußte. Und nicht zum ersten Mal fragte er sich, was er tun würde, wenn die Elfen wieder in den Krieg zögen.

Er ließ seinen Federkiel fallen, zog sich seine Amtsrobe über und wartete voller Furcht. Draußen hörte er die Wachen Haltung annehmen. Er hörte Porthios' Stimme die traditionellen Formeln um Einlaß sprechen. Die Stimme warf einen besorgten Blick zur Tür, die in seine Privatgemächer führte, befürchtete, daß seine Frau gestört werden könnte. Seit dem Aufbruch von

Qualinesti kränkelte sie dauernd. Zitternd erhob er sich, nahm dann den ernsten und kalten Blick an, den er aufsetzte, sobald er seine Amtsrobe trug, und bat, hereinzukommen.

Eine der Wachen öffnete die Tür und wollte offenbar jemanden ankündigen. Aber bevor er sprechen konnte, hatte sich eine große schlanke Gestalt in einem schweren, mit einer Kapuze versehenen Fellumhang vorbeigeschoben und rannte auf die Stimme zu. Erschreckt sah er nur, daß die Gestalt mit Schwert und Bogen bewaffnet war, und wich beunruhigt zurück.

Die Gestalt warf ihre Kapuze zurück. Die Stimme sah honigfarbenes Haar um ein Frauengesicht fallen – ein selbst für Elfen bemerkenswert schönes Gesicht.

»Vater!« schrie Laurana, dann sank sie in seine Arme.

Die Rückkehr von Gilthanas, um den sein Volk wie um einen Toten getrauert hatte, war Anlaß der größten Feier, die von den Qualinesti seit der Nacht, bevor die Gefährten nach Sla-Mori aufgebrochen waren, abgehalten wurde.

Gilthanas hatte sich von seinen Verletzungen ausreichend erholt, um an den Festlichkeiten teilnehmen zu können, nur eine kleine Narbe an der Wange war zurückgeblieben. Laurana und ihre Freunde wunderten sich darüber, denn sie hatten den von Silvanesti-Elfen ausgeführten schrecklichen Schlag gesehen. Aber als Laurana ihrem Vater davon erzählte, zuckte die Stimme nur mit den Schultern und meinte, daß die Kaganesti befreundete Druiden in den Wäldern hätten; wahrscheinlich hätten sie von ihnen viel über die Heilkünste gelernt.

Dies enttäuschte Laurana, denn sie wußte von der Seltenheit der wahren Heilkräfte auf Krynn. Sie hätte sich gern mit Elistan darüber unterhalten, aber der Kleriker führte mit ihrem Vater stundenlang geheime Besprechungen. Die Stimme war bald sehr beeindruckt von den wahren klerischen Fähigkeiten dieses Mannes.

Laurana war erfreut, daß ihr Vater Elistan akzeptierte. Sie erinnerte sich daran, wie die Stimme Goldmond behandelt hatte, als sie nach Qualinesti kam und das Medaillon von Mishakal, Göttin der Heilkunst, getragen hatte. Aber Laurana vermißte ihren weisen Ratgeber. Obwohl sie überglücklich war, wieder zu Hause zu sein, wurde ihr klar, daß sich ihr Zuhause für sie verändert hatte und niemals mehr so sein würde wie früher.

Alle schienen sich zu freuen, sie zu sehen, aber man behandelte sie mit der gleichen Höflichkeit wie Derek, Sturm, Flint und Tolpan. Sie war eine Außenseiterin. Selbst das Verhalten ihrer Eltern war nach der ersten gefühlvollen Begrüßung kühl und distanziert geworden. Es hätte sie nicht so verletzt, wenn sie Gilthanas nicht so verhätschelt hätten. Warum der Unterschied? Laurana konnte es nicht verstehen. Ihr älterer Bruder Porthios sollte ihr die Augen öffnen.

Dieser Zwischenfall ereignete sich während der Feier.

»Du wirst feststellen, daß sich unser Leben hier sehr von dem in Qualinesti unterscheidet«, sagte ihr Vater zu ihrem Bruder an jenem Abend beim Festessen, das in einem riesigen, von den Kaganesti gebauten Holzsaal stattfand. »Aber du wirst dich schnell daran gewöhnen.« Dann wandte er sich an Laurana und meinte förmlich: »Ich würde mich freuen, wenn du an deinen alten Platz als meine Schreiberin zurückkehren würdest, aber ich weiß, daß du mit anderen Dingen in unserem Haushalt ausgelastet sein wirst.«

Laurana war bestürzt. Sie hatte natürlich nicht die Absicht gehabt zu bleiben, aber sie ärgerte sich, daß sie wieder eine Stelle einnehmen sollte, die der traditionellen Rolle einer Tochter im königlichen Haushalt entsprach. Sie ärgerte sich außerdem, daß ihr Vater sie offensichtlich ignoriert hatte, als sie mit ihm darüber reden wollte, wie die Kugel nach Sankrist zu bringen wäre.

»Stimme«, sagte sie langsam und versuchte, die Verärgerung aus ihrer Stimme zu halten. »Ich habe es dir bereits gesagt. Wir können nicht bleiben. Hast du mir und Elistan nicht zugehört? Wir haben die Kugel der Drachen entdeckt! Wir verfügen über Mittel, die Drachen zu kontrollieren und diesem Krieg ein Ende zu bereiten! Wir müssen die Kugel nach Sankrist bringen…«

»Halt den Mund, Laurana!« fuhr ihr Vater sie an und tauschte mit Porthios einen Blick. Ihr Bruder musterte sie streng. »Du weißt nicht, was du sagst, Laurana. Die Kugel der Drachen ist wahrhaftig ein großer Gewinn und sollte hier nicht diskutiert werden. Außerdem kommt es nicht in Frage, die Kugel nach Sankrist zu bringen.«

»Entschuldigung, mein Herr«, sagte Derek und verbeugte sich, nachdem er sich erhoben hatte, »aber in dieser Angelegenheit habt Ihr nichts zu sagen. Die Kugel der Drachen gehört Euch nicht. Ich wurde von dem Kapitel der Ritter beauftragt, eine Kugel der Drachen zu finden. Ich war erfolgreich und beabsichtige, sie nach Sankrist zu bringen. Ihr habt kein Recht, mich aufzuhalten.«

»Haben wir nicht?« Die Augen der Stimme funkelten wütend. »Mein Sohn, Gilthanas hat sie in dieses Land gebracht, das für uns Qualinesti unsere Exilheimat ist. Dadurch gehört sie rechtmäßig uns.«

»Ich habe sie nie für mich beansprucht, Vater«, sagte Gilthanas und errötete, als er die Blicke der Gefährten auf sich spürte. »Sie gehört nicht mir. Sie gehört uns allen...«

Porthios warf seinem jüngeren Bruder einen wütenden Blick zu. Gilthanas stammelte etwas, dann fiel er in Schweigen.

»Wenn jemand überhaupt einen Anspruch auf sie hat, dann ist es Laurana«, erhob Flint Feuerschmied seine Stimme, keineswegs von den funkelnden Blicken der Elfen eingeschüchtert. »Denn sie war es, die Feal-Tas getötet hat, den bösen *Elfen*magier.«

»Wenn sie ihr gehört«, konterte die Stimme, »dann ist sie rechtmäßig meine. Denn Laurana ist nicht volljährig – was ihr gehört, gehört mir, denn ich bin ihr Vater. Das ist Elfengesetz und auch Zwergengesetz, wenn ich mich nicht irre.«

Flint errötete. Er öffnete seinen Mund, um etwas zu erwidern, aber Tolpan kam ihm zuvor.

»Ist das nicht merkwürdig?« bemerkte der Kender fröhlich, der den problematischen Inhalt der Unterhaltung nicht mitbekommen hatte. »Nach dem Kendergesetz, falls es ein Kendergesetz *gibt*, gehört alles allen.« (Das stimmte. Die nachlässige Einstellung der Kender zum Eigentum anderer bezog sich auch auf die Kender untereinander. In einem Kinderhaus blieb nie etwas lange, sofern es nicht am Boden festgenagelt war. Ein Nachbar würde bestimmt hereinspazieren, es bewundern und geistesabwesend damit von dannen ziehen. Ein Familienerbstück war für die Kender etwas, was länger als drei Wochen in einem Haus blieb.)

Danach sprach keiner mehr ein Wort. Flint trat Tolpan unter dem Tisch, und der Kender hielt beleidigt den Mund, bis er entdeckte, daß sein Nachbar, ein Elfenlord, vom Tisch gerufen wurde und seine Börse zurückließ. Das Durchwühlen der Besitztümer des Elfenlords hielt den Kender bis zum Ende des Essens glücklich beschäftigt.

Flint, der normalerweise auf Tolpan ein Auge hielt, bemerkte dies nicht bei all seinen anderen Sorgen. Offensichtlich würde es Schwierigkeiten geben. Derek war zornig. Nur der strenge Kodex der Ritter hielt ihn davon ab, den Tisch zu verlassen. Laurana saß schweigend da und aß nichts. Ihr Gesicht war trotz ihrer gebräunten Haut blaß, und sie bohrte mit ihrer Gabel kleine Löcher in das feingewebte Tischtuch. Flint stieß Sturm an.

»Wir haben gedacht, die Kugel der Drachen aus Eismauer wegzuschaffen, wäre schwierig«, sagte der Zwerg mit gedämpfter Stimme. »Dort brauchten wir nur einem verrückten Zauberer und einigen Walroß-Menschen zu entkommen. Jetzt sind wir von drei Elfennationen eingekreist.«

»Wir müssen vernünftig mit ihnen reden«, sagte Sturm leise.

»Vernünftig!« schnaufte der Zwerg. »Zwei Steine hätten eine bessere Chance, vernünftig miteinander zu reden!«

Dies erwies sich als richtig. Auf Wunsch der Stimme blieben die Gefährten nach dem Essen am Tisch sitzen, während die anderen Elfen aufstanden und gingen. Gilthanas und seine Schwester saßen nebeneinander, ihre Gesichter waren angespannt und besorgt, als Derek vor der Stimme stand, um mit ihm »vernünftig zu reden«.

»Die Kugel gehört uns«, erklärte Derek kühl. »Ihr habt überhaupt keinen Anspruch darauf. Und sicher gehört sie auch nicht Eurer Tochter oder Eurem Sohn. Sie sind mit mir aus Höflichkeit gereist, nachdem *ich* sie aus dem zerstörten Tarsis gerettet hatte. Es war mir eine Ehre, sie in ihre Heimat begleitet zu haben, und ich danke Euch für Eure Gastfreundschaft. Aber morgen werde ich nach Sankrist aufbrechen, und die Kugel nehme ich mit.«

Porthios erhob sich, um Derek ins Gesicht zu sehen. »Der Kender mag sagen, daß die Kugel der Drachen ihm gehört. Aber das tut nichts zur Sache.« Der Elfenlord sprach mit aalglatter, höflicher Stimme, die wie ein Messer durch die Nachtluft schnitt. »Die Kugel ist nun in Elfenhänden, und hier bleibt sie auch. Hältst du uns für so dumm, daß wir diese Kostbarkeit Menschen überlassen, damit sie noch mehr Probleme in diese Welt bringen?«

»Noch mehr Probleme?« Dereks Gesicht lief knallrot an. »Sind dir überhaupt die jetzigen Probleme in der Welt bewußt? Die Drachen haben euch aus eurer Heimat vertrieben. Jetzt nähern sie sich unserer Heimat! Wir haben nicht die Absicht, wegzulaufen, so wie ihr. Wir werden bleiben und kämpfen! Diese Kugel könnte unsere einzige Hoffnung sein...«

»Du hast meine Erlaubnis, in deine Heimat zurückzukehren und dich zu einem Kartoffelpuffer verbrennen zu lassen, denn es interessiert mich nicht«, gab Porthios zurück. »Schließlich wart ihr Menschen es, die dieses uralte Böse wieder geweckt haben. Es paßt also, daß ihr es bekämpfen wollt! Die Drachenfürsten haben erhalten, was sie von uns wollten. Sie werden uns zweifellos in Frieden lassen. Hier, auf Ergod, wird die Kugel in Sicherheit sein.«

»Narr!« Derek schlug mit der Faust auf den Tisch. »Die Drachenfürsten haben nur einen einzigen Gedanken, und der ist, *ganz* Ansalon zu erobern. Das schließt auch diese erbärmliche Insel ein! Eine Zeitlang werdet ihr wohl hier sicher sein, aber wenn wir untergehen, werdet auch ihr untergehen!«

»Du weißt, daß er die Wahrheit sagt, Vater«, sagte Laurana.

Sie wagte viel. Elfenfrauen waren bei Kriegsbesprechungen nicht anwesend, geschweige denn, daß sie etwas sagten. Laurana war nur dabei, weil besonders sie das Ganze etwas anging. Sie erhob sich und stand ihrem Bruder gegenüber, der sie mißbilligend ansah. »Porthios, unser Vater hat uns in Qualinesti gesagt, daß der Drachenfürst nicht nur unser Land will, sondern auch die Ausrottung unserer Rasse! Hast du das vergessen?«

»Pah! Das war dieser Drachenfürst Verminaard. Er ist tot...«

»Ja, weil wir ihn getötet haben«, schrie Laurana wütend, »und nicht du!«

»Laurana!« Die Stimme der Sonnen erhob sich und überragte alle, sogar seinen ältesten Sohn. »Du vergißt dich, junge Frau. Du hast kein Recht, so zu deinem ältesten Bruder zu reden. Wir standen eigenen Gefahren auf unserer Reise gegenüber. Er hat seine Pflicht und seine Verantwortung nicht vergessen, so wie auch Gilthanas. *Sie* sind nicht hinter einem Halb-Elfen-Bastard hinterhergerannt wie eine schamlose menschliche Hu...« Die Stimme brach plötzlich ab.

Laurana wurde leichenblaß. Sie schwankte, hielt sich am Tisch fest. Gilthanas erhob sich schnell, um ihr zu helfen, aber sie schob ihn weg. »Vater«, sagte sie in einer Stimme, die sie nicht als ihre eigene erkannte, »was wolltest du sagen?«

»Laß es, Laurana«, bat Gilthanas. »Er meint es nicht so. Wir werden morgen früh weiterreden.«

Die Stimme sagte nichts, sein Gesicht war grau und kalt.

»Du wolltest ›menschliche Hure‹ sagen!« sagte Laurana leise.

»Geh in dein Nachtquartier, Laurana«, befahl die Stimme.

»So denkst du also über mich«, flüsterte Laurana mit ihrer rauhen Kehle. »Darum starren mich alle an und hören zu sprechen auf, wenn ich mich nähere. Menschliche Hure.«

»Schwester, gehorche deinem Vater«, sagte Porthios. »Und du solltest nicht vergessen, es ist deine Schuld, daß wir über dich so denken. Was erwartest du? Sieh dich doch nur an, Laurana! Du bist wie ein Mann gekleidet. Du trägst stolz ein blutbeflecktes Schwert. Du redest ungezwungen über eure ›Abenteuer‹! Mit solchen Leuten reisen – mit Menschen und Zwergen! Die Nächte mit ihnen verbringen. Die Nächte mit deinem Bastardliebhaber verbringen. Wo ist er? Ist er deiner überdrüssig und...«

Der Schein des Feuers flackerte vor Lauranas Augen. Die Hitze flutete über ihren Körper, wurde von einer schrecklichen Kälte abgelöst. Sie konnte nichts mehr sehen und erinnerte sich nur an ein schreckliches Gefühl des Fallens, ohne in der Lage zu sein, sich zu fassen. Stimmen drangen weit entfernt auf sie ein, verzerrte Gesichter beugten sich über sie.

»Laurana, meine Tochter...«

Dann war nichts mehr.

»Herrin...«

»Was? Wo bin ich? Wer bist du? Ich... ich sehe nichts! Hilf mir!«

»Hier, Herrin. Nimm meine Hand. Pssst. Ich bin hier. Ich bin Silvara. Erinnerst du dich?«

Laurana spürte sanfte Hände über ihre eigenen streichen, als sie sich aufsetzte.

»Kannst du das trinken, Herrin?«

Ein Becher wurde an ihre Lippen gehalten. Laurana nippte daran, schmeckte klares, kühles Wasser. Sie ergriff den Becher und trank gierig, da es ihr fiebriges Blut kühlte. Die Kräfte kehrten zurück, sie konnte wieder sehen. Eine kleine Kerze brannte neben ihrem Lager. Sie war in ihrem Zimmer im Haus ihres Vaters. Ihre Kleider lagen auf einer rohen Holzbank, Schwertgürtel und Scheide lagen daneben, ihr Rucksack stand auf dem Boden. An einem Tisch gegenüber von ihrem Bett saß eine Zofe, ihr Kopf war in ihre Arme eingebettet, sie schlief tief und fest.

Laurana wandte sich zu Silvara, die ihre Finger an die Lippen legte, da sie die Frage in ihren Augen sah.

»Sprich leise«, sagte die Wild-Elfe. »Oh, nicht wegen ihr« – Silvara warf dem Mädchen einen kurzen Blick zu –, »sie wird viele, viele Stunden friedlich schlafen, bevor die Wirkung nachläßt. Aber im Haus sind andere, die vielleicht wachsam sind. Fühlst du dich besser?«

»Ja«, antwortete Laurana verwirrt. »Ich erinnere mich nicht...«

»Du bist ohnmächtig geworden«, antwortete Silvara. »Ich habe sie reden gehört, als sie dich hierhertrugen. Dein Vater ist wirklich bekümmert. Er meinte diese Vorwürfe nicht so. Es ist nur so, daß du ihn schrecklich verletzt hast...«

»Wie konntest du das hören?«

»Ich hatte mich im Schatten einer Nische versteckt. Für mein Volk ist das keine Kunst. Die alte Zofe sagte, daß mit dir alles in Ordnung sei und du nur Ruhe bräuchtest, dann gingen sie. Als sie eine Decke holen ging, mischte ich den Schlafsaft in ihren Tee.«

»Warum?« fragte Laurana. Als sie das Mädchen genauer betrachtete, sah sie, daß die Wild-Elfe eine wunderschöne Frau war – oder sein könnte, wenn die Schmutzschichten von ihr gewaschen wären.

Silvara bemerkte Lauranas prüfenden Blick und errötete vor Verlegenheit. »Ich... ich bin von den Silvanesti weggelaufen, Herrin, als sie euch über den Fluß brachten.«

»Laurana. Bitte, Kind, nenn mich Laurana.«

»Laurana«, korrigierte sich Silvara errötend. »Ich... ich bin gekommen, um dich zu bitten, mich mitzunehmen, wenn ihr hier aufbrecht.«

»Aufbrechen?« fragte Laurana. »Ich bin nicht...« Sie stockte.

»Nicht?« fragte Silvara leise.

»Ich... ich weiß nicht«, antwortete Laurana verwirrt.

»Ich kann helfen«, sagte Silvara eifrig. »Ich kenne den Weg durch das Gebirge zum Außenposten der Ritter, wohin die Schiffe mit den Vogelflügeln segeln. Ich helfe euch, wegzukommen.«

»Warum solltest du das für uns tun?« fragte Laurana. »Es tut mir leid, Silvara. Ich wirke wohl mißtrauisch, aber du kennst uns nicht, und was du da tust, ist sehr gefährlich. Sicherlich könntest du allein einfacher entkommen.«

»Ich weiß, daß ihr die Kugel der Drachen habt«, flüsterte Silvara.

»Woher weißt du über die Kugel?« fragte Laurana erstaunt.

»Ich habe die Silvanesti reden hören, nachdem sie euch am Fluß zurückgelassen hatten.«

»Und du weißt, was es damit auf sich hat? Woher?«

»Mein... Volk kennt Geschichten... darüber«, antwortete Silvara. »Ich... ich weiß, sie ist wichtig, um den Krieg zu beenden. Dein Volk und die Silvanesti-Elfen werden in ihre Heimat zurückkehren und die Kaganesti in Frieden leben lassen. Das ist der Grund und...« Silvara schwieg einen Moment, dann sprach sie so leise, daß Laurana sie kaum verstehen konnte. »Du warst die erste Person, die die Bedeutung meines Namens kannte.«

Laurana sah sie verwirrt an. Das Mädchen wirkte aufrichtig. Aber Laurana glaubte ihr trotzdem nicht. Warum sollte sie ihr Leben riskieren, um ihnen zu helfen? Vielleicht war sie ein Silvanesti-Kundschafter, der die Kugel holen sollte. Es schien unwahrscheinlich, aber seltsamere Dinge...

Laurana legte ihren Kopf in ihre Hände und versuchte zu denken. Könnten sie Silvara trauen – zumindest so weit, daß sie hier entkommen könnten? Offenbar blieb ihnen keine andere Wahl. Wenn sie in das Gebirge gehen wollten, mußten sie durch Kaganesti-Land reisen. Silvaras Hilfe wäre von unschätzbarem Wert.

»Ich muß mit Elistan reden«, sagte Laurana. »Kannst du ihn holen?«

»Nicht nötig, Laurana«, antwortete Silvara. »Er wartet vor der Tür.«

»Und die anderen? Wo sind meine anderen Gefährten?«

»Lord Gilthanas ist natürlich im Haus deines Vaters...« War es Lauranas Einbildung, oder röteten sich Silvaras blasse Wangen wirklich, als sie diesen Namen aussprach? »Die anderen sind in den Gastquartieren untergebracht.«

»Ja«, sagte Laurana grimmig, »ich kann es mir vorstellen.«

Silvara schlich langsam zur Tür, öffnete sie und winkte.

»Laurana?«

»Elistan!« Sie schlang ihre Arme um den Kleriker, legte ihren Kopf an seine Brust und schloß die Augen, fühlte seine starken

Arme sie sanft umarmen. Sie wußte, alles würde gut werden. Elistan würde die Führung übernehmen. Er würde wissen, was zu tun war.

»Geht es dir besser?« fragte der Kleriker. »Dein Vater...«

»Ja, ich weiß«, unterbrach Laurana ihn. Sie spürte einen dumpfen Schmerz in ihrem Herzen, wenn ihr Vater erwähnt wurde. »Du mußt entscheiden, was wir tun sollen, Elistan. Silvara hat uns ihre Hilfe angeboten. Wir könnten mit der Kugel noch heute nacht verschwinden.«

»Wenn du das tun mußt, meine Liebe, dann solltest du keine Zeit mehr verschwenden«, sagte Elistan, der sich auf einen Stuhl setzte.

Laurana blinzelte. Sie streckte ihre Hände aus und ergriff seinen Arm. »Elistan, wie meinst du das? Du mußt mit uns kommen...«

»Nein, Laurana«, sagte Elistan und hielt ihre Hand fest mit seiner umschlossen. »Wenn du das vorhast, mußt du es allein machen. Ich habe Paladin um Hilfe gebeten, und ich muß hier bei den Elfen bleiben. Ich glaube, wenn ich bleibe, kann ich deinen Vater überzeugen, daß ich ein Kleriker der wahren Götter bin. Wenn ich gehe, würde er immer glauben, daß ich ein Scharlatan sei, wie mich dein Bruder bezeichnet hat.«

»Was ist mit der Kugel der Drachen?«

»Das liegt bei dir, Laurana. Die Elfen irren sich in dieser Angelegenheit. Hoffentlich werden sie im Laufe der Zeit ihren Fehler einsehen. Aber wir haben keine Jahrhunderte Zeit, um darüber zu streiten. Ich meine, du solltest die Kugel nach Sankrist bringen.«

»Ich?« keuchte Laurana. »Das kann ich nicht!«

»Meine Liebe«, sagte Elistan fest, »du mußt dir im klaren sein, daß die Last der Führerschaft auf dir ruht, wenn du diese Entscheidung triffst. Sturm und Derek sind in ihrem eigenen Streit verfangen, und außerdem sind sie Menschen. Du wirst dich mit Elfen auseinandersetzen müssen – mit deinem Volk und den Kaganesti. Gilthanas ergreift Partei für deinen Vater. Du allein hast eine Chance, erfolgreich zu sein.«

»Aber ich bin nicht fähig...«

»Du bist fähiger, als du dir eingestehst, Laurana. Vielleicht waren deine ganzen Erfahrungen, die du bis jetzt gemacht hast, eine Vorbereitung auf diese Sache. Du darfst nicht mehr Zeit verschwenden. Leb wohl, meine Liebe.« Elistan erhob sich und legte seine Hand auf ihren Kopf. »Soll Paladins Segen – und meiner – mit dir gehen.«

»Elistan!« flüsterte Laurana, aber der Kleriker war gegangen. Silvara schloß leise die Tür.

Laurana sank auf ihr Lager zurück und versuchte zu denken. Elistan hatte natürlich recht. Die Kugel der Drachen durfte nicht hierbleiben. Und wenn wir fliehen wollen, muß es heute nacht geschehen. Aber es geht alles so schnell! Und alles hängt von mir ab! Kann ich Silvara vertrauen? Aber wozu diese Frage, sie ist die einzige, die uns führen kann. Dann muß ich jetzt nur noch die Kugel holen, an die Lanze kommen und meine Freunde befreien. Ich weiß, wie ich an die Kugel und die Lanze komme. Aber meine Freunde...

Laurana wußte plötzlich, was sie tun würde. Ihr wurde klar, daß der Plan in ihr schon gereift war, als sie mit Elistan geredet hatte.

Damit lege ich mich fest, dachte sie. Es wird keine Rückkehr mehr geben. Die Kugel der Drachen stehlen, in der Nacht in fremdes, feindliches Land fliehen. Und was ist mit Gilthanas? Wir haben gemeinsam so viel durchgemacht. Aber er wird über die Idee, mit der Kugel zu fliehen, entsetzt sein. Und falls er sich entscheidet, nicht mit mir zu gehen, würde er uns verraten? Laurana schloß die Augen. Müde legte sie ihren Kopf auf ihre Knie. Tanis, dachte sie, wo bist du? Was soll ich tun? Warum liegt es bei mir? Ich will das nicht.

Und als sie so saß, erinnerte sich Laurana an die Erschöpfung und die Trauer in Tanis' Gesicht. Vielleicht fragte er sich die gleichen Dinge. Die ganze Zeit über dachte ich, er wäre so stark, vielleicht ist er in Wirklichkeit verloren und verängstigt, so wie ich. Sicher fühlt er sich von seinem Volk im Stich gelassen. Und wir hängten uns an ihn, ob er es wollte oder nicht.

Aber er nahm es an. Er tat das, von dem er glaubte, daß es richtig sei.

Und so muß ich es auch tun.

Energisch weigerte sie sich, weiterzudenken, hob den Kopf und bat Silvara, näher zu kommen.

Sturm, der nicht schlafen konnte, schritt in dem primitiven Raum auf und ab, den man ihnen zur Verfügung gestellt hatte. Der Zwerg lag auf einem Lager ausgestreckt und schnarchte laut. Tolpan lag mitten im Raum wie ein Häufchen Elend zusammengerollt, sein Fuß war mit dem Pfosten der Lagerstatt durch eine Kette verbunden. Sturm seufzte. In was für Schwierigkeiten würden sie noch geraten?

Der Abend hatte schlecht begonnen und war zur Katastrophe ausgewachsen. Nachdem Laurana ohnmächtig geworden war, hatte Sturm nur noch eins tun können, nämlich den wütenden Zwerg zurückzuhalten. Flint schwor, Porthios die Gliedmaßen auszureißen. Derek erklärte, daß er sich als Gefangener betrachte, der vom Feind festgehalten würde, und daß es deshalb seine Pflicht wäre, zu versuchen zu fliehen; dann würde er mit den Rittern zurückkehren und die Kugel der Drachen mit Gewalt zurückerobern. Derek wurde unverzüglich von den Wachen weggebracht. Gerade als Sturm Flint beruhigt hatte, erschien ein Elfenlord aus dem Nichts und beschuldigte Tolpan, seine Börse gestohlen zu haben.

Jetzt standen sie unter doppelter Wache, »Gäste« der Stimme der Sonnen.

»Mußt du so herumlaufen?« fragte Derek kühl.

»Kannst du deswegen nicht schlafen?« schnappte Sturm.

»Natürlich nicht. Nur Dummköpfe können unter diesen Umständen schlafen. Du störst meine Konzen...«

»Pssst!« machte Sturm und hob warnend die Hand.

Derek verstummte sofort. Der Ritter machte ein Zeichen. Der ältere Ritter trat zu Sturm, der zur Decke hochstarrte. Das Holzhaus war rechteckig gebaut, mit einer Tür, zwei Fenstern und einer Feuerstelle. Ein Loch im Dach sorgte für Lüftung.

Durch dieses Loch hörte Sturm das merkwürdige Geräusch, auf das seine Aufmerksamkeit gelenkt worden war. Es war ein scharrendes, kratzendes Geräusch. Die Holzbalken in der Decke quietschten, als ob etwas Schweres über sie kriechen würde.

»Irgendein wildes Tier«, murmelte Derek. »Und wir sind ohne Waffen!«

»Nein«, sagte Sturm, der aufmerksam lauschte. »Kein Knurren. Es bewegt sich zu leise, als ob es nicht gehört oder gesehen werden will. Was machen denn die Wachen draußen?«

Derek ging zum Fenster und spähte hinaus. »Sie sitzen an einem Feuer. Zwei schlafen. Sie sind nicht besonders um uns besorgt, nicht wahr?« fragte er bitter.

»Warum sollten sie auch?« gab Sturm zurück. Seine Augen blieben weiter zur Decke gerichtet. »Einige tausend Elfen werden bei einem Wispern bereit sein. Was...«

Sturm wich beunruhigt zurück, als die Sterne, die er durch das Loch hatte sehen können, plötzlich von einer dunklen, formlosen Masse ausgelöscht wurden. Sturm faßte schnell nach unten und riß einen Holzklotz aus dem glühenden Feuer.

»Sturm! Sturm Feuerklinge!« sagte die formlose Masse.

Sturm zuckte zusammen, versuchte sich an die Stimme zu erinnern. Sie kam ihm vertraut vor. Gedanken an Solace überfluteten seine Gedanken. »Theros!« keuchte er. »Theros Eisenfeld! Was machst du hier? Als ich dich das letzte Mal sah, hast du im Elfenkönigreich fast im Sterben gelegen.«

Der riesige Schmied aus Solace kämpfte sich durch die Öffnung in der Decke und riß einen Teil des Daches mit sich. Er landete hart, weckte den Zwerg, der sich aufsetzte und verschlafen auf die Erscheinung mitten im Zimmer starrte.

»Was...«, fing der Zwerg an und suchte seine Streitaxt, die jedoch nicht an seiner Seite lag.

»Pssst!« befahl der Schmied. »Keine Zeit für Fragen. Lady Laurana schickt mich, um euch zu befreien. Wir treffen sie im Wald hinter dem Lager. Beeilt euch! Uns bleiben nur noch wenige Stunden bis zur Morgendämmerung, und wir müssen bis dahin den Fluß überquert haben.« Theros ging zu Tolpan, der erfolglos versuchte, sich selbst zu befreien. »Nun, Meisterdieb, ich sehe, jemand hat dich zum Schluß doch noch gefaßt.«

»Ich bin kein Dieb!« entgegnete Tolpan beleidigt. »Das weißt du ganz genau, Theros. Diese Börse wurde mir untergeschoben...«

Der Schmied kicherte. Er nahm die Kette in seine Hände, zerrte an ihr, und sie zerbrach. Tolpan jedoch bemerkte das nicht. Er starrte auf die Arme des Schmieds. Der linke Arm war ein staubiges Schwarz, die Hautfarbe des Schmieds. Aber der andere Arm, der rechte, war aus hellem, glänzendem Silber!

»Theros«, sagte Tolpan mit erstickter Stimme. »Dein Arm...«

»Fragen kommen später, kleiner Dieb«, antwortete der Schmied streng. »Jetzt müssen wir uns beeilen und uns leise bewegen.«

»Über den Fluß«, stöhnte Flint kopfschüttelnd. »Noch mehr Boote. Noch mehr Boote...«

»Ich will die Stimme sehen«, sagte Laurana dem Wachmann an der Tür zum Schlafzimmer ihres Vaters.

»Es ist spät«, erwiderte der Wachmann. »Die Stimme schläft.«

Laurana zog ihre Kapuze zurück. Der Wachmann verbeugte sich. »Verzeih mir, Prinzessin. Ich habe dich nicht erkannt.« Er warf Silvara einen argwöhnischen Blick zu. »Wer ist das?«

»Mein Mädchen. In der Nacht laufe ich nicht allein herum.«

»Nein, natürlich nicht«, sagte der Wachmann eilig, als er die Tür öffnete. »Geh durch den Gang. Sein Schlafzimmer ist das dritte Zimmer auf der rechten Seite.«

»Danke«, antwortete Laurana und schob sich an ihm vorbei. Silvara, eingemummt in einem weiten Umhang, folgte ihr leise.

»Die Kiste ist in seinem Zimmer am Fußende des Bettes«, flüsterte Laurana Silvara zu. »Bist du sicher, daß du die Kugel der Drachen tragen kannst? Sie ist groß und schwer.«

»Sie ist nicht so groß«, murmelte Silvara und starrte Laurana erstaunt an. »Sie ist nur so...« Sie formte mit ihren Händen einen Umriß in der Größe eines Kinderballs.

»Nein«, sagte Laurana stirnrunzelnd. »Du hast sie nicht gesehen. Ihr Durchmesser beträgt fast sechzig Zentimeter. Darum trägst du ja auch diesen weiten Umhang.«

Silvara starrte sie verwundert an. Laurana zuckte die Schultern. »Nun, wir können jetzt hier nicht herumstehen und streiten.«

Die beiden schlichen leise wie Kender den Flur entlang, bis sie vor dem Schlafzimmer standen.

Laurana hielt den Atem an, fürchtete, ihr Herz könnte zu laut schlagen, und drückte gegen die Tür. Sie öffnete sich quietschend, und sie preßte vor Schreck ihre Zähne zusammen. Neben ihr zitterte Silvara vor Angst. Eine Gestalt im Bett bewegte sich und drehte sich um – ihre Mutter. Laurana sah ihren Vater, der selbst im Schlaf beschützend seine Hand auf seine Frau gelegt hatte. Tränen traten in Lauranas Augen. Sie preßte entschlossen ihre Lippen zusammen, faßte Silvaras Hand und glitt in den Raum.

Die Kiste stand am Fußende des Bettes ihres Vaters. Sie war verschlossen, aber die Gefährten hatten alle einen Ersatzschlüssel. Schnell öffnete Laurana die Kiste und hob den Dekkel. Vor Verwunderung ließ sie ihn beinahe fallen. Die Kugel der Drachen war noch da, glitzerte in ihrem sanften, weißblauen Licht. Aber es war nicht mehr dieselbe Kugel! Oder sie war es doch, nur geschrumpft. Wie Silvara gesagt hatte, war sie jetzt nicht größer als ein Spielball! Laurana ergriff sie. Sie war immer noch schwer, aber sie konnte sie mühelos hochheben und gab sie an Silvara weiter. Die Wild-Elfe verbarg sie sofort in ihrem Umhang. Laurana hob den Schaft der zerbrochenen Drachenlanze und fragte sich, warum sie unbedingt die zerbrochene alte Waffe mitnehmen wollte.

Ich nehme sie mit, weil der Ritter sie Sturm ausgehändigt hatte, dachte sie. Er wollte, daß er sie besitzt.

Auf dem Boden der Kiste lag Tanis' Schwert, Drachentöter, das ihm Kith-Kanan geschenkt hatte. Laurana sah vom Schwert zur Drachenlanze. Beides kann ich nicht tragen, dachte sie, und wollte die Lanze wieder zurücklegen. Aber Silvara ergriff sie.

»Was machst du denn?« Ihr Mund formte die Worte, ihre Augen blitzten. »Nimm sie! Nimm sie!«

Laurana starrte das Mädchen erstaunt an. Dann nahm sie hastig die Lanze, verbarg sie in ihrem Umhang und schloß sorgfältig die Kiste. Das Schwert ließ sie zurück. Gerade als sie fertig war, rollte sich ihr Vater in seinem Bett herum und richtete sich auf.

»Was? Wer ist da?« fragte er und wollte in seiner Beunruhigung den Schlaf abschütteln.

Laurana fühlte Silvara zittern und umklammerte beruhigend ihre Hand als Zeichen, leise zu sein.

»Ich bin es, Vater«, sagte sie mit schwacher Stimme. »Laurana. Ich... ich wollte... dir sagen, daß es mir leid tut, Vater. Und ich bitte dich, mir zu verzeihen.«

»Ah, Laurana.« Die Stimme legte sich in seine Kissen zurück und schloß die Augen. »Ich vergebe dir, meine Tochter. Aber jetzt geh schlafen. Wir werden morgen früh darüber reden.«

Laurana wartete, bis er wieder ruhig und regelmäßig atmete. Dann führte sie Silvara aus dem Zimmer, die Drachenlanze unter ihrem Umhang festhaltend.

»Wer ist da?« fragte eine menschliche Stimme leise in der Elfensprache.

»Wer fragt?« erwiderte eine klare Elfenstimme.

»Gilthanas? Bist du es?«

»Theros! Mein Freund!« Der junge Elfenlord trat schnell aus den Schatten, um den Schmied zu umarmen. Einen Moment war Gilthanas so überwältigt, daß er nicht sprechen konnte. Dann befreite er sich erschrocken aus der bärähnlichen Umarmung des Schmieds. »Theros! Du hast zwei Arme? Aber die Drakonier haben dir in Solace einen Arm abgehackt! Du wärst gestorben, wenn Goldmond dich nicht geheilt hätte.«

»Erinnerst du dich, was dieses Schwein von Truppführer mir gesagt hat?« fragte Theros. »Der einzige Weg, um einen neuen

Arm zu bekommen, Schmied, ist, daß du dir selbst einen schmiedest! Nun, genau das habe ich getan! Die Geschichte meines Abenteuers, um den Silbernen Arm zu finden, ist eine sehr lange...«

»Und dafür haben wir jetzt keine Zeit«, murrte eine andere Stimme hinter ihm. »Falls du nicht ein paar tausend Elfen bitten möchtest, sie gemeinsam mit uns anzuhören.«

»Du hast es also geschafft zu fliehen, Gilthanas«, ertönte Dereks Stimme aus dem Schatten. »Hast du auch die Kugel der Drachen dabei?«

»Ich bin nicht *geflohen*«, gab Gilthanas kühl zurück. »Ich verließ das Haus meines Vaters, um meine Schwester und Sil... ihr Mädchen in der Dunkelheit zu begleiten. Die Kugel zu nehmen, war Lauranas Idee, nicht meine. Es ist immer noch Zeit, diesen Wahnsinn zu überdenken, Laurana.« Gilthanas wandte sich zu ihr. »Bring die Kugel zurück. Laß dich nicht von Porthios' unüberlegten Worten verleiten. Wenn wir die Kugel hierbehalten, könnten wir sie zur Verteidigung unseres Volkes verwenden. Wir könnten herausfinden, wie sie funktioniert, wir haben schließlich auch Magier hier.«

»Sollten wir uns jetzt nicht einfach den Wachen stellen! Dann könnten wir noch ein wenig schlafen, im Warmen!« Flints Worte kamen mit explosiven, eisigen Atemzügen hervor.

»Entweder du löst jetzt Alarm aus, Elf, oder du läßt uns gehen. Oder gib uns wenigstens etwas Zeit, bevor du uns verrätst«, sagte Derek.

»Ich habe nicht die Absicht, euch zu verraten«, erklärte Gilthanas wütend. Er ignorierte die anderen und wandte sich wieder an seine Schwester. »Laurana?«

»Ich bin entschlossen, diesen Plan auszuführen«, antwortete sie langsam. »Ich habe darüber nachgedacht, und ich glaube, wir tun das Richtige. Das glaubt auch Elistan. Silvara wird uns durch das Gebirge führen...«

»Auch ich kenne das Gebirge«, sagte Theros. »Ich hatte hier wenig zu tun, also bin ich gewandert. Und ihr werdet mich brauchen, um an den Wachen vorbeizukommen.«

»Dann haben wir uns also entschieden.«

»Nun gut.« Gilthanas seufzte. »Ich komme mit euch. Wenn ich hierbleibe, wird Porthios mich immer der Mittäterschaft bezichtigen.«

»Fein«, schnappte Flint. »Können wir jetzt endlich fliehen? Oder müssen wir noch jemanden wecken?«

»Hier entlang«, sagte Theros. »Die Wachen sind daran gewöhnt, daß ich spätnachts herumlaufe. Bleibt im Schatten, und überlaßt *mir* das Reden.« Er bückte sich und packte Tolpan am Kragen seines schweren Fellmantels, hob den Kender vom Boden auf und sah ihm direkt in die Augen. »Ich meine dich, kleiner Dieb«, sagte der große Schmied streng.

»Ja, Theros«, erwiderte der Kender unterwürfig, sich in der Silberhand des Mannes krümmend, bis der Schmied ihn wieder auf den Boden setzte. Etwas benommen ordnete Tolpan seine Beutel und versuchte, seine verletzte Würde wiederzufinden.

Die Gefährten folgten dem großen, dunkelhäutigen Schmied zum Rand des schlafenden Elfenlagers und bewegten sich so leise, wie es für zwei in Rüstungen steckende Ritter und einen Zwerg nur möglich war. Für Laurana waren sie so laut wie eine Hochzeitsgesellschaft. Sie biß sich auf die Lippen, um nichts zu sagen, während die Ritter in der Dunkelheit klirrten und klapperten, Flint über jede Baumwurzel stolperte und durch jede Pfütze platschte.

Aber die Elfen lagen eingehüllt in ihre Selbstzufriedenheit wie unter einer weichen Decke. Sie waren der Gefahr entkommen. Alle fühlten sich in Sicherheit. Und so schliefen sie, als die Gefährten in die Nacht flohen.

Silvara, die die Kugel der Drachen trug, fühlte das kalte Kristall warm werden, als sie es eng an ihren Körper hielt, fühlte es sich mit Leben anfüllen und pulsieren.

»Was soll ich nur tun?« flüsterte sie geistesabwesend in Kaganesti, während sie wie blind durch die Dunkelheit stolperte. »Er ist zu *mir* gekommen! Warum? Ich verstehe es nicht! Was soll ich nur tun?«

Fluß der Toten
Die Legende vom silbernen Drachen

Die Nacht war still und kalt. Gewitterwolken verbargen das Licht der Monde und der Sterne. Es kam kein Regen auf, kein Wind, nur ein bedrückendes Gefühl des Wartens. Laurana spürte, daß die ganze Natur wachsam, aufmerksam, ängstlich war. Und hinter ihr schliefen die Elfen, in das Netz ihrer eigenen nichtigen Ängste und Haßgefühle eingehüllt. Welch schreckliche geflügelte Kreatur würde aus dieser Schutzhülle hervorbrechen, fragte sie sich.

Die Gefährten hatten wenig Schwierigkeiten, an den Elfenwachen vorbeizuschlüpfen. Die Wachen, die Theros erkannten, erhoben sich und plauderten mit ihm, während die anderen durch den Wald schleichen konnten. Sie erreichten den Fluß im Morgengrauen.

»Und wie kommen wir jetzt rüber?« fragte der Zwerg und starrte düster auf das Wasser. »Ich halte nicht viel von Booten, aber sie sind besser als zu schwimmen.«

»Das dürfte kein Problem sein.« Theros wandte sich an Laurana und sagte: »Frag deine kleine Freundin«, und nickte in Silvaras Richtung.

Überrascht blickten Laurana und die anderen die Wild-Elfe an. Silvara errötete vor Verlegenheit über die vielen Augen, die auf ihr ruhten, und senkte ihren Kopf. »Kargai Sargaron hat recht«, murmelte sie. »Wartet hier im Schatten der Bäume.«

Sie verließ die Gefährten und rannte leichtfüßig zum Flußufer, mit einer wilden, freien Anmut, bezaubernd zu beobachten. Laurana bemerkte Gilthanas' Blick, der auf der Wild-Elfe ruhte.

Silvara legte ihre Finger an die Lippen und ahmte den Ruf eines Vogels nach. Sie wartete einen Moment, dann wiederholte sie den Ton dreimal. Nach kurzer Zeit wurde ihr Ruf beantwortet und schallte vom gegenüberliegenden Ufer des Flusses über das Wasser.

Zufrieden kehrte Silvara zur Gruppe zurück. Laurana sah, daß die Augen des Mädchens an Gilthanas hingen, obwohl sie mit Theros sprach. Als Silvara Gilthanas' Blick bemerkte, errötete sie und sah zu Theros.

»Kargai Sargaron«, sagte sie hastig, »mein Volk kommt, aber du solltest dabei sein, wenn ich ihnen die Situation erkläre.« Silvaras blaue Augen – Laurana konnte sie jetzt deutlich im Morgenlicht erkennen – wanderten zu Sturm und Derek. Die Wild-Elfe schüttelte leicht den Kopf. »Sie werden nicht erfreut sein, diese Menschen in unserem Land vorzufinden, Elfen leider auch nicht«, sagte sie mit einem entschuldigenden Blick zu Laurana und Gilthanas.

»Ich werde mit ihnen reden«, sagte Theros. Er blickte über den See und machte Zeichen. »Da kommen sie.«

Laurana sah zwei schwarze Umrisse auf dem himmelgrauen Fluß gleiten. Die Kaganesti müssen dort ständig Wache halten, wurde ihr klar. Sie haben Silvaras Ruf erkannt. Merkwürdig – daß ein Sklave so viel Freiheit hat. Wenn Flucht so einfach war, warum blieb Silvara dann bei den Silvanesti? Es ergibt keinen Sinn – oder Flucht war nicht ihr Ziel.

»Was bedeutet Kargai Sargaron?« fragte sie Theros.

»Der mit dem Silberarm«, antwortete Theros lächelnd.

»Sie scheinen dir zu vertrauen.«

»Ja. Ich erzählte dir, daß ich einen Großteil meiner Zeit mit Wandern verbracht habe. Das ist nicht ganz richtig. Ich habe viel Zeit bei Silvaras Volk verbracht.« Das staubige Gesicht des Schmieds verzog sich finster. »Ich meine es nicht respektlos, Elfenlady, aber du hast keine Vorstellung, was für Härten dein Volk über diese Wilden bringt: Sie erlegen sein Wild oder vertreiben es, verderben es mit Gold, Silber und Stahl.« Theros seufzte wütend. »Ich habe getan, was ich konnte. Ich zeigte ihnen, wie man Jagdwaffen und Werkzeug schmiedet. Aber der Winter wird lang und hart werden, fürchte ich. Bereits jetzt ist das Wild knapp. Wenn es darum geht, entweder zu verhungern oder die anderen Elfenrassen zu beseitigen...«

»Wenn ich hierbliebe«, murmelte Laurana, »könnte ich vielleicht helfen...« Dann wurde ihr klar, daß das lächerlich war. Was konnte sie schon tun? Nicht einmal von ihrem eigenen Volk wurde sie akzeptiert!

»Du kannst nicht gleichzeitig überall sein«, sagte Sturm. »Die Elfen müssen ihre eigenen Probleme lösen, Laurana. Du machst das Richtige.«

»Ich weiß«, erwiderte sie seufzend. Sie drehte ihren Kopf und sah zurück auf das Qualinesti-Lager. »Ich war genauso wie sie, Sturm«, sagte sie bebend. »Meine wunderschöne, winzige Welt drehte sich so lange Zeit um mich, daß ich dachte, ich wäre der Mittelpunkt des Universums. Ich lief Tanis hinterher, weil ich mir sicher war, daß ich ihn dazu bringen könnte, mich zu lieben. Warum sollte es nicht so sein? Alle taten es. Und dann entdeckte ich, daß sich die Welt nicht um mich drehte. Sie kümmerte sich überhaupt nicht um mich! Ich sah Elend und Tod. Ich war gezwungen zu töten«, sie starrte auf ihre Hände, »oder ich wäre getötet worden. Ich habe wahre Liebe gesehen. So wie bei Flußwind und Goldmond, Liebe, die bereit ist, alles zu opfern – selbst das Leben. Ich fühlte mich kleinlich und winzig. Und so erscheint mir jetzt mein Volk. Kleinlich und winzig. Ich habe früher geglaubt, sie wären vollkommen, aber jetzt verstehe ich, wie Tanis sich gefühlt haben muß – und warum er weggegangen ist.«

Die Boote der Kaganesti hatten das Ufer erreicht. Silvara und Theros gingen zu ihnen, um mit den Elfen zu reden. Auf ein Zeichen von Theros hin traten die Gefährten aus den Schatten der Bäume. Zuerst schien keine Hoffnung zu bestehen. Die Elfen redeten in ihrem seltsamen ungehobelten Dialekt, dem Laurana nur schwer folgen konnte. Offensichtlich weigerten sie sich strikt, etwas für die Gruppe zu tun.

Dann ertönten Signalhörner hinter ihnen aus den Wäldern. Gilthanas und Laurana sahen sich besorgt an. Theros blickte zurück und zeigte mit seinem Silberfinger drängend auf die Gruppe, dann legte er seine Hand an seine Brust – anscheinend bot er an, für die Gefährten geradezustehen. Wieder erklangen die Hörner. Silvara fügte ihre eigenen Schwüre hinzu. Schließlich erklärten sich die Kaganesti einverstanden, obwohl sie keineswegs erfreut schienen.

Die Gefährten eilten zum Wasser, allen war klar, daß ihr Verschwinden bemerkt worden und die Verfolgung im Gange war. Einer nach dem anderen trat vorsichtig in die Boote; es waren ausgehöhlte Baumstämme. Alle, mit Ausnahme von Flint, der stöhnte und sich auf den Boden warf, seinen Kopf schüttelte und in der Zwergensprache fluchte. Sturm beäugte ihn sorgenvoll, befürchtete eine Wiederholung des Vorfalls vom Krystalmir-See, als der Zwerg glattweg abgelehnt hatte, ein Boot zu besteigen. Es war jedoch Tolpan, der den murrenden Zwerg zog und schließlich auf die Füße brachte.

»Wir machen aus dir noch einen Matrosen«, sagte der Kender fröhlich und schlug Flint mit seinem Hupak in den Rücken.

»Das werdet ihr nicht! Und hör auf, mich mit diesem Ding zu schlagen!« schnaufte der Zwerg. Als er das Ufer erreicht hatte, hielt er inne und fummelte nervös an einem Stück Holz. Tolpan hüpfte in ein Boot, stand erwartungsvoll da und streckte ihm eine Hand entgegen.

»Zum Henker, Flint, komm ins Boot!« befahl Theros.

»Sag mir nur eins«, sagte der Zwerg und schluckte. »Warum nennen sie ihn den Fluß der Toten?«

»Das wirst du bald sehen«, grunzte Theros. Er streckte seine starke, schwarze Hand aus und riß ihn vom Ufer und ließ ihn wie einen Kartoffelsack ins Boot fallen. »Wir können los«, sagte der Schmied zu den Wild-Elfen.

Das Holzboot wurde von der Strömung erfaßt und steuerte geschwind nach Westen. Bald waren die von Bäumen gesäumten Ufer verschwunden, und die Gefährten kauerten sich in die Boote, als der kalte Wind ihre Gesichter durchpeitschte und ihnen den Atem raubte. Entlang der südlichen Küste, an der die Qualinesti lebten, machten sie kein Lebenszeichen aus. Aber Laurana konnte flüchtig schattenartige Gestalten an den Bäumen an der nördlichen Küste erkennen. Ihr wurde klar, daß die Kaganesti nicht so naiv waren – sie beobachteten ihre Vettern ganz genau. Sie fragte sich, wie viele Kaganesti, die als Sklaven lebten, in Wirklichkeit Kundschafter waren. Ihre Augen gingen zu Silvara.

Die Strömung trieb sie schnell zu einer Flußgabelung, an der zwei Ströme aufeinandertrafen. Einer kam aus dem Norden, der andere – der Fluß, auf dem sie fuhren – aus dem Osten. Beide verschmolzen zu einem riesigen Strom, der im Süden in das Meer mündete. Plötzlich machte Theros ein Zeichen.

»Dort, Zwerg, ist deine Antwort«, sagte er feierlich.

Auf dem anderen Flußzweig trieb ein Boot von Norden heran. Zuerst dachten sie, es hätte sich aus seiner Vertäuung gelöst, denn sie konnten niemanden sehen. Dann erkannten sie jedoch, daß es zu tief im Wasser lag, um leer zu sein. Die Wild-Elfen verlangsamten ihre Boote, ruderten sie in seichtes Wasser, hielten sie fest und senkten ihre Köpfe in stummer Andacht.

Und dann wußte Laurana Bescheid.

»Ein Bestattungsboot«, murmelte sie.

»Ja«, bestätigte Theros mit traurigen Augen. Das Boot trieb vorbei. Im Inneren konnten sie den Körper eines jungen Wild-Elfen erkennen, nach seiner groben Lederrüstung zu urteilen ein Krieger. Seine Hände waren über seine Brust gelegt und hielten ein eisernes Schwert umklammert. Ein Bogen und ein Köcher mit Pfeilen lagen an seiner Seite.

»Jetzt weißt du, warum er *Thon-Tsalarian,* der Fluß der Toten, genannt wird«, sagte Silvara mit ihrer leisen melodischen Stimme. »Seit Jahrhunderten gibt mein Volk die Toten dem Meer zurück, aus dem wir gekommen sind. Dieser uralte Brauch meines Volkes wurde ein bitterer Streitpunkt zwischen den Kaganesti und unseren Vettern.« Ihre Augen wanderten zu Gilthanas. »Dein Volk betrachtet es als eine Entweihung des Flusses. Sie wollen uns zwingen, damit aufzuhören.«

»Eines Tages wird der Körper, der auf dem Fluß treibt, ein Qualinesti oder ein Silvanesti sein, mit einem Kaganesti-Pfeil in der Brust«, sagte Theros voraus. »Dann wird es Krieg geben.«

»Ich denke, alle Elfen werden einem tödlicheren Feind gegenüberstehen«, sagte Sturm kopfschüttelnd. »Seht!« zeigte er.

Zu Füßen des toten Kriegers lag ein Schild, der Schild eines Feindes, durch dessen Hand er gestorben war. Als Laurana das schreckliche Symbol auf dem zerbeulten Schild wiedererkannte, hielt sie den Atem an.

»Drakonier!«

Die Reise auf dem Thon-Tsalarian war lang und mühsam, denn die Strömung war schnell und stark. Sogar Tolpan mußte beim Paddeln helfen, verlor aber prompt die Paddel und wäre beinahe ins Wasser gefallen bei dem Versuch, sie wiederzubekommen. Derek konnte Tolpan gerade noch am Gürtel packen und ihn wieder zurückziehen, während die Kaganesti in Zeichensprache zu verstehen gaben, daß sie ihn aus dem Boot werfen würden, wenn er noch mehr Ärger verursachen würde.

Tolpan begann sich bald zu langweilen, blickte ins Wasser und hoffte, einen Fisch zu sehen.

»Wie komisch!« sagte der Kender plötzlich. Er steckte seine kleine Hand ins Wasser. »Seht mal«, sagte er aufgeregt. Seine Hand war mit feinem Silber überzogen und glitzerte im Morgenlicht. »Das Wasser glitzert! Sieh mal, Flint«, rief er dem Zwerg im anderen Boot zu. »Sieh mal ins Wasser...«

»Das werde ich *nicht*«, sagte der Zwerg mit klappernden Zähnen.

»Du hast recht, Kenderken«, sagte Silvara lächelnd. »Tatsächlich nannten die Silvanesti den Fluß *Thon-Sargon,* das bedeutet Silberstraße. Es ist wirklich schade, daß das Wetter gerade ungünstig ist. Wenn der Silbermond voll ist, verwandelt sich der Fluß in geschmolzenes Silber und ist wirklich wunderschön.«

»Warum? Was ist die Ursache?« fragte der Kender und studierte voller Entzücken seine glänzende Hand.

»Niemand weiß es, obwohl es bei meinem Volk eine Legende gibt...« Silvara verstummte abrupt und errötete.

»Was für eine Legende?« fragte Gilthanas. Der Elfenlord saß Silvara gegenüber. Sein Paddeln war nicht viel besser als das von Flint, da Gilthanas mehr Interesse an Silvaras Gesicht als an seiner Arbeit zeigte. Immer wenn Silvara aufsah, starrte er sie an. Sie wurde immer verwirrter und nervöser.

»Es wird euch sicherlich nicht interessieren«, sagte sie und starrte über das silbergraue Wasser, um Gilthanas' Blick auszuweichen. »Es ist eine Kindergeschichte über Huma...«

»Huma!« rief Sturm, der hinter Gilthanas saß, seine schnellen, kraftvollen Bewegungen machten die Unfähigkeit des Elfen und des Zwergen wett. »Erzähl uns eure Legende über Huma, Wild-Elfe.«

»Ja, erzähl uns eure Legende«, wiederholte Gilthanas lächelnd.

»Na schön«, sagte sie errötend. Sie räusperte sich und begann: »Wie die Kaganesti sagen, reiste Huma in den letzten Tagen der schrecklichen Drachenkriege durch das Land und suchte bei den Leuten Hilfe. Aber ihm wurde zu seinem Bedauern klar, daß er machtlos war und die Verwüstungen und Zerstörungen durch die Drachen nicht aufhalten konnte. Er betete um eine Antwort zu den Göttern.« Silvara warf Sturm einen kurzen Blick zu, der andächtig nickte.

»Das stimmt«, sagte der Ritter. »Und Paladin erhörte sein Gebet und sandte ihm den weißen Hirsch. Aber niemand weiß, wohin er ihn führte.«

»Mein Volk weiß es«, sagte Silvara leise, »weil der Hirsch Huma nach vielen Prüfungen und Gefahren in ein ruhiges Wäldchen hier in das Land Ergod führte. In diesem Wäldchen traf er eine Frau, wunderschön und tugendhaft, die seinen Schmerz linderte. Huma verliebte sich in sie und sie sich in ihn. Aber viele Monate lang erhörte sie seine Liebesschwüre nicht. Schließlich erwiderte sie Humas Liebe, nicht mehr fähig, das eigene brennende Feuer zu verneinen. Ihr Glück war wie der silberne Mondschein in einer Nacht schrecklicher Dunkelheit.«

Silvara verstummte einen Moment, ihre Augen starrten in die Ferne. Geistesabwesend strich sie über das grobe Gewebe des Umhangs, in dem die Kugel der Drachen zu ihren Füßen lag.

»Fahr fort«, drängte Gilthanas. Der Elfenlord hatte aufgehört so zu tun, als würde er paddeln, und saß einfach nur da, verzaubert von Silvaras wunderschönen Augen, von ihrer wohlklingenden Stimme.

Silvara seufzte. Sie ließ das Gewebe aus ihren Händen gleiten und starrte über das Wasser. »Ihre Freude war nur von kurzer Dauer«, sagte sie leise. »Denn die Frau hatte ein schreckliches Geheimnis – sie war nicht als Frau, sondern als Drache geboren. Nur durch ihre Magie konnte sie die Gestalt einer Frau annehmen. Aber sie konnte Huma nicht länger anlügen. Sie liebte ihn zu sehr. Ängstlich offenbarte sie Huma, wer sie wirklich war und erschien vor ihm eines Nachts in ihrer wahren Gestalt – der Gestalt eines silbernen Drachen. Sie hoffte, er würde sie hassen, sie vernichten, denn ihr Schmerz war so stark, daß sie nicht länger leben wollte. Aber als der Ritter auf das strahlende, wunderbare Wesen blickte, sah er in seinen Augen den edlen Geist der Frau, die er liebte. Ihre Magie verwandelte sie wieder in die Gestalt einer Frau, und sie betete zu Paladin, daß er ihr die menschliche Gestalt für immer geben würde. Sie wollte ihre Magie und die lange Lebensspanne der Drachen aufgeben, um mit Huma zusammenzuleben.«

Silvara schloß die Augen, ihr Gesicht war schmerzvoll verzogen. Gilthanas, der sie beobachtete, fragte sich, warum sie von dieser Legende so berührt war. Er streckte seine Hand aus und berührte sie. Sie zuckte wie ein wildes Tier zusammen und zog sich so schnell zurück, daß das Boot schaukelte.

»Es tut mir leid«, sagte Gilthanas. »Ich wollte dich nicht erschrecken. Was geschah weiter?«

Silvara holte tief Luft. »Paladin erfüllte ihr den Wunsch – mit einer schrecklichen Bedingung. Er zeigte beiden die Zukunft. Wenn sie ein Drache bleiben würde, könnten sie und Huma die Drachenlanze und die Macht erhalten, die bösartigen Drachen zu besiegen. Wenn sie sterblich werden würde, würden sie und Huma als Mann und Frau zusammenleben, aber die bösartigen Drachen würden auf ewig im Lande bleiben. Huma schwor, daß er alles aufgeben würde – seine Ritterschaft, seine Ehre –, um mit ihr zusammenzubleiben. Aber sie sah das Licht in seinen Augen sterben, als er sprach, und weinend wußte sie die Antwort, die *sie* geben mußte. Die bösartigen Drachen durften nicht in der Welt bleiben. Und der Silberfluß, so heißt es, entstand durch die Tränen des silbernen Drachen, als Huma sie verließ, um die Drachenlanze zu finden.«

»Nette Geschichte. Ein bißchen traurig«, sagte Tolpan gähnend. »Ist der alte Huma zurückgekommen? Hat die Geschichte ein glückliches Ende?«

»Humas Geschichte endete nicht glücklich«, sagte Sturm und runzelte über den Kender die Stirn. »Aber er ist heldenhaft im Kampf gestorben, den Anführer der Drachen besiegend, obwohl er selbst tödlich verletzt war. Ich habe jedoch gehört«, fügte der Ritter nachdenklich zu, »daß er auf einem silbernen Drachen in die Schlacht ritt.«

»Und wir haben einen Ritter auf einem silbernen Drachen in Eismauer gesehen«, sagte Tolpan lebhaft. »Er hat Sturm den...«

Der Ritter stieß den Kender in den Rücken. Zu spät erinnerte sich Tolpan, daß das ein Geheimnis bleiben sollte.

»Ich weiß nichts von einem silbernen Drachen«, sagte Silvara und zuckte mit den Schultern. »Mein Volk weiß wenig über Huma. Er war ja schließlich ein Mensch. Ich glaube, man erzählt diese Legende nur, weil es den Fluß, den sie so sehr lieben, betrifft, den Fluß, der ihre Toten aufnimmt.«

In diesem Moment zeigte einer der Kaganesti auf Gilthanas und sagte etwas in scharfem Ton zu Silvara. Gilthanas sah sie fragend an, da er nichts verstand. Das Elfenmädchen lächelte. »Er fragt, ob du als Elfenlord zu erhaben seist, um zu paddeln, weil er – wenn du es bist – seiner Lordschaft erlauben würde, zu schwimmen.«

Gilthanas grinste sie an, sein Gesicht wurde knallrot. Schnell nahm er sein Paddel und setzte seine Arbeit fort.

Trotz all ihrer Bemühungen – und obwohl sogar Tolpan später auch noch einmal paddeln mußte – verlief die Reise gegen den Strom langsam und anstrengend. Nach einer Zeit sichteten sie Land, ihre Muskeln schmerzten von der Anstrengung, ihre Hände waren blutig und mit Blasen bedeckt. Sie konnten nur noch die Boote ans Land ziehen und verstecken.

»Glaubst du, daß wir die Verfolger abgeschüttelt haben?« fragte Laurana Theros erschöpft.

»Beantwortet das deine Frage?« Er zeigte stromabwärts.

In der Abenddämmerung konnte Laurana nicht mehr als einige dunkle Umrisse auf dem Wasser ausmachen. Sie waren noch weit entfernt, aber für Laurana stand fest, daß die Gefährten in der Nacht wenig Ruhe haben würden. Einer der Kaganesti sprach mit Theros und zeigte in dieselbe Richtung. Der Schmied nickte.

»Macht euch keine Sorgen. Bis zum Morgen sind wir sicher. Er sagt, sie müssen auch erst Land sichten. Keiner wagt, in der Nacht auf dem Fluß zu reisen. Nicht einmal die Kaganesti, und sie kennen hier jede Biegung und jeden Baum. Er sagt, er will hier nahe am Fluß ein Lager errichten. Seltsame Kreaturen laufen nachts durch den Wald – Männer mit Echsenköpfen. Morgen werden wir auf dem Fluß weiterreisen. Aber bald werden wir den Fluß verlassen und an Land weitergehen.«

»Frag ihn, ob sein Volk die Qualinesti aufhalten wird, die uns verfolgen, wenn wir sein Land betreten«, sagte Sturm zu Theros.

Theros wandte sich an den Kaganesti-Elf und redete mit ihm unbeholfen, aber verständlich in der Elfensprache. Der Kaganesti schüttelte den Kopf. Er war eine wild aussehende Kreatur. Laurana konnte verstehen, wieso ihr Volk dachte, daß sie von den Tieren nur eine Stufe entfernt waren. Sein Gesicht trug Spuren menschlicher Vorfahren. Obwohl er keinen Bart trug – das Elfenblut lief zu rein in den Venen der Kaganesti –, erinnerte er Laurana lebhaft an Tanis mit seiner schnellen, entschlossenen Art zu sprechen, seinem starken, muskulösen Körperbau und seinen eindringlichen Gesten. Von Erinnerungen überwältigt, wandte sie sich ab.

Theros übersetzte: »Er sagt, daß die Qualinesti das Protokoll befolgen und den Ältesten um Erlaubnis bitten müssen, das Kaganesti-Land zu betreten, um nach euch zu suchen. Die Ältesten werden wahrscheinlich diese Erlaubnis erteilen. Sie wollen keine Menschen mehr im südlichen Ergod haben so wie ihre Verwandten. In der Tat«, fügte Theros langsam hinzu, »hat er klargemacht, daß er und seine Freunde uns nur helfen, um mir und Silvara einen Gefallen zu erweisen.«

Lauranas Blick ging zu dem Mädchen. Silvara stand am Flußufer und unterhielt sich mit Gilthanas.

Theros sah, wie sich Lauranas Gesicht verhärtete. Als er zu der Wild-Elfe und dem Elfenlord sah, erriet er, warum.

»Merkwürdig, Eifersucht im Gesicht einer zu sehen, die – den Gerüchten nach – weggelaufen ist, um die Geliebte meines Freundes, Tanis, des Halb-Elfs, zu werden«, bemerkte Theros. »Ich dachte, du würdest dich von deinem Volk unterscheiden, Laurana.«

»Das stimmt nicht«, erwiderte sie scharf, spürte ihre Haut brennen. »Ich bin nicht Tanis' Geliebte. Obwohl auch das keinen Unterschied machen würde. Ich traue diesem Mädchen einfach nicht. Sie ist, nun, zu eifrig bemüht, uns zu helfen, falls das überhaupt einen Sinn ergibt.«

»Dein Bruder könnte etwas damit zu tun haben.«

»Er ist ein Elfenlord...«, begann Laurana wütend. Dann stockte sie, als ihr bewußt wurde, was sie eigentlich hatte sagen wollen. »Was weißt du über Silvara?« fragte sie statt dessen.

»Wenig«, antwortete Theros und betrachtete Laurana enttäuscht, was sie zornig machte. »Ich weiß, daß sie von ihrem Volk hochverehrt und geliebt wird, besonders wegen ihrer Heilkünste.«

»Und wegen ihrer Kundschafterkünste?« fragte Laurana kühl.

»Diese Leute kämpfen um ihr Überleben. Sie tun, was sie tun müssen«, sagte Theros streng. »Das war wirklich eine nette Rede heute morgen am anderen Ufer, Laurana. Fast hätte ich es geglaubt.«

Der Schmied drehte sich um und ging den Kaganesti bei dem Verbergen der Boote helfen. Laurana biß sich wütend und beschämt auf die Lippen. Hatte Theros recht? War sie eifersüchtig? Betrachtete sie Silvara als Gilthanas nicht wert? Sicherlich war es so, wie Gilthanas Tanis immer betrachtet hatte. War es anders?

Horche auf deine Gefühle, hatte Raistlin ihr gesagt. Das hörte sich gut an, aber zuerst mußte sie ihre Gefühle verstehen! Hatte sie aus ihrer Liebe zu Tanis etwas gelernt?

Ja, entschied Laurana schließlich, als sich ihre Gedanken klärten. Es stimmte schon, was sie Theros gesagt hatte. Wenn etwas um Silvara war, dem sie nicht traute, hatte es nichts mit der Tatsache zu tun, daß sich Gilthanas zu dem Mädchen hingezogen fühlte. Es war etwas Unbestimmtes. Laurana tat es leid, daß Theros sie mißverstanden hatte, aber sie würde sich an Raistlins Rat halten und ihren Instinkten vertrauen.

Sie würde Silvara im Auge behalten.

Silvara

Obwohl jeder Muskel an Gilthanas' Körper nach Ruhe schrie und er dachte, daß er nicht schnell genug auf sein Lager kriechen konnte, fand sich der Elfenlord hellwach und in den Himmel starrend vor. Gewitterwolken hingen schwer über ihnen, aber eine Brise aus dem Westen brach sie auf. Gelegentlich konnte er die Sterne erkennen, und einmal flackerte der rote Mond am Himmel wie eine Kerzenflamme auf und wurde dann von den Wolken ausgelöscht.

Der Elf versuchte sich bequem hinzulegen, drehte sich, bis seine Schlafstatt völlig durcheinander war, dann setzte er sich auf. Schließlich gab er auf und entschied, daß er unmöglich auf dem harten, gefrorenen Boden schlafen konnte.

Keiner der Gefährten schien irgendwelche Probleme zu haben, bemerkte er bitter. Laurana schlief tief, eine Hand an der Wange, eine Gewohnheit seit ihrer Kindheit. Wie seltsam sie sich seit kurzem verhielt, dachte Gilthanas. Aber er konnte ihr kaum die Schuld dafür geben. Sie hatte alles aufgegeben, um das zu tun, was sie für richtig hielt, nämlich, die Kugel nach Sankrist zu bringen. Ihr Vater hätte sie wohl wieder aufgenommen, aber jetzt war sie für immer eine Ausgestoßene.

Gilthanas seufzte. Was war mit ihm? Er wollte die Kugel in Qualin-Mori lassen. Er glaubte, daß sein Vater recht hatte... Oder?

Anscheinend nicht, sonst wäre ich nicht hier, überlegte Gilthanas weiter. Bei den Göttern, seine Werte gerieten genauso durcheinander wie Lauranas! Zuerst war da sein Haß gegen Tanis, ein Haß, den er jahrelang selbstgerecht genährt hatte, der sich dann aufzulösen schien, durch Bewunderung ersetzt wurde, ja sogar Zuneigung. Dann spürte er seinen Haß gegen andere Rassen versiegen. Er hatte wenige Elfen kennengelernt, die so ehrenwert und selbstaufopfernd waren wie der Mensch Sturm Feuerklinge. Und obwohl er Raistlin nicht mochte, so beneidete er den jungen Magier doch um seine Fähigkeiten. Gilthanas, ein Dilettant in der Magie, hatte nie die Geduld oder den Mut aufgebracht, so weit zu kommen. Schließlich mußte er sich eingestehen, daß er sogar den Kender und den mürrischen alten Zwerg mochte. Aber niemals wäre ihm in den Sinn gekommen, daß er sich in eine Wild-Elfe verlieben würde.

»Nun!« sagte Gilthanas laut. »Ich muß es zugeben. Ich liebe sie!« Aber war es Liebe, fragte er sich, oder bloß körperliche Anziehung. Er grinste, als er an Silvara mit ihrem schmutzigen Gesicht, ihrem verfilzten Haar, ihren zerfetzten Kleidern dachte. Meine Seele muß deutlicher sehen als mein Kopf, dachte er und blickte zärtlich zu ihrem Lager hinüber.

Zu seinem Erstaunen war es leer! Erschrocken sah sich Gilthanas um. Sie hatten nicht gewagt, ein Feuer zu machen – nicht nur die Qualinesti waren hinter ihnen her, sondern Theros hatte auch von Drakoniern geredet, die durch das Land zogen.

Daran dachte er, als er sich flink erhob und nach Silvara zu suchen begann. Er bewegte sich leise und hoffte, Fragen von Sturm und Derek aus dem Weg zu gehen, die Wache hielten. Ein plötzlicher eisiger Gedanke tauchte in ihm auf. Eilig sah er nach der Kugel der Drachen. Aber sie lag noch da, wo Silvara sie hingelegt hatte. Neben ihr lag der abgebrochene Schaft der Drachenlanze.

Gilthanas atmete ruhiger. Dann fingen seine guten Ohren das Geräusch von plätscherndem Wasser auf. Nach aufmerksamem Lauschen entschied er, daß es weder ein Fisch noch ein Nachtvogel sein konnte. Der Elfenlord sah zu Derek und Sturm hinüber. Die beiden standen sich auf einem Fels gegenüber, von dem aus man das Lager überblicken konnte. Gilthanas konnte sie streiten hören. Der Elfenlord schlich sich vom Lager weg und hielt auf das sanft plätschernde Wasser zu.

Gilthanas bewegte sich lautlos durch den dunklen Wald. Gelegentlich konnte er einen Blick auf den Fluß erhaschen, der schwach durch die Bäume glitzerte. Dann kam er zu einer Selle, an der sich das Wasser zwischen Steinen wie in einem kleinen Becken sammelte. Hier hielt Gilthanas an, fast setzte sein Herz aus. Er hatte Silvara gefunden.

Ein dunkler Kreis von Bäumen erhob sich gegen die Wolken. Die Stille der Nacht wurde nur durch das sanfte Murmeln des silbernen Flusses durchbrochen, der über die Steinstufen in das Becken fiel, und durch das Plätschern, das Gilthanas' Aufmerksamkeit erregt hatte. Jetzt wußte er, was es damit auf sich hatte.

Silvara badete. Die eiskalte Luft nicht beachtend, war das Elfenmädchen in das Wasser getaucht. Ihre Kleider lagen verstreut am Ufer neben einer verschlissenen Decke. Nur ihre Schultern und Arme waren sichtbar. Sie hatte den Kopf zurückgeworfen, als sie ihr langes Haar wusch, das wie dunkles Spinngewebe auf dem Wasser schwebte. Der Elfenlord hielt den Atem an, als er sie beobachtete. Er wußte, daß er gehen sollte, aber er stand wie angenagelt, wie verzaubert.

Und dann teilten sich die Wolken. Solinari, der silberne Mond, brannte, obwohl nur halbvoll, mit kalter Brillanz im Nachthimmel. Das Wasser im Becken verwandelte sich in geschmolzenes Silber. Silvara stieg aus dem Becken. Das silberne Wasser glitzerte auf ihrer Haut, in ihrem Haar, lief in glänzenden kleinen Wellen an ihrem Körper herab. Ihre Schönheit schlug auf Gilthanas' Herz mit solch intensivem Schmerz ein, daß er aufstöhnte.

Silvara zuckte zusammen und sah sich ängstlich um. Ihre wilde, hemmungslose Anmut war von solcher Lieblichkeit, daß Gilthanas kein Wort herausbrachte, obwohl er sich danach sehnte, ihr etwas zu sagen.

Silvara lief zu ihren Kleidern. Aber sie berührte sie nicht. Statt dessen griff sie in einen Beutel. Mit einem Messer in der Hand drehte sie sich herum, bereit, sich zu verteidigen.

Gilthanas konnte ihren Körper im silbernen Mondschein zittern sehen, und auf bestimmte Weise erinnerte es ihn lebhaft an eine Damhirschkuh, die er einmal nach langer Jagd in die Enge getrieben hatte. In den Augen des Tieres hatte die gleiche Angst gefunkelt, die er jetzt in Silvaras leuchtenden Augen sah. Die Wild-Elfe starrte verängstigt herum. Warum sieht sie mich nicht? fragte sich Gilthanas, da ihre Augen schon mehrere Male an ihm vorbeigegangen waren. Mit den Elfenaugen müßte sie mich deutlich erkennen...

Plötzlich drehte Silvara sich um, wollte der Gefahr entfliehen, die sie spüren, aber nicht sehen konnte.

Gilthanas war nun in der Lage zu sprechen. »Nein! Warte, Silvara! Hab keine Angst. Ich bin es, Gilthanas.« Er redete ruhig auf sie ein, so wie er es mit der Damhirschkuh getan hatte. »Du solltest nicht allein hier sein – es ist gefährlich...«

Silvara hielt inne, stand halb im Mondschein, halb im schützenden Schatten, ihre Muskeln angespannt, sprungbereit. Gilthanas folgte seinem Jägerinstinkt, ging langsam auf sie zu, sprach dabei weiter und hielt sie mit seiner festen Stimme und seinen Augen gebannt.

»Du solltest hier nicht allein sein. Ich bleibe bei dir. Ich möchte sowieso mit dir reden. Ich möchte, daß du mir einen Moment zuhörst. Ich muß mit dir reden, Silvara. Ich möchte hier auch nicht allein sein. Bitte verlaß mich nicht, Silvara. Soviel hat mich in dieser Welt verlassen. Bitte gehe nicht...«

Leise weiterredend näherte sich Gilthanas mit langsamen, vorsichtigen Schritten Silvara, bis er sah, daß sie einen Schritt zurücktrat. Er hob seine Hände und setzte sich auf einen Findling am Rande des Beckens, so daß das Wasser zwischen ihnen war. Silvara stand still und beobachtete ihn. Sie machte keine Anstalten, sich anzuziehen und hielt nur immer weiter das Messer hoch.

Gilthanas bewunderte ihre Entschlossenheit, obwohl ihn ihre Nacktheit irritierte. Jede wohlerzogene Elfenfrau wäre spätestens jetzt ohnmächtig geworden. Er wußte, daß er seine Augen abwenden sollte, aber er war wie gebannt von ihrer Schönheit. Sein Blut wallte. Mit Mühe sprach er weiter, wußte dabei nicht, was er sagte. Nur allmählich wurde ihm bewußt, daß er die geheimsten Gedanken seines Herzens preisgab.

»Silvara, was mache ich hier? Mein Vater braucht mich, mein Volk braucht mich. Dennoch bin ich hier, breche das Gesetz. Mein Volk lebt im Exil. Ich finde das einzige, was ihnen helfen könnte – eine Kugel der Drachen –, aber jetzt riskiere ich mein Leben, um es meinem Volk wegzunehmen und es Menschen zu geben, um ihnen bei ihrem Krieg zu helfen! Es ist nicht einmal mein Krieg, es ist nicht der Krieg meines Volkes.« Gilthanas sah sie aufrichtig an, bemerkte, daß sie ihre Augen nicht von ihm abwandte. »Warum, Silvara? Warum habe ich diese Schande über mich gebracht? Warum habe ich das meinem Volk angetan?«

Er hielt den Atem an. Silvara sah in die Dunkelheit und die Sicherheit des Waldes, dann wieder zu ihm. Sie will fliehen, dachte er, sein Herz klopfte. Dann senkte Silvara langsam ihr Messer. In ihren Augen war so viel Traurigkeit und Leid, daß Gilthanas beschämt wegsehen mußte.

»Silvara«, begann er, »ich wollte dich nicht mit meinen Problemen belasten. Ich verstehe nicht, was ich tue. Ich weiß nur...«

»... daß du es tun mußt«, beendete Silvara für ihn den Satz.

Gilthanas sah auf. Silvara hatte sich in die zerschlissene Decke gehüllt. Doch dies erhitzte nur noch mehr die Flammen seiner Begierde. Ihr silbernes Haar, das über ihre Hüften fiel, glänzte im Mondschein. Die Decke verbarg ihre silberne Haut.

Gilthanas erhob sich langsam und ging auf sie zu. Sie stand immer noch am Rand des Waldes. Er konnte ihre Furcht spüren. Aber sie hatte das Messer fallen gelassen.

»Silvara«, sagte er, »was ich getan habe, verstößt gegen alle Elfensitten. Als meine Schwester mir ihren Plan mitteilte, die Kugel zu stehlen, hätte ich direkt zu meinem Vater gehen müssen. Ich hätte Alarm schlagen müssen. Ich hätte die Kugel an mich nehmen müssen...«

Silvara trat einen Schritt näher auf ihn zu, die Decke immer noch festhaltend. »Warum hast du es nicht getan?« fragte sie leise.

Gilthanas hatte sich den Felsstufen am nördlichen Ende des Beckens genähert. »Weil ich weiß, daß mein Volk sich irrt. Laurana hat recht. Sturm hat recht. Es ist richtig, die Kugel den Menschen zu bringen! Wir müssen diesen Krieg bekämpfen. Mein Volk ist im Unrecht, ihre Gesetze, ihre Sitten sind Unrecht. Ich weiß es – in meinem Herzen! Aber ich kann es nicht in meinen Kopf kriegen. Es quält mich...«

Silvara ging langsam am Rand des Beckens entlang. Auch sie näherte sich ihm von der gegenüberliegenden Seite.

»Ich verstehe«, sagte sie leise. »Mein eigenes... Volk versteht nicht, was ich tue oder warum ich es tue. Aber ich verstehe es. Ich weiß, was richtig ist, und ich glaube daran.«

»Ich beneide dich, Silvara«, flüsterte Gilthanas.

Gilthanas trat zu dem größten Stein, eine flache Insel im glitzernden, fallenden Wasser. Silvara, deren nasses Haar über ihren Körper fiel wie ein silbernes Gewand, stand jetzt nur noch wenige Meter von ihm entfernt.

»Silvara«, sagte Gilthanas mit bebender Stimme. »Es gab noch einen anderen Grund, warum ich mein Volk verlassen habe. Du kennst ihn.«

Er streckte seine Hand nach ihr aus.

Silvara trat einen Schritt zurück und schüttelte den Kopf. Ihr Atem ging rascher.

Gilthanas trat einen Schritt vor. »Silvara, ich liebe dich«, sagte er leise. »Du scheinst so einsam zu sein, so wie ich. Bitte, Silvara, du wirst nie mehr einsam sein. Ich schwöre dir...«

Zögernd streckte Silvara ihre Hand aus. Mit einer plötzlichen Bewegung ergriff Gilthanas ihren Arm und zog sie über das Wasser. Er fing sie auf, als sie wankte, und hob sie über den Stein zu sich.

Zu spät erkannte die wilde Damhirschkuh, daß sie in der Falle saß. Nicht wegen der Arme des Mannes – sie hätte sich mühelos aus seiner Umarmung befreien können. Es war ihre eigene Liebe zu diesem Mann, in die sie verstrickt war. Daß seine Liebe zu ihr tief und zärtlich war, besiegelte ihr Schicksal. Auch er saß in der Falle.

Gilthanas spürte ihren Körper zittern, aber er wußte jetzt – als er in ihre Augen sah –, daß sie vor Leidenschaft zitterte, und nicht vor Angst. Er hielt ihr Gesicht in seinen Händen und küßte sie zart. Silvara hielt immer noch die Decke mit einer Hand um ihren Körper zusammen, aber ihr anderer Arm lag eng um Gilthanas. Ihre Lippen waren sanft und erwartungsvoll. Dann schmeckte Gilthanas eine salzige Träne auf seinen Lippen. Er wich zurück, erstaunt, sie weinen zu sehen.

»Silvara, nicht. Es tut mir leid...« Er ließ sie frei.

»Nein!« flüsterte sie, ihre Stimme war heiser. »Ich weine nicht, weil ich mich vor deiner Liebe ängstige. Es ist wegen mir. Du kannst es nicht verstehen.«

Sie legte schüchtern eine Hand um seinen Hals und zog ihn näher. Und dann, als er sie küßte, spürte er ihre andere Hand – die Hand, die die Decke festgehalten hatte – sein Gesicht liebkosen.

Silvaras Decke war unbemerkt in den Strom geglitten und wurde vom silbernen Wasser davongetragen.

Verfolgung
Ein verzweifelter Plan

Am Mittag des nächsten Tages waren die Gefährten gezwungen, die Boote zu verlassen. Sie hatten das Quellgebiet des Flusses erreicht. Hier war das Gewässer seicht und schaumigweiß von den Stromschnellen. Viele Kaganesti-Boote lagen am Strand. Als sie ihre Boote an das Ufer zogen, trafen die Gefährten auf eine Gruppe von Kaganesti-Elfen, die gerade aus dem Wald kam. Sie trugen die Körper von zwei jungen Elfenkriegern. Einige zogen ihre Waffen und hätten auch angegriffen, wenn Theros Eisenfeld und Silvara sie nicht eilig in ein Gespräch verwickelt hätten.

Die beiden sprachen lange mit den Kaganesti, während die Gefährten nervös den Fluß im Auge behielten. Obwohl sie vor Morgengrauen aufgestanden waren und so früh, wie es die Kaganesti als sicher empfanden, über das schnelle Wasser weitergereist waren, hatten sie mehr als einmal die sie verfolgenden schwarzen Boote erspäht.

Als Theros zurückkehrte, wirkte er niedergeschlagen. Silvara war vor Wut im Gesicht knallrot angelaufen.

»Mein Volk wird uns nicht unterstützen«, berichtete Silvara. »Sie wurden in den vergangenen zwei Tagen zweimal von den Echsenwesen angegriffen. Sie geben Menschen die Schuld für das Auftauchen dieses neuen Bösen. Sie sollen es mit einem weißgeflügelten Schiff hierhergebracht haben...«

»Das ist lächerlich!« schnappte Laurana. »Theros, hast du ihnen nichts von den Drakoniern gesagt?«

»Ich habe es versucht«, gab der Schmied zurück. »Aber leider spricht alles gegen euch. Die Kaganesti sahen den weißen Drachen über dem Schiff, aber sie sahen offensichtlich nicht, daß ihr ihn vertrieben habt. Wenigstens haben sie sich einverstanden erklärt, uns durch ihr Land reisen zu lassen, aber sie gewähren uns keine Hilfe. Silvara und ich mußten mit unseren Leben für euch bürgen.«

»Was machen die Drakonier hier überhaupt?« fragte Laurana, die wieder von Erinnerungen verfolgt wurde. »Ist es eine Armee? Marschieren sie in das südliche Ergod ein? Wenn ja, sollten wir vielleicht umkehren...«

»Nein, das glaube ich nicht«, sagte Theros nachdenklich. »Wenn die Armeen der Drachenfürsten bereit wären, die Insel einzunehmen, dann würden sie es mit Scharen von Drachen und Tausenden von Soldaten tun. Es scheint sich eher um kleine Trupps zu handeln, die die sowieso schon schlimme Situation weiter verschlechtern sollen. Die Fürsten hoffen wahrscheinlich, daß die Elfen ihnen den Ärger eines Krieges ersparen, indem sie sich gegenseitig umbringen.«

»Die Drachenfürsten sind für einen Angriff auf Ergod noch nicht bereit«, sagte Derek. »Sie haben noch keinen festen Stand im Norden. Aber das ist nur eine Frage der Zeit. Darum ist es so wichtig, die Kugel der Drachen nach Sankrist zu bringen und das Treffen von Weißstein einzuberufen, damit Entscheidungen getroffen werden.«

Die Gefährten sammelten ihre Ausrüstung zusammen und machten sich für den Landmarsch bereit. Silvara führte sie auf einen Pfad neben dem silbernen Fluß. Sie spürten die feindseligen Augen der Kaganesti auf sich ruhen, bis sie außer Sichtweite waren.

Das Land begann fast sofort anzusteigen. Theros erklärte ihnen, daß er in diesem Gebiet noch nie zuvor gewesen war; es lag also an Silvara, sie zu führen. Laurana war über diese Situation keineswegs erfreut. Sie vermutete, daß zwischen ihrem Bruder und dem Mädchen etwas vorgefallen war, denn sie hatte bemerkt, daß sie ein süßes, geheimes Lächeln austauschten.

Silvara hatte Zeit gefunden, bei ihrem Volk die Kleider zu wechseln. Sie war nun wie eine Kaganesti-Frau gekleidet, in eine lange Ledertunika, in Lederstiefel und einen schweren Fellumhang. Mit ihrem gewaschenen und gekämmten Haar konnten jetzt alle verstehen, wie sie zu ihrem Namen gekommen war. Ihr Haar hatte eine seltsame, metallsilberne Farbe und floß in strahlender Schönheit über ihre Schultern.

Es stellte sich heraus, daß Silvara ein außerordentlich guter Führer war, der sie zu schnellem Tempo drängte. Sie und Gilthanas gingen Seite an Seite und unterhielten sich in der Elfensprache. Kurz vor Sonnenuntergang erreichten sie eine Höhle.

»Hier können wir die Nacht verbringen«, sagte Silvara. »Wir sollten jetzt die Verfolger abgeschüttelt haben. Nur wenige kennen dieses Gebirge so gut wie ich. Aber wir sollten kein Feuer machen. Leider werden wir etwas Kaltes essen müssen.«

Erschöpft vom Tagesmarsch aßen sie trostlos, dann bereiteten sie in der Höhle ihre Lager. Die Gefährten schliefen in ihren Decken und allen verfügbaren Kleidungsstücken, zusammengekauert und unruhig. Sie stellten Wachen auf, Laurana und Silvara bestanden darauf, auch eingeteilt zu werden. Die Nacht verstrich ruhig, das einzige Geräusch war der Wind, der um die Felsen heulte.

Aber am nächsten Morgen quetschte sich Tolpan durch einen Spalt in dem gesicherten Eingang der Höhle, um sich umzuschauen, und kehrte sofort wieder zurück. Er legte einen Finger an die Lippen und machte ihnen Zeichen, ihm nach draußen zu folgen. Theros schob den riesigen Findling beiseite, den sie vor die Höhle gerollt hatten, dann schlichen sie hinter Tolpan her. Er führte sie zu einer Stelle, nur wenige Meter von der Höhle entfernt, und zeigte grimmig auf den weißen Schnee.

Das waren Fußspuren, so frisch, daß der Schnee sie noch nicht wieder ganz bedeckt hatte. Die leichten Spuren waren kaum in den Schnee eingedrückt. Keiner sprach. Dazu bestand keine Notwendigkeit. Alle erkannten die Umrisse von Elfenstiefeln.

»Sie müssen letzte Nacht hier vorbeigegangen sein«, sagte Silvara. »Wir sollten hier nicht länger bleiben. Sie werden bald entdecken, daß sie unsere Spur verloren haben, und zurückkehren. Bis dahin müssen wir hier verschwunden sein.«

»Ich sehe nicht ein, was das für einen Unterschied machen soll«, grummelte Flint voller Abscheu. Er zeigte auf ihre eigenen äußerst deutlichen Spuren. Dann sah er in den klaren blauen Himmel. »Wir können genausogut hier sitzenbleiben und auf sie warten. Erspart ihnen Zeit und uns Mühen. Wir können unsere Spuren nicht verwischen!«

»Vielleicht können wir unsere Spur nicht verwischen«, sagte Theros, »aber vielleicht können wir einige Meilen Vorsprung herausholen.«

»Vielleicht«, wiederholte Derek grimmig. Er löste sein Schwert aus der Scheide und ging in die Höhle zurück.

Laurana hielt Sturm fest. »Es darf nicht zu einem Blutbad kommen!« flüsterte sie panisch, beunruhigt über Dereks Verhalten.

Der Ritter schüttelte den Kopf, als sie den anderen folgten. »Wir können nicht zulassen, daß dein Volk uns hindert, die Kugel nach Sankrist zu bringen.«

»Ich weiß«, sagte Laurana leise. Sie senkte den Kopf und betrat schweigend die Höhle. Ihr war elend zumute.

Die anderen waren in wenigen Momenten bereit. Dann stand Derek im Eingang, wütend, und musterte Laurana ungeduldig.

»Geh vor«, sagte sie ihm, sie wollte nicht, daß er sie weinen sah. »Ich komme nach.«

Derek ging sofort. Theros, Sturm und die anderen verließen langsamer die Höhle und warfen Laurana nervöse Blicke zu.

»Geht vor«, wiederholte sie. Sie mußte einen Moment allein sein. Aber sie konnte nur an Dereks Hand an seinem Schwert denken. »Nein!« sagte sie sich streng. »Du wirst *nicht* gegen dein Volk kämpfen. An dem Tag, an dem das passiert, werden die Drachen gesiegt haben. Du wirst dein Schwert als erste niederlegen...«

Hinter ihrem Rücken hörte sie etwas. Sie wirbelte herum, ihre Hand fuhr instinktiv zum Schwert, dann stockte sie.

»Silvara?« fragte sie erstaunt, als sie das Mädchen im Schatten sah. »Ich dachte, du wärst draußen. Was machst du da?«

Laurana ging schnell zu der Stelle, wo Silvara in der Dunkelheit gekniet hatte und etwas auf dem Höhlenboden getan hatte. Die Wild-Elfe erhob sich schnell.

»N...nichts«, murmelte Silvara. »Ich habe nur meine Sachen zusammengesucht.«

Hinter Silvara auf dem kalten Boden glaubte Laurana die Kugel der Drachen gesehen zu haben, ihre Kristalloberfläche glänzte in einem seltsamen wirbelnden Licht. Aber bevor sie genauer hinsehen konnte, hatte Silvara schnell ihren Umhang über die Kugel fallen lassen.

»Komm, Laurana«, sagte Silvara, »wir müssen uns beeilen. Es tut mir leid, wenn ich so langsam...«

»Gleich«, sagte Laurana abweisend. Sie wollte an der Wild-Elfe vorbeigehen. Silvaras Hand klammerte sich an ihren Arm.

»Wir müssen uns beeilen!« sagte sie, in ihrer leisen Stimme lag eine Spur von Härte. Ihr Griff an Lauranas Arm war schmerzhaft, selbst durch den dicken Fellumhang.

»Laß mich los«, sagte Laurana kühl und starrte das Mädchen

an, ihre grünen Augen zeigten weder Furcht noch Wut. Silvara ließ ihre Hand los und senkte ihren Blick.

Laurana ging zum hinteren Teil der Höhle. Sie sah nach unten, konnte aber nichts erkennen, was einen Sinn ergeben würde. Einige Zweige und verkohltes Holz, einige Steine, aber sonst nichts. Falls das ein Zeichen sein sollte, dann war es ein sehr ungeschicktes. Laurana trat mit ihren Stiefeln dagegen und stieß die Steine und die Hölzchen um. Dann drehte sie sich um und nahm Silvaras Arm.

»Nun«, sagte Laurana in ruhigem, ausgeglichenem Ton. »Was auch immer du für eine Botschaft für deine Freunde hinterlassen wolltest, sie wird schwierig zu entziffern sein.«

Laurana war auf fast jede Reaktion des Mädchens gefaßt – Wut, Schamgefühl, erwischt worden zu sein. Sie erwartete sogar einen Angriff. Aber Silvara begann zu zittern. Ihre Augen – als sie Laurana anstarrte – waren bittend, fast klagend. Einen Moment lang versuchte Silvara zu sprechen, aber sie konnte nicht. Sie schüttelte den Kopf, riß sich aus Lauranas Griff frei und lief nach draußen.

»Beeil dich, Laurana!« rief Theros mürrisch.

»Ich komme!« antwortete sie und blickte auf den Höhlenboden. Sie überlegte, ob sie die Gegenstände weiter untersuchen sollte, aber es blieb keine Zeit mehr.

Vielleicht *bin* ich zu mißtrauisch gegenüber dem Mädchen und das ohne Grund, dachte Laurana mit einem Seufzen, als sie aus der Höhle eilte. Aber dann hielt sie so plötzlich an, daß Theros, der die Nachhut bildete, mit ihr zusammenstieß. Er faßte sie am Arm.

»Alles in Ordnung?« fragte er.

»J...ja«, antwortete Laurana.

»Du siehst blaß aus. Hast du etwas gesehen?«

»Nein. Mir geht es gut«, sagte Laurana eilig und ging weiter. Was für ein Dummkopf bin ich doch gewesen! Was für Dummköpfe sind wir alle!

Noch einmal sah sie deutlich vor ihrem geistigen Auge, wie Silvara sich erhob und ihren Umhang über die Kugel der Drachen fallen ließ. Die Kugel der Drachen, die mit einem seltsamen Licht strahlte!

Sie wollte gerade Silvara nach der Kugel fragen, als ihre Gedanken plötzlich abgelenkt wurden. Ein Pfeil zischte durch die Luft und bohrte sich in einen Baum dicht neben Dereks Kopf.

»Elfen! Feuerklinge, Angriff!« schrie der Ritter und zog sein Schwert.

»Nein!« Laurana lief nach vorn und packte seinen Schwertarm. »Wir werden nicht kämpfen. Es wird kein Töten geben!«

»Du bist verrückt!« schrie Derek. Wütend riß er sich von Laurana los und schob sie nach hinten zu Sturm.

Ein weiterer Pfeil zischte vorbei.

»Sie hat recht!« sagte Silvara. »Wir können sie nicht bekämpfen. Wir müssen zum Paß! Dort können wir sie aufhalten.«

Ein anderer Pfeil traf das Kettenhemd, das Derek über seiner Ledertunika trug. Er zog ihn verärgert heraus.

»Sie wollen nicht töten«, fügte Laurana hinzu. »Wenn sie es wollten, wärst du schon längst tot. Wir müssen laufen. Wir können hier sowieso nicht kämpfen.« Sie zeigte auf den dichten Wald. »Am Paß können wir uns besser verteidigen.«

»Steck dein Schwert weg, Derek«, sagte Sturm und zog seine Klinge. »Oder du wirst erst gegen mich kämpfen müssen.«

»Du bist ein Feigling, Feuerklinge!« schrie Derek, seine Stimme bebte vor Zorn. »Du rennst vor dem Feind weg!«

»Nein«, antwortete Sturm kühl, »ich renne vor meinen Freunden weg.« Der Ritter hielt sein Schwert kampfbereit. »Beweg dich, Kronenhüter, oder die Elfen werden zu spät kommen, um dich als Gefangenen festzunehmen.«

Wieder flog ein Pfeil direkt an Derek vorbei. Der Ritter, dessen Gesicht vor Wut fleckig wurde, steckte sein Schwert weg, drehte sich um und verschwand auf dem Pfad. Aber zuvor warf er Sturm einen solch feindseligen Blick zu, daß Laurana erbebte.

»Sturm...«, begann sie, aber er faßte sie nur am Ellbogen und schob sie vorwärts. Sie kletterten schnell. Hinter sich konnten sie Theros durch den Schnee stapfen hören, gelegentlich hielt er an, um einen Findling nach den Elfen hinunterzustoßen. Bald hörte es sich an, als ob die gesamte Bergseite den steilen Pfad nach unten glitt, und der Pfeilregen hörte auf.

»Aber das ist nur kurzfristig«, sagte der Schmied, als er Sturm und Laurana einholte. »Das wird sie nicht lange aufhalten.«

Laurana konnte nicht antworten. Ihre Lungen schmerzten. Bunte Sterne flimmerten vor ihren Augen. Sie war nicht die einzige, die litt. Sturms Atem rasselte durch seine Kehle. Sein Griff, mit dem er ihren Arm hielt, wurde schwächer, und seine Hand zitterte. Selbst der starke Schmied keuchte wie ein durchgebranntes Pferd. Als sie um einen großen Fels bogen, fanden sie den Zwerg auf seinen Knien hockend vor, Tolpan versuchte vergeblich, ihn hochzuziehen.

»Muß... ausruhen...«, sagte Laurana mit schmerzender Kehle. Sie wollte sich hinsetzen, als kräftige Hände nach ihr griffen.

»Nein!« drängte Silvara. »Nicht hier! Nur noch ein paar Meter! Komm! Halte durch!«

Die Wild-Elfe zog Laurana vorwärts. Verschwommen nahm sie wahr, daß Sturm dem stöhnenden und fluchenden Flint auf die Füße half. Theros und Sturm zogen gemeinsam den Zwerg mit sich. Tolpan stolperte hinterher, zu müde, um zu quasseln.

Schließlich erreichten sie die Spitze des Passes. Laurana fiel in den Schnee, es war ihr einerlei, was geschehen würde. Die anderen sanken neben ihr auf den Boden, alle außer Silvara, die nach unten starrte.

Woher hat sie diese Stärke? dachte Laurana zwischen zwei Schmerzwellen. Aber sie war zu erschöpft, sich die Frage zu beantworten, sich zu sorgen, ob die Elfen sie fanden oder nicht. Silvara wandte ihnen ihr Gesicht zu.

»Wir müssen uns aufteilen«, sagte sie entschieden.

Laurana starrte sie verständnislos an.

»Nein«, begann Gilthanas und versuchte erfolglos, auf die Beine zu kommen.

»Hört mir zu«, sagte Silvara und kniete nieder. »Die Elfen sind zu dicht hinter uns. Sie werden uns sicher fassen, und wir werden entweder kämpfen oder uns ergeben müssen.«

»Kämpfen«, murmelte Derek wild.

»Es gibt einen besseren Weg«, zischte Silvara. »Du, Ritter, mußt die Kugel der Drachen allein nach Sankrist bringen! Wir werden die Verfolger ablenken.«

Einen Moment lang sprach niemand. Alle starrten Silvara stumm an, überdachten diese neue Möglichkeit. Derek hob den Kopf, seine Augen strahlten. Laurana warf Sturm einen beunruhigten Blick zu.

»Ich bin nicht der Meinung, daß einer allein solch eine schwere Verantwortung übernehmen sollte«, sagte Sturm, sein Atem kam zögernd. »Mindestens zwei von uns sollten gehen.«

»Du meinst dich wohl, Feuerklinge?« fragte Derek wütend.

»Ja, natürlich, Sturm sollte gehen«, sagte Laurana, »wenn überhaupt jemand.«

»Ich kann eine Karte über den Weg durch die Berge zeichnen«, sagte Silvara eifrig. »Er ist nicht schwierig. Der Außenposten der Ritter ist nur einen Zweitagesmarsch von hier entfernt.«

»Aber wir können nicht fliegen«, protestierte Sturm. »Was ist mit unseren Spuren? Die Elfen werden sicher erkennen, daß wir uns getrennt haben.«

»Eine Lawine«, schlug Silvara vor. »Als Theros die Felsbrocken hinter uns runterstieß, ist mir diese Idee gekommen.« Sie blickte auf. Sie folgten ihrem Blick. Schneebedeckte Wipfel ragten über ihnen hoch, der Schnee hing über die Ränder.

»Ich kann mit meiner Magie eine Lawine auslösen«, sagte Gilthanas langsam. »Es wird die Spuren von allen verwischen.«

»Nicht ganz«, warnte Silvara. »Unsere müssen wiedergefunden werden – obwohl sie das natürlich nicht mehr sollen. Wir wollen ja, daß sie uns folgen.«

»Aber wohin gehen wir?« fragte Laurana. »Ich habe nicht vor, ziellos durch die Wildnis zu laufen.«

»Ich ... ich kenne einen Ort.« Silvara stammelte, sah nach unten. »Er ist geheim, nur meinem Volk bekannt. Ich werde euch dorthin führen.« Sie klatschte in die Hände. »Bitte, wir müssen uns beeilen. Es bleibt uns nicht viel Zeit!«

»Ich werde die Kugel nach Sankrist bringen«, sagte Derek, »und ich werde allein gehen. Sturm sollte bei der Gruppe bleiben. Ihr werdet einen Krieger brauchen.«

»Wir haben Krieger«, sagte Laurana. »Theros, mein Bruder, der Zwerg. Auch ich habe Kampferfahrungen ...«

»Und ich«, piepste Tolpan.

»Und der Kender«, fügte Laurana grimmig hinzu. »Außerdem wird es nicht zum Blutvergießen kommen.« Ihre Augen richteten sich auf Sturms besorgtes Gesicht, und sie fragte sich, was er wohl dachte. Ihre Stimme wurde weicher. »Die Entscheidung liegt natürlich bei Sturm. Er muß das tun, was er für richtig hält, aber ich meine, er sollte Derek begleiten.«

»Ich stimme zu«, murmelte Flint. »Denn *wir* sind es nicht, die sich in Gefahr begeben werden. Wir werden ohne die Kugel der Drachen sicherer sein. Es ist die Kugel, die die Elfen wollen.«

»Ja«, pflichtete Silvara mit leiser Stimme bei. »Wir werden *ohne* die Kugel sicherer sein. Ihr werdet in Gefahr sein.«

»Dann steht meine Entscheidung fest«, sagte Sturm. »Ich gehe mit Derek.«

»Und wenn ich dir befehle, zurückzubleiben?« verlangte Derek zu wissen.

»Du hast keine Macht über mich«, sagte Sturm. »Hast du es vergessen? Ich bin kein Ritter.«

Eine schmerzliche, tiefe Stille entstand. Derek starrte Sturm aufmerksam an.

»Nein«, sagte er, »und wenn es in meiner Macht liegt, wirst du auch nie einer werden!«

Sturm zuckte zusammen, als hätte Derek ihm einen Schlag versetzt. Dann erhob er sich schwer seufzend.

Derek hatte bereits begonnen, sein Gepäck zusammenzusuchen. Sturm bewegte sich langsamer und packte sein Zeug mit nachdenklicher Bedachtsamkeit. Laurana stand auf und ging zu Sturm.

»Hier«, sagte sie und griff in ihren Rucksack. »Ihr werdet Lebensmittel brauchen...«

»Du könntest mit uns kommen«, sagte Sturm leise, während sie ihre Vorräte aufteilte. »Tanis weiß, daß wir uns auf dem Weg nach Sankrist befinden. Er wird auch versuchen, dorthin zu kommen.«

»Du hast recht«, sagte Laurana, ihre Augen strahlten auf. »Vielleicht wäre das eine gute Idee...« Dann gingen ihre Augen zu Silvara. Die Wild-Elfe hielt die Kugel der Drachen, die immer noch in den Umhang gehüllt war. Silvaras Augen waren geschlossen, als ob sie mit einem unsichtbaren Geist in Kontakt stünde. Seufzend schüttelte Laurana den Kopf. »Nein, ich muß bei ihr bleiben, Sturm«, sagte sie. »Irgend etwas stimmt nicht. Ich verstehe es nicht...«, sie brach ab, unfähig, ihre Gedanken zu artikulieren. »Was ist mit Derek?« fragte sie statt dessen. »Warum besteht er so sehr darauf, allein zu gehen? Der Zwerg hat recht in bezug auf die Gefährlichkeit. Wenn die Elfen euch ohne uns fangen, werden sie nicht zögern, euch zu töten.«

Sturms Miene war verbittert. »Das fragst du noch? Lord Derek Kronenhüter kehrt allein zurück aus schrecklichen Gefahren und trägt mit sich die begehrte Kugel der Drachen...« Sturm zuckte die Schultern.

»Aber es steht so viel auf dem Spiel«, protestierte Laurana.

»Du hast recht, Laurana«, sagte Sturm barsch. »Es steht eine Menge auf dem Spiel. Mehr als du ahnst – die Führerschaft der Ritter von Solamnia. Ich kann es jetzt nicht erklären...«

»Nun komm schon, Feuerklinge, falls du kommst!« schnarrte Derek.

Sturm nahm die Lebensmittel und verstaute sie in seinem Rucksack. »Leb wohl, Laurana«, sagte er und verbeugte sich mit jener Ritterlichkeit, die all sein Handeln kennzeichnete.

»Leb wohl, Sturm, mein Freund«, flüsterte sie und legte ihre Arme um den Ritter.

Er hielt sie fest und gab ihr einen flüchtigen Kuß auf ihre Stirn.

»Wir werden die Kugel weisen Männern übergeben. Das Treffen von Weißstein wird bald einberufen«, sagte er. »Die Elfen werden eine Einladung erhalten, denn sie sind beratende Mitglieder. Du mußt so schnell wie möglich nach Sankrist kommen, Laurana. Deine Anwesenheit wird notwendig sein.«

»Ich werde dort sein, wenn die Götter es wollen«, sagte Laurana, ihre Augen wanderten zu Silvara, die Derek die Kugel der Drachen aushändigte. Ein Ausdruck unbeschreiblicher Erleichterung stand in Silvaras Gesicht, als Derek sich wegdrehte.

Sturm verabschiedete sich, dann verschwand er hinter Derek im Schnee. Die Gefährten sahen Licht aufblitzen, als die Sonne auf seinen Schild fiel.

Plötzlich trat Laurana einen Schritt nach vorn. »Wartet!« schrie sie. »Ich muß sie aufhalten. Sie sollten auch die Drachenlanze mitnehmen.«

»Nein!« rief Silvara und rannte hinter Laurana her, um ihr den Weg zu versperren.

Wütend wollte Laurana das Mädchen beiseite schieben, als sie in Silvaras Gesicht blickte.

»Was tust du, Silvara?« fragte Laurana. »Warum schickst du sie weg? Warum bist du so daran interessiert, uns zu trennen? Warum gibst du ihnen die Kugel und nicht die Lanze...?«

Silvara antwortete nicht. Sie zuckte einfach die Achseln und starrte Laurana mit blauen Augen an, die dunkler als die Nacht waren. Laurana spürte ihren Willen von diesen blauen Augen aufgesogen. Sie erinnerte sich ängstlich an Raistlin.

Auch Gilthanas starrte Silvara mit einem verwirrten und besorgten Gesichtsausdruck an. Theros stand grimmig und ernst da, warf Laurana einen Blick zu, als ob er ihre Zweifel zu teilen begann. Aber sie waren nicht in der Lage, sich zu bewegen. Sie standen völlig unter Silvaras Bann. Was hatte sie mit ihnen getan? Sie konnten nur dastehen und die Wild-Elfe anstarren, als sie langsam zu Laurana ging, die erschöpft ihr Gepäck fallen gelassen hatte. Silvara beugte sich und packte das Stück gesplittertes Holz aus. Dann hob sie es hoch in die Luft.

Sonnenlicht blitzte auf Silvaras Silberhaar.

»Die Drachenlanze bleibt bei mir«, sagte Silvara. Dann warf sie der verzauberten Gruppe einen Blick zu und fügte hinzu: »So wie ihr.«

Dunkle Reise

Hinter ihnen stürzte der Schnee über den Paß. In weißen Lagen fiel er nach unten, blockierte den Paß, verwischte ihre Spuren. Das Echo von Gilthanas magischem Donner hallte noch in der Luft, oder vielleicht war es das Aufschlagen der Felsen, dic den Berghang hinunterprasselten.

Die Gefährten, von Silvara geführt, wanderten langsam und vorsichtig weiter, gingen nur auf Fels, vermieden verschneite Stellen. Sie gingen hintereinander und traten in die Fußspuren des anderen, so daß die Elfen nicht sicher sein konnten, wie viele es waren.

Sie waren so vorsichtig, daß Laurana sich Sorgen machte.

»Vergiß nicht, wir wollen, daß sie *uns* finden«, sagte sie zu Silvara.

»Beruhige dich. Sie werden keine Schwierigkeiten haben, uns zu finden«, antwortete Silvara.

»Was macht dich da so sicher?« fragte Laurana, dann glitt sie aus und fiel auf Hände und Knie. Gilthanas half ihr beim Aufstehen. Das Gesicht vor Schmerz verzogen, starrte sie Silvara stumm an. Keiner von ihnen, einschließlich Theros, traute ihr seit der plötzlichen Veränderung, die über die Wild-Elfe nach der Trennung von den Rittern gekommen war. Aber es blieb ihnen nichts anderes übrig, als ihr zu folgen.

»Weil sie unser Ziel kennen«, antwortete Silvara. »Du warst klug, als du dachtest, ich hätte ein Zeichen für sie in der Höhle hinterlassen. Das tat ich auch. Glücklicherweise hast du es nicht gefunden. Unter den Stöcken, die du so nett für mich durcheinandergebracht hast, hatte ich eine grobe Karte gezeichnet. Wenn sie die Karte finden, werden sie denken, daß ich sie für euch gezeichnet habe, um euch unser Ziel zu zeigen. Du hast es sehr realistisch aussehen lassen, Laurana.« Ihre Stimme klang herausfordernd, bis sie Gilthanas' Augen traf.

Der Elfenlord drehte sich von ihr weg, sein Gesicht war traurig. Silvara stammelte. Ihre Stimme wurde flehend. »Ich habe es aus einem Grund getan – einem guten Grund. Ich wußte bereits, als ich die Spuren sah, daß wir uns trennen müssen. Du mußt mir glauben!«

»Was ist mit der Kugel der Drachen? Was hast du mit ihr angestellt?« fragte Laurana.

»N...nichts«, stammelte Silvara. »Du mußt mir vertrauen!«

»Ich sehe keinen Grund dafür«, entgegnete Laurana kalt.

»Ich habe dir keinen Schaden zugefügt...«, begann Silvara.

»Außer daß du die Ritter und die Kugel der Drachen in eine tödliche Falle geschickt hast!« schrie Laurana.

»Nein!« Silvara spielte nervös mit ihren Händen. »Das habe ich nicht! Glaub mir. Sie sind in Sicherheit. Das war die ganze Zeit mein Plan gewesen. Der Kugel der Drachen darf nichts passieren. Vor allem darf sie nicht in die Hände der Elfen fallen. Darum habe ich sie weggeschickt. Darum habe ich euch bei eurer Flucht geholfen!« Sie blickte sich um, schien wie ein Tier in der Luft zu schnüffeln. »Kommt! Wir haben uns hier zu lange aufgehalten.«

»Falls wir überhaupt noch mit dir gehen!« sagte Gilthanas barsch. »Was weißt du über die Kugel?«

»Frag mich nicht!« Silvaras Stimme war plötzlich leise und voller Trauer. Ihre blauen Augen starrten Gilthanas mit solch einer Liebe an, daß er ihren Blick nicht mehr ertragen konnte. Er schüttelte den Kopf und wich ihren Augen aus. Silvara faßte ihn am Arm. »Bitte, *shalori,* Geliebter, vertrau mir! Erinnerst du dich, worüber wir gestern gesprochen haben – am Becken. Du hast gesagt, du mußt diese Dinge tun – dich über dein Volk hinwegsetzen, ein Ausgestoßener werden, weil du in deinem Herzen einen Glauben hast. Ich sagte, daß ich das verstehe, daß ich das gleiche tun müßte. Hast du mir nicht geglaubt?«

Gilthanas stand einen Moment mit gesenktem Kopf da. »Ich habe dir geglaubt«, sagte er leise. Er streckte seine Hand aus, zog sie an sich und küßte ihr silbernes Haar. »Wir gehen mit dir. Komm, Laurana.« Arm in Arm stapften die beiden durch den Schnee.

Laurana blickte die anderen verständnislos an. Sie vermieden ihren Blick. Dann ging Theros zu ihr.

»Ich lebe in dieser Welt seit fast fünfzig Jahren, junge Frau«, sagte er sanft. »Nicht lang für euch Elfen, das weiß ich. Aber wir Menschen *leben* diese Jahre – wir lassen sie nicht einfach an uns vorbeitreiben. Und ich sage dir – dieses Mädchen liebt deinen Bruder aufrichtig. Und er liebt sie. Diese Liebe kann nicht zum Bösen werden. Allein um ihrer Liebe willen würde ich ihnen in eine Drachenhöhle folgen.«

Der Schmied ging hinter den beiden her.

»Um meiner kalten Füße willen würde auch ich ihnen in eine Drachenhöhle folgen, falls sie meine Zehen wärmt!« Flint stampfte auf den Boden. »Kommt schon, laßt uns gehen.« Er packte den Kender und zog ihn hinter dem Schmied her.

Laurana stand allein da. Daß sie folgen würde, war klar. Ihr blieb keine andere Wahl. Sie wollte Theros' Worten vertrauen. Sie hatte einst geglaubt, daß die Welt diesen Weg ging. Aber jetzt wußte sie, daß ihr Glaube falsch gewesen war. Warum nicht auch Liebe?

Alles, was sie vor ihrem geistigen Auge sah, waren die wirbelnden Farben der Drachenkugel.

Die Gefährten zogen weiter nach Osten, bis die Nacht anbrach. Als sie den hohen Gebirgspaß hinabstiegen, konnten sie wieder leichter atmen. Die vereisten Felsen blieben hinter dürren Kiefern zurück, dann waren sie in einem Wald. Silvara führte sie schließlich in ein nebelumhangenes Tal.

Die Wild-Elfe schien sich nicht länger um das Verwischen ihrer Spuren zu kümmern. Sie sorgte sich nur noch um das Tempo. Sie trieb die Gruppe an, als ob sie ein Wettrennen gegen die Sonne am Himmel lief. Als die Nacht anbrach, ließen sie sich in der baumumrandeten Dunkelheit niedersinken, selbst zum Essen zu müde. Aber Silvara ließ sie nur einige wenige Stunden unruhig schlafen. Als die Monde aufgingen, die bald auf Vollmond zugingen, drängte sie die Gefährten weiter.

Wenn jemand erschöpft fragte, warum sie sich so beeilen mußten, antwortete sie nur: »Sie sind in der Nähe. Sie sind sehr nahe.«

Alle nahmen an, sie meinte die Elfen, obwohl Laurana schon seit langem das Gefühl hatte, daß sie nicht mehr von dunklen Schatten verfolgt wurden.

Die Dämmerung brach an, aber das Licht filterte durch solch einen dichten Nebel, daß Tolpan dachte, er könnte eine Handvoll davon in einem seiner Beutel verstauen. Die Gefährten gingen dicht nebeneinander, hielten sich sogar an den Händen, um sich nicht zu verlieren. Es wurde wärmer. Sie zogen ihre nassen und schweren Umhänge aus, als sie auf einen Pfad stolperten, der sich unter ihren Füßen aus dem Nebel heraus zu materialisieren schien. Silvara ging vorn. Das blasse Licht, das von ihrem silbernen Haar ausging, war ihr einziger Anhaltspunkt.

Schließlich wurde der Boden unter ihnen eben, die Bäume lichteten sich, und sie wanderten auf weichem Gras. Obwohl keiner im grauen Nebel mehr als ein paar Meter weit sehen konnte, hatten sie den Eindruck, sich auf einer weiten Lichtung zu befinden.

»Das ist das Nebelhafen-Tal«, erklärte Silvara auf ihre Fragen. »Vor vielen Jahren, vor der Umwälzung, war es einer der schönsten Plätze auf Krynn…, so sagt es mein Volk.«

»Er könnte immer noch schön sein«, murrte Flint, »wenn wir nur etwas durch diesen verdammten Nebel sehen würden.«

»Nein«, sagte Silvara traurig. »Wie so vieles in dieser Welt ist auch die Schönheit von Nebelhafen verschwunden. Einst schwebte die Festung von Nebelhafen wie eine Wolke über dem Nebel. Die aufgehende Sonne färbte den Nebel rosa, zum Mittag war er verschwunden, so daß die emporragenden Türme der Festung zu sehen waren. Am Abend kehrte der Nebel zurück, um die Festung wie eine Decke einzuhüllen. In den Nächten leuchteten der silberne und der rote Mond über dem Nebel mit einem schimmernden Licht. Pilger kamen aus allen Teilen Krynns…«, Silvara brach plötzlich ab. »Wir werden heute nacht hier ein Lager aufschlagen.«

»Was für Pilger?« fragte Laurana, während sie ihr Gepäck fallen ließ.

Silvara zuckte die Achseln. »Ich weiß es nicht«, sagte sie und wandte ihr Gesicht ab. »Es ist nur eine Legende meines Volkes. Vielleicht ist es nicht einmal wahr. Schließlich kommt heute niemand mehr her.«

Sie lügt, dachte Laurana, aber sie sagte nichts mehr. Sie war zu müde. Und selbst Silvaras leise, sanfte Stimme schien unnatürlich laut und kratzend in der unheimlichen Stille. Die Gefährten breiteten schweigend ihre Decken aus. Sie knabberten schweigend ohne Appetit an den Trockenfrüchten. Selbst der Kender war still. Der Nebel war bedrückend, lastete schwer auf ihnen. Das einzige Geräusch war ein ständiges Tröpfeln von Wasser auf den belaubten Boden.

»Schlaft jetzt«, sagte Silvara leise, als sie ihre Decke neben

Gilthanas' Lager ausbreitete, »denn wenn der Silbermond den Zenit erreicht hat, müssen wir aufbrechen.«

»Was für einen Unterschied macht das noch aus?« Der Kender gähnte. »Wir können sowieso nichts sehen.«

»Trotzdem müssen wir weiter. Ich werde dich wecken.«

»Wenn wir von Sankrist zurückkehren – nach dem Treffen von Weißstein –, könnten wir heiraten«, sagte Gilthanas leise zu Silvara, als sie zusammen unter seiner Decke lagen.

Das Mädchen versteifte sich in seinen Armen. Er spürte ihr weiches Haar an seiner Wange reiben. Aber sie antwortete nicht.

»Mach dir keine Sorgen wegen meines Vaters«, sagte Gilthanas lächelnd und streichelte das wunderschöne Haar, das selbst in der Dunkelheit glänzte. »Er wird eine Zeitlang streng und wütend sein, aber ich bin der jüngste Sohn – niemand kümmert sich darum, was aus mir wird. Porthios wird toben und lärmen. Aber den ignorieren wir einfach. Wir brauchen auch nicht bei meinem Volk zu leben. Ich weiß zwar nicht, wie ich mit deinem Volk zurechtkomme, aber ich kann es lernen. Ich bin ein guter Bogenschütze. Und es würde mir gefallen, daß unsere Kinder in der Wildnis aufwachsen, frei und glücklich... was... Silvara – warum weinst du?«

Gilthanas hielt sie eng an sich gedrückt, als sie ihr Gesicht an seiner Schulter vergrub und bitterlich schluchzte. »Nun, nun«, flüsterte er tröstend und lächelte in der Dunkelheit. Frauen sind schon komische Wesen. Er fragte sich, was er Falsches gesagt hatte. »Pssst, Silvara«, murmelte er. »Es wird alles gut werden.« Und dann schlief Gilthanas ein und träumte von silberhaarigen Kindern, die durch grüne Wälder liefen.

»Es ist Zeit. Wir müssen aufbrechen.«

Laurana spürte eine Hand an ihrer Schulter. Erschrocken erwachte sie aus einem verschwommenen, beängstigenden Traum, an den sie sich nicht erinnerte, und fand die Wild-Elfe vor sich knien.

»Ich wecke die anderen«, sagte Silvara.

Laurana, die müder war, als wenn sie gar nicht geschlafen hätte, packte mechanisch ihre Sachen zusammen und wartete zitternd in der Dunkelheit. Sie hörte den Zwerg aufstöhnen. Die feuchte Luft ließ seine Gelenke schmerzen. Diese Reise war hart und anstrengend für Flint, wurde Laurana klar. Trotz allem war er schon fast hundertfünfzig Jahr alt. Ein beachtliches Alter für einen Zwerg. Sein Gesicht hatte auf der Reise an Farbe verloren. Seine Lippen, kaum sichtbar unter dem Bart, hatten eine bläuliche Färbung, und gelegentlich preßte er seine Hand an die Brust. Aber trotzdem bestand er felsenfest darauf, daß es ihm gut ginge.

»Alles fertig!« schrie Tolpan. Seine schrille Stimme hallte unheimlich im Nebel wider, und er hatte das deutliche Gefühl, daß er etwas gestört hätte. »Tut mir leid«, sagte er unterwürfig. »Na so was!« murmelte er zu Flint. »Es ist wie in einem Tempel.«

»Halt einfach den Mund!« schnappte der Zwerg.

Eine Fackel flammte auf. Die Gefährten zuckten bei dem plötzlichen blendenden Licht auf, das Silvara hielt.

»Wir brauchen Licht«, sagte sie, bevor jemand protestieren konnte. »Fürchtet euch nicht. Das Tal ist vollkommen abgeriegelt. Vor langer Zeit gab es zwei Zugänge: Einer führte zu menschlichen Gebieten, wo die Ritter einen Außenposten halten, der andere nach Osten in das Land der Oger. Beide Zugänge sind während der Umwälzung verlorengegangen. Wir brauchen uns nicht zu fürchten. Ich habe euch auf einen Weg geführt, der nur mir bekannt ist.«

»Und deinem Volk«, erinnerte Laurana sie scharf.

»Ja – meinem Volk...«, sagte Silvara, und Laurana war überrascht, das Mädchen erbleichen zu sehen.

»Wohin bringst du uns?« fragte Laurana.

»Das wirst du sehen. In einer Stunde werden wir am Ziel sein.«

Die Gefährten blickten sich an, dann zu Laurana.

Verdammt, dachte sie. »Seht mich nicht so erwartungsvoll an!« sagte sie wütend. »Was wollt ihr von mir? Hier stehenbleiben, verloren im Nebel...«

»Ich will euch nicht verraten!« murmelte Silvara verzweifelt. »Bitte vertraut mir – wenigstens ein wenig.«

»Geh voran«, sagte Laurana müde. »Wir folgen.«

Der Nebel schien sie noch dichter einzuhüllen, so daß schließlich nur noch das Licht von Silvaras Fackel zu erkennen war.

Keiner hatte eine Vorstellung, in welche Richtung sie gingen. Die Landschaft veränderte sich nicht. Sie wanderten durch hohes Gras. Hier wuchsen keine Bäume. Gelegentlich ragte ein riesiger Findling aus der Dunkelheit hervor, aber das war auch alles. Es gab kein Anzeichen von Vögeln und Tieren. Ein Gefühl von Dringlichkeit machte sich zunehmend bemerkbar, das alle spürten, und sie beschleunigten ihre Schritte.

Dann hielt Silvara plötzlich ohne Warnung an.

»Wir sind da«, sagte sie und hielt die Fackel hoch.

Das Licht der Fackel durchbrach den Nebel. Sie konnten alle etwas Schattenhaftes vor sich erkennen.

Silvara ging näher heran. Sie folgten ihr neugierig und ängstlich.

Dann wurde die Stille der Nacht durch blubbernde Geräusche, wie kochendes Wasser in einem riesigen Kessel, durchbrochen. Der Nebel wurde wieder dichter, die Luft war warm und drückend.

»Heiße Quellen!« sagte Theros, der plötzlich verstand. »Genau, das erklärt den ständigen Nebel. Und dieser dunkle Umriß...«

»Die Brücke, die über sie führt«, entgegnete Silvara und richtete ihre Fackel auf etwas, das sie nun als eine Steinbrücke erkennen konnten, die über das dampfende Wasser führte.

»Da sollen wir rübergehen!« rief Flint aus und starrte entsetzt auf das schwarze, sprudelnde Wasser. »Da sollen wir rübergehen...«

»Sie wird die Gangbrücke genannt«, erklärte Silvara.

Die einzige Antwort des Zwerges war ein unterdrücktes Würgen.

Die Gangbrücke war ein langer Brückenbogen aus purem

weißem Marmor. Auf beiden Seiten erhoben sich hohe Säulen mit lebensgetreuen Abbildungen von Rittern, die über das sprudelnde Wasser gingen. Der Bogen wölbte sich so weit in die Höhe, daß sie durch den Nebel nicht seine Spitze erkennen konnten. Und die Brücke war alt, so alt, daß Flint andächtig den Stein berührte. Er konnte jedoch nicht erkennen, wer ihr Baumeister gewesen war, es war weder das Werk von Zwergen oder Elfen noch von Menschen. Wer hatte diese wunderschöne Arbeit ausgeführt?

Dann bemerkten sie, daß es keine Handläufe gab, nur die Marmorbögen, glitschig und glänzend vom Nebel, der ständig von den Quellen hochwallte.

»Wir können nicht hinübergehen«, sagte Laurana mit bebender Stimme. »Und jetzt sind wir in der Falle...«

»Wir *können* hinübergehen«, sagte Silvara. »Denn wir sind aufgefordert zu kommen.«

»Aufgefordert?« wiederholte Laurana wütend. »Von wem? Wo?«

»Wartet«, befahl Silvara.

Sie warteten. Sie hatten keine andere Wahl. Sie standen um die Fackel und starrten sie an, aber sie sahen nur den Nebel aufsteigen und hörten nur das sprudelnde Wasser.

»Die Zeit für Solinari ist gekommen«, sagte Silvara plötzlich, schwang ihren Arm – und schleuderte die Fackel in das Wasser.

Die Dunkelheit verschluckte sie. Instinktiv rückten sie enger zusammen. Silvara schien mit dem Licht verschwunden zu sein. Gilthanas rief nach ihr, aber sie antwortete nicht.

Dann verwandelte sich der Nebel in schimmerndes Silber. Sie konnten wieder etwas sehen, und jetzt konnten sie auch Silvara sehen, ein dunkler, schattenhafter Umriß gegen den silbernen Nebel. Sie stand am Fuß der Brücke und starrte in den Himmel. Langsam hob sie ihre Hände, und langsam teilte sich der Nebel. Die Gefährten blickte nach oben; der Nebel trennte sich wie lange, anmutige Finger, um den silbernen Mond zu enthüllen, der voll und leuchtend im sternenklaren Himmel stand.

Silvara sprach seltsame Worte, und das Mondlicht ergoß sich

über sie und badete sie in seinem Licht. Das Licht des Mondes beleuchtete das sprudelnde Wasser, ließ es zu Leben erwachen und silbrig tanzen. Es beleuchtete die Marmorbrücke, ließ die Ritter zum Leben erwachen, die für alle Ewigkeit den Strom überquerten.

Aber es war nicht dieser wunderschöne Anblick, der die Gefährten dazu brachte, sich mit zitternden Händen zu umklammern und sich gegenseitig festzuhalten. Das Licht des Mondes auf dem Wasser war nicht der Grund, daß Flint den Namen von Reorx rief, im andächtigsten Gebet, das er jemals gesprochen hatte; daß Laurana ihren Kopf an die Schulter ihres Bruders lehnte, ihre Augen sich mit plötzlichen Tränen füllten; daß Gilthanas sie ganz fest an sich gedrückt hielt, überwältigt von einem Gefühl der Angst, der Demut und der Verehrung.

Hoch über ihnen, mit einem gigantischen Haupt, als würde er einen Mond vom Himmel reißen können, erhob sich die Gestalt eines Drachen, der in eine Felswand gemeißelt war und im Mondschein silbern glänzte.

»Wo sind wir?« fragte Laurana mit heiserer Stimme. »Was ist das für ein Ort?«

»Wenn ihr die Gangbrücke überquert, werdet ihr vor dem Monument des Silbernen Drachen stehen«, antwortete Silvara leise. »Es bewacht das Grabmal von Huma, des Ritters von Solamnia.«

Das Grabmal von Huma

Im Licht von Solinari glänzte die Gangbrücke über den sprudelnden Quellen des Nebelhafen-Tals wie Perlen, die auf einer Silberkette aufgefädelt sind.

»Fürchtet euch nicht«, sagte Silvara wieder. »Das Überqueren ist nur für jene schwierig, die das Grabmal in böser Absicht aufsuchen wollen.«

Aber das überzeugte die Gefährten nicht. Ängstlich stiegen sie die Stufen zur eigentlichen Brücke hoch. Dann betraten sie zögernd den Marmorbogen, der sich vor ihnen emporwölbte und vom Dampf der Quellen naß glitzerte. Silvara führte sie, sie ging leichtfüßig und mühelos. Die anderen folgten ihr vorsichtig, sich dabei immer in der Mitte der Brücke haltend.

Ihnen gegenüber auf der anderen Seite ragte das Monument des Drachen empor. Obwohl sie wußten, daß sie auf ihre Schritte achten sollten, wurden ihre Augen ständig von ihm angezogen. Viele Male waren sie geradezu gezwungen, stehenzubleiben und es ehrfürchtig anzustarren, während unter ihnen die heißen Quellen brodelten und dampften.

»Nun – ich wette, das Wasser ist so heiß, daß man damit Fleisch kochen kann!« sagte Tolpan. Er lag flach auf dem Bauch und spähte an ihrer höchsten Stelle über den Rand der gewölbten Brücke.

»Ich w... wette, man k... könnte dich da... damit k... kochen«, stotterte der verängstigte Zwerg, der auf allen vieren kroch.

»Sieh mal, Flint! Paß auf. Ich habe ein Stück Fleisch dabei. Ich binde es an einen Faden, und dann lassen wir es ins Wasser...«

»Komm weiter!« brüllte Flint. Tolpan seufzte und schloß seinen Beutel.

»Du hast überhaupt keinen Sinn für Humor«, beklagte er sich und glitt auf dem Hosenboden zur anderen Seite der Brücke.

Aber für die restlichen Gefährten war es eine furchtbare Reise, und alle seufzten erleichtert auf, als sie die Brücke hinter sich gelassen und festen Boden unter den Füßen hatten.

Keiner von ihnen hatte mit Silvara während des Überquerens gesprochen, alle waren zu sehr beschäftigt gewesen, lebend über die Gangbrücke zu kommen. Aber als sie die andere Seite erreicht hatten, stellte Laurana als erste Fragen.

»Warum hast du uns hierhergebracht?«

»Traust du mir immer noch nicht?« fragte Silvara traurig.

Laurana zögerte. Ihr Blick schweifte wieder über den riesigen Steindrachen, dessen Kopf mit Sternen gekrönt war. Der steinerne Mund war in einem stummen Schrei geöffnet, und die steinernen Augen blickten wild. Die steinernen Flügel waren aus der Steinwand herausgemeißelt. Eine Steinklaue, so massiv wie die Stämme von hundert Vallenholzbäumen, streckte sich nach vorn.

»Du hast die Kugel der Drachen weggeschickt, dann bringst du uns zu einem Monument, das einem Drachen gewidmet ist!« sagte Laurana nach einem Moment, ihre Stimme bebte. »Was soll ich denken? Und du führst uns zu diesem Ort, den du Humas Grabmal *nennst*. Wir wissen nicht einmal, ob Huma gelebt hat oder ob es eine Legende ist. Welche Beweise gibt es denn, daß dies wirklich sein letzter Ruheplatz ist? Ist sein Körper auch hier?«

»N...nein«, stammelte Silvara. »Sein Körper ist verschwunden, so wie...«

»So wie was?«

»So wie die Lanze, die er trug, die Drachenlanze, um den Drachen aller und doch keiner Farbe zu vernichten.« Silvara seufzte und senkte ihren Kopf. »Kommt herein«, bat sie, »und laßt uns heute nacht hier ausruhen. Ich verspreche euch, morgen wird alles klar.«

»Ich glaube nicht...«, begann Laurana.

»Wir gehen hinein!« sagte Gilthanas entschlossen. »Du benimmst dich wie ein verzogenes Kind, Laurana! Warum sollte Silvara uns in Gefahr führen? Wenn hier ein Drache leben *sollte*, würden alle in Ergod davon wissen! Er hätte alle auf der Insel vor langer Zeit vernichten können. Ich spüre an diesem Ort nichts Böses, nur tiefen und uralten Frieden. Und es ist ein sehr gutes Versteck! Bald werden die Elfen erfahren, daß die Kugel sicher Sankrist erreicht hat. Dann hören sie mit der Suche auf, und wir können gehen. Stimmt es nicht, Silvara? Das ist doch der Grund, warum du uns hierhergebracht hast.«

»Ja«, sagte Silvara leise. »D...das war mein Plan. Jetzt kommt schnell, solange der silberne Mond noch scheint. Denn nur dann können wir eintreten.«

Gilthanas ging mit Silvara Hand in Hand durch den schimmernden Silbernebel. Tolpan hüpfte vor ihnen. Flint und Theros folgten langsam, Laurana noch langsamer. Ihre Ängste waren weder durch Gilthanas' schlagfertige Erklärung noch Silvaras widerstrebende Zustimmung verschwunden. Aber sie konnte nirgendwo anders hingehen und – sie mußte es sich eingestehen – sie war überaus neugierig.

Das Gras auf der anderen Seite der Brücke war weich und flach vom Dampf, aber der Boden begann sich bald zu erheben, als sie sich dem Drachendenkmal näherten. Plötzlich ertönte Tolpans Stimme aus dem Nebel.

»Raistlin!« hörten sie ihn aufschreien. »Er hat sich in einen Riesen verwandelt!«

»Der Kender ist verrückt geworden«, sagte Flint mit düsterer Zufriedenheit. »Ich habe es schon immer gewußt...«

Die Gefährten rannten zu Tolpan, der auf- und absprang und gestikulierte. Sie stellten sich nach Atem japsend neben ihn.

»Beim Bart von Reorx«, keuchte Flint ehrfürchtig. »Das *ist* Raistlin!«

Aus dem wirbelnden Nebel erhob sich eine etwa drei Meter hohe Statue aus Obsidian in die Luft – das lebensgetreue Abbild des jungen Magiers. Genau in jedem Detail, selbst seine zynische und bittere Miene und seine Augen mit den Stundenglaspupillen waren festgehalten worden.

»Und da ist Caramon!« schrie Tolpan.

Einige Meter entfernt stand eine weitere Statue, die den Kriegerzwilling des Magiers zeigte.

»Und Tanis...«, flüsterte Laurana. »Was ist das für eine böse Magie?«

»Nicht böse«, sagte Silvara, »sofern du nichts Böses zu diesem Ort bringst. In diesem Fall würdest du die Gesichter deiner schlimmsten Feinde als Steinstatuen sehen. Das Entsetzen und die Angst, die sie erzeugen würden, würden dich am Vorbeigehen hindern. Aber du siehst nur deine Freunde, und so kannst du sicher vorbei.«

»Ich würde Raistlin nicht direkt zu meinen Freunden zählen«, murrte Flint.

»Ich auch nicht«, sagte Laurana. Sie bebte, als sie zögernd an dem kalten Bild des Magiers vorbeiging. Die Gewänder des Magiers glänzten schwarz im Mondschein. Laurana erinnerte sich lebhaft an den Alptraum von Silvanesti, und sie zuckte zusammen, als sie betrat, was sie nun als einen Kreis von Steinstatuen erkannte – jede von ihr hatte eine treffende, fast beängstigende Ähnlichkeit mit einem ihrer Freunde. Innerhalb dieses Kreises stand ein kleiner Tempel.

Das einfache, rechtwinklige Gebäude erhob sich in den Nebel von einer achteckigen Erhöhung aus, die mit glänzenden Stufen versehen war. Auch das Gebäude war aus Obsidian, und seine schwarze Struktur glitzerte naß im ewigen Nebel. Es wirkte, als ob es erst vor einigen Tagen gemeißelt worden wäre; kein Zeichen von Abnutzung verunstaltete die scharfen, klaren Linien der Meißelarbeiten. Ritter, die alle die Drachenlanze trugen, kämpften gegen riesige Ungeheuer. Drachen schrien stumm im erfrorenen Tod, aus ihren Körpern ragten die langen Schäfte der Lanzen.

»In den Tempel hatten sie Humas Körper gelegt«, sagte Silvara leise, als sie sie die Stufen hinaufführte.

Kalte Bronzetüren öffneten sich bei Silvaras Berührung. Die Gefährten standen unsicher auf den Stufen, die den säulenartigen Tempel umgaben. Aber so wie Gilthanas gesagt hatte, sie konnten nichts Böses an diesem Ort spüren. Laurana erinnerte sich lebhaft an das Grab der Königlichen Wachen im Sla-Mori und an das Entsetzen, das die Untoten erzeugt hatten, die ewige Wache bei ihrem toten König Kith-Kanan hielten. In diesem Tempel jedoch spürte sie nur Trauer und Verlust, gemildert durch das Wissen eines großen Sieges – eine Schlacht, die ihren furchtbaren Preis gehabt, aber ewigen Frieden und süße Ruhe gebracht hatte.

Laurana fühlte ihre Last leichter werden. Ihre Trauer und ihr Verlust schienen sich hier zu verringern. Sie erinnerte sich an eigene Siege und Triumphe. Die Gefährten betraten hintereinander das Grabmal. Die Bronzetüren schlossen sich hinter ihnen und ließen sie in völliger Dunkelheit.

Dann flackerte Licht auf. Silvara hielt eine Fackel in ihrer Hand, offensichtlich von der Wand. Laurana fragte sich kurz, wie sie die Fackel angezündet hatte. Aber sie vergaß diese triviale Frage, als sie sich in der Grabesstätte ehrfürchtig umsah.

Sie war leer außer einer aus Obsidian gemeißelten Totenbahre, die mitten im Raum stand. Gemeißelte Ritterfiguren trugen die Bahre, aber der Körper des Ritters, der hier ruhen sollte, war nicht da. Ein uralter Schild lag am Fußende, und ein Schwert, ähnlich dem von Sturm, lag daneben. Die Gefährten starrten stumm diese Artefakte an. Es mutete wie eine Entweihung an, in der traurigen Gelassenheit dieses Ortes zu sprechen, und keiner berührte die Gegenstände, nicht einmal Tolpan.

»Ich wünschte, Sturm könnte hier sein«, murmelte Laurana mit Tränen in den Augen. »Das *muß* Humas Ruhestätte sein... dennoch...« Sie konnte sich ihr wachsendes Gefühl des Unbehagens, das über sie kroch, nicht erklären. Es war keine Furcht, es war eher das gleiche Empfinden, das sie beim Betreten des Tals empfunden hatte – ein Gefühl der Dringlichkeit.

Silvara entzündete noch mehr Fackeln an der Wand, und die Gefährten gingen an der Totenbahre vorbei und blickten sich neugierig in der Grabstätte um. Sie war nicht groß. Die Totenbahre stand in der Mitte, und Steinbänke reihten sich an den Wänden, wahrscheinlich für die Trauernden. Am anderen Ende stand ein kleiner Steinaltar. Auf seiner Oberfläche waren die Symbole der Ritterorden eingemeißelt – die Krone, die Rose und der Eisvogel. Vertrocknete Blumen und Kräuter lagen verstreut auf dem Altar, ihr Duft hing immer noch süß in der Luft. Unter dem Altar befand sich im Steinboden eine riesige Eisenplatte.

Während Laurana neugierig auf diese Platte starrte, trat Theros zu ihr.

»Was ist das wohl?« fragte sie. »Ein Brunnen?«

»Wir werden sehen«, ächzte der Schmied. Er beugte sich und zog an dem Ring auf der Platte. Zuerst passierte nichts. Theros legte nun beide Hände an den Ring und hob mit seiner ganzen Kraft. Die Eisenplatte gab ein ächzendes Geräusch von sich und glitt mit einem Kratzen und Quietschen über den Boden.

»Was macht ihr da?« Silvara, die neben der Bahre gestanden und sie traurig betrachtet hatte, wirbelte herum.

Theros erhob sich erstaunt über den schrillen Klang ihrer Stimme. Laurana wich automatisch von dem klaffenden Loch im Boden zurück. Beide starrten Silvara an.

»Geht nicht näher heran!« warnte Silvara mit bebender Stimme. »Es ist gefährlich!«

»Woher weißt du das?« fragte Laurana kühl. »Seit Hunderten von Jahren ist niemand mehr hierhergekommen.«

»Nein!« antwortete Silvara und biß sich auf die Lippe. »Ich... ich weiß es aus... Legenden meines Volkes...«

Das Mädchen ignorierend, trat Laurana zum Rand des Loches und spähte hinein. Es war dunkel. Selbst als Flint ihr eine Fackel von der Wand brachte, konnte sie nichts erkennen. Ein schwacher modriger Geruch stieg hoch, aber das war auch alles.

»Ich glaube nicht, daß das ein Brunnen ist«, sagte Tolpan, der sich herangedrängt hatte.

»Bleibt davon weg! Bitte!« bat Silvara.

»Sie hat recht, kleiner Dieb!« Theros packte Tolpan und zog ihn von dem Loch weg. »Wenn du da hineinfällst, könntest du zur anderen Seite der Welt purzeln.«

»Wirklich?« fragte Tolpan atemlos. »Würde ich vielleicht zur anderen Seite fallen, Theros? Ich frage mich, wie das wohl wäre! Gibt es da auch Leute? So wie wir?«

»Hoffentlich keine Kender!« grummelte Flint. »Oder sie sind jetzt alle schon an Schwachsinn gestorben. Außerdem weiß jedes Kind, daß die Welt auf dem Amboß von Reorx ruht. Jene, die auf die andere Seite fallen, werden zwischen seinen Hammerschlägen gefangen, und die Welt wird weitergeschmiedet. Leute auf der anderen Seite!« Er schnaubte verächtlich, als er Theros beobachtete, der erfolglos versuchte, die Platte zurückzuschieben. Tolpan starrte sie immer noch neugierig an. Schließlich gab Theros auf, aber er funkelte den Kender so lange an, bis Tolpan laut aufseufzte und zur steinernen Totenbahre ging, um mit sehnsüchtigen Augen auf Schwert und Schild zu starren.

Flint zog Laurana am Ärmel.

»Was ist los?« fragte sie geistesabwesend, ihre Gedanken waren weit weg.

»Ich kenne mich mit Steinarbeiten aus«, sagte der Zwerg leise, »und hier ist irgend etwas seltsam.« Er hielt inne und sah Laurana an, ob sie lachen würde. Aber sie sah ihn ernst an. »Das Grabmal und die Statuen draußen sind die Arbeit von Menschen. Sie sind alt...«

»Alt genug, um Humas Grabmal zu sein?« unterbrach Laurana.

»Auf alle Fälle.« Der Zwerg nickte bekräftigend. »Aber das große Biest draußen«, er deutete in Richtung des Steindrachen, »wurde niemals von Menschen, Elfen oder Zwergen geschaffen.«

Laurana blinzelte verständnislos.

»Und es ist noch älter«, sagte der Zwerg, seine Stimme wurde heiser. »So alt, daß dies«, seine Hand fuhr über das Grab, »modern erscheint.«

Laurana begann zu verstehen. Flint, der sah, wie sich ihre Augen weiteten, nickte langsam und feierlich.

»Kein Lebewesen auf Krynn mit zwei Beinen kann diese Gebirgsseite mit dem Meißel bearbeitet haben«, sagte er.

»Es muß eine Kreatur mit furchtbarer Kraft gewesen sein...«, murmelte Laurana. »Eine riesige Kreatur...«

»Mit Flügeln...«

»Mit Flügeln«, murmelte Laurana.

Plötzlich hörte sie auf zu reden, ihr Blut gefror vor Angst, als sie Worte singen hörte, Worte, die sie als die seltsame Sprache der Magie erkannte.

»Nein!« Sie wandte sich um, hob instinktiv ihre Hand, um den Zauber abzuwehren, wußte jedoch, daß das zwecklos war.

Silvara stand neben dem Altar, zerrupfte Rosenblätter in ihrer Hand und sang leise.

Laurana bekämpfte die Müdigkeit, die sie überschlich. Sie fiel auf die Knie, verfluchte sich, hielt sich an der Steinbank fest. Aber es half nichts. Sie hob ihre schweren Lider und sah Theros stolpern und Gilthanas auf den Boden fallen. Neben ihr schnarchte der Zwerg, noch bevor sein Kopf auf der Bank aufschlug.

Laurana hörte ein klapperndes Geräusch, das Geräusch eines Schildes, der auf den Boden fiel, dann war die Luft mit dem Duft der Rosen erfüllt.

Die überraschende Entdeckung des Kenders Hühnerfedern

Tolpan hörte Silvaras Gesang. Als er erkannte, daß es die Worte eines Zauberspruches waren, handelte er instinktiv, indem er den Schild von der Totenbahre ergriff und ihn nach unten zog. Der schwere Schild fiel klappernd auf ihn und bedeckte ihn völlig.

Er wartete, bis Silvara ihren Gesang beendet hatte. Dann wartete er noch einen Augenblick, um zu sehen, ob er sich in einen Frosch verwandeln oder in Flammen aufgehen würde oder etwas anderes Interessantes. Nichts dergleichen passierte – zu seiner großen Enttäuschung. Er konnte Silvara nicht mehr hören. Schließlich wurde es Tolpan zu langweilig, in der Dunkelheit auf dem kalten Steinboden zu liegen, und er kroch unter dem Schild mit der Geräuschlosigkeit einer fallenden Feder hervor.

Alle seine Freunde schliefen! So einen Zauber hatte sie also geworfen. Aber wo war Silvara? Irgendwohin gegangen, um ein schreckliches Ungeheuer zu holen, das sie alle auffressen sollte? Zu seinem Erstaunen sah er Silvara auf dem Boden am Grabeingang kauern. Tolpan beobachtete, daß sie hin und her schaukelte und leise stöhnende Laute von sich gab.

»Wie soll ich damit klarkommen?« hörte Tolpan sie fragen. »Ich habe sie hierhergebracht. Ist das nicht genug? Nein!« Sie schüttelte trübsinnig den Kopf. »Nein, ich habe die Kugel der Drachen weggeschickt. Sie wissen nicht, wie sie anzuwenden ist. Ich muß den Eid brechen. Es ist so, wie du gesagt hast, Schwester – die Entscheidung liegt bei mir. Aber es ist so hart! Ich liebe ihn...«

Schluchzend und zu sich murmelnd wie eine Besessene vergrub Silvara ihren Kopf zwischen ihren Knien. Der zartfühlende Kender hatte niemals zuvor so viel Leid gesehen und hätte sie gern getröstet. Dann bemerkte er, daß sich das gar nicht gut anhörte, was sie da erzählte. »...die Entscheidung ist... so hart... den Eid brechen...«

Nein, dachte Tolpan, ich versuche lieber, hier zu verschwinden, bevor sie merkt, daß ihr Zauber bei mir nicht funktioniert hat.

Aber im Eingang saß Silvara. Er könnte versuchen, sich an ihr vorbeizuschleichen... Tolpan schüttelte den Kopf. Zu riskant.

Das Loch! Er strahlte. Er wollte es sowieso näher untersuchen. Er hoffte nur, daß es immer noch geöffnet war.

Der Kender ging auf Zehenspitzen um die Bahre herum zum Altar. Dort war das Loch, immer noch offen. Theros lag daneben und schlief fest. Er blickte schnell zu Silvara zurück, dann schlich er sich lautlos zum Rand.

Das war sicher ein besseres Versteck, als hier zu stehen. Es gab keine Stufen, aber er sah an der Wand Griffe. Für einen geschickten Kender – so wie er – dürfte es überhaupt kein Problem sein, hinunterzuklettern. Vielleicht führte es nach draußen. Plötzlich hörte Tolpan hinter sich ein Geräusch. Silvara seufzte und bewegte sich...

Ohne einen weiteren Gedanken zu verschwenden, ließ sich Tolpan in das Loch gleiten und begann den Abstieg. Die Wände waren von Feuchtigkeit und Moos glatt, die Griffe lagen weit auseinander. Für Menschen gebaut, dachte er wütend. Niemand dachte an kleine Leute!

Er war so beschäftigt, daß er die Edelsteine erst bemerkte, als er praktisch über ihnen war.

»Beim Bart von Reorx!« fluchte er. (Ihm gefiel dieser Fluch von Flint). Sechs wunderschöne Juwelen – jeder so groß wie seine Hand – waren in einem horizontalen Kreis an den Wänden herum befestigt. Sie waren mit Moos bedeckt, aber Tolpan sah auf einen Blick, wie wertvoll sie waren.

»Warum sollte jemand solch wunderschöne Juwelen hier unten lassen?« fragte er laut. »Ich wette, das war ein Dieb. Wenn ich sie loskriege, werde ich sie dem rechtmäßigen Besitzer aushändigen.« Seine Hand schloß sich um einen Juwel.

Ein gewaltiger Windstoß fuhr durch den Schacht und riß den Kender von der Wand. Während Tolpan fiel, sah er hoch. Das Licht oben am Schacht wurde immer schwächer und schwächer. Er fragte sich kurz, wie groß wohl der Hammer von Reorx sein würde, als er zu fallen aufhörte.

Einen Moment lang wirbelte der Wind ihn umher. Dann änderte er die Richtung und blies ihn seitwärts. Ich gehe doch nicht zu der anderen Seite der Welt, dachte er traurig. Seufzend segelte er durch einen anderen Tunnel. Dann merkte er plötzlich, daß er nach oben stieg! Ein starker Wind trug ihn nach *oben* zum Schacht! Es war ein ungewöhnliches Gefühl, recht erfrischend. Instinktiv breitete er seine Arme aus, um zu sehen, ob er die Seiten von was auch immer berühren konnte. Aber als er die Arme spreizte, bemerkte er, daß er schneller stieg, sanft von der Luftströmung nach oben getragen wurde.

Vielleicht bin ich tot, dachte Tolpan. Ich bin tot und leichter als Luft. Was weiß ich. Hektisch griff er nach seinen Beuteln. Er war sich nicht sicher – die Kender hatten nur sehr verschwommene Vorstellungen über das Leben nach dem Tod –, aber er hatte das Gefühl, daß sie ihn nicht seine Sachen mitnehmen lassen würden. Nein, alles war noch da. Tolpan seufzte erleichtert auf, schluckte dann aber, als er feststellte, daß er langsamer wurde und wieder fiel!

Was? dachte er wild, dann merkte er, daß er beide Arme eng an seinen Körper gelegt hatte. Eilig spreizte er sie und stieg wieder nach oben. Überzeugt, nicht tot zu sein, genoß er den Flug.

Mit den Händen rudernd, rollte sich der Kender in der Luft auf den Rücken und starrte nach oben, um zu sehen, wohin er schwebte.

Ah, da weit oben war ein Licht, das immer heller wurde. Jetzt sah er, daß er sich in einem Schacht befand, aber dieser war länger als der andere, in den er gestürzt war.

»Wenn ich Flint davon erzähle!« sagte er versonnen. Dann fiel sein Blick auf sechs Juwelen, ähnlich jenen, die er im anderen Schacht gesehen hatte. Der Wind wurde schwächer.

Gerade als er entschied, daß er das Fliegen als Lebensweise wirklich genießen könnte, erreichte Tolpan die Schachtöffnung. Die Luftströmung hielt ihn auf Höhe des Steinbodens einer mit Fackeln beleuchteten Kammer. Tolpan wartete einen Moment, ob er wieder fliegen würde, aber selbst als er ein wenig mit den Armen schlug, um nachzuhelfen, passierte nichts. Anscheinend war sein Flug beendet.

Dann könnte ich mich ja mal umsehen, dachte der Kender. Er sprang und landete auf dem Steinboden.

Mehrere Fackeln flackerten an den Wänden und beleuchteten die Kammer. Dieser Raum war viel größer als die Grabstätte! Er stand vor einer großen, geschwungenen Treppe. Die Steinplatten der Stufen – so wie jeder andere Stein im Raum – waren schneeweiß, im Gegensatz zu den schwarzen Steinen der Grabstätte. Die Treppe wand sich nach rechts und führte zu einem weiteren Stockwerk. Er konnte ein Geländer erkennen – offenbar eine Art Balkon. Er brach sich fast den Hals, um etwas zu sehen. Tolpan glaubte, im Fackellicht Muster und Kleckse von hellen Farben an der gegenüberliegenden Wand zu erkennen.

Wer hat die Fackeln angezündet? fragte er sich. Was ist das für ein Ort? Gehört es zu Humas Grabstätte? Oder bin ich direkt in den Drachenberg geflogen? Wer lebt hier? Fackeln zünden sich nicht von selbst an!

Bei diesem Gedanken griff Tolpan, nur um sicherzugehen, in seine Tunika und holte sein kleines Messer hervor. Er hielt es in der Hand, als er die Stufen hochstieg und den Balkon erreichte. Es war ein großes Zimmer, aber er konnte bei dem flackernden Licht wenig erkennen. Riesige Säulen trugen die massive Decke. Eine andere Treppe führte von dieser Ebene zu einer weiteren. Tolpan drehte sich um und lehnte sich an das Geländer, um die Wände zu betrachten.

»Bei Reorx' Bart!« sagte er leise. »Sieh dir *das* an!«

Das war ein Gemälde. Besser gesagt, ein Wandgemälde. Es begann gegenüber von Tolpan am Anfang der Treppe und erstreckte sich in Balkonhöhe über die ganze Wand. Der Kender interessierte sich nicht sehr für Kunst, aber er konnte sich nicht erinnern, jemals so etwas Schönes schon einmal gesehen zu haben. Oder doch? Irgendwie kam ihm das Bild bekannt vor. Ja, je länger er es betrachtete, um so vertrauter erschien es ihm.

Tolpan studierte das Gemälde und versuchte sich zu erinnern. Direkt ihm gegenüber war eine schreckliche Szene dargestellt, mit Drachen jeder Farbe und jeder Art, die über das Land flogen. Städte gingen in Flammen auf – wie Tarsis –, Gebäude zerfielen, Leute flüchteten. Es war ein furchtbarer Anblick, und der Kender ging schnell daran vorbei.

Er ging auf dem Balkon weiter, seine Augen auf die Malerei gerichtet. Er hatte gerade die Mitte des Gemäldes erreicht, als er aufkeuchte.

»Der Drachenberg! Da ist es, hier, an der Wand!« flüsterte er und zuckte zusammen, als er sein Echo hörte. Hastig sah er sich um und schlich näher zum anderen Rand des Balkons. Er beugte sich über das Geländer und betrachtete aufmerksam das

Bild. Es stellte in der Tat den Drachenberg dar, in dem er sich nun befand. Nur hier wurde eine Ansicht des Berges gezeigt, als ob ein Riesenschwert ihn in zwei Hälften geschnitten hätte!

»Wie wunderschön!« Der kartenliebende Kender seufzte. »Natürlich«, sagte er. »Es *ist* eine Karte! Und hier bin ich! Ich bin im Berg.« Er sah sich im plötzlichen Erkennen im Zimmer um. »Ich bin in der Kehle des Drachen. Darum ist der Raum so lustig geformt.« Er wandte sich wieder der Karte zu. »Da ist das Gemälde an der Wand, und da ist der Balkon. Und die Säulen…« Er drehte sich ganz herum. »Ja, und da ist die Treppe. Sie führt nach oben in den Kopf! Und von da bin ich hochgekommen. Irgendeine Windkammer. Aber wer hat das gebaut… und warum?«

Tolpan ging weiter den Balkon entlang und hoffte einen Hinweis im Gemälde zu finden. Auf der rechten Seite war eine andere Schlacht dargestellt. Aber diese erfüllte ihn nicht mit Entsetzen. Es waren rote, schwarze, blaue und weiße Drachen zu sehen, die Feuer und Eis ausatmeten, aber sie wurden von anderen Drachen bekämpft, silbernen und goldenen Drachen…

»Jetzt fällt's mir ein!« schrie Tolpan.

Der Kender begann auf und ab zu hüpfen und kreischte wie ein Wilder. »Ich erinnere mich! Ich erinnere mich! Es war in Pax Tarkas. Fizban zeigte es mir. Es gibt auf der Welt *gute* Drachen. Und sie helfen uns, die bösen zu bekämpfen. Wir müssen sie nur finden. Und da sind die Drachenlanzen!«

»Verdammt noch mal!« schnarrte eine Stimme unterhalb des Kenders. »Kann man nicht mal ein bißchen schlafen? Was soll dieser Krach? Du machst einen Lärm, daß selbst Tote wach werden!«

Tolpan wirbelte alarmiert mit seinem Messer in der Hand herum. Er hätte schwören können, daß er hier allein war. Aber nein. Von einer Steinbank, die außerhalb des Fackellichts im Schatten stand, erhob sich eine dunkle Gestalt. Sie schüttelte sich, streckte sich und begann dann schnell auf den Kender zuzugehen. Tolpan konnte sich nicht von der Stelle bewegen, selbst wenn er es gewollt hätte, außerdem war er sehr neugierig, wer auf ihn zukam. Er öffnete seinen Mund, um diese fremde Kreatur nach ihrem Namen zu fragen und warum sie sich die Kehle eines Drachenbergs für ihr Nickerchen ausgesucht hatte, als die Gestalt ins Licht trat. Es war ein alter Mann. Es war...

Tolpans Messer fiel auf den Boden. Der Kender sank gegen das Geländer. Zum ersten, letzten und einzigen Mal in seinem Leben war Tolpan Barfuß sprachlos.

»F-F-F...« Nichts kam aus seiner Kehle, nur ein Krächzen.

»Nun, was ist? Sprich!« schnappte der alte Mann, der ihn überragte. »Vor einer Minute hast du noch genug Lärm gemacht. Was ist los? Hast du dich verschluckt?«

»F-F-F...«, stotterte Tolpan schwach.

»Ah, armer Junge. Behindert, was? Sprachfehler. Traurig, traurig. Hier...« Der alte Mann wühlte in seinem Gewand, öffnete zahlreiche Beutel, während Tolpan zitternd vor ihm stand.

»Hier«, sagte die Gestalt. Sie holte eine Münze hervor und legte sie in die erstarrte Handfläche des Kenders und schloß seine kleinen Finger darüber. »Jetzt lauf schon. Geh zu einem Kleriker...«

»Fizban!« konnte Tolpan endlich keuchen.

»Wo?« Der alte Mann wirbelte herum. Er hob seinen Stab und spähte ängstlich in die Dunkelheit. Dann fiel ihm etwas ein. Er drehte sich um und fragte Tolpan: »Bist du sicher, daß du Fizban gesehen hast? Ist er nicht tot?«

»Ich weiß... ich *dachte* es...«, sagte Tolpan kläglich.

»Dann sollte er nicht herumlaufen und die Leute ängstigen!« erklärte der alte Mann wütend. »Ich werde mit ihm reden. He du!« schrie er.

Tolpan streckte eine zitternde Hand aus und zog am Gewand des alten Mannes. »Ich... ich bin mir nicht sicher, a...aber ich denke, *du* bist Fizban.«

»Nein, wirklich?« fragte der alte Mann verblüfft. »Es geht mir heute bei diesem Wetter nicht so gut, aber ich hatte keine Vorstellung, daß es so schlimm ist.« Seine Schultern sackten zusammen. »Ich bin also tot. Erledigt. Aus. Ins Gras gebissen.« Er taumelte zu einer Bank und ließ sich fallen. »War die Beerdigung nett?« fragte er. »Sind viele Leute gekommen? Gab es einen Salut von einundzwanzig Schuß? Ich habe mir immer einen Salut von einundzwanzig Schuß gewünscht.«

»Ich... uh«, stammelte Tolpan, fragte sich, was ein Schuß sein sollte. »Nun, es war... mehr ein... Gedenkgottesdienst, würde ich sagen. Verstehst du, wir... uh... konnten deine... wie sagt man?«

»Sterblichen Überreste?« fragte der alte Mann hilfsbereit.

»Uh... sterblichen Überreste.« Tolpan errötete. »Wir haben gesucht, aber wir konnten sie nicht finden, überall waren nur diese Hühnerfedern... und eine böse Elfe... und Tanis hat gesagt, daß wir Glück gehabt hätten, lebend zu entkommen...«

»Hühnerfedern!« sagte der alte Mann ungehalten. »Was haben Hühnerfedern mit meiner Beerdigung zu tun?«

»Wir – uh – du und ich und Sestun. Erinnerst du dich an Sestun, den Gossenzwerg? Nun, da war diese riesige Kette in Pax Tarkas. Und der große rote Drache. Wir hingen an der Kette, und der Drache hat Feuer ausgeatmet. Die Kette ist zerbrochen, und wir sind gefallen.« Tolpan kam bei seiner Geschichte richtig in Schwung; sie war eine seiner Lieblingsgeschichten geworden. »Und ich wußte, alles ist vorbei. Wir würden gleich sterben. Es muß ein Fall von ungefähr vierzig Metern gewesen sein (jedes Mal erhöhte sich die Meterzahl, wenn Tolpan die Geschichte erzählte), und du warst unter mir, und ich hörte dich einen Zauber aufsagen...«

»Ja, ich bin ein ganz guter Magier, weißt du.«

»Uh, richtig«, stammelte Tolpan, dann fuhr er eilig fort. »Du hast also diesen Zauber aufgesagt, Federfall oder so ähnlich. Jedenfalls hast du nur das erste Wort, ›Feder‹, gesagt und plötzlich« – der Kender spreizte seine Hände, Ehrfurcht stand in seinem Gesicht –, »dann waren da Millionen und Millionen und Millionen Hühnerfedern...«

»Und was geschah dann?« drängte der alte Mann und stieß Tolpan an.

»Oh, uh, dann wird es ein bißchen – uh – durcheinander«, sagte Tolpan. »Ich hörte einen Aufschrei und dann einen Aufprall. Nun, es war eher wie ein Aufklatschen, und ich d-d-dachte, du wärst aufgeklatscht.«

»Ich?« schrie der alte Mann. »Aufklatschen!« Er funkelte den Kender wütend an. »Nie in meinem Leben bin ich *aufgeklatscht!*«

»Dann fielen Sestun und ich in die Hühnerfedern, zusammen mit der Kette. Ich habe geguckt – wirklich.« Tolpans Augen füllten sich mit Tränen, als er sich an seine verzweifelte Suche nach dem Körper des alten Mannes erinnerte. »Aber da waren zu viele Federn ... und draußen war dieses schreckliche Durcheinander, wo die Drachen sich bekämpft haben. Sestun und ich gelangten zur Tür, und dort fanden wir Tanis, und ich wollte noch einmal zurück, um noch einmal zu suchen, aber Tanis sagte, nein ...«

»Ihr habt mich also unter einem Berg von Hühnerfedern begraben gelassen?«

»Es war ein *schrecklich* netter Gedenkgottesdienst«, stammelte Tolpan. »Goldmond sprach, und auch Elistan. Du hast Elistan nicht kennengelernt, aber an Goldmond erinnerst du dich, nicht wahr? Und an Tanis?«

»Goldmond ...«, murmelte der alte Mann. »Ah ja. Nettes Mädchen. Ein großer, ernster Kerl ist in sie verliebt.«

»Flußwind!« sagte Tolpan aufgeregt. »Und Raistlin?«

»Der dürre Bursche. Verdammt guter Magier«, sagte der alte Mann feierlich, »aber er wird es zu nichts bringen, wenn er nichts gegen seinen Husten unternimmt.«

»Du *bist* Fizban!« sagte Tolpan. Freudig sprang er hoch, warf seine Arme um den alten Mann und drückte ihn eng an sich.

»Nun, nun«, sagte Fizban verlegen. »Es reicht. Du zerknitterst mein Gewand. Und heul nicht. Ich kann es nicht ertragen. Brauchst du ein Taschentuch?«

»Nein, hab' ich selber ...«

»Nun, um so besser. Oh, ich würde sagen, das ist *mein* Taschentuch. Da sind meine Initialen ...«

»Wirklich? Du mußt es fallen gelassen haben.«

»Jetzt erinnere ich mich an dich!« sagte der alte Mann laut. »Du bist Toli, Tola – oder so ähnlich.«

»Tolpan. Tolpan Barfuß«, erwiderte der Kender.

»Und ich bin…«, der alte Mann stockte. »Was hast du gesagt, wie mein Name ist?«

»Fizban.«

»Fizban. Ja…« Der alte Mann dachte einen Moment nach, dann schüttelte er den Kopf. »Ich war mir sicher, daß er tot ist…«

Silvaras Geheimnis

Wie *hast* du denn überlebt?« fragte Tolpan, während er Trockenfrüchte aus einem Beutel zog, um sie mit Fizban zu teilen.

Der alte Mann wirkte nachdenklich. »Ehrlich gesagt, glaube ich nicht, daß ich es habe«, sagte er entschuldigend. »Leider habe ich nicht die geringste Ahnung. Aber wenn ich darüber nachdenke... ich kann seitdem keine Hähnchen mehr essen. Nun«, – er starrte den Kender scharfsinnig an –, »was treibst du überhaupt hier?«

»Ich bin mit einigen meiner Freunde hier. Die anderen wandern irgendwo herum, falls sie noch leben.« Wieder schniefte Tolpan.

»Das tun sie. Mach dir keine Sorgen.« Fizban klopfte ihm auf die Schulter.

»Glaubst du wirklich?« Tolpan strahlte auf. »Nun, jedenfalls sind wir mit Silvara hier...«

»Silvara?« Der alte Mann sprang auf seine Füße, sein weißes Haar flog wild herum. Der ausdruckslose Blick verschwand aus seinen Augen.

»Wo ist sie?« verlangte der alte Mann streng. »Und deine Freunde, wo sind sie?«

»U-unten«, stammelte Tolpan, erschrocken über die Verwandlung des alten Mannes. »Silvara hat einen Zauber über sie geworfen!«

»Ah, hat sie das, hat sie das?« murmelte der alte Mann. »Wir werden uns das mal ansehen. Komm!« Er begann so schnell den Balkon entlangzulaufen, daß Tolpan Mühe hatte, Schritt zu halten.

»Wo sind sie noch mal?« fragte der alte Mann und hielt an der Treppe an. »Sei genau«, schnappte er.

»Uh – das Grabmal! Humas Grabmal! Ich glaube, es ist Humas Grabmal. Das hat Silvara jedenfalls gesagt.«

»Pff. Nun, zumindest brauchen wir nicht zu laufen.«

Sie stiegen die Treppe hinunter zu dem Loch im Boden, durch das Tolpan gekommen war. Der alte Mann stellte sich mitten in dieses Loch. Tolpan schluckte ein wenig, dann stellte er sich zu ihm und klammerte sich an das Gewand des alten Mannes. Sie hingen schwebend über dem Nichts, nur Dunkelheit um sie und kühle Luft.

»Nach unten«, erklärte der alte Mann.

Sie begannen sich zu erheben und trieben zur Decke der oberen Galerie. Tolpans Haare standen zu Berge.

»Ich sagte *nach unten!*« schrie der alte Mann wütend und fuchtelte drohend das Loch unter ihm an.

Es folgte ein schlürfendes Geräusch, und beide wurden so schnell in das Loch gesogen, daß Fizbans Hut wegflog. Es ist derselbe Hut, den er in der Höhle des roten Drachen verloren hat, dachte Tolpan. Er war verbogen und formlos und besaß offenbar seinen eigenen Willen. Fizban griff wild nach ihm, verfehlte ihn aber. Der Hut jedoch schwebte hinter ihnen her.

Tolpan spähte fasziniert nach unten und wollte eine Frage stellen, aber Fizban hieß ihn schweigen. Er hielt seinen Stab umklammert, flüsterte leise und malte ein merkwürdiges Zeichen in die Luft.

Laurana öffnete ihre Augen. Sie lag auf einer kalten Steinbank und starrte auf die schwarze, glänzende Decke. Sie hatte keine Vorstellung, wo sie sich befand. Dann kehrte die Erinnerung zurück. Silvara!

Sie setzte sich schnell auf und warf einen Blick durch den Raum. Flint stöhnte und rieb sich den Nacken. Theros blinzelte und sah sich verwirrt um. Gilthanas, bereits auf den Füßen, stand am Fußende von Humas Totenbahre und starrte auf etwas an der Tür. Als Laurana zu ihm ging, wandte er sich um. Er legte seinen Finger auf seine Lippen und zeigte zur Tür.

Dort saß Silvara und weinte bitterlich.

Laurana zögerte, die wütenden Worte, die sie auf der Zunge hatte, erstarben ihr. Das war sicherlich nicht das, was sie erwartet hatte. Was hatte sie dann erwartet? fragte sie sich. Höchstwahrscheinlich nie mehr wach zu werden. Es *mußte* eine Erklärung geben. Sie ging nach vorn.

»Silvara…«, begann sie.

Das Mädchen sprang auf, ihr verweintes Gesicht war blaß vor Angst.

»Wieso seid ihr wach? Wie habt ihr euch von meinem Zauber befreien können?« keuchte sie und taumelte gegen die Wand.

»Mach dir darüber keine Gedanken!« antwortete Laurana, obwohl sie es selbst nicht wußte. »Sag uns…«

»Es war *mein* Tun!« verkündete eine tiefe Stimme. Laurana und die anderen drehten sich um und sahen einen weißbärtigen alten Mann in mausgrauen Gewändern feierlich aus dem Loch im Boden emporsteigen.

»Fizban!« flüsterte Laurana ungläubig.

Es klirrte und schepperte. Flint war ohnmächtig zu Boden gestürzt. Niemand sah nach ihm. Sie starrten einfach nur ehrfürchtig den alten Magier an. Dann warf sich Silvara flach auf den kalten Steinboden und zitterte und wimmerte.

Fizban ignorierte die Blicke der anderen und ging zu Silvara. Hinter ihm krabbelte Tolpan aus dem Loch.

»Seht mal, wen *ich* gefunden habe«, sagte der Kender stolz. »Fizban! Und ich bin *geflogen,* Laurana. Ich sprang in das Loch und flog dann direkt nach oben. Und da ist ein Gemälde mit goldenen Drachen, und dann setzte sich Fizban auf und schrie mich an und – ich muß zugeben, eine Zeitlang war ich ganz schön durcheinander. Meine Stimme war weg und... Was ist mit Flint passiert?«

»Pssst, Tolpan«, sagte Laurana, ihre Augen waren auf Fizban gerichtet. Er kniete neben der Wild-Elfe und schüttelte sie.

»Silvara, was hast du getan?« fragte Fizban streng.

Laurana dachte in diesem Moment, daß sie sich vielleicht geirrt hätte – daß es ein anderer alter Mann in den Kleidern des alten Magiers sei. Dieser ernste, mächtig wirkende Mann war sicherlich nicht der verwirrte alte Magier, an den sie sich erinnerte. Aber nein, sie kannte das Gesicht von irgendwoher, um nicht zu sagen, den Hut.

Als sie die beiden – Silvara und Fizban – beobachtete, spürte Laurana eine große und furchteinflößende Macht, wie ein stummes Gewitter, das zwischen den beiden anstieg. Sie hatte das schreckliche Verlangen, von diesem Ort wegzurennen und weiterzurennen, bis sie vor Erschöpfung umfallen würde. Aber sie konnte sich nicht bewegen. Sie konnte nur starren.

»Was hast du getan, Silvara?« wiederholte Fizban. »Du hast deinen Eid gebrochen!«

»Nein!« Das Mädchen krümmte sich stöhnend vor den Knien des alten Magiers. »Nein, habe ich nicht. Noch nicht...«

»Du bist in der Welt in einem anderen Körper herumgelaufen, hast dich in die Angelegenheiten der Menschen gemischt. Das allein reicht schon aus. Aber du hast sie *hierher*gebracht!«

Silvaras verweintes Gesicht war vor Qual verzerrt. Laurana spürte ihre eigenen Tränen über ihre Wangen laufen.

»Na schön!« schrie Silvara trotzig. »Ich habe meinen Eid gebrochen, zumindest hatte ich die Absicht. Ich habe sie hierhergebracht. Ich mußte es! Ich habe das Elend und das Leiden gesehen. Außerdem«, ihre Stimme versagte, ihre Augen starrten in die Ferne, »hatten sie eine Kugel...«

»Ja«, sagte Fizban leise. »Eine Kugel der Drachen. Aus dem Schloß von Eismauer. Sie fiel in deinen Besitz. Was hast du damit gemacht, Silvara? Wo ist sie jetzt?«

»Ich habe sie weggeschickt...«, sagte Silvara kaum hörbar.

Fizban schien zu altern. Sein Gesicht wurde müde. Er seufzte tief und stützte sich schwer auf seinen Stab. »Wohin hast du sie geschickt, Silvara? Wo ist die Kugel der Drachen jetzt?«

»St-Sturm hat sie«, unterbrach ihn Laurana ängstlich. »Er bringt sie nach Sankrist. Was bedeutet das? Ist Sturm in Gefahr?«

»Wer?« Fizban spähte über seine Schulter. »O hallo, meine Liebe.« Er strahlte sie an. »Nett, dich wiederzusehen. Wie geht es deinem Vater?«

»Mein Vater...« Laurana schüttelte verwirrt den Kopf. »Bitte, alter Mann, erwähne niemals meinen Vater! Wer...«

»Und dein Bruder.« Fizban reichte Gilthanas seine Hand. »Gut, dich wiederzusehen, Sohn. Und du.« Er verbeugte sich vor dem erstaunten Theros. »Silberarm? Ja, ja« – er warf Silvara einen schnellen Blick zu –, »was für ein Zufall. Theros Eisenfeld, nicht wahr? Habe eine Menge von dir gehört. Mein Name ist...«

Der alte Magier stockte und zog seine Augenbrauen hoch. »Mein Name ist...«

»Fizban«, ergänzte Tolpan hilfsbereit.

»Fizban.« Der alte Mann nickte lächelnd.

Laurana hatte den Eindruck, daß der alte Magier Silvara einen warnenden Blick zuwarf. Das Mädchen neigte ihren Kopf, als ob sie ein stummes, geheimes Signal bestätigen wollte.

Aber bevor Laurana darüber weiter nachdenken konnte,

wandte sich Fizban wieder ihr zu. »Und nun, Laurana, du fragst dich, wer Silvara ist. Es liegt bei Silvara, es dir zu erzählen. Denn ich muß jetzt aufbrechen. Ich habe eine weite Reise vor mir.«

»Muß ich es ihnen erzählen?« fragte Silvara leise. Sie lag immer noch auf den Knien, und als sie sprach, fuhren ihre Augen zu Gilthanas. Fizban folgte ihrem Blick. Als er das verzweifelte Gesicht des Elfenlords sah, wurden seine Gesichtszüge weicher. Dann schüttelte er traurig den Kopf.

Silvara streckte ihm ihre Hände bittend entgegen. Fizban ging zu ihr. Er nahm ihre Hände und zog sie auf die Füße. Sie warf ihre Arme um ihn, und er hielt sie fest an sich gedrückt.

»Nein, Silvara«, sagte er, seine Stimme war freundlich und sanft, »du mußt es ihnen nicht erzählen. Es ist deine Entscheidung, so wie es die deiner Schwester war. Du kannst sie vergessen lassen, daß sie überhaupt hier waren.«

Plötzlich war die einzige Farbe, die noch in Silvaras Gesicht blieb, das tiefe Blau ihrer Augen. »Aber das würde bedeuten...«

»Ja, Silvara«, sagte er. »Es liegt bei dir.« Er küßte das Mädchen auf die Stirn. »Leb wohl, Silvara.«

Er drehte sich um und sah zu den anderen. »Auf Wiedersehen. Auf Wiedersehen. Nett, euch wiedergesehen zu haben. Ich bin ein wenig beleidigt über die Hühnerfedern, aber – keine bösen Gefühle.« Er wartete ungeduldig eine Minute, dann blickte er zu Tolpan. »Kommst du jetzt? Ich habe nicht die ganze Nacht Zeit!«

»Kommen? Mit dir?« schrie Tolpan und ließ Flints Kopf mit einem Knall auf den Steinboden fallen. Der Kender stand auf. »Natürlich, laß mich nur mein Gepäck...« Dann hielt er inne und blickte auf den ohnmächtigen Zwerg. »Flint...«

»Ihm ist nichts geschehen«, versprach Fizban. »Du wirst nicht lange von deinen Freunden getrennt sein. Wir werden sie sehen«, er runzelte die Stirn und murmelte, »sieben Tage, füge drei hinzu, noch den einen, wieviel sind sieben mal vier? Na gut, zur Zeit des Hungers. Wenn das Treffen stattfindet. Jetzt komm schon. Ich habe viel Arbeit. Deine Freunde sind in guten Händen. Silvara wird auf sie aufpassen, nicht wahr, meine Liebe?« Er wandte sich zu der Wild-Elfe.

»Ich werde es ihnen erzählen«, sagte sie traurig, während sie Gilthanas ansah.

Der Elfenlord starrte sie an und dann Fizban, sein Gesicht war blaß, Furcht breitete sich in ihm aus.

Silvara seufzte. »Du hast recht. Ich habe meinen Eid vor langer Zeit gebrochen. Ich muß zu Ende führen, was ich begonnen habe.«

»So, wie du es für das Beste hältst.« Fizban legte seine Hand auf Silvaras Kopf und streichelte ihr silbernes Haar. Dann drehte er sich um.

»Werde ich bestraft werden?« fragte sie, gerade als der alte Mann in den Schatten trat.

Fizban hielt inne. Er schüttelte den Kopf und sah über die Schulter zurück. »Einige würden sagen, daß du gerade bestraft wirst, Silvara«, sagte er leise. »Aber was du tust, das tust du aus Liebe. So wie die Entscheidung bei dir lag, so auch deine Bestrafung.«

Der alte Mann trat in die Dunkelheit. Tolpan rannte hinterher, seine Beutel hüpften auf und ab. »Auf Wiedersehen, Laurana! Auf Wiedersehen, Theros! Paßt auf Flint auf!« In der darauffolgenden Stille konnte Laurana die Stimme des alten Mannes hören.

»Wie war noch einmal der Name? Fizbut, Furball…«

»Fizban!« sagte Tolpan schrill.

»Fizban… Fizban…«, murmelte der alte Mann.

Alle Augen waren auf Silvara gerichtet.

Sie war jetzt ruhig, mit sich im Frieden. Obwohl ihr Gesicht traurig war, war es doch nicht die zerquälte, bittere Traurigkeit, die sie zuvor gesehen hatten. Es war die Traurigkeit, zu verlieren, die ruhige, akzeptierende Traurigkeit einer Person, die nichts zu bedauern hat. Silvara ging auf Gilthanas zu. Sie nahm seine Hände und sah ihn mit so viel Liebe an, daß Gilthanas sich gesegnet fühlte, obwohl er wußte, daß sie sich von ihm verabschieden würde.

»Ich verliere dich, Silvara«, murmelte er gebrochen. »Ich sehe es in deinen Augen. Aber ich verstehe den Grund nicht! Du liebst mich…«

»Ich liebe dich, Elfenlord«, sagte Silvara leise. »Ich liebe dich, seitdem ich dich verwundet auf dem Sand liegen sah. Als du aufgesehen und mich angelächelt hast, wußte ich, daß das Schicksal meiner Schwester auch meines sein würde.« Sie seufzte. »Aber es ist ein Risiko, wenn wir uns für diese Gestalt entscheiden. Denn obwohl wir unsere Stärke mit einbringen, so führt diese Gestalt zu Schwächen. Oder ist es keine Schwäche, zu lieben…?«

»Silvara, ich verstehe nicht!« schrie Gilthanas.

»Das wirst du«, versprach sie mit leiser Stimme. Sie senkte ihren Kopf.

Gilthanas nahm sie in seine Arme und hielt sie fest. Sie vergrub ihr Gesicht an seiner Brust. Er küßte ihr wunderschönes Silberhaar, dann umklammerte er sie mit einem Schluchzen.

Laurana drehte sich um. Diese Trauer erschien ihr zu heilig, um sie mit ihren Augen zu stören. Sie schluckte ihre Tränen hinunter, sah sich um und erinnerte sich an den Zwerg. Mit Wasser aus seinem Wasserschlauch besprenkelte sie Flints Gesicht.

Seine Augenlider flatterten, dann öffneten sie sich. Der Zwerg starrte Laurana einen Moment an, dann streckte er eine zitternde Hand aus.

»Fizban!« flüsterte der Zwerg heiser.

»Ich weiß«, sagte Laurana und fragte sich, wie der Zwerg die Neuigkeiten über Tolpans Weggang aufnehmen würde.

»Fizban ist *tot!*« keuchte Flint. »Tolpan sagte das! In einem Haufen von Hühnerfedern!« Der Zwerg versuchte sich aufzusetzen. »Wo ist dieser hohlköpfige Kender?«

»Er ist gegangen, Flint«, sagte Laurana. »Er ist mit Fizban weggegangen.«

»Gegangen?« Der Zwerg sah sich sprachlos um. »Du hast ihn gehen lassen? Mit dem alten Mann?«

»Leider...«

»Du hast ihn mit einem toten alten Mann gehen lassen?«

»Mir blieb nicht viel anderes übrig.« Laurana lächelte. »Es war seine Entscheidung. Es geht ihm gut...«

»Wo sind sie hingegangen?« Flint erhob sich und schulterte sein Gepäck.

»Du kannst ihnen nicht folgen«, sagte Laurana. »Bitte, Flint.« Sie legte ihren Arm um die Schultern des Zwerges. »Ich brauche dich. Du bist Tanis' ältester Freund, mein Ratgeber...«

»Aber er ist ohne mich gegangen«, sagte Flint klagend. »Wie konnte er einfach gehen? Ich habe ihn nicht weggehen sehen.«

»Du bist ohnmächtig geworden...«

»So etwas passiert mir nicht!« brüllte der Zwerg.

»Es – es hat dich umgehauen«, stammelte Laurana.

»Ich werde nie ohnmächtig!« stellte der Zwerg beleidigt klar. »Es muß ein Rückfall dieser tödlichen Krankheit gewesen sein, die ich mir an Bord des Bootes...« Flint ließ sein Gepäck fallen und sich daneben. »Dummer Kender. Rennt mit einem toten alten Mann davon.«

Theros gesellte sich zu Laurana und zog sie beiseite. »Wer war dieser alte Mann?« fragte er neugierig.

»Das ist eine lange Geschichte.« Laurana seufzte. »Und ich bin mir nicht sicher, ob ich die Frage überhaupt beantworten könnte.«

»Er kommt mir bekannt vor.« Theros runzelte die Stirn und schüttelte den Kopf. »Aber ich kann mich nicht erinnern, wo ich ihn gesehen habe, obwohl es mich an Solace und an das Wirtshaus Zur letzten Bleibe denken läßt. Und er kannte mich...« Der Schmied starrte auf seine silberne Hand. »Ich spürte einen Schock, als er mich ansah, wie ein Blitz, der in einen Baum einschlägt.«

Der große Schmied erzitterte, dann blickte er zu Silvara und Gilthanas. »Und was ist damit?«

»Ich denke, wir werden es endlich erfahren«, sagte Laurana.

»Du hattest recht«, sagte Theros. »Du hast ihr nicht vertraut...«

»Aber nicht aus den richtigen Gründen«, gab Laurana schuldbewußt zu.

Mit einem Seufzer löste sich Silvara aus Gilthanas' Umarmung. Der Elfenlord ließ sie nur widerstrebend los.

»Gilthanas«, sagte sie, nachdem sie zitternd Atem geholt hatte, »nimm eine Fackel von der Wand und halte sie vor mich.«

Gilthanas zögerte. Dann befolgte er fast wütend ihre Anweisung.

»Halt die Fackel hierher...«, befahl sie und führte seine Hand, so daß das Licht direkt auf sie fiel. »Jetzt – schau auf meinen Schatten an der Wand«, sagte sie zitternd.

In der Grabstätte war es still, nur die flackernde Fackel machte Geräusche. Silvaras Schatten wurde an der kalten Steinwand lebendig. Die Gefährten starrten darauf, und einen Augenblick lang konnte keiner ein Wort herausbringen.

Der Schatten, den Silvara auf die Wand warf, war nicht der Schatten einer jungen Elfe.

Es war der Schatten eines Drachen.

»*Du bist* ein Drache!« sagte Laurana schockiert und ungläubig. Sie legte ihre Hand ans Schwert, aber Theros hielt sie zurück.

»Nein!« sagte er plötzlich. »Ich erinnere mich. Dieser alte Mann...« Er sah auf seinen Arm. »Ich erinnere mich jetzt. Er kam früher in das Wirtshaus Zur letzten Bleibe! Er war nur anders gekleidet. Er war kein Magier, aber er war es! Ich schwöre es! Er erzählte den Kindern Geschichten. Geschichten über gute Drachen. Goldene Drachen und...«

»Silberne Drachen«, ergänzte Silvara, auf Theros blickend. »Ich bin ein silberner Drache. Meine Schwester war der Silberdrache, den Huma liebte und der mit ihm zusammen in der letzten großen Schlacht kämpfte...«

»Nein!« Gilthanas warf die Fackel auf den Boden. Sie lag flackernd zu seinen Füßen; dann trampelte er wütend auf sie ein und löschte sie. Silvara beobachtete ihn mit traurigen Augen, streckte ihre Hand aus, um ihn zu trösten.

Gilthanas wich vor ihrer Berührung zurück, starrte sie entsetzt an.

Silvara senkte langsam ihre Hand. Sie seufzte und nickte. »Ich verstehe«, murmelte sie. »Es tut mir leid.«

Gilthanas begann zu beben, wurde dann vom Schmerz überwältigt. Theros legte seine starken Arme um ihn und führte ihn zu einer Bank.

»Es geht schon wieder«, murmelte Gilthanas. »Laß mich nur ein wenig in Ruhe, laß mich nachdenken. Das ist Wahnsinn! Ein Alptraum! Der Drache!« Er schloß fest seine Augen, als ob er den Anblick für immer auslöschen wollte. »Ein Drache...«, flüsterte er gebrochen. Theros streichelte ihn sanft, dann ging er zu den anderen zurück.

»Wo sind denn die anderen guten Drachen?« fragte Theros. »Der alte Mann sagte, daß es viele geben würde. Silberne Drachen, goldene Drachen...«

»Es *gibt* viele von uns«, antwortete Silvara widerstrebend.

»Wie der silberne Drache, den wir in Eismauer gesehen haben!« sagte Laurana. »Es war ein guter Drache. Wenn es so viele von euch gibt, dann tut euch doch zusammen! Helft uns, gegen die bösen Drachen zu kämpfen!«

»Nein!« schrie Silvara heftig. Ihre blauen Augen flackerten auf, und Laurana wich einen Schritt vor ihrem Zorn zurück.

»Warum nicht?«

»Das kann ich nicht sagen.« Silvaras Hände zuckten nervös.

»Es hat etwas mit dem Eid zu tun!« bohrte Laurana weiter. »Oder nicht? Der Eid, den du gebrochen hast. Und die Bestrafung, nach der du Fizban gefragt hast...«

»Ich kann darüber nicht reden!« Silvara sprach leise und leidenschaftlich. »Was ich getan habe, ist schlimm genug. Aber ich mußte etwas unternehmen! Ich konnte nicht länger in dieser Welt leben und das Leiden Unschuldiger mit ansehen! Ich dachte, daß ich vielleicht helfen könnte, darum nahm ich die Elfengestalt an und tat, was ich konnte. Ich habe lange gearbeitet, versucht, die Elfen dazu zu bringen, sich zu verbünden. Ich hielt sie vom Krieg ab, aber es wurde immer schlimmer. Dann seid ihr gekommen, und ich sah, daß ihr in großer Gefahr wart, eine Gefahr, die sich keiner von euch vorstellen kann. Denn ihr hattet bei euch…«, ihre Stimme versagte.

»Die Kugel der Drachen!« sagte Laurana plötzlich.

»Ja.« Silvara ballte ihre Fäuste. »Da wußte ich, daß ich eine Entscheidung treffen mußte. Ihr hattet die Kugel, aber auch die Lanze. Die Lanze und die Kugel kamen zu mir! Beides zusammen! Ich dachte, es wäre ein Zeichen, aber ich wußte nicht recht, was ich tun sollte. Ich entschied, die Kugel hierher und sie für immer in Sicherheit zu bringen. Als wir dann zusammen reisten, wurde mir klar, daß die Ritter das niemals zulassen würden. Es würde Ärger geben. Als sich eine Gelegenheit ergab, schickte ich sie weg.« Ihre Schultern sackten zusammen. »Das war offenbar die falsche Entscheidung. Aber woher sollte ich das wissen?«

»Warum?« fragte Theros streng. »Was ist mit der Kugel? Ist sie böse? Hast du die Ritter in ihren Untergang geschickt?«

»Großes Böses«, murmelte Silvara. »Großes Gutes. Wer kann das sagen? Selbst *ich* verstehe nicht die Kugeln der Drachen. Sie wurden vor langer Zeit von den mächtigsten Magiern geschaffen.«

»Aber Tolpan hat in einem Buch gelesen, daß man sie gegen die Drachen benutzen kann!« bemerkte Flint. »Er hat es mit einer komischen Brille gelesen. Er nannte sie Augengläser des Wahren Blicks. Er sagte, die Gläser würden nicht lügen…«

»Nein«, sagte Silvara traurig. »Das ist wahr. Es ist *allzu* wahr. Ich fürchte, eure Freunde werden das zu ihrem bitteren Bedauern entdecken.«

Die Gefährten saßen schweigend da, die Furcht zog sich um sie zusammen. Das Schweigen wurde nur von Gilthanas' Schluchzen unterbrochen. Die Fackeln warfen tanzende Schatten in der Grabesstätte, wie untote Geister. Laurana erinnerte sich an Huma und den Silbernen Drachen. Sie dachte an die letzte schreckliche Schlacht – der Himmel mit Drachen gefüllt, das Land in Flammen und Blut badend.

»Warum hast du uns dann hierhergebracht?« fragte Laurana

Silvara ruhig. »Warum hast du uns dann nicht gemeinsam die Kugel wegbringen lassen?«

»Kann ich es ihnen sagen? Habe ich die Kraft?« flüsterte Silvara zu einem unsichtbaren Geist.

Lange Zeit saß sie ruhig da, ihr Gesicht war ausdruckslos, ihre Hände spielten nervös in ihrem Schoß. Ihre Augen waren geschlossen, ihr Kopf geneigt, ihre Lippen bewegten sich. Sie bedeckte den Kopf mit ihren Händen und saß still da. Dann traf sie schaudernd ihre Entscheidung.

Sie erhob sich und ging zu Lauranas Gepäck. Sie kniete nieder und packte langsam und sorgfältig den zerbrochenen Schaft aus. Silvara erhob sich, ihr Gesicht war mit Frieden und Gelassenheit erfüllt – und jetzt auch mit Stolz und Kraft. Zum ersten Mal begann Laurana zu glauben, daß dieses Mädchen so etwas Mächtiges und Wunderbares wie ein Drache sein könnte. Ihr Silberhaar glänzte im Fackelschein, als Silvara stolz zu Theros Eisenfeld ging.

»Theros mit dem Silberarm«, sagte sie, »dir gebe ich die Kraft, die Drachenlanze zu schmieden.«